아름다운
후퇴

아름다운 후퇴

'똥꽃' 농부 **전희식**의 생명 살림 이야기

자리
도서출판

아름다운 흙퇴

2012년 9월 7일 초판 1쇄 발행

지은이 | 전희식
펴낸곳 | 내일을 여는 책
펴낸이 | 정병인
출판등록 | 1993년 1월 6일 제2011-000007호
주 소 | 서울 마포구 서교동 395-99 301호
전 화 | 02-332-5767
팩 스 | 03030-345-5767
이메일 | byunginc@hanmail.net

* 자리 도서출판 자리는 내일을 여는 책의 인문·사회 브랜드입니다.

ISBN 978-89-7746-039-3 03810

새로운 전진과 전환을 향한
아름다운 후퇴

참 여러 가지 생각을 하게 만드는 책이다. 그가 풀어낸 많은 이야기를 읽다 보면 치매에 걸린 어머니를 돌보는 일이며 귀농운동본부의 공동대표 일이며, 자신의 농사일을 하는 와중에 언제 또 그렇게 많은 독서를 하고 있는지도 놀랍고 그의 사색과 사고가 자신의 일상을 매개로 공동체 전체로 나아가고 있음도 놀랍다.

나는 이 책을 통해 그의 삶에서 그가 체득하고 있는 우리 사회의 문제를 읽는다. 그가 사회구조적인 분석을 폄훼하거나 무시하는 것이 아니라 그런 분석을 중시하면서도 자신의 삶이라는 일상을 통해 거꾸로 사회구조적인 분석을 보여주고 있다는 점이 이 책의 미덕이다. 그만큼 생명력 있는 이야기다.

그가 들여다본 우리 사회는 스스로 재난을 만드는 사회다. 누가 가져다준, 누군가에게 책임을 물어야 하는 것이 아니라 우리 스스로 생산하고 키워가는 재난들이라는 이야기다. 그 재난들은 사회 구조적인 분석들을 통해 우리가 우리 사회의 의제로 삼고 있는 그런 문제들이기도 하다. 교육도, 기후변화도, 삶의 풍요도, 의료제도도 그의 삶에 관한 이야기에 다 담겨 있다.

그가 자신의 일상을 통해 느끼는 문제든 사회구조적인 분석을 통해 확인한 이야기든 그 인식의 출발이 어디든 간에 만약 우리가 지금의 공동체 문제에 대한 인식을 동일하게 갖게 된다면 그는 그 문제를 풀기 위해서는 지금과는 다른 '전환'이 절실하다고 말한다.

그는 문명사적 전환을 말한다. 패러다임이 다른 사회를 향한 의지와 실천이야말로 스스로 재난에 빠뜨리는 자신을 구할 수 있다고 말한다. 그 해법의 중심에는 문제를 인식하는 사람 자신이 있다. 어쩌면 그의 일상이 그런 것이다. 치매에 걸린 어머니와의 대화를 통해 자신을 성찰하고 수련하며, 자신이 짓는 농사를 통해 자연과 대화하며 자신의 삶의 태도를 성찰하며 바꾸어 간다. 그 변화가 사회 전체의 문제와 어떻게 연결되어 변화를 만들어 갈 것인지도 확신하면서.

그런데 그의 방식은 내게 어렵다. 아니 고생스러워 보이는 삶의 방식을 선뜻 수용하기가 두렵다고 하는 것이 더 정직한 표현이다. 우리가 일상적으로 세상의 변화를 이야기하면서 구조를 바꿔야 하고 제도를 바꿔야 하며 그를 위해 정치가 변해야 한다며 대리인으로 세워 놓은 그들을 질타하는 것은 어쩌면 쉬운 방법인지도 모르겠다. 그러나 그 질타를 통해 우리가 만드는 재난에 대해서는 외면하고 있는 것을 들키고 싶지 않은 마음이 그의 책을 통해 드러나 버렸기 때문에 불편한 것인지도 모른다.

많은 사람들이 한국경제의 성장이 놀랍다고 하지만 그 놀라운 성장의 과실이 재벌이라는 몇 안 되는 소수에게 집중되는 반면에 공동체 구성원 대다수의 삶은 늘 어려워 미래가 불안하고, 현재가 불행하며, 변화에 대한 이야기를 하고 있다고 생각하지만 제대로 소통하지 않는 정치인들을 불신하면서 늘 불만으로 넘쳐 있는 것이 우리의 지금 현재이다. 그러나 그는 불만에 머물러 있지 말 것을 주문한다. 수많은 삶들의 실패, 자살로 어린 삶을 마감하는 학생들이 늘어나고, 일자리가 없어 떠도는 사람들이 늘어나는, 그런 수많은 삶들의 실패와 어려움이 결국은 우리 자신의 욕망을 자극한 헛된 공약들과 그 헛된 공약들을 집행한다는 세상 운영이 가져온 마음의 피폐에 기인한다는 것을 아프게 짚어낸다.

그는 그래서 지속가능한 성장이 아니라 지속가능한 후퇴가 필요하다고 말한다. 풍요라 불리고, 성장이라 불리는 장밋빛 미래란 결국 지금의 재난에 한 꺼풀 한 꺼풀 덧씌우는 재난에 불과하다는 것이 그가 세상을 향해 던지는 통찰이다. 더 이상 남들 간다고 따라가는 삶이 아니라 자신이 스스로 행복하다고 느끼는 삶의 길을 따라가야 함을 역설하고 그것은 곧 지속가능한 후퇴의 길이라고 말하고 있다.

그래서 불편하다. 우리가 스스로 미처 성찰하지 않으려 하는 것들에 대한 성찰이 그의 글에, 그의 행동에 담겨 있기 때문이다. 남들 다 가는 풍요와 성장을 버리고 후퇴하라고 하기 때문에 선택하기에 두렵다. 혹여 그것이 외려 보통의 삶 혹은 경제적으로 더 잘사는 삶에서 뒤처지게 되는 것이 아닐까 싶어서 일지도 모른다.

과연 그런 것일까? 이쯤에서 그가 말하는 '전환'에 귀 기울여 보자. 그는 경제적으로 더 잘사는 삶에 대한 욕망에서 물러서지 않으면 우리 스스로 만드는 재난을 피해 갈 방법이 없다는, 경제적으로 풍요로운 미래를 위해 지금의 행복과 평화를 끊임없이 파괴해야하는 현실로부터 도망가라고 말하고 있다.

그러나 그가 말하는 지속가능한 후퇴는 뒤로 물러섬이 아니다. 지금까지와는 다른 삶의 양식, 패러다임이 다른 삶의 양식을 택하지 않고는 우리에게 다가와 있는 재난을 피할 방법이 없기 때문에 그가 말하는 후퇴는 아름다운 후퇴다. '전환'이다.

모든 '전환'은 도전이다. 지금까지 살아온 익숙한 것들과의 결별을 통한 새로운 도전은 늘 낯설고 두려운 것이 당연한 법이다. 그러나 그는 그런 도전 없이 변화는 없다고 말하고 있다. 그런 삶의 전환이 이루어진 다음에 찾아오는 평화가 자신을 그리고 주변을 변화시킬 것이라고 말하고 있다. 하지만 그렇다고 모든 사람들에게 결단을 강요해서는 안 된다는 것 또한 그의 진심이다.

또한 그가 말하는 후퇴는 다른 의미에서의 '전진'이다. 패러다임이 다른 사회로의 전진. 자신과 공동체의 삶을 파괴하지 않는 삶의 양식으로의 전진이다. 그러므로 나는 그의 지속가능한 후퇴라는 표현을 후퇴라 읽지 않고 다른 사회로의 전진이라 읽는다. 그 변화를 향한 전진의 중심에 다른 누구도 아닌 자신의 변화가 놓여 있다는 그의 강조도 변화를 위한 시작, 전환을 위한 시작이 그리 멀리 있지 않다는 이야기에 다름 아니다. 변화는 자신의 일상의 삶에서 시작된다.

　다 읽고 나서 전희식 선배의 이야기가 나를 성찰하게 만드는 힘을 가지고 있다는 생각을 하게 되지만 그 성찰의 결과를 내 삶의 변화로 즉각적으로 만들 수 있는가는 쉽지 않을 것이다. 여전히 그가 사는 삶의 방식과 내가 살아가는 삶의 방식은 다를 것이라는 생각을 하게 된다. 그럼에도 패러다임이 다른 사회로의 전환이 공동체가 가져야 할 지향이라는 점에 대해서는 따져 물을 것 없이 고개를 끄덕이고 있음도 사실이다. 그러므로 그는 그의 삶의 방식대로, 나는 나대로의 삶의 방식에서 전환을 향한 전진을 위해 노력하면 된다며 마음을 다잡아 본다.

하승창 (시민운동가)

한 걸음 뒤로 물러서기

지구인도 따지고 보면 우주의 한 주민이므로 우주인이라 할 수 있습니다. 지구주민 외의 우주인이 볼 때 지구인들 참 웃기는 사람들이라고 여겨지는 게 많을 것입니다.

출근할 때나 학교 갈 때 멀지 않은 거리도 걷기보다는 자가용을 이용하고, 지하철에서도 짐이 있건 없건 에스컬레이터에 몸을 실어 오르내리면서 한 걸음도 걷기 싫어합니다. 당연히 운동부족으로 저녁에는 헬스클럽에 가서 돈 내고 땀 뻘뻘 흘리는 것을 보면 어이가 없을 것입니다. 지구를 달구는 이동수단을 이용하고 그 때문에 또 지구를 달구는 러닝머신 위에 올라선 모습을 상상해보면 됩니다.

안 먹거나 땀 흘려 일을 하면 될 것을 가지고 살 뺀다고 법석을 떠는 모습도 그렇습니다. 굶주리는 사람들 돕는답시고 기금을 운영하면서도 식량 생산보다 숲을 불태우고 사료작물을 재배하는 것도 인간입니다. 우리나라도 얼마 전부터 지자체마다 조례를 만들어 공공장소에서 담배를 피우면 벌금을 물리지만 독극물인 담배를 건강식품인 인삼과 한데 묶어 담배인삼공사를 만들어 운영하는 것은 이해가 될까요? 녹색성장 한답시고 4대강 파헤치는 것은 또 어떨까요?

온난화를 걱정하며 그 대책으로 시설재배나 빌딩농업을 해서는 기후변화를 더 촉진하는 짓은? 폭염 속에서 에어컨 켜 놓고 넥타이 맨 사람들은? 한편으로 당뇨, 고혈압, 고지혈증, 뇌졸중 등 생활습관병의 근원인 육식과 축산을 지원하고 다른 한편으로는 건강보험료 더 올리는 정책은? 자신의 '이상 생활'은 돌아보지 않고 '이상기후', '이상 질병', '이상 사회'만을 개탄하는 모습도 그렇습니다.

그래서 이제는 한 걸음 뒤로 물러서야 할 때라는 것입니다. 앞으로 나아가고 성장과 발전을 얘기하기보다 뒤로 물러서야 할 때라고 하는 것입니다.

교육장으로 쓰이는 우리 집 아래채 상량문은 '상생명세 수증복본相生明世 修證復本'이라 쓰여 있습니다. 사단법인 밝은마을 이사장이신 윤중 선생님이 써 주신 글입니다. '수증복본'은 신라 눌지왕 때 저술된 부도지符都誌에 나오는 말로 원래 있던 자리로 되돌아간다는 것이며復本, 우리가 사는 오늘 이곳은 삶의 근본에서 멀리 떨어져 있다는 것을 전제로 합니다.

그런데 되돌아가기가 그리 간단해 보이지 않습니다.

아무나 그냥 되돌아 갈 수 있는 게 아니고 갈고 닦아야 된다는 것입니다. 수증修證이라 되어 있기 때문입니다. 닦음이 입증되어야 삶의 근본자리로 돌아간다고 되어 있습니다. 무엇으로 누구에게 입증해야 하는지는 모르지만 그렇게 되어 있습니다. 앞으로 나아가기보다 후퇴를 얘기하는 이 책을 내기가 부끄러운 까닭입니다. 바탕 자리로 돌아가려면 수증해야 하는 것이기에 제가 거론하기에 무거운 과제입니다.

되돌아간다는 것은 한 걸음 뒤로 물러서는 것에서부터 시작합니다. 물러선다는 것은 지금 가진 것, 지금 이룬 것을 고스란히 내려 놓는다는 것입니다. 차라리 위로 올라가거나 앞으로 나아가는 것이 쉬울 수 있습니다. 고생하면서 높이 올라갔는데 그 자리를 내놓고 내려온다는 것은 명예나 권력에만 해당되는 것 같지 않습니다. 한 걸음 뒤로 물러서는 것은 재산, 교육, 건강, 집, 지혜, 몸, 능력, 자동차, 직장, 꿈, 전자기기, 자존심, 가전제품 등 삶의 모든 부문에 해당됩니다.

현실은 이미 돌이키기 어려운 경우도 있습니다. 돌아갈 자리가 없기도 합니다. 징벌처럼 짊어지고 가야 하는 나만의 몫이 현실에 존재합니다. 계획적인 후퇴는 전진보다 더 많은 지혜와 용기를 필요로 합니다. 이때 몸이 불편하고 고통스러운 것은 당연합니다. 그래도 물러서야 한다고 이 책은 말하고 있습니다.

그렇다면 왜 물러서야 하는 걸까요?

그것 외에 다른 선택이 없다고 보기 때문입니다. 물질문명이 초래한 위기를 과장하면서 돈벌이 삼는 현실이 없는 것은 아니나 인류의 문명은 막바지에 다다랐다고 보입니다. 이 책에서도 다루고 있지만 에너지 문제만 해도 그렇습니다. 우리가 누리는 물질문명은 모두 에너지 덕분입니다. 한마디로 석유입니다. 우리 문명은 석유문명입니다.

현대인의 에너지 의존 정도는 거의 중독 상태라 할 수 있습니다. 우리나라의 평균 소득수준의 한 가정에서는 중세시대로 따지면 50명의 노예를 부리고 있다고 합니다. 석유라는 에너지로 된 노예들입니다. 우리의 화석에너지 의존도가 이 정도입니다. 편리와 신속이라는 두 가지 목적에 복무하는 에너지 과용은 드디어 지구공동체를 파괴하는 수준에 와 있습니다. 값 싸고 편리한 화석에너지에 의존하다 보니 몸에너지, 자연에너지는 외면되고 기후변화는 가속되고 있습니다.

사람도 마찬가지입니다. 아득바득 고집 부리는 사람보다는 양보하는 사람, 져 주는 사람이 좋습니다. 머리 좋고 일 잘하는 사람보다 수더분한 사람이 더 편합니다. 어느 조직에서든 분란을 일으키는 사람을 보면 일 잘하고 똑똑하고 판단이 빠른 사람들입니다. 그런 사람들은 대개 자기중심적이며, 다른 사람들에게 배려할 줄 모르는 이들입니다. 이러한 모습에서 우리가 되돌아가야 할 인간형이 어떤 인간형인지 생각하게 됩니다.

과연 우리는 어디로 돌아가야 할까요?

저는 4가지 방향이 있다고 봅니다. 윤중선생님의 가르침에 덧붙이는 것입니다. '4귀의 삶'이라고나 할까요? 귀농歸農, 귀공歸共, 귀인歸人, 귀신歸神입니다.

귀농은 농사로 돌아가는 것입니다. 농사의 정신, 농부의 삶입니다. 주부들은 요리를 배울 게 아니라 농사를 배워야 건강한 밥상을 지킬 수 있습니다. 지지고 볶고 삶고 치고 굽는 요즘 요리는 몸을 망치고 세상을 망치기도 합니다. 농부의 삶으로 가자는 것은 밥상이 마련되기까지의 전 과정에 부분적으로라도 참여하는 것이 필요하다는 것입니다. 밥 한 그릇의 이치를 잊고 산 지 너무 오래입니다. 이때의 농사는 기업형 대농이 아니라 소농입니다.

귀공은 공동체로 돌아가자는 것입니다. 마을입니다. 먹고, 자고, 입고, 배우고 노는 것이 분리되지 않고 삶 속에 통합되어 있는 마을입니다. 함께 행복하자는 것입니다. 귀인과 귀신은 참 사람, 본래 본성으로 돌아가자는 것입니다. 닦음을 통해 끝내 가 닿을 곳입니다. 하늘 뜻에 따라 사는 것입니다. 역천의 삶을 접고 순천의 삶으로 가는 것입니다.

이런 이야기로 책이 꾸며졌습니다. 십수 년 써 온 글들입니다. 이런 종류의 글을 모아 책을 내는 것은 이것이 마지막인 듯싶습니다.

오늘은 우연히도 우리 집에서 '청년귀농 100일 학교'의 5번째 농가 열흘 과정이 진행 중이고 일제고사를 반대하시다 학교에서 쫓겨나셨던 고 김인봉 장수중 교장선생님의 2주기 되는 날입니다. 학생들과 묘소 앞에 섰는데 울컥 울음이 솟구쳤습니다.

2008년 12월 23일. 김인봉 교장선생님은 학교 차원에서 일제고사를 거부했습니다. 한 인간이 자신의 믿는 바에 따라 할 수 있는 행동의 최대치였다고 봅니다. 그 이유는 바로 직전, 그 해 10월의 일제고사를 거부했다는 이유로 징계에 회부되었기 때문입니다. 징계를 눈앞에 둔 공직자가 그 징계의 원인 행위를 양심에 따라 또 한다는 것은 섶을 지고 불 속에 뛰어 드는 짓입니다. 교육자적 사명과 양심의 명령에 따라 일제고사를 거부했고, 해직되셨고, 그 다음 해에 돌아가셨습니다. 결과적으로 일제고사 거부는 목숨을 건 것이었습니다.

우리가 돌아가야 할 길이 가시밭길이고 돌밭길일지라도 참된 행복, 참된 삶이 거기에 있다면 마다하지 않는 용기와 지혜를 선생님께 구하고 싶습니다.

바니하!

2012년 8월 4일
덕유산 기슭 '명덕밝은터'에서
목암 전희식 씁니다

차례

하늘과 땅을 살리는
농사 이야기

쌀밥도 쌀밥 나름

장맛비가 멈추고 햇볕이 들자 기회를 엿보던 농부들이 순식간에 들판으로 좍 나섰다. 약속을 한 사람들처럼 동시에 집을 나선 농부들은 제각기 다른 연장들을 들고 각자의 논밭으로 들어선다. 목욕탕을 나서는 말간 얼굴의 소녀처럼 들판은 깨끗하기가 거울 같다. 정지된 하늘을 가르며 햇살이 우산살처럼 퍼진다. 오이넝쿨은 두어 뼘 더 자라 있고 가녀린 촉수를 뻗어 허공을 돌돌 말아 쥔다.

감자를 썰고 호박잎을 비벼 넣어 우리밀로 수제비를 만들어 먹을까 하여 밭에 나갔던 나는 늘 그렇듯 동네 할머니부터 만났다. 들깨 모종을 한 움큼 뽑아 쥐고 나를 불러 세운 것이다. "어디 심을 데 있으면 줄까?"냐고 묻는다. 그 덕분에 모종이 모자라 심다 만

들깨 밭에 쪼그리고 앉아 할머니가 주신 들깨를 먼저 심는다.

감자밭 가기 전에 고추밭에서 또 멈추었다. 고추가지가 비 무게를 못 이겨 축 처진 게 보였기 때문이다. 감자 몇 개 캐 담을 바가지와 호미를 그 자리에 내려놓고 얼른 집에 가서 고춧대랑 노끈을 가져왔다. 고추를 묶다보니 어느새 새끼손가락 마디만한 고추가 조랑조랑 달린 걸 보게 되었다.

한울 힘으로 짓는 고추농사

고추모종을 5월 14일에 심었으니 꼭 두 달 되었다. 이제야 뒤늦게 고춧대를 세우는 농부는 우리나라에서 나뿐일 것이다. 이제야 고추가 달리는 고추밭도 우리나라에서 내 밭이 유일무이할 것이다. 그러나 지금부터다. 내 고추가 키를 키우고 열매를 매다는 속도가 화학농 고추를 따라 잡지는 못할지라도 지금부터는 빨라질 것이다.

작년에도 그랬다. 심은 지 두어 달 동안은 뿌리를 내리느라 키도 못 크고 열매도 달지 못했다. 어깨가 딱 벌어진 시골 머슴처럼 땅딸보로 출발한 내 고추가 붉은 고추 다섯 번을 딸 때까지 탄저병 한 개 안 걸리고 마른고추 한 근에 2만 원씩에 팔렸다. 화학농 고추가 한 근에 8~9천 원 할 때였다. 크기는 작지만 건조기는 커녕 비닐하우스에도 넣지 않고 햇볕에만 말려서 빨갛기가 붉은 페인트 같았다. 맛은 매우면서도 달고 단 듯 하면서 떫기도 하고 고소하기도 한 고추였다.

비밀은 자연이다. 한울 힘이다.

나는 폴리 포트^{육묘용 용기}에서 자란 고추를 심지 않고 맨 땅에서 키운 것을 심는다. 모든 식물은 잎과 줄기보다 뿌리가 튼튼해야 하기 때문이다. 포트에서 자란 고추는 뿌리가 돌돌 말려 있고 물비료를 먹고 컸기 때문에 뿌리가 부실하다.

두 번째로 나는 비닐을 씌우지 않는다. 비닐을 씌우면 지열이 높아 식물이 빨리 자란다. 보습효과가 있어 가뭄도 타지 않는다. 가장 큰 장점은 풀이 나지 않아 풀 매는 수고를 덜 수 있다는 것이다. 그러나 비닐을 씌우지 않는다. 비닐을 씌우지 않는 대신 밭둑의 풀을 베어 덮어주고 가물 때는 물을 준다. 몇 배나 힘이 들지만 내 고추는 비닐 속의 인공 조건이 아닌, 하늘 기운, 땅 기운, 사람 정성을 골고루 받고 자란다.

세 번째로 나는 오늘처럼 고춧대를 뒤늦게 세워준다. 다른 농부들은 고추를 옮겨 심는 날에 고춧대를 세워 묶어주지만 나는 어린 고추가 혼자 힘으로 버티고 서라고 한다. 내 고추는 암팡지게 뿌리를 뻗어내려 자신의 몸뚱이를 홀로 버텨내야 한다.

이러니 내 고추는 옮겨 심고 달포가량은 키도 키우지 못하고 줄기도 뻗지 못한 채 노르스름한 얼굴로 죽기 살기로 뿌리를 깊이 내리는 일에 매달린다. 비료도 없으니 땅 속 유기물을 찾아 멀리 멀리 뿌리를 뻗어 나가야만 한다.

내 고추의 결론은 이렇다.

1장 하늘과 땅을 살리는 농사 이야기

고추를 많이 달지 못한다. 그러나 배 터지게 먹는 놀부보다 배고 픈 흥부네가 생활력이 훨씬 강해서 애들도 주렁주렁 낳았듯 내 고 추는 썩지도 않고 병들지도 않는다. 얼마 전에 우리집에 어머니를 뵈러 왔다가 "고추 농사 다 망쳤다"고 혀를 차시던 사촌 형님이 다 시 와서 보면 뭐라 하실지 자못 궁금하다.

부지깽이 하나도 아쉽다는 오뉴월

참 바쁜 철이다. 감자를 캐고 나서 장마가 시작되면 한숨 돌릴지 모르지만 아직은 눈코 뜰 새 없이 바쁘다. 특히 봄 가뭄이 오래 가 서 계곡 물을 끌어다 고추밭이랑 감자밭에 주다보니 더 바쁘다. 계 곡에 깔아 놓은 호수 주둥이에 지푸라기나 다른 쓰레기들이 들어 가지 못하도록 하느라 얽은 망을 씌어 놨지만 그래도 종종 막히기 때문에 그걸 뚫으러 이틀 걸러 계곡을 오르내린다.

감자꽃은 피는 족족 따내기가 참 애석하다. 감자꽃은 씨를 맺어 도 그것으로 생식을 하는 게 아니라 영양생식이라 하여 괴경^{땅 속} ^{줄기에 영양을 저장하여 뚱뚱해진 것}을 키워야 하는 것이라 꽃을 따줘야 감자가 굵어진다. 꽃을 피웠으면 가루받이^{수분}를 하여 씨를 맺어야 하는 게 본성이거늘 모질게 꽃봉우리를 질러 버리니 그럴 때마다 맘이 편치 못하다.

마당에 있던 닭 마구도 여름에 냄새도 날 뿐더러 파리 떼가 극성 이라 산 밑에 있는 넓은 공터를 차양막으로 울타리를 만들고 그리

아름다운 후퇴

로 이사를 시켰다. 한 이틀 걸렸다. 도대체 어디로 뚫고 나오는지 꼭 한 마리가 울타리를 빠져나와 채마밭을 두 발로 싹싹 헤집어놓는 통에 그 닭을 잡아 닭 마구에 집어넣느라 매일 술래잡기를 한다.

엊그제는 그 닭의 발에다 작은 끈을 묶어 놨다. 아무래도 날아 나오는 것 같아 높이 날지 못하라고 그랬는데 그것도 소용이 없었다. 아무래도 이놈이 땅굴이라도 파서 아무도 몰래 저 혼자 드나드는 게 아닌지 모르겠다.

모종은 비닐집을 전혀 쓰지 않고 상온에서만 씨앗을 틔우니 아주 늦다. 올해는 20여 종 넘게 토종종자를 심기 때문에 노트에 써 가면서 모종을 하나하나 옮긴다. 밭고랑마다 뭘 심었는지 다시 노트에 기록한다. 개량종과 토종이 가루받이를 하면 안 되니까 같은 종끼리는 심지 않는다.

고추가 문제다. 여기는 기온이 워낙 낮은 곳이라 빨리 크지 않는다. 작년에도 6월 중순이 넘어서야 겨우 크기 시작했다. 그래도 혹시 몰라 1년 이상 묵힌 잘 삭은 오줌을 퍼다 물에 50배 정도로 희석해 섞어 뿌렸다. 고추 포기로부터 멀찌감치 뿌렸다. 그래야 뿌리가 이것을 빨아 먹기 위해 힘껏 잔뿌리를 뻗어 나가면서 고추가 더 튼튼해지기 때문에 그렇게 한다.

들깨 모종은 밭에다 했더니 까치랑 산비둘기가 죄다 내 먹었는지 기다려도 기다려도 싹이 나지를 않는다. 부랴부랴 다시 포트에 심었다. 참깨도 한 포기도 나지 않아 다시 포트에 심어서 옮겼다. 그 사이 밭에는 잡초만 자랐다. '부지깽이도 한 몫 거든다'는 망종.

일손이 딸리는 만큼 마음은 더 바빠진다.

이런 와중에 엊그제는 내 앞가림도 제때 못하는 주제에 남의 밭에서 한 나절을 버렸다. 아랫집 할머니가 넓디넓은 밭을 괭이 하나로 파고 있었기 때문이다. 400평은 족히 될 큰 밭으로 내 관리기를 몰고 가서 로터리를 쳐 드렸다. 동네 트랙터를 부르려고 했지만 밭에 자갈이 있어서 안 된다고 하더란다.

밭을 거의 다 갈았을 무렵, 시동 걸 때 당기는 노끈이 툭 끊겨 버렸다. 10여 년 동안 한 번도 고장 나지 않고 잘도 굴러가던 관리기. 그 질긴 밧줄도 이제 삭았나보다. 조금 남은 밭은 다음을 기약하고 돌아서야 했다. 관리기는 밭 가운데 우두커니 혼자 서 있게 되었다. 고장이 나자 비로소 쉴 수 있게 된 것이다.

사람도 어딘가 고장이 나야 비로소 쉴 수 있는 계절이다.

쌀밥이라고 다 같진 않다

방앗간에 가서 나락을 찧는데 주인 할아버지가 내게 물었다. "오분도?" 내가 그냥 씩 웃으니까 할아버지도 따라 웃으면서 "현미?"라고 또 물었다. 나는 반반이라고 대답을 했다.

오분도 쌀 한 자루에는 내가 쓴 책《똥꽃》한 권과 편지 한 통도 넣었다. 이 쌀자루가 가장 멀리 가는 쌀이라 주둥이를 꽁꽁 야물게 여몄다. 내가 1주일 동안 공부하고 온 홍천의 가리산수도원 조동원 원장님께 가는 쌀이다. 수도원에서 수련할 당시에 먹었던 밥이 새

하얀 백미라서 내가 농사지은 자연농 오분도 쌀을 드리려고 마음 먹었던 것이다. 나는 벼농사를 우렁이와 청초효소, 현미식초, 목초액 등으로 짓는다.

쌀밥과 고깃국이 잘 사는 집의 상징이었던 적이 있다. 얼마 전 조선^{북한}의 김정일 국방위원장이 '쌀밥에 고깃국, 비단옷에 기와집'이라는 김일성 주석의 유훈을 관철하지 못했음을 시인했다는 보도가 있었는데 쌀밥도 쌀밥 나름이다.

TV의 다큐멘터리나 책자에서 워낙 자주 다뤄서 다 알고 있겠지만 백미는 성인병의 원인이 될뿐더러 흰 밀가루, 흰 설탕과 더불어 먹어서는 안 될 세 가지 흰 음식에 속한다. 절대 먹어서는 안 되는 게 흰 쌀밥이다. 어떤 사람은 흰 소금을 포함시켜 먹지 말아야 할 음식을 네 가지로 말하기도 한다.

이유는 단 한 가지다. 백미는 귀중한 영양소가 다 떨어져 나간 쭉정이라는 것이다. 나락 껍질만 벗긴 것이 현미인데 이것을 방아고에 넣어 열 번을 깎아 낸 것이 백미다. 깎여 나간 것은 쌀겨^{미강}와 씨눈이다. 이 속에 쌀 영양분의 95%가 들어 있다. 더 나누어 설명하자면 쌀겨에 29%, 씨눈에 66%의 영양이 있고 백미에는 겨우 5%의 영양이 있다.

이보다 더 중요한 것이 있다. 쌀겨에만 들어 있는 피틴산이라는 항산화물질이다. 노화를 막고 항암작용을 하며 체내 중금속을 배출시키는 것으로 알려져 있다. 이 피틴산은 다른 곡류나 과일의 껍질에도 다 들어 있다. 그래서 음식을 먹을 때 껍질 채 먹는 '전체

1장 하늘과 땅을 살리는 농사 이야기

식'을 강조하는 것이다.

이런 줄 알면서도 그 귀한 껍질쌀의 경우 쌀거와 씨눈을 다 벗겨내고 먹는 이유는 두 가지로 보인다. 하나는 질감이 거칠어 먹기 불편하다는 것이고, 다른 하나는 농약 등에 오염된 겉부분이 그대로 몸속으로 들어가기 때문이다. 그래서 '전체식'을 하기 위해서는 꼭 자연농 농산물이어야 한다는 것이다. 자연농 전체식은 당연히 부드럽지 않고 거칠다. 거친 음식은 치아와 위와 장에 좋다.

백미를 먹으면 안 되는 이유를 하나 더 덧붙이고 싶다. 수운 최제우 선생께서 하신 말씀이 있기 때문이다.

'유야자 인신지곡야 곡야자 천지지유야'乳也者 人身之穀也 穀也者 天地之乳也라고 하여 젖이란 것은 사람의 몸에서 나는 곡식이요, 곡식이란 것은 천지의 젖이라고 말씀하셨다. 이 곡식이 천지부모인 까닭은 자본과 농약과 사리사욕에 오염되지 않은 때만 해당된다.

사람이 밥에 의지하여 그 생성을 돕는다는 '인의식이자기생성'人依食而資其生成이라는 말도 같은 이치다. 만사를 안다는 것은 필경 밥 한 그릇의 이치를 안다는 말도 그래서 나온 말일 것이다.

시골 방앗간 할아버지도 내가 백미 방아는 안 찧는다는 걸 잘 아신다. 조동원 원장님과 수도원을 찾는 모든 분들이 천지부모 제 맛을 잘 모시기를 기원한다.

아름다운 후퇴

제 발등 제가 찧는 농사 그만두어야

참 편리한 세상이다. 스마트폰 이야기를 하려고 한다. 계속 쏟아지는 앱들의 기능이 워낙 좋다보니 툭하면 저장공간이 다 찼다는 안내 메시지가 내 스마트폰에 뜬다. 새로 나온 앱을 욕심껏 깔기 때문인데 '원기날씨'라는 앱은 그동안 멀쩡하게 잘 쓰던 기상청 날씨예보 앱을 밀어내고 첫 화면에 자리를 잡았다. '카카오톡'이나 '티맵T map'은 필수가 되었다.

티맵을 쓰면서는 대한민국 네비게이션 회사들이 망할지도 모르겠다는 걱정이 생기기도 했다. '메트로이드 지하철정보'는 전국의 지하철을 대상으로 출발역과 도착역을 누르면 거리는 물론 환승역, 총소요시간이 바로 나온다.

아쉽게도 이런 일이 좋아만 할 일이 아니라는 것은 금방 드러난다. 최근에 읽은 앤 루이스 기틀먼의 책은 충격이었다. 도대체 이런 비밀을 정말 모르고 그 많은 스마트폰 회사들이 제품을 만들고 있을까 싶어 절망감이 들었을 정도다.《전자파가 내 몸을 망친다》는 책이다.

사람을 망치는 편리한 기기들

소아암 환자의 30%가 TV, 냉장고, 헤어드라이기, 리모컨, 고데기, 휴대전화, 전자레인지의 전자파 때문이라는 보고서가 이 책 속에 들어 있다. 우울증, 감정혼란, 불임, 유산, 치매, 심장병은 휴대폰 전자파의 영향을 가장 크게 받는다고 한다. 그래서 그런지 일본은 대중교통수단 이용 시 휴대전화 사용을 금지하고 있다. 가장 큰 이유는 통화를 할 때 옆 사람에 대한 소음피해가 아니라 심장병 환자에 치명적이기 때문이라는 것이다. 영화도 보고 뉴스도 보는 스마트폰은 훨씬 많은 전자파를 쏟아낸다. 2G방식보다는 3G가, 3G보다는 4G가 훨씬 심한데도 스마트폰 통화방식은 4G로 줄달음질 치는 중이다.

휴대전화를 귀에 달고 사는 증권거래인의 자율신경계통 장애, 휴대전화, 피디에이, 노트북을 아예 끼고 사는 신문사 기자, 시간만 나면 스마트폰에 얼굴을 묻고 문자와 게임을 하는 청소년들. 이들의 불임, 성조숙증, 주의력 결핍증, 신경질적인 공격성 등이 이 제품들에서 나오는 전자파 때문이라고 한다.

아름다운 후퇴

우리 일상에는 뒤늦게 밝혀지는 진실들이 참 많다. 안병수 선생의 《과자, 내 아이를 해치는 달콤한 유혹》을 읽었는가? 여성환경연대의 추천도서 《대한민국 화장품의 비밀》을 보았는가? 정말 경악을 금할 수 없다. 책을 읽어가다 보면 벌어지는 입을 다물 수가 없다. 이뿐이 아니다. 이제야 사용은 물론 생산도 금했지만 석면과 슬레이트 지붕의 발암성분, 도시 주택가의 어린이 놀이터 시설의 금속재료와 방부목에 들어 있는 포름알데히드들….

정신 바짝 차리고 살피지 않으면 눈 뜬 봉사가 되는 세상이다. 언제 어떤 유해물질 덩어리를 끼고 살게 될지 모른다. 신규주택의 필수자재가 되어버린 유리섬유, 엠디에프MDF, 피비PB 등은 치명적 위험이 예고되어 있는 데도 마구잡이로 쓰고 있다. 편리 때문이며 가격 때문이다.

편리와 가격. 이 두 가지를 쫓는 사람들의 행태는 거의 광적이다. "그런 거 다 따지면 어떻게 살아?"라든가, "안 죽어 괜찮아. 한 번 죽지 두 번 죽나?"라며 호기를 부리는 것도 한두 번이다.

자, 그러면 우리 농업은 어떨까? 탐욕스런 자본논리, 시장논리가 야금야금 돈벌이 목적으로 수단과 방법을 안 가리고 세상을 망가뜨리고 있는 사이 우리 농업은 무사했을까? 편리와 가격이라는 미신이 우리 농업을 어떻게 왜곡시키고 있을까?

1장 하늘과 땅을 살리는 농사 이야기

제 무덤 파는 약탈농업

아시다시피 편리와 소득이라는 기준을 쫓다보니 농부들은 비료와 농약을 뿌려 유기미생물과 천적들을 다 죽여버렸다. 땅에서 소득을 올리면서 그 땅을 죽이고 있으니 제 무덤을 파는 꼴이라 하겠다. 그래서 이를 '약탈농업'이라 부르는 것이다. 얼마 전, 우리 동네 어느 분이 '친환경제초제'라며 냇가에 붙어 있는 자기 밭에 제초제를 잔뜩 뿌린 걸 봤다. 친환경제초제라니? '건강해지는 독약'처럼 형용모순이다.

제초제를 뒤집어쓰다보니 내성이 생긴 '슈퍼잡초'가 등장하고 그 때문에 더 독한 제초제가 나오고 있다. 농촌진흥청에 등록된 제초제 중에서 표기내용이 확정된 제초제만 총 297개 품목에 418개 상표가 있다고 한다. 안 헷갈리는 농부가 없다. 우리 동네 그 사람도 농약사 주인이 '친환경농약'이라고 하니 그런 줄 알았을 거다.

농업의 주도권은 농약회사와 기계공업, 석유회사, 비닐화학회사, 비료회사로 넘어간 지 오래다. 소득은 늘지만 그보다 가파르게 생산비가 올라간다. 농민은 이들 업체들의 머슴노릇을 하고 있다고 해도 과언이 아니다.

우리 식탁도 그렇다. 수탈의 식탁이 무수하다. 대표적인 것이 육식이다. 사료작물의 자연에 대한 약탈, 축산과정의 환경에 대한 부담, 사람의 건강악화, 생명경시, 동물학대 등 육식은 급기야 인류의 양심과 도덕성 문제로 등장하고 있다.

"그럼 뭘 먹어? 그런 식으로 말하면 세상에 먹을 게 뭐가 있어?"

아름다운 후퇴

라는 사람도 있을 것이고 "당신 채식주의자야? 고기를 먹고 말고 는 개인의 기호 아냐?"라는 사람도 있을 것이다. 그러나 지구촌이 이미 돌이킬 수 없는 문명 자체의 위기로 치닫고 있는 현실을 주목 해야 한다.

어떤 심각한 뉴스도 일상에 묻힌 사람들 머리에서 잊히는 데는 두 시간이 채 안 걸린다는 발표를 본 적이 있다. 후쿠시마 핵발전 소에서 2차 대전 때 히로시마에 떨어진 원자폭탄보다 더 위험한 방 사능물질인 세슘이 168만 배나 쏟아져 나오고 있다는 발표가 나왔 지만 그 보도를 제대로 기억하는 사람은 하나도 없을 것이다. 문명 의 위기는 기억의 위기라는 말이 그래서 나오는 것이다.

어제 내가 뿌린 농약, 어제 내가 내다 판 시설재배 농작물이 오 늘의 기상이변 주범이라는 것을 모르는 사람이 없지만 그 행위를 멈추는 사람은 없다. 소 값 하락 대책을 요구하며 시위하는 축산농 가도 축산에서 나오는 지구 온난화 가스가 자동차나 비행기, 배 등 모든 운송기관이 내뿜는 배기가스보다 더 많다는 것을 한두 번은 들었겠지만 축산을 접기보다는 시위하러 간다.

농식품부는 추석 때 출하할 수 있도록 과수농가에 '지베렐린'이 라는 성장촉진제를 쓰라고 권유하고 있다. 수출용에는 전면 금지 된 그 성장촉진제를 내수용 과수에 치라니 우리 국민들은 뭔가?

제 발등 찍는 자해농사

과일을 솎아야 하는데 일일이 손으로 하기 힘드니까 꽃을 보고 날아드는 벌떼가 있는데도 마구 적과제카바릴수화제를 뿌린다. 벌 덕분에 과일이 맺히는 것인데 과일을 솎아내야 한다고 벌떼를 죽음으로 몰고 있다. 그래서 양봉농가가 시위를 한다. 벌들을 죽이는 적과제를 치지 말라고. 한봉은 낭충봉아부패병으로 전멸하고 없다. 이게 뭔가?

그래서 우리나라 주류 농업은 제 발등을 찍는 농사라고 주장하는 것이다. 심하게 말하면 '자해농업'이라는 것이다.

우리나라는 제 발등 찍기 농사가 오이시디OECD 국가 중 가장 심하다는 통계가 여럿 있다. 토양의 영양지수도 그렇고 과투입 집약농업이 그렇다.

이제는 선택의 폭이 좁아 보인다. 아주 화급하다고 판단된다. 인공시설물들을 걷어내고 자연조건과 자원규모에 맞는 농사로 전환해야 한다. 당연히 농사규모가 줄 것이며 당장의 생산량이 준다. 어쩔 수 없다. 음식을 귀하게 여기고 안 남기고 깨끗이 잘 먹어야 한다. 그 길 밖에 없다.

기상이변을 촉진하는 석유화학 농사는 멈춰야 한다. 기상이변을 촉진하는 농사를 더 강화하면서 그 대책으로 빌딩농업이니 수경재배니 식물공장이니 하는 것은 언 발에 오줌 누는 격이다.

자연에 대한 인간의 지배력을 더 높이는 방향으로 진행되는 농사는 그 어떤 시도도 금지해야 한다. 자연의 순환을 막는 시설들이

들어서서는 안 된다. 생태계를 교란하는 농사는 더이상 안 된다. 엄격히 금지해야 한다.

"자연보호도 좋지만 먹고 살아야지"라든가 "다 먹고 살려고 하는 짓인데 생태, 생태 하지 마. 사람이 더 중요하지"라는 사람은 이제 더 이상 없을 줄 안다. 자연이 줄곧 보내는 마지막 경고에 귀 기울이는 사람이라면 그런 말을 하지 않을 것이다. "환경이 인간보다 우위냐 뭐냐?"라는 바보 같은 논쟁은 필요 없을 것이다.

그래도 동의가 어렵다면 제임스 러브 룩과 데이비드 몽고메리가 쓴 《가이아의 복수》나 《흙》을 권한다. 《위기의 지구, 희망을 말하다》도 읽을 만하다.

이 순간 제철 자연농산물 꾸러미

오늘도 부라부라 종이 상자를 꺼내서 차곡차곡 밭을 훑어 내 꾸러미를 만들었다. 오늘 만드는 꾸러미에는 김장용 무 중에서 조금 성장이 늦은 알타리 김치용 무와 쪽파, 그리고는 배추 몇 포기가 들어간다. 덤으로 호두도 몇 알 넣었다.

비료가 없는 것은 당연하고 거름도 적고 오직 땅심으로만 자란 우리 밭의 작물들은 펄펄 살아 생기가 넘친다. 억세고 질기다. 지난주에 우리 집에 와서 일을 도왔던 어떤 사람은 "이 집 작물들은 왜 이리 기세등등해?" 라고 했다.

대신 성장이 느리다. 천천히 자란다. 다른 밭에 배추 속이 노랗게 찰 때도 우리 배추는 겉잎은 벌레가 계속 갉아먹고 속이 찰 줄을 모른다. 벌레들도 배 터지게 먹고 날씨도 차지니까 활동이 좀

아름다운 후퇴

시들해지면 그때부터 속이 차기 시작한다. 배추 겉잎은 망사처럼 되어 있고.

그나마 토종 종자로 하다 보니 요즘 개량된 작물들 보다 크기도 작다. 요즘 허여멀쑥한 도시 애들하고 70년대 시골 촌놈을 비교해 보면 된다. 덩치는 크되 물컹물컹한 도시 아이들과 땅딸막해도 차돌맹이 같은 시골 촌놈들 말이다.

쪼그랑 시골 할머니들의 '언니네 텃밭'

오늘 만드는 제철 농산물 꾸러미 세 상자 중 한울연대 회원 집으로 가는 상자가 하나 있다. 그 분은 참 극성맞다. 빼놓지 않고 매주 전화를 한다. "요즘은 밭에 뭐가 나냐"고. 그 분 전화다 싶으면 나는 대화 내용을 미리 안다. "모시고 안녕하시냐"는 인사와 더불어 하는 말이 바로 이것이기 때문이다. 나보다도 더 밭을 극진히 돌본다는 느낌이 든다. 물론 전화로만 말이다.

'제철 꾸러미 농산물'은 전국여성농민회총연합에서 본격적으로 시작한 새로운 먹을거리 유통문화다. 이름 하여 '언니네 텃밭'이다. 시골의 쪼그랑 할머니들이 비로소 전문가로 대접받게 된 게 이 제철 꾸러미 농산물 덕분이다. 꾸러미 농산물로 도시 가정의 밥상을 차려 내려니 한 농가의 밭에서는 종류가 모자란다. 그래서 자연히 몇 농가가 합심하여 꾸러미를 만들게 되었고 시골 촌로들의 역할이 커졌다.

가을의 끝 무렵이면 겨울 저장음식 만드느라 시골 할머니들이

1장 하늘과 땅을 살리는 농사 이야기

바쁘고 또 바쁘다. 무 썰어 말려 약지 만들어야지, 무청을 삶아 시래기 만들고 보리 싹 틔워서 엿 고와야지, 그걸로 고추장 담고, 가마솥에 콩 삶아야지. 왕년에 잘 나가던 시절 솜씨들을 한껏 발휘하는 그 할머니들은 한 달에 적게는 4~50만 원, 많게는 100만 원 가까이 수입을 올린다고 한다. 한번에 70상자 이상씩 나간다는 전남 나주의 '언니네 텃밭'에 가봤는데 주 2회 배송이다 보니 할머니들이 어떻게 보면 살판이 났다.

이 제철 꾸러미 농산물은 농민은 도시민의 밥상을 책임지고 도시민은 농민의 생활을 보장한다는 취지로 시작된 새로운 운동이다. 매월 얼마씩 고정적으로 돈을 내면 농번기에는 좀 많이 여러 가지를, 농한기에는 뜸하게 적은 양을 보내준다. 농사가 잘 안 되면 못 보내기도 한다. 그래도 도시민은 그것을 이해하고 지원을 계속한다.

미국이나 일본 등 외국에서도 우리의 제철꾸러미 사업과 비슷한 공동체지원 농업CSA, Community Supported Agriculture이 유행하고 있다. 시에스에이CSA의 시작은 일본의 테이케이농업제휴농업을 원조로 보고 있다. 일본에서 시작된 테이케이농업이 유럽을 거쳐 1985년 반 엔 로빈 박사에 의해 미국에서도 시작한 것으로 알려져 있다.

요즘 '언니네 텃밭'은 진화를 거듭하여 생산계획을 도시 회원들과 같이 짜는 모양이다. 생산과 유통과 소비에 농민과 도시 회원이 공동으로 하는 단계까지 갈 모양이다. 참 좋은 현상이다. 이러다 보면 파종할 때 도시 회원들이 와서 참여할 수도 있겠다 싶다.

아름다운 후퇴

이상기온으로 고추농사가 힘들었는데 봄부터 고추 열 근만 달라고 했던 한울연대 회원 한 분이 계셨다. 그러마고 했지만 끝내 그렇게 하지를 못했다. 다른 유기농고추를 구해 드리려고 했지만 끝내 구할 수가 없었다. 내 고추는 우리 집에 와서 풀이라도 뽑고 고추 따기도 같이 했던, 선금을 낸 두 사람에게 주고 나니 남는 게 없었다. 내 김장도 모자랄 판이었다.

도시민과 농민이 함께 농사짓는 그런 관계로 발전해 가기를 바란다. 전화로 짓는 농사도 농사다.

철없는 먹을거리를 배격하는 운동

이름을 지을 때는 네 가지 기준을 적용한다고 들었다. 어디에서 왔는가가 첫째 기준인데 이는 근본이 뭐냐는 말로 이해된다. 그 다음은 지금 현재 어떤 상태인가가 반영되어야 하고 무엇을 지향하는지도 마찬가지라고 한다. 그래서 잘 지은 이름은 그 이름만 봐도 그게 뭔지를 총체적으로 알게 된다.

얼마 전에 근사한 이름 하나를 지었다. 바로 '이 순간 제철 자연 농산물 꾸러미'다. 다시 읽어보아도 참 멋진 이름이다.

주문 들어온 사람들의 주소와 전화번호를 상자마다 써 붙이고 부지런히 밭으로, 창고로 들락거렸다. 깻잎, 오이, 방울토마토, 풋고추, 가지, 피망, 상추, 참외 등은 밭에서 바로 종이봉투나 비닐봉지에 담아 상자마다 골고루 넣었다. 이미 캐 놓은 감자나 양파도

1장 하늘과 땅을 살리는 농사 이야기

큰놈 작은놈 섞인 채로 상자마다 담았다. 어떤 주문자에게는 요청에 따라 우렁이로 농사지은 발아현미를 한 봉지 담기도 했다.

꾸러미 농산물을 생산하는 농부는 밭에 여러 가지를 심는다. 그래야 땅과 음식이 건강하다. 한 가지 작물을 대량으로 하는 농사법이 지구와 사람을 망가뜨린다. 최근 들어 벌떼들이 실종되는 사건이 속출하고 있다. 이는 한 가지 작물만을 대량으로 하다 보니 한 가지 꿀만 먹게 된 벌들이 건강을 잃어 외부 바이러스에 떼죽음하는 것이라는 주장까지 있다. 꾸러미 농산물을 생산하는 섞어짓기 농사법이 얼마나 소중한지 알려주는 사례. 이러한 농사를 경영형 대농이나 기업농과 다른 가족중심의 소농이라 한다.

꾸러미 농산물 상자에 농산물을 소개하는 안내문을 넣었다. 이렇게 다섯 꾸러미를 만드는데 한 나절이 꼬박 걸렸다. 깻잎 따는 시간이 가장 오래 걸렸다. 그 다음은 트럭에 싣고 읍내까지 나가 저녁 8시경에 택배를 부친다. 그러면 다음날 오전에 주문자들의 가정에 배달된다. 싱싱한 농산물이 바로 밥상에 오르는 것이다.

대형 마트에 나오는 농산물은 겉에 식용왁스를 바른 경우가 많다. 최대 2주 정도의 유통기간에도 신선도를 유지하기 위해서다. 보기에는 반짝반짝 싱싱해 보인다. 반면에 제철 꾸러미 농산물은 흙도 묻어 있고 못생긴 경우가 많다. 벌레가 파먹은 것도 흔한 일이다.

'제철 농산물 꾸러미'라는 말은 몇 년 전부터 전국여성농민회에서 써온 이름이다. 제철에 나는 농산물을 이것저것 다 챙겨 한 상

아름다운 후퇴

자 만들어 도시 이용자와 거래하는 방식이다.

도시 이용자는 계약 맺은 농가에 매달 얼마씩을 내고 농가에서는 농산물이 나오는 제철에 주기적으로 갖은 농산물을 챙겨 담아 도시 이용자에게 보내주는 것이다. 도시는 농촌의 생활을 책임지고 농촌은 도시의 생명을 책임진다는 뜻이 담겨 있다. 풍작으로 가격이 폭락하거나 기후변화나 자연재해로 발생하는 흉작의 위험부담을 도시 이용자와 농부가 공동 부담한다는 정신이 배어 있다. 농한기의 농민 생활도 도시 이용자가 책임지는 셈이다.

미국의 시에스에이CSA는 10만 농가가 참여하고 있고, 일본의 테이케이농업은 3천 농가가 참여한다고 하는데, 한국은 아직 초보수준이다.

이 운동은 한마디로 '철없는 먹을거리'를 배격하는 운동이다. 제철 아닌 농산물은 지구생태계에 심각한 위협이다. 겨울 수박, 여름 사과 등이 그렇다. 비닐집 재배나 저온보관이 다 이에 해당된다. 제 철에 나는 음식을 먹고 추운 겨울에는 저장음식을 먹는 게 바른 식생활이다. 그래야만 철든 사람, 철든 사회가 된다는 말이 있을 정도다. 우스개로만 여길 수 없는 말이다.

이번에 내가 보내는 농산물 꾸러미는 '이 순간'과 '자연'이 추가된 이름이다. 비닐집이나 비닐 덧씌움을 하지 않고 지은 작물이라는 뜻과 배송 직전에 채취한 것이라는 사실을 고스란히 담은 이름이다. 작명의 네 가지 기준에 딱 맞는 멋진 이름이다.

자연농법으로 농사짓기

어릴 때 시골에서 자라 어깨 너머로 농사일을 구경해본 사람도 막상 직접 농사를 지어보려면 어떤 씨앗을 언제 어떻게 심어야 하는지 막막하다. 만날 옆집 할아버지에게 물어보거나 옆 논밭에 심은 작물들이 싹이 난 뒤에야 한발 늦게 뭘 심느라고 부산을 떨게 마련이다. 더구나 농사일 한 번 안 해본 사람이 귀농을 하려면 가장 막막한 게 바로 농사를 어떻게 지어야 하는지일 것이다.

언제 뭘 심지? 어디에다?

사람들은 쉽게 "하다 안 되면 시골에 가서 농사나 짓지"라고 말하지만 그게 말처럼 쉽지 않다. 언제 뭘 심는지가 첫째 과제라면 심는 작물에 따라 간격이나 깊이를 맞추는 것이 둘째 과제다. 밭이랑을 만드는 방법들이 작물이 뭐냐에 따라 다 다르기 때문이다. 이게 틀리면 키우는 과정에서 애를 먹게 된다. 북주기나 풀매기 등에서 말이다.

셋째 과제는 뭘까? 궁합이다. 작물과 땅과의 궁합이 있다. 고구마 심는 땅과 땅콩 심는 땅은 전혀 다르다. 초여름에 마늘이나 양파를 캐내고는 뭘 심어야 하는지 작물끼리의 궁합도 있다.

이처럼 철에 따라 작물을 고르고, 심을 땅을 정해서 적당한 방법으로 심는 것이 농사법이다. 농사법에 대한 것을 몇 가지 더 살펴본다면, 이어짓기^{연작}를 피해야 하는 작물이 있고 섞어 지으면^{혼작} 좋은 작물들이 있다.

여기까지가 파종과 관련된 농사법이라고 한다면 추가해서 땅 관리, 병충해 관리, 잡초 관리가 농사법의 큰 줄기로 자리하고 있다. 이 글을 읽을수록 농사가 자꾸 어려워 보인다면 그건 필자의 설명 탓도 있으니 너무 걱정은 말기 바란다.

모든 일은 기술과 정성, 이 두 가지가 조화를 이루어야 한다. 이중 하나를 고르라면 단연코 정성이다. 농사와 생태 삶에 대한 극진한 정성과 사랑이 있으면 그것으로 누구나 농사를 할 수 있다. 이 과정에서 빚어지는 시행착오라는 것은 삶의 귀한 깨달음으로 연결될 것이기 때문이다. 정성을 다하면 결코 자신을 상하게 하지 않을 것이라고 믿는다.

내가 공동대표를 맡고 있는 전국귀농운동본부에서 귀농교육을

1장 하늘과 땅을 살리는 농사 이야기

할 때 생태농업 철학을 비중 있게 하는 이유도 여기에 있다. 현실을 외면한 개념 위주의 접근도 문제지만 농사기술만의 접근은 자칫 방편과 목적을 뒤바뀌게 할 수 있어서다.

내가 처음 귀농해서 첫 해 농사를 지을 때 일이 떠오른다. 밭에서 호미로 맨 풀을 어쩌지 못해 결국 밭둑에 다 옮겨 심었다. 풀을 매긴 맸는데 뿌리 흙을 털어 땡볕 아래 뒤집어 놓자니 그게 말이 안 되는 것이었다. 나 스스로를 납득시킬 수가 없었다. 풀을 캐 죽여야 하는 정당성을 찾을 수가 없었던 것이다.

이게 오늘까지 한 번도 귀농을 후회하지 않고 지금 여기에 나를 있게 한 원동력이지 않았을까 싶다. 첫 해 뿐 아니라 몇 해 농사는 망쳤지만 말이다.

사물의 이치와 자연의 이치를 함께 알아야

콩 농사를 중심으로 나의 농사법을 살펴보자. 먼저, 콩 심을 시기. 콩은 언제 심어야 할까? 옆집 할아버지 심을 때? 옆집에 할아버지가 없으면? 콩 종자에 표기되어 있는 때? 남부지방은 언제, 중부지방은 언제 하는 시기는 꼭 맞는 건 아니다. 위도 상으로는 같은 남부지방이지만 지대의 높낮이가 다르면 심는 시기도 다르다. 지금 내가 사는 곳은 남부지방이지만 해발 600m나 되다보니 거의 북부지방의 기온이다.

그럼 언제? 다른 식물의 꽃 피는 때나 그들의 생장과 맞추어 심으면 틀리지 않는다. 양력은 물론이고 음력도 해에 따라 절기가 다르다. 찔레꽃이 피기 시작할 때 메주콩을 심는다. 이때가 모내기철이다. 모 내고 논두렁에 심는 게 바로 메주콩, 즉 흰콩이다. 이것은 산에 사는 사람의 기준이다. 감나무가 많은 지방에서는 감꽃 필 때 올콩인 완두콩 심고, 감꽃 질 때는 늦은 콩인 서리태를 심는다. 이처럼 비교하는 식생이 다 다르다.

언젠가부터 나는 콩 싹을 틔워 심었다. 떡잎이 나고 본잎까지 나는데 보통 보름 걸린다. 싹을 틔워 심으면 일이 번거롭다. 그러나 가꾸기가 편하다. 직파 때 싹이 안 터 생기는 빈자리도 없다. 무엇보다 풀 관리에 아주 좋다.

콩을 텃밭 모래땅에 배게 뿌려 놓았다가 한 치 정도 자랐을 때 옮겨 심는데 심기 전에 본밭 풀을 싹 매고 심으면 풀보다 콩이 자라는 속도가 빨라 풀 관리에 좋다. 그루갈이^{이모작}로 마늘을 캐내고 콩을 심을 경우 콩 모종을 키울 동안 마늘을 실하게 만들 수 있는 기간을 확보하는 것도 옮겨심기의 장점이다.

줄을 치고 골을 타서 심으면 풀매기 때 편하다. 심을 당시에 두둑 위에서 3분의 2 지점 아래쪽에 심고, 첫 풀매기 할 때는 북주기를 겸하면 된다. 옆쪽 두둑의 흙을 끌어다 북을 주면 풀매기가 저절로 된다.

자연농을 하는 사람들이 풀매기를 힘들어한다. 그래서 '자연을 닮은 사람들'이라는 자연농법 연구회에 가입하여 배운 대로 호밀을 이용한 콩 농사를 했다. 농사 규모가 제법 커진 때라 당시에 인기를 끌고 있던 아신산업에서 나온 다용도 파종기를 샀다. 이것으로 콩도 심고 호밀도 심었다.

콩은 40cm 간격으로 꽤 널찍널찍하게 심고 골 간격은 거의 1m로 했다. 콩을 심기 훨씬 전에 골 사이에는 호밀을 심어두었고, 뒤에 심은 콩이 좀 자랐을 때쯤에는 예취기로 한 자쯤 자란 호밀을 쳐줬다. 화본과 작물이자 월동작물인 호밀은 일찍부터 자라 주변 잡초를 제압했다가 장마철이 올 때쯤이면 생을 마감한다. 이때면 콩이 왕성하게 자라 있다.

콩을 배게 심거나 순따주기를 못하면 넝쿨이 뻗어나면서 콩 한 톨 못 건진다. 그래서 옛말에 콩밭에 비둘기가 있으면 종자는 건진다고 했다.

병과 벌레는 건강의 밑거름

병균과 벌레도 풀과 같다. 함께 가는 것이 자연농법의 원리다. 온갖 벌레가 밭에 있는 게 정상이다. 병균도 마찬가지다. 온갖 것들이 다 섞여서 길항관계를 형성하는 게 가장 바람직하다.

배추를 포트에 키워 옮겨 심을 때에는 모기장을 쳐줬다. 연한 잎을 벌레가 댕강댕강 잘라 먹기 때문이다. 배추가 좀 자라고 나면 벌레들이 설쳐봐야 배추의 생명력만 왕성하게 할 뿐이다. 물론 목초액을 배추가 자란 정도에 따라 20배액에서 200배액까지 뿌려주면 효과가 있다.

한 해는 하도 벌레가 심해서 매일같이 잡아도 배춧잎이 잠자리 날개처럼 되곤 했다. 오운육기에 따라 벌레가 극성일 해가 있는 법이다. 아예 배추농사를 포기했다. 그런데 잊어버렸다가 며칠 뒤에 밭에 갔더니 싱싱하기가 감나무 잎 같은 배추 속잎이 단단하게 새로 자라 있었다. 배춧잎은 총 4~50장이 나는데 끝내 벌레를 물리쳤던 것이다.

배추를 쪽파와 같이 심어봤더니 제법 효과를 본 적도 있다. 김장할 때 동무가 되는 것이라 심을 때도 나란히 한 줄씩 심었는데 파 냄새가 배추벌레를 쫓지 않았나 싶다. 그게 과학이치에 딱 맞는지 확인하지는 않았지만 농부가 그렇게 믿고 해보면 효과는 믿는 것과 비례한다. 이것이 나의 17년 농사 체험이다.

그래서 농법 중에 가장 최고라고 여기는 농법은 '하늘빛 감사농법'이다. 이것은 류인학 선생께서 강조하시는 농법이고 두 시간 쯤 강의를 들은 적이 있다. 상당한 효과가 있다고 들었다. '황금빛 감사농법'이라고도 하는데 늘 기도하듯이 지극한 하늘빛이 농작물에 가득 차 있는 것을 의념하고 그렇게 믿고 행동하는 농법이다. 이것은 양자역학 원리처럼 숨겨져 있는 다차원 공간을 염두에 둔다면 대단한 과학이라 해도 절대 무리가 아니다.

내 고추농사는 좀 색다르다. 1m가 넘게 넓게 심고 그 사이에는 남아 있는 해묵은 상추씨 등을 빼곡하게 뿌려 잡초가 못 자라게 한다. 고추가 많이 자랐을 때는 상추는 뽑아 먹기도 하고 녹아 없어지기도 했지만 풀은 이미 고추그늘에 가려 맥을 못 추게 된다.

더 중요한 것은 꼭 노지에서 키운 모종을 심는다는 것이다. 포트에서 자란 것보다 일하기는 힘들어도 뿌리가 튼튼해서 고추도 건강하게 자란다. 사람은 인간성이 중요하다면 식물은 뿌리가 중요하다. 아주심기 이후 한 달 이상 지주대에 묶지 않는다는 것도 중요한 점이다.

한마디로 열악한 조건에서 제 힘으로 자라게 하는 것이다. 사람이나 작물이나 똑같다. 영양 많게 잘 먹고, 옆에서 먹여주고 그러면 약하다. 병도 많다. 열매도 많이 맺는데 한순간에 탄저병으로 싹쓸이 된다.

쌀농사는 우렁이로만 지었다. 현미식초나 미싱유 등을 가끔 뿌려준 것 외에 아무것도 하지 않았다. 같은 벼과 식물인 갈대나 대나무를 꽂아서 힘을 북돋아줬다. 루돌프 슈타이너의 생명역동농법에 나오는 원리다. 이것 역시 농부의 믿음이 더 크게 작용했으리라 본다.

돈 많이 버는 농사법의 폐해

좋은 농사법의 핵심은 뭘까? 농사의 모든 과정은 물론 마음가짐까지 자연조건에 가깝게 하는 것이다. 우리 현대인류는 할 건 다 해본 셈이다. 종자도 마음껏 쪼개고 붙이고 했고, 땅도 할 수 있는 모든 방법으로 주물렀다. 기계와 화학물질을 다 넣어봤다. 그게 답이 아니라는 것을 뼈가 저리게 배웠다. 아스팔트와 주방용기에서도 방사능물질이 나오고 어린이 장난감에서 발암물질이 뿜어 나오고 있다. 이러한 대가를 치르고서야 하늘 무서운 줄 알았고 스스로 돕는 자를 하늘이 돕는다는 결론으로 되돌아왔다. 해답은 끝내 자연으로 돌아가는 것이다.

사실 우리가 앞으로 정신 차리고 해야 하는 농사법은 다 우리 선조들이 일찍이 했던 농사법이다. 우리 선조들이 과학기술이 부족하고 사물의 이치를 몰라서 그렇게 농사지은 것이 아니다. 그게 순리고 천리였던 것이다. 핵발전소처럼 더 큰 재앙을 뒤에 감추고 있는 눈속임 겉치레 농사로는 오래 못 간다. 식량자급은 어떻게 하냐고? 세계 농지의 근 3분의 1은 사람 먹을 곡식을 키우지 않고 방목지로 쓰이거나 소 먹일 사료를 키우고 있다는 사실만 지적하고자 한다.

10년도 더 지난 아주 오래 전의 일이라 기억이 가물거리긴 하지만 대충 다음과 같은 논란을 벌인 적이 있다.

귀농본부에서 큰 행사를 할 때였다. 우리 농삿말을 바로 쓰자면서 '멀칭'이나 '피복'이라는 말을 '씌우기'로 바꿔 부르고 수도작을 벼농사로, 중경을 사이갈이, 이모작을 그루갈이로 하자고 했다. 간작은 사이짓기가 되고 윤작은 돌려짓기가 되었다.

여기까지는 논란이 없었다. 귀농본부의 표제어인 '생태적 가치와 자립적 삶을 위하여'도 '생태가치와 자립하는 삶'으로 바꾸는 게 좋겠다는 데에 딴 말 하는 사람이 없었다. 관행농법을 화학농법으로 바꿔 불러야 한다는 말까지도 괜찮았다. 어떤 이는 한 술 더 떠서 화학농법도 과분하다면서 화공농법으로 불러야 한다고 했으니 말이다.

그 다음에 문제가 불거졌다. 내가 농약을 농독으로 부르자고 했을 때다. 독약이나 사약 등도 '약'자를 쓰지 않느냐면서 농약을 굳이 농독이라고 부를 필요가 없다는 사람이 있었다. 농약 친다는 말 대신에 소독한다는 말도 많이 쓰일 때라 나는 더더욱 농독으로 바꿔 불러야 한다고 주장했다. 벌레나 잡초를 죽이는 것이 농사에 약이 되기는커녕 멀리 볼 때 농사와 사람도 같이 죽이는 것이기 때문인데 사람들이 이것을 끔찍하게 여기도록 하자는 게 내 주장의 취지였다.

당연히 결론 없이 논란은 끝났다. 결론을 내려야 하는 자리도 아니었고 결론을 내릴 이유도 없었다. 귀농본부에 모인 사람들은 바른 농사를 짓자고 하는 사람들이라 이왕이면 농삿말도 바로 하자는 뜻에서 벌어졌던 논란이었다.

그렇다면 바른 농사가 뭘까. 구체적인 농사 기술들을 소개하기보다 바른 농사가 왜 필요한지 살펴보자. 무슨무슨 이름을 단 농법들이 참 많다. 태평농법이나 생태농법, 유기농법이나 자연농법 등은 귀에 익다. 방치농법이니 무작정농법이니 하는 말도 등장했다. 이런 농법의 시도는 이른바 녹색혁명의 심각한 폐해를 자각하면서다. 이들을 모두 아울러서 자연농법이라 하자.

이제까지의 모든 농법의 등장은 힘 덜 들이고 더 많이 수확하는 쪽에 기울어져 있었다. 드러내놓고 말하자면 돈 많이 버는 방법론을 농사에 끌어댄 것이 농사법이다. 간단히 말해서 땅 관리, 병해충 관리, 풀 관리에 대한 방법들이라 할 수 있다. 이를 위해 마구잡이로 화학약품과 원동기를 동원하여 농업은 공업이 되었고 농장은 공장처럼 변했다.

인간이 농업과 일상생활의 편리를 위해 만든 화학합성물은 지난 30년 사이에 10만 종이 넘는다고 한다. 이것들은 자연 생태계에 없는 물질들이고 분해도 잘 안 되고 생태계를 교란하며 개체의 형질을 변형시킨다. 우리가 쓰는 모든 편리하고 때깔 좋은 석유화학제품이 그렇다고 보면 된다. 2007년 현재 농업진흥청에 등록되어 있는 우리나라 제초제만 해도 297품목에 418상표라고 한다. 살충제와 살균제에 지베렐린 같은 성장촉진제, 카바릴수화제 같은 적과제열매 솎는 농약 등의 농약까지 생각하면 정말 끔찍하다.

그 덕에 토지는 사막이 되었고 지하수는 물론 대기까지 오염되었다. 물 속과 땅 위의 생물종들이 함께 화학물질에 피해를 보고 있다.

자연이 하는 것을 도와서 거드는 게 자연농법

예전에 경인방송에서 방영한 '피곤에 지친 지구의 토양'을 보면 프랑스의 보쥬지방과 카마르그 지방의 삼각주는 오랜 화학농업으로 완전히 망가져버렸다. 생산성만 추구하는 농법이 어떻게 곧바로 땅심을 고갈시켜 사막으로 만들고 지구온난화를 촉진하는지 적나라하게 볼 수 있다. 심지어 뱀장어의 80%가 암에 걸려 있더라고 한다. 생물농축유기오염물이 생물의 체내로 유입된 뒤 분해되지 않고 잔류되어 있다가 먹이사슬을 통해 상위 개체로 전달되면서 오염 농도가 점점 높아지는 현상. 먹이 사슬의 위에 있는 고래나 상어, 인간이 심하다에 의해 문제는 더욱 증폭된다.

한국이라고 예외가 아닐 것이다. 농사가 다원적 가치를 실현하면서 지구를 살리기는커녕 지구환경 파괴의 주범이 되어 버린 게 현실이다.

그래서 자연농법이 등장했다. 자연농법에 대한 규정은 위에 나온 다양한 농법 이름들을 되새겨보면 감이 잡힐 것이다. 인간이 일부러 작물 재배에 이런 저런 조작을 하지 않고 자연이 하는 것을 도와서 거드는 정도의 농사라고 보면 된다.

화학약품과 농기계로 농산물을 더 생산했지만 이것이 결코 계속될 수 없다는 것을 일부의 사람들이 알게 되었다. 다른 종끼리, 심지어는 동물 디엔에이까지 빼내서 종자개량을 한 결과 수확량이 늘어난 것은 분명 사실이다. 그러나 그 농산물은 도저히 불안해서 마음 놓고 먹을 수가 없는 것이다. 잡초와 콩을 교배하고 깊은 바다 속 물고기와 딸기를 교배하여 키운 농산물이 어찌 온전하겠는가? 최근에 개발되어 떠들썩하게 소문이 난 겨울딸기는 서리가 와도 잘 자란다고 한다. 이 딸기는 깊은 바다에 사는 한대성 물고기인 넙치의 디엔에이와 딸기 디엔에이를 조작하여 만든 것이다.

자연농법에서는 땅 관리를 농기계에 기대지 않고 아예 갈지 않는 쪽을 선택한다. 이른바 무경운이다. 자연농법의 첫 번째 원칙이다. 유기농업과도 이 부분에서 차이가 난다. 대형 농기계가 일손을 덜어주는 고마운 것으로만 알지만 그렇지 않다. 경반층 또는 비독층이라 하여 30cm 밑의 땅을 돌멩이처럼 딱딱하게 하여 농사를 망친다.

땅을 갈지 않으면 장마에 물 빠짐도 좋고 가뭄도 덜 탄다. 경반층이 생기지 않으니 토양의 염류축적도 없다. 토양의 염류화는 농사에 치명적이다. 이것은 토지의 영양지수라고 표현할 수도 있는데 유기질 비료들이 고여 있는 것을 말한다. 우리나라는 OECD 국가 중 가장 영양지수가 높아 농작물은 물론 사람과 공기에 심각한 해를 끼친다.

땅을 갈아 뒤집는 것은 두 가지 목적이 있다. 땅 속에 있는 흙을 산성화 된 겉흙과 뒤바꾸는 것과 잡초 제거를 위해서다. 화공약품에 의해서 산성화 되는 땅을 뒤집기만 해서는 해결이 안 되니까 객토작업이라 해서 다른 데서 흙을 퍼 넣기도 하고 몇 년에 한 번씩 석회나 규산을 뿌리기도 한다.

땅을 갈지 않는 대신 뿌리가 1m 이상 내려가는 보리를 가을에 심거나 6~7m나 뿌리가 내린다는 호밀을 심으면 땅이 호흡도 하고 흙이 떼알구조로 바뀌면서 각종 미생물과 작은 동물들의 서식처로 바뀐다. 옥수수도 뿌리가 왕성해서 비독층의 염류나 과도한 질소질도 흡수 분해하는 것으로 알려져 있다.

그렇다면 잡초는 어떻게 하나? 땅을 갈지 않으면 잡초가 무성하

1장 하늘과 땅을 살리는 농사 이야기

다. 잡초는 그냥 같이 살게 한다. 제초제를 자꾸 치면 내성이 강해진 '슈퍼잡초가 기승을 부린다. 대신 깻묵을 우려낸 액비를 뿌리든지 타감작용다른 식물의 성장을 방해하는 작용이 강한 솔잎이나 은행잎을 덮어주면 확실히 잡초가 덜 자란다. 잡초는 베어주면서 공생하게 하는 것이 좋다.

잡초를 잡기 위해 비닐을 씌우는데 유기농업은 비닐 사용을 전혀 꺼리지 않는다. 자연농업에서는 무비닐이 두 번째 원칙이다. 비닐하우스도 하지 않는다. 비닐의 토양오염도 만만찮다.

자연농법의 세 번째 원칙이 무투입이다. 뭘 넣지 않는다는 말인가? 외부의 이물질을 넣지 않는다는 것이다. 나는 세 가지를 넣지 않는다. 외부 축사의 거름을 넣지 않고 내연기관으로 움직이는 농기계를 넣지 않고 농약과 비료를 넣지 않는다. 제초제도 당연히 뿌리지 않는다. 나는 귀농해서 농사지은 지 올해로 17년 되는데 단 한 번도 농약과 제초제, 그리고 비료를 내 손에 묻혀 본 적이 없다. 관리기를 가끔 쓰기도 했는데 벌써 4~5년 째 전혀 건드리지 않는다.

유기농에서는 거름을 쓰는데 이 거름이라는 것이 사실 좀 문제가 많다. 축사에서 나오는 돼지똥, 소똥, 닭똥은 상당히 심하게 요염되어 있다. 사료 자체가 항생제나 성장 호르몬이 섞여 있어 그렇다.

아무것도 넣지 않으면 작물이 제대로 자랄까 걱정이 될 것이다. 처음에는 당연히 잘 안 자란다. 하지만 시간이 지나면서 땅심이 회복되면 점차 나아진다. 농작물의 생명력은 강하다. 병도 안 걸린다. 무리하게 많은 열매를 맺지도 않고 대책 없이 몸뚱이를 키우지도 않는다.

자연농법으로 농사를 지으려면 자연의 지혜를 맘껏 활용해야 한다. 돌려짓기나 사이짓기를 하면서 작물의 특성이 서로 조화를 이루게 해야 한다. 자연농법의 자세한 지혜들은 많이 보급되어 있다.

토종종자를 심고, 농사꾼이 늘어야 한다

자, 여기까지 얘기하면 소출이 제대로 나는지 걱정이 될 것이다. 비료나 농약도 안 치고 대형 농기계도 동원하지 않으면 인구가 얼만데 식량을 댈 수 있을지도 걱정이 될 것이다.

자연농의 대가이신 승주의 한원식 선생 같은 분은 이런 걱정을 하는 사람들에게 이렇게 말한다. "땅에서 얼마나 가져 갈 것인가를 생각하기보다 땅이 주는 것에 감사하라"고. 황당하게 들릴지 모르지만 땅을 더는 유린하고 착취해서는 안 된다. 인간의 자해문명과 도박농사는 막바지에 다다랐기 때문이다. 이 말은 최근에 내가 처음 사용한 말이다. 현대문명은 자기 자신이 묻힐 때까지 무덤을 파고 있으며 농사는 카지노 도박판과 닮았다는 말이다.

대안은 두 가지다. 농업인구가 더 늘어야 하고 토종종자로 농사를 지어야 한다. 불필요할 뿐더러 사람을 사납게 만드는 기계와 전자기기를 멀리해야 한다.

토종종자는 키도 작고 열매도 적게 열린다. 토종종자를 강조하는 것은 땅에 거름을 넣지 않고 널찍널찍하게 심으면 절대 병이 걸리지 않는다는 것이다. 농장 환경을 최대한 자연과 같이 해주면 그렇다. 거름기가 많으면 작물은 영양성장을 많이 하게 되고 반드시 병에 걸린다. 고추 한 번도 못 따고 탄저병에 다 뽑아버리는 것보다 네 번 다섯 번 따고 서리가 하얗게 내릴 때 고추 끝물까지 따는 토종고추가 미덥다.

예전에 전국귀농운동본부에서 토종씨앗 나누기 모임이 있었다. 전국에서 토종 종자로 농사를 짓는 사람들이 삼삼오오 모여서 크고 작은 종이봉투에 담아 온 씨앗들을 나누었다. 상추만 해도 이십여 종이 있었고 당근, 배추, 오이, 벼, 밀 등도 수십 종류가 넘었다. 콩은 자그마치 30여 종이 더 되었다. 종에 따라 심는 시기도 다 다르다. 재배 지역과 종자 이름, 그리고 파종 시기와 특징들을 꼼꼼히 적어 와서 농사짓는 과정에서 파악한 내용들을 세미나 식으로 발표를 했고 왕성한 토론을 했다.

토종종자의 특징은 같은 작물의 종이 엄청나다는 것이다. 콩이나 팥은 수백 종이 넘는다. 종묘상에 가서 씨앗을 사려면 종자회사 이름만 다르지 거의 똑같다. 잘 자라고, 잘 생기고, 커다랗고, 색깔이 화려하다. 뿐만 아니라 농약으로 소독을 해서 씨앗들이 시퍼렇든지 새빨갛다. 토종씨앗은 전혀 그렇지 않다. 농약 소독을 않는 것은 기본이다. 늦게 자라고, 못 생기고, 자그마하다.

그렇다면 왜 우리는 토종씨앗을 심고 보존하기 위해 애 쓰는 것일까? 이유는 단 한가지다. 튼튼하게 자라고 영양도 풍부하다는 것이다. 생명력이 강하고 사람과 자연에 조화롭다는 것이다. 토종종자로 농사를 지으면 비료도 농약도 안 해도 된다. 그래도 건강하게 자란다.

인위적으로 개량된 씨앗들은 너무 허약하다보니 비료나 거름을 많이 줘야 한다. 그러면 급성장하게 되고 농약을 쳐야 하는 악순환에 빠진다. 인위적인 육종의 목표 자체가 급성장이다. 빨리 자라게 해서 빨리 수확해 내다 팔아야 하기 때문이다.

무비닐농사, 탈석유농업, 자연생태농사를 지향하는 사람들은 그래서 토종종자를 보존하고 널리 보급하는 데에 심혈을 기울인다. 문화나 말이나 글만 우리 것이 좋은 게 아니라 종자도 우리 것이 좋은 것이다.

수천 년 이 땅에서 농부의 땀방울에 의지하여 온갖 풍상을 거치며 자연과 융화하고 조화를 이루면서 빚어 낸 결과물이 토종씨앗이다. 프로젝트 지원금 수억 원으로 단 몇 년 만에 실험실에서 탄생된 것이 아니다. 겉으로 화려하고 날마다 꾸며대는 것들은 안으로 불량하게 되어 있다. 건강한 밥상을 지키는 첫걸음은 토종종자다. 정직한 농사다. 작은 노력으로 큰 이익을 보려고 하지 않는 것이다.

내가 일하고 있는 귀농운동본부는 물론 전국여성농민회, 안완식 씨드림 대표님이 심혈을 기울여 토종씨앗을 퍼뜨리는 이유가 여기 있다. 농업진흥청에 보관되어 있는 수십만 종의 종자들은 영원히 농토에 뿌려지지 않을 수도 있다고 본다. 뭔가 이상한 돈 되는 종자를 만들어내는 원재료로 쓰이지 않을까 싶다.

　농부들이 최고의 육종가라는 말이 있다. 좋은 종자는 그 지역의 토양과 기후에 세대를 거듭하면서 적응해간 바로 그 씨앗이다. 자연농법과 같이 가야 하는 것이 토종종자다.

　농사꾼이 더 늘어나야 하고 쓸데없는 지출을 줄여야 한다. 지출은 지금처럼 하고 농사는 자연농으로 하자는 것은 이율배반이다. 지금과 같은 소비지출은 지구가 몇 개가 있어도 자원을 댈 수 없다고 하지 않는가. 안타깝지만 생태계도 살리면서 힘 안 들고 풍족하게 생산하는 그런 농법은 없다. 안타깝다고 할 수도 없다. 오히려 다행일 수 있다. 충돌하는 두 가지, 세 가지 욕망을 동시에 채우려는 것에서 모든 재앙이 생기는 것이니까.

귀농과 귀촌에서 희망을 찾는 사람들

2010년 3월 9~10일 전라남도 강진군 다산수련원에서 큰 행사가 열렸다. 제2회 귀농·귀촌 전국대회였다. 전국 각지에서 300여 명의 관계자들이 모였는데 몇 가지 특색이 있었다. 전국 규모의 행사에 축하 화환 하나 없다는 것이 그 첫째요, 내로라하는 사람들의 판에 박은 축사가 없었던 것이 그 둘째라 하겠다. 자발적인 민간단체 행사다웠다.

관광버스는 단 한 대뿐이었다. 필자가 속해 있는 고장에서 서른 남짓 되는 귀농회원들이 관광버스를 대절하여 갔을 뿐 다른 사람들은 모두 개별적으로 참석했다. 개미군단이라 할 만하다.

새로운 삶의 모형을 창조하는 귀농

전국귀농운동본부와 강진군이 함께 주최한 행사였다. 그 전해에는 진안에서 첫 행사를 했다. 진안군은 자타가 공인하는 '귀농1번지'이고, 강진군은 2007년에 전국 최초로 귀농지원조례를 만들어 열성으로 귀농·귀촌 정책을 실시해 45년 만에 처음으로 인구가 느는 곳이기도 하다.

역사적으로 농촌을 향해 몰려가던 시절이 없었던 것은 아니다. 그렇다면 요사이 거론되는 귀농은 어떤 점이 주목되는가?

나는 이 행사에서 전국귀농운동본부의 공동대표로서 '우리 농업의 미래와 귀농'이라는 주제로 기조강연을 했다. 강연에서 나는 도시로 상징되는 물질과 기술, 과학과 정보의 포로가 된 생활을 버리고 전혀 새로운 삶의 모형을 창조해가는 귀농을 강조했다. 우리 농촌도 어느새 부자 병에 걸려 무모하고도 맹목적인 돈 버는 농사에 빠져 허우적대고 있다면서 화학농법, 화공농법을 버려야 한다고 주장했다.

지금의 농촌은 농산물공장이라 해도 과언이 아닐 정도로 기계와 합성약재와 비닐이 뒤덮고 있다. 축산은 고기공장이 되어 버렸다. 동물학대와 식물학대가 만연한다. 생명에 대한 모독이고 우주 질서에 대한 능멸이다. 소, 돼지, 닭, 오리들은 오래전에 성생활(?)을 박탈당했다. 고기나 알새끼을 만들어내는 기계취급을 당한다. 우성인자만 골라 인공수정을 하기 때문이다.

농촌이 생명의 곳간으로 탈바꿈하기 위해서는 도시 이용자들의 각성과 실천이 중요하다는 이야기가 나왔다. 농부는 도시사람들에게 살아있는 먹을거리를 책임지고 도시사람들은 농부들의 생활을 책임지는 것이다. 학교에 유기농산물 무료급식과 일본에서 앞서하고 있는 '제철 꾸러미농산물' 거래 얘기도 나왔다.

농촌이 비틀거리면 도시의 인구문제, 환경문제, 교통문제, 도시 빈민문제가 바로 악화된다. 농사를 짓는 것은 공장에서 물건을 만드는 것과는 다른 사회 공익적 기능을 수행한다. 산소를 생산하고, 홍수와 가뭄 피해를 완화한다. 국토 경관을 조성하며 사람들에게 심리적·신체적 휴식과 안정을 제공한다. 자신을 이러한 농촌 가치에 접목시키려는 사람들이 더욱 늘어나길 빈다.

2012년 1월 스위스 다보스 포럼세계경제포럼에서 정한 주제가 놀라운 것이었다. '거대한 전환 – 새로운 모델의 형성'이었다. 더 놀라운 것은 포럼 회장인 클라우스 수바브의 발언이었다. 그는 "우리가 죄를 지었다"면서 "성장 중심의 생산성 향상보다는 소득의 불평등, 부의 재분배 등에 더욱 관심을 기울여 나가자"라고 말했다.

아니, 신자유주의의 국제집단에서 이런 말이 나오다니. 환경·시민단체에서나 할 얘기 아닌가 말이다. 위기는 위기인 모양이다. 그것도 총체적인 위기.

지구 위기에서 시도해야 할 전환의 방향이 뭔지는 이제 전 세계인의 기본 소양이라 할 정도로 공유되고 있다. 생태순환과 상생, 지역과 공동체가 그 답이라는 데에 이론이 없어 보인다. 기상이변과 과학기술의 대형 붕괴현상 등 현대 물질문명이 거의 막바지에 다다랐다는 것은 지구촌 곳곳에서 들려오는 파열음으로도 충분히 감지된다.

생태순환 마을 만들기가 대안

우리나라에서도 농업과 농촌, 그리고 귀농이 관심사가 되는 이유다. 꼭 베이비붐 세대의 영향만은 아니다. 해를 거듭할수록 귀농 가구 수가 큰 폭으로 늘고 있는 것은 도시 물질문명의 반 인간성, 반 지속성 때문이다. 이러한 진단아래 귀농 활성화 방향도 그 연장선상에 놓이게 된다.

도시의 생활방식을 단순히 시골로 옮겨 놓는 것이 귀농은 아니다. 농토나 시골 풍광이 새로운 돈벌이 대상으로 전락하는 귀농은 지구문명의 새로운 흐름과도 배치된다. 그렇다면 귀농정책의 우선은 무엇일까? 나는 지금의 시골과 농촌을 생태순환 마을로 만드는 것이 가장 중요한 귀농정책이라고 본다. 그동안 몇 년 사이에 지자체별로 경쟁적인 도시민 유치 활동을 벌이면서 현금 지원까지 포함한 다양한 귀농자 지원정책이 있었다. 그 대상은 귀농하는 사람이었다. 이제는 농촌에 살고 있는 농민을 중심으로 교육과 문화, 복지와 전통, 건강과 노동 영역에서 획기적인 개선을 도모해야 할 때다.

귀농자들이 갖고 있는 전문 능력들이 이 분야에서 적극 활용돼 바로 지역사회와 결합하도록 그들을 돕는 방식이다. 그 일자리가 사회적 일자리면 더욱 좋다. 공공성을 띈 귀농자들의 역할은 자연스레 두 번째 귀농활성화 정책으로 연결될 것이기 때문이다.

그 둘째가 지역민과 함께 하는 귀농자 융합 정책이다. 이미 여러 사례들을 통해 귀농자들이 지역 원주민과 어떤 점에서 차이와 갈등을 빚는지 확인된 바 있다. 떠나가는 귀농자만 없어도 그 지역의 귀농정책은 성공이다. 이 때문에 서로간의 삶의 철학과 취향을 크게 부각시킬 필요는 없다. 현지 생활을 중심으로 서로가 갖고 있는 장기들을 최대한 융합하는 지혜가 필요한 것이다.

2011년 말에 제정된 협동조합기본법에 의거하여 농촌지역에서 여러 형태의 협동조합을 만들고 그곳에서 귀농자와 현지인이 서로 다른 능력과 경험을 토대로 같은 뜻을 실현해 가는 공생관계를 만드는 게 중요하다.

마지막으로, 귀농 민간기구를 만들고 관과 역할을 분담하는 것이다. 귀농 지원이나 지역순환 마을 만들기는 귀농 민간단체와 관이 제도와 조직으로 협력하는 관계가 좋다. 이는 관의 경직성을 탈피하고 민간의 취약점을 보완하는 방식이 될 것이다.

2장

내 삶의 주인이 되는
살림 이야기

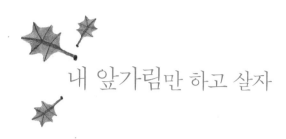

내 앞가림만 하고 살자

경상남도 함양군에 가면 서상면이라고 있다. 그 바로 아래 함양군 서하면이 내 고향이니 서상면은 아주 눈에 훤한 곳이다.

최근에 이곳을 찾아갔다. 영각사 절 바로 밑에 있는 마을인데 이곳에 정착한 귀농후배 부부를 만나기 위해서였다. 이 부부는 원래 후배라기보다 내 의조카다. 의형제, 의붓아버지는 흔해도 의조카는 좀 생소하지만 내가 예전에 부산귀농학교에 강의를 갔다가 조카로 삼은 부부다. 서상으로 귀농을 한다기에 어찌 반갑든지 강의 뒤풀이 시간에 위아래 좌우를 한참 따져보다가 그의 아버지가 셋째형님뻘이라 조카 삼기로 한 것이다.

이제 막 30줄에 올라선 그 젊디젊은 부부네 집에 당도해서 깜짝 놀랐다. 그새 집을 다 지었고 이사도 끝냈다. 고추도 한 300평, 뚱

딴지라 부르기도 하는 돼지감자를 한 2000평이나 심었다는 것이다. 그리고는 요즘 한참 올라오는 산나물 뜯기에 여념이 없었다. 두릅, 고사리, 다래 순, 취, 돈나물, 머위 등.

농토는 마을 어른들께 빌렸는데, 산으로 들로 오가다가 불쑥 영각사 절에 가서 주지스님께 인사를 드렸더니 마침 부산에서 절에 와 있던 보살 한 분이 자기 땅이 여기 있다면서 부쳐 먹으라고 해서 또 땅을 얻었다고 한다. 옆 동네로 먼저 귀농한 선배한테서 관리기 빌려다가 밭을 갈았고, 집은 재료비 2천만 원 정도에 인건비 조금 해서 거의 자가노동으로 총액 3천만 원에 25평쯤 되는 집을 지었다고 한다.

뭘 먹고 살지 그런 걱정부터 버려라

피 한 방울 안 섞이고 마음으로 맺은 것이긴 해도 조카, 삼촌지간이라 그런지 이 부부가 나랑 좀 비슷한 거 같다. 특별히 짜임새 있는 계획도 없이 그냥 널널한 마음으로 귀농을 한 것이 그렇고, 이것저것 닥치면 닥치는 대로 살아내는 것이 그렇다. 도시를 떠날 때 그 초심 하나 놓치지 않고 딱 붙들고 살려는 것도 비슷하다. 널널한 마음이면 널널하게 살고, 빠듯한 마음이면 빠듯하게 사는 게 사람 사는 이치다. 자연에 맡기고 살면 자연스런 삶이 되는 것이고, 자연에 거슬러 살면 부자연스런 삶이 되지 않을까?

막상 귀농을 고민해도 농촌에 가서 뭘 해먹고 살면 좋을지 걱정

아름다운 후퇴

하는 사람들이 많다. 이 글을 읽으면서도 여기서 뭔가 좋은 아이디어 하나 건져가지고 시골살이 멋지게 할 수 있지 않을까 생각한다면 앞으로 하는 내 얘기에 실망할 수도 있다.

나는 지자체나 귀농선배들이 하는 고만고만한 귀농안내서 같은 이야기는 하지 않으려 한다. 시골에 가서 뭐 해먹고 살아야 하는지는 사람마다 하는 이야기가 다를 것이다. 얘기마다 다 맞는 얘기고, 그 말대로만 하면 그 사람처럼 살 수 있지 않을까 싶다. 틀리지 않을 것이다. 나는 주로 내 경험을 중심으로 말한다. 다른 일반적인 조언들이야 인터넷이나 자료집, 귀농전문학교 강의에 다 나올 테니까 내가 거들 필요는 없을 것이다.

내가 살아보니 벌써 17년 동안 시골살이라는 게 뭐 하나 제대로 계획에 따라 진행된 게 없다. 내려올 때도 그냥 덜렁 내려왔지만, 살아온 것도 그냥 어떻게 잘 되겠지 하면서 17년을 살았다. 2011년 5월에 나온 《내 손으로 시골집 고쳐 살기》까지 합하면 책도 다섯 권이나 냈고, 농사도 안 지어 본 게 없을 정도로 다 지어봤다. 애들 유치원 때 내려왔는데 둘 다 장성해서 제 갈 길 잘 가고 있다. 집도 세 채나 지어 봤다. 귀농이나 생태적인 삶에 대한 강의도 가끔 나가면서 살고 있다.

빠듯하지 않고 널널하게 사니 이런 저런 기회가 오면 그냥 덥석 잡아버리는 편이다. 전주국제영화제 주최의 무료 워크숍 4개월 과정을 농한기인 겨울철에 등록해서 공부했는데 그 덕에 아마추어 영화감독으로 데뷔해 영화관에서 자그마치 관객 400명을 모아놓고 상영하는 영광(?)도 있었다. 단소니 대금이니 기타니 하는 것도 배워봤고, 노모도 시골로 모셔와 같이 살게 되었다. 유럽, 일본, 중국, 호주, 인도, 싱가폴 등 해외연수도 했다. 제 돈 들이고 몇 년 적금 부어서 하려고 했다면 꿈만 꾸다 말았을 것이나 우연찮은 기회가 생겨 대개 공짜 돈으로 했다.

계획을 세워 몇 년을 안 먹고 안 쓰고 해서 이룬 것은 하나도 없다. 거의 다 즉석에서, 아니면 2~3주 전에 덜컥 기회가 와서 한 것들이다. 웹에이전시 회사도 만들어 시민단체나 대안학교 홈페이지도 개발해봤고, 무역회사도 만들어 북한에 밀가루 등 식량도 보내봤다. 책만 해도 책을 내리라고 작정을 하고 글을 써본 적은 단 한 번도 없다. 그냥 글 쓰고 기록하는 게 좋아서 하다 보니 이렇게 되었을 뿐이다. 처음에는 아이들 일기 지도를 하면서 글을 쓴 게 시작이었던 것 같다.

안 해본 것이라면 시설농사 즉, 비닐집 농사는 안 했다. 그냥 안하게 된 게 아니고 이것만큼은 절대 안 해야 진정한 농부려니 하는 고집이 있었던 것이다. 지금 생각해도 정말 잘한 것 같다. 비닐집 농사를 시작한 사람들을 보면 밤낮이 따로 없고 농한기 농번기가 따로 없다. 늘 종종거리며 정신없이 일하고 산다. 돈을 많이 버는 만큼 많이 쓴다. 농사짓는 사람이 천하의 근본이라고 하는 것은 하늘을 거스르지 않고 계절과 기후와 자연 조건을 있는 그대로 잘 모셔가며 농사짓는 경우에 해당한다. 그런데 절기와 날씨와 기온을 거슬러 시설농사를 하는 것은 천하의 근본은커녕 천하를 괴롭히는 행위일 따름이다.

그래서 나는 귀농해서 뭘 어떻게 해서 밥 먹고 살지 걱정하는 분들에게 내가 생각해도 황당하기 짝이 없지만 일단 그 걱정부터 내려놓으라고 한다. 대책 없이 내려놓으라고 말한다. 걱정을 안 하면 걱정할 일이 안 생긴다는 게 내 철칙이다. 귀농해서 실패하고 빚더미에 올라앉은 경우는 백이면 백 모두 다 돈을 벌려고 하다 그리 된 것이다. 살아갈 걱정을 산더미처럼 하면서 무리해서 이것저것 시도하다가 산더미 같은 빚에 올라탄 것이다.

물론 이게 말처럼 되는 건 아니다. 걱정하는 사람들을 보면, 걱정하고 싶어 하는 게 아니고 그냥 걱정이 되니 하는 경우가 많다. 생각하고 싶어서 생각하는가? 아니다. 그냥 생각이 나고 그 생각을 쫓다보니 생각에 매여 사는 것과 같다. 내가 생각을 하는 게 아니라 생각이 나를 거머쥐고 이리저리 뒤흔드는 것이듯이.

무슨 일이 있어도 걱정 안 하고 편하게 사는 것은 다른 기회에 자세히 살펴봐야 할 문제이니 여기서는 일단 이 정도로 넘어가도록 하자.

좋아하는 일, 하고 싶은 일을 해라

내 얘기를 수긍하는 분들도 정작 돌아서면 다시 막막한가 보다. 이런 얘기를 들은 적이 있다. "나는 당신처럼 글도 쓸 줄 모른다. 나는 아는 사람도 많지 않다. 나는 농사지어 본 경험도 없다."고.

내가 책을 다섯 권이나 내고, 그 중 어떤 책은 비소설류로서는 드물게 몇 만 권을 돌파하여 여전히 잘 나가고 있지만 나는 학창시절에는 글쓰기를 지독히도 못했다. 오죽 글을 못 썼으면 중학교 때 처음으로 연애편지를 썼다가 맞춤법이니 띄어쓰기니 표현력이 다 틀려가지고 편지를 받은 여학생이 빨간 볼펜으로 온통 벌겋게 수정해서 되돌려주었을 정도였다. 아마도 그 여학생은 이런 편지를 받는 것 자체가 창피했던 것 같다.

20대 중반에는 어느 잡지사에서 어떻게 알고 나를 찾아와서 내가 하던 공장활동을 토대로 사회비평 글을 써 달라고 한 적이 있었다. 한 달 내내 끙끙대며 25매를 썼지만 실리지 못했다. 대신 원고지 매당 500원인가 원고료가 통장에 들어왔다. 문의를 해보니 채택되지 않은 청탁원고 집필자에게 드리는 원고료라는 말을 듣고 얼굴이 완전히 홍당무가 된 적이 있었다. 차라리 원고료라도 안 받았으면 덜 했을 것이다.

농사도 마찬가지다. 어렸을 때도 구경만 했지 학교 다니느라 직접 농사를 지어본 적이 없었다.

우리가 자식 키울 때는 '잘할 수 있는 것을 하라'거나 '하고 싶은 것을 하라'고 하면서 정작 자신의 삶은 그렇게 못하는 경우가 많다. 신명나는 일을 하면 자신 안에 있는 흥이 절로 살아나고 그러면 관계도 잘 풀리고, 안 보이던 여러 기회들이 다 보인다. 그러다 보면 돈도 벌고, 건강해서 의료비도 안 들고, 나아가 자동차 접촉사고 하나 안 나는 게 다 천지조화의 삶이다.

아름다운 후퇴

돌아가신 이오덕 선생님도 "일하는 사람이 노래도 만들고 글도 쓰고 그림도 그려야 그게 살아 있는 예술"이라고 하셨다. 그렇듯 일을 해야 감성이 열린다. 노동은 천지만물과 소통하는 통로다. 그러나 신명난 노동이 아니라 돈벌이 노동이 되면 잡초는 원수가 된다. 소니 돼지니 콩이니 고추니 나락은 다 돈이 된다. 그러면 창조의 기쁨, 생산의 희열은 없어져버린다. 가슴과 머릿속에는 돈의 액수만 춤을 춘다. 고객관리랍시고 프로그램 깔고 택배 보내느라 헉헉댄다.

여유 있게 살면서 흥이 나면 흥도 나누고 공감하는 사람들끼리 일판도 벌이고 춤판도 벌이며 살자고 귀농을 결심했을 텐데 어쩌다 보니 이런 초심은 어디로 가버리고 없다. 해야 할 일만 겹겹이 쌓이니 하고 싶은 일은 할 겨를이 없다. 이래서는 안 된다.

내 삶의 참 주인으로 살아야

하고 싶은 일만 하면서 어찌 살 수 있겠는가. 하고 싶지 않지만 해야 하는 일이 얼마나 많으냐고 말할 사람들이 있을 것이다. 그렇다. 해야 할 일이 있다. 그렇지만 그것을 하고 싶은 신나는 일로 전화시키면 좋지 않겠는가? 그래야 내 삶의 주인이 될 것이다. 노예가 꼭 고대시대나 중세시대에만 있었던 건 아니다. 지금도 노예들이 엄청나게 많다. 일의 노예, 돈의 노예, 술과 노름의 노예 등등. 모두 다 자기 삶의 주인이 아니라 종인 것이다.

이제 당위와 의무, 분노와 주관적 사명감으로 살 때는 아닌 것 같다. 소를 키워라, 오미자가 좋다, 사과나 배를 기르자, 블루베리, 야생 차, 각종 장류, 농촌체험, 교육농장, 산촌유학 등 시골 가서 살려고 하면 머릿속을 헤집고 다니는 주제들이 많다.

농촌보험도 여러 상품들이 나오고 방과후학교니, 이주여성센터니, 아동센터 같은 일자리도 자주 소개된다. 빈집조사 활동도 있고 인구조사 보조원도 있다. 그런데 하고 싶은 일이 아니면 하지 않는 게 좋다. 돈 때문에 억지로 하면 병 나고 사고 난다.

사실 우리가 먹고 자고 옷 입는데 드는 돈은 얼마 되지 않는다. 어디에 돈이 많이 들어가나? 자동차, 통신비, 자녀교육비, 건강의료비, 난방비 등이 꼽힐 것이다. 이게 정상인가? 돈을 벌기 위해 자동차, 스마트폰, 의료비, 에너지비가 드는 것이 아닌가? 어처구니없는 악순환이다.

하고 싶은 일만 하고 신명나게 살려면 방법이 있다.

먼저, 내 앞가림을 잘하는 것이다. 내가 온전히 잘 사는 데에만 전념하는 것이다. 애들 교육? 내 앞가림이 먼저다. 애들은 애들대로 복을 타고 난다. 부모 모시기? 일가친척간의 도리? 사회활동? 모두 내 앞가림만 잘하면 절로 풀려지는 것들이다.

자기 한 몸, 자기 마음 하나 건사하지 못하면서 남의 생각까지 좌지우지 하려고 이러쿵저러쿵 하면서 다툰다. 사람관계의 악화만큼 에너지를 소비하는 게 없다. 요즘 패시브하우스passive house라고 하여 에너지를 아예 안 쓰는 집을 만드는 게 유행인 모양이다. 하

아름다운 후퇴

지만 정작 자신의 생체에너지를 탕진하는 스트레스 만드는 일은 방치하고 있다. 자기 앞가림 못하는 것이다. 내 앞가림 잘하는 것은 인류평화의 첫걸음이다. 내가 온전히 평화로우면 세상 평화를 위한 첫걸음을 떼는 것이 된다.

다음은 대상에 집중하여 일체가 되는 일이다. 그러면 즐겁고 신명이 나게 마련이다. 일이면 일, 사람이면 사람, 사물이면 사물에 관심과 애정을 가지고 지극한 마음으로 다가가는 것이다. 이런 예를 들어 보겠다.

비가 오면 밭에 모종을 옮겨야 한다. 비 오기 전에 풀도 매놔야 한다. 이처럼 해야 할 일이 있다. 자, 옥수수 한판에 모종이 몇 개인가? 72개다. 같은 날 심었으니 다 같아 보이지만 단 한 개도 같은 게 없다. 잎이면 잎, 뿌리면 뿌리가 서로 다 다르다. 같이 자라고 있는 호박모종이 쌍떡잎이고 옥수수는 외떡잎이다. 이런 것이 눈에 보여야 한다. 한 포기 한 포기 옮겨 심을 때마다 이런 것이 눈에 보이고 하나하나 특색이 손에 잡혀야 한다.

그래야 일이 즐겁다. '해야 할 일'을 '하고 싶은 일'로 전환시키는 방법이 이것이다. 세상 어떤 것도 유심히 그 내면으로 들어가 보면 신비하고 경이롭지 않은 게 없다. 세계여행을 떠나야 새로운 세계를 접하는 게 아니다. 일상이 다 새로운 것이고 그것을 발견하는 것이 시골에서 농사짓고 살 때 만끽할 수 있는 특혜다. 이럴 때 농사일의 주인은 비로소 내가 된다. 스스로가 동네 일이나 사회활동의 주체가 된다.

농촌으로 내려가서 하게 되는 경제활동이 있다. 환경조건과 행정지원, 개인의 특장에 따라 다 다를 것이지만 참으로 하고 싶은 일을 하고, 무슨 일이든지 재미있게 하는 것이 행복이다. 이때의 '재미'는 '보람'과 함께 해야 할 것이다. 재미만 추구하면 유희가 된다. 참 기쁨일 수 없다.

그런데 사실은, 우리는 늘 하고 싶은 일만을 하면서 살고 있는 것이 아닐까? 하고 싶지 않은데 억지로 한다는 것은 성립하지 않는다. 비가 오니까 마루에 앉아 비 구경이나 하고 싶은데 할 수 없이 옥수수 모종을 옮겨야 하는 일은 성립되지 않는다는 것이다.

비 구경을 하고 나중에 옥수수 한 통 못 따 먹을 건지, 비를 맞더라도 옥수수를 심어 수확을 늘일 건지를 놓고 후자를 하고 싶어 선택하는 것이기 때문에 하는 것이다. 하기 싫지만 의무감으로 누군가가 시켜서 하는 일이란 없다는 것이다.

그러면, 결론은 이렇게 된다. 뭘 하고 싶은가? 뭘 하려고 하는가? 우선은 자기 내면을 늘 밝고 청정하게 해야 할 것이다. 그래야 하고자 하는 것이, 때로는 목숨까지 걸면서 선택하는 것이 기쁨과, 정의와, 역사와, 명예와, 자존심 등 모든 것이 서로 조화로울 것이기 때문이다.

아름다운 후퇴

자연 속에서 자연스럽게 키우기

2011년 여름에 필리핀에 갔다가 귀국 비행기 안에서 있었던 일이다. 무척 피곤한 상태로 비행기를 탔는데 비행기가 이륙하자마자 나는 바로 잠이 들었다. 저가 항공을 타고 보니 좌석이 비좁았지만 등을 붙이고 눈을 감자 바로 잠이 든 것이다. 하지만 불행히도 나는 오래 자지 못하고 깨어났다.

바로 뒤에 앉은 승객이 두 발로 내 등받이를 얼마나 걷어차고 뻗대는지 잠을 깬 것이다. 칭얼거림으로 봐서는 애 같은데 발힘은 장사였다. 일어서서 확인해보니 송아지만한 열네 살 소녀였다. 그 옆에 앉은 어머니로 보이는 여인은 애를 달래느라 먹을 것도 쥐어주고 달콤한 말로 뭔가 협상을 시도하지만 소녀는 막무가내로 집어던지고 발버둥을 쳤다. 영어해외연수를 다녀오는 건지 단순한 주말여행인지 알 수는 없으나 그 모습은 자연히 내가 목격했던 필리핀 현지의 아이들과 비교가 되었다.

야생의 어린 시절을 그리워하는 이유

마닐라 교외의 한 식당에서 음식을 나르는 아홉 살짜리 소년은 부모가 운영하는 코딱지만한 식당에서 새까만 손으로 역시 새까만 눈을 반짝거리며 손님 사이를 다람쥐처럼 누비며 음식 시중을 들고 있었다. 북부도시 바기오의 시내에서는 열두세 살 남짓 되는 소년 소녀들이 택시를 타려는 손님들에게 접근해 몇 명인지 확인하고는 차선을 마구잡이로 넘나들면서 택시를 잡아주고는 팁을 요구했다. 조류를 따라 떠내려와 쌓인 해변가 쓰레기 더미에서 재활용품을 주워 모으는 애들도 있었다.

당시 이들을 볼 때마다 학교에서 돌아오면 책 보따리는 집어던 져놓고 다음날 학교 갈 때까지 만져볼 틈도 없이 꼴을 베거나, 소를 먹이고, 나무 하러 다니던 어릴 적 기억이 절로 떠올랐다. 개울을 건너고 산등성이를 타면서 집안 살림의 한 귀퉁이를 옹골지게 도맡아서 살던 활기 넘치던 초등시절. 중학생이 되면서는 소로 쟁기질도 하던 그때, 집에 모내기라도 하는 날이면 햇감자를 삶아 지게에 지고 새참 내 가는 것을 자기 일로 당연시 했다.

지금은 재벌 2세가 아니더라도 아이들은 부모 자가용으로 등하교를 하고, 갑부 자식이 아니라도 늘 밥상에 고깃국이 오르고 군

것질거리가 떨어지지 않는다. 명절 아니고도 언제든지 운동화나 새 옷을 사 입고 새 양말을 신는다. 요즘 우리가 누리는 물질적 풍요는 조선시대로 따지자면 왕세자도 이만하지는 못했을 것이다. 대신, 자연과 멀어져 버렸다. 야생성이 사라졌다. 자급능력을 잃었다.

흙을 만지며 자연을 가까이 하는 삶이 중요한 것은 사물과 교감하는 능력을 키울 수 있기 때문이다. 흐릿한 호롱불을 켜놓고 아랫목에 엎드려 책을 읽다가 이불을 잘못 펄럭이면 호롱불이 춤을 추다가 꺼져버린다. 그 순간 온 천지를 감싸고 있는 짙은 어둠의 세계와 만난다. 완전한 밤의 장엄함을 보게 된다. 대자연의 숨결을 듣는다.

가느다란 호롱불을 끌어당기다가 머리카락을 그을릴 때도 있다. 빛의 소중함과 어둠의 위대함을 동시에 체험하는 순간이다. 궁색했지만 거침이 없었다. 부모가 해주지 못하는 것들을 자연이 거의 다 해결해주었다. 먹을거리도 철따라 온갖 것이 주변에 널려 있었다. 놀거리도 흙과 돌과 나무와 병뚜껑이면 되었다. 나무 한 토막과 납작한 돌멩이 몇 개를 가지면 여럿이서 몇 시간이고 잘 놀았다. 미래에 대한 상상력은 지금보다 훨씬 풍부했고, 그것이 비현실적이라서 더 신비하기까지 했다.

2장 내 삶의 주인이 되는 살림 이야기

부모 스스로 모범이 되고 자연 속에 방목하기

아이들을 자연 속에서 자라게 하는 것은 부모가 자식에게 줄 수 있는 가장 큰 선물이다. 옛날에는 다른 선택이 없어서 그랬지만 지금은 다른 선택을 포기하고 자연으로 아이를 안내해야 하니 그게 더 힘들 수도 있다. 집안일을 거들게 하고 자기 밥값 하는 것을 학교 숙제 하는 것보다 먼저 하게 하는 것은 정말 쉽지 않은 일이다.

부모 자식 간에는 괴담 수준의 고언들이 많다. 자식은 전생의 빚쟁이라느니, 전생의 부모가 이번 생에 자식으로 태어났다느니 하는 말 등은 그만큼 자식 때문에 부모가 속을 끓인다는 뜻이다. 하지만 부모가 끓이는 속의 대부분은 부모가 자청한 것이 많다.

말은 제주도로 보내고 자식은 서울로 보내라는 격언도 그래서 나오지 않았을까? 곁에 두고는 자식 고생하는 꼴을 못 보고, 주머니에 돈이 있으면 자식 위해 쓰지 않고는 못 배기는 게 부모 심정이니 일찌감치 멀리 떼어 놓으라는 뜻이 아닐까?

자식을 방목하라는 사람이 있다. 그 사람 말에 의하면 방치와 방목은 다르다. 풀이 있고 마실 물이 있는 웅덩이나 냇가를 찾아 소떼를 안내하는 것이 방목이다. 억지로 물을 먹이지 않는다. 목마르면 마실 수 있게 해 줄 뿐이다. 스스로 알아서 하도록 기다려주고 믿어주는 것이 자식 키우기의 전부여야 한다는 것이다.

자식에게 쏟는 관심과 돈 때문에 부모 자신의 삶이 거기에 종속되는 경우가 많다. 모범이랄 수 없다. 자식이 책을 가까이 하고 예술을 알며 사색을 즐기게 하고 싶으면 부모가 그렇게 살면 될 것이다. 자기 좋아하는 것을 하며 살기를 바라고 주변 사람들에게 베풀기를 바란다면 부모가 그렇게 살면 된다. 여기서 중요한 것은 아이가 하고 싶은 것을 하게 하되 스스로 그 조건을 마련하게 하는 것이다. 욕망과 능력의 균형을 배우는 것만큼 큰 공부가 없다.

아이들은 흉내 내면서 배운다. 잔소리 듣고 자기를 교화하지 않는다는 게 만고의 진리다. 사실 많이 베풀면 많이 간섭하게 된다. 부모의 베풂이 자식의 삶을 간섭하는 수준이 되면 서로 불행하다. 이를 위해서라도 18살만 되면 스스로 먹고 살 수 있도록 나라의 모든 교육과 학제가 재편성되어야 옳다고 본다.

대학 가기보다 자생 능력 키우기

농담 삼아 하는 이야기가 있다. 내가 귀농해서 산 17년 동안 가장 잘했다고 여겨지는 것이 두 가지가 있다. 하나는 늙으신 우리 어머니를 시골로 모시고 와서 살 수 있게 된 것이다. 다른 하나는 아이들을 둘 다 대학에 안 보낸 것이다. 물론 쉬운 자리에서 가볍게 하는 말이다. 대학은 안 보냈다기보다 자기들이 안 간 것이다.

맹세코 대학 가지 말라고 강요한 적이 없다. 당연한 얘기지만 대학은 꼭 가야 한다고 압박하지도 않았다. 아이들이 대학 안 간 덕분에 정말 널널하게 산다. 일 년에 천만 원씩 두 녀석 등록금을 마련하려면 등골이 휘었을 것이다.

아이들이 평생 대학을 안 가겠다고 결의한 것은 아니다. 그냥 컨베이어벨트에 실려 나가는 공산품처럼 중학교 나오면 고등학교 가고, 고등학교 나오면 아무 개념도 없이 대학 가는 대열에서 빠져나왔을 뿐이다. 정말 대학공부가 필요할 때는 그때 가면 될 것이고 지금은 하고 싶은 걸 하면서 그 속에서 사람관계와 물상의 이치를 익히고 스스로 살아가는 능력을 하나씩 쌓아가는 중이다.

옛날에는 삶의 현장이 커다란 학교였다. 수학공식이나 꼬부랑 외국말이 아니라 인간으로서의 도리를 가장 먼저 배웠다. 먹고 자고 입는 것을 해결하는 것이 가장 큰 공부였다. 먹을거리를 제 손으로 장만하고 철 따라 거기에 맞는 잠자리를 마련하는 것, 그것이 중요한 공부다. 그래서 열서너 살만 되면 스스로 밥벌이를 했다. 5년제 소학교만 나와도 지식인이었다.

그런데 요즘은 이게 뭔가. 대학을 나와도 밥 할 줄도 모르고 김치 담을 줄도 모른다. 모든 것이 교육자본의 음모라는 게 나의 생각이다.

교육자본은 인간의 기초교육기간을 획기적으로 늘이는데 성공했다. 대학 나와서도 취직도 안 되고 어중간하니까 대학원으로 진학하는 사람들이 늘었다. 밥벌이 못하는 박사가 지천이다. 교육자본은 정권과 결탁하여 자격증과 졸업장을 무수히 만들어내서 그것에 매달리는 풍토도 만들었다. 불황일수록 이 자격증, 저 학위를 따놔야 할 것처럼 부추겼고 사이버대학을 만들어 정원도 없이 수많은 학생을 모집하여 쓸데도 없는 공부를 하게 한다.

마천루를 쌓고 밤을 낮처럼 밝혀 흥청망청하는 지금의 문명은

아름다운 후퇴

6500만 년 전 공룡처럼 한 순간에 쓰러질 수 있다. 풀리처상 수상 작가 재레드 다이아몬드는 말한다. "지구상에서 위대했던 과거 문명의 붕괴는 자연의 경고를 외면한 데 있다"고. 현대문명에 대한 자연의 경고는 막바지에 이르고 있다.

지금의 문명 이후에는 어떤 삶이 등장할까? 모든 방면 전문가들의 일치된 견해는 지역 규모의 자급농경체제다. 그래서 생활에 필요한 재화는 스스로 생산하는 능력이 중요해진다. 자생교육이다. 굳이 현대문명 이후를 거론하지 않더라도 자생능력을 갖추는 교육은 인간을 인간답게 해준다. 다른 생명체를 살육하지 않고 이웃을 약탈하지 않는 삶이기 때문이다.

대안학교에 보내거나 집에서 같이 살기

두 아이가 중고등학교를 다 대안학교를 다닌 것이 대학에 목매지 않게 된 과정이지 않았을까 싶다. 아이들이 다닌 학교 네 곳이 모두 구석진 시골에 있는 학교였다. 시골에서 자라고 시골에 있는 학교로 가서 일부 학교는 학력 인정도 안 되는데도 불구하고 개의치 않고 자유롭게 놀고, 공부하고, 일했다.

어느 학교건 농사는 기본이었다. 자연과 가장 밀접하게 교감하는 것이 농사다. 대안학교는 그래서 농사를 정규과목으로 정한다. 영어와 수학은 없어도 국어와 철학과 농사는 있다. 학생 수는 적지만 만나는 세상은 넓고도 크다. 그 속에서 스스로 결정하고 결정에 대해 책임지는 힘을 기른다.

귀농해서 농사짓는 사람들은 유기농산물이 비싸서 서민들이 사 먹기에 부담스럽다는 일부의 시선에 대해 적극적으로 방어한다. 유기농업은 공공의 성격이 강하다고. 자연을 약탈하지 않고 공익을 해치지 않는다고. 그런데 대안학교에 대해서는 망설이는 경우가 많다. 비싸다고, 귀족학교 아니냐고.

열네 살 된 큰아이를 지리산 어느 절에서 막 개교한 대안중학교로 떠나보낼 때는 시군 단위 모든 중학교에 의무교육이 실시되는 해였다. 등록금은 물론 책이랑 학용품까지 공짜였지만 우리 아이가 가는 학교는 입학기여금이 자그마치 100만 원이었고 매월 등록금과 생활비는 60만 원이었다. 나라에서 한 푼도 지원되지 않으니 학생들이 이렇게 내도 선생님의 월급은 6~70만 원 수준이었다.

학부모는 한 달에 두어 번 학교에 가서 주말 당번도 서야 했고, 각종 회의에 참석해서 학교 운영도 맡아야 했다. 금전적 부담도 부담이려니와 시간과 공간의 과도함은 결코 만만하지가 않았다.

내가 입학식에 가서 아이를 떼어놓고 돌아오면서 지리산 정령치 만당에서 다짐했던 게 있다. '세계의 공민' 하나를 후원하는 것이라는 다짐이었다. 내 피붙이가 아니라 세계의 공민 하나를 양성하는데 참여하는 것이라고 생각했다. 그게 우연히 내가 낳은 아이일 뿐이라고 말이다. 좀 생뚱맞은 발상이지만 이것이 거액을 들여 대안교육을 받게 하는 내 선택에 대한 합리화였다.

뜻하지 않은 일이 생겼다. 아이의 교육과정이 부모의 자기 쇄신

아름다운 후퇴

을 촉발했다. 모든 학부모가 이구동성으로 고백한 말들이다. 아이는 공부하고 부모는 돈 대는 그런 일방적인 관계가 아니었고 학교의 각종 모임과 수련프로그램, 식구총회와 학부모회의는 부모들의 의식 성장에 크게 작용했다.

귀농하여 생태적으로 사는 사람들도 가만히 살펴보면 아이들이 농사일을 거의 안 한다. 자가용으로 학교까지 태워다준다. 공부하느라고 집안 일 도울 겨를이 없다. 도시 아이들과 꼭 같이 학교와 컴퓨터와 휴대폰 사이에 끼어 산다. 시골에 살지만 농사의 농자도 모르고 사는 게 시골 아이들의 현실이다.

반면에 대안학교마저 안 가고 그냥 집에서 부모 일 거들고 살면서 그런 아이들끼리 다양한 관계를 만들어 공부하는 경우도 많다. 이른바 홈스쿨러들이다. 외국 홈스쿨러들과의 내왕도 빈번하다. 옛날에 비해 열린 교육의 장도 많아졌고 정보 나눔의 통로도 넓어져서 홈스쿨 하기 좋은 조건이다. 부모의 삶을 익히고 지혜를 이어받는 이들의 모습이 보기 좋다. 이런 학부모들과 귀농을 준비하며 자녀교육을 고민하는 분들이 2011년 12월 3~4일 양일간 대전 대철회관에서 '귀농 자식농사 한마당'을 열었다. 내가 일하는 전국귀농운동본부가 주관한 행사다.

시골 가서 농사짓고 살면 도시보다 모든 것이 수월해진다. 자연속에 풀어 놓으면 자연이 알아서 보호해주고 키워준다는 게 나의 경험이고 신념이다.

아주 오래 전 우리 집에서 '보따리학교'를 할 때 멀리 울산에서

2장 내 삶의 주인이 되는 살림 이야기

7살짜리 꼬마가 혼자서 기차와 버스와 택시를 갈아타고 전라북도 구석진 곳의 우리 시골집까지 찾아 왔다. '보따리학교'는 절대 부모가 데려다주지 않는 게 원칙이다. 그 아이는 오는 동안 여러 어른들로부터 친절한 안내를 받았고 용돈까지 얻었다. 용돈 몇 만 원이 어린 아이에게 큰 복일 것이나 세상과 사람에 대한 큰 믿음과 사랑을 확인한 것은 그보다 더 큰 자산이 될 것이다.

그 아이가 엊그제 대만으로 출국한다는 연락을 받았다. 이제 15살 소녀가 되었다. 워크나인walk9이라는 동아시아 생명평화를 위한 순례단이 되어 떠난 것이다. 이 단체는 원래 일본의 평화헌법 9조를 지키기 위한 취지로 2007년 일본 전국을 순례했고, 2009년에는 한국의 전국토를 100일간 순례했는데, 이번에는 대만으로 순례길을 잡은 것이다.

자연 속에 아이를 풀어놓는 것을 무엇이 가로막고 있는가? 그것을 살펴보면 별 우스꽝스럽지도 않은 것들이 발견될 것이다.

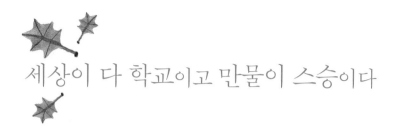

세상이 다 학교이고 만물이 스승이다

2012년 1월 23일 장계 우리 집에서 두 번째로 열리는 '보따리학교'가 시작됐다. 여섯 명의 학생들이 전국 각지에서 모였다. 우리 집에는 여섯 명의 학생이 왔고, 곡성의 빛살님 집에는 열두 명, 경남 산청의 강정님 집에는 열 명이 모였다. 전남 해남에서도 학교가 열렸다.

이렇게 네 곳의 농가에서 3박 4일씩 농가체험을 하고 나서 이들은 다시 한 곳으로 모였다. 이때는 다른 공동체 아이들까지 모여드는데 무려 70여 명쯤 됐다. 어른들도 여럿 모여 근 100명에 육박하는 대부대가 2박 3일의 공동체 생활을 한 것이다.

전국 각지에서 초등학생에서 중학생까지, 대안학교 다니는 아이, 가정학교 하는 아이, 일반학교 다니는 아이 등등 그야말로 보따리학교는 보따리 움켜 싸듯이 온갖 처지에 있는 아이들을 가리지 않고 학생으로 받아들인다. 나이도 성별도 국적도 차별하지 않는다. 인종도 종교도 차별하지 않는다. 성 소수자, 양심적 병역 거부자도 차별하지 않는다. 미혼모도 장애인도 마찬가지다. 우리 '보따리학교'의 특징이다.

그러나 나는 사이버 공동체인 '길동무'에 장계 보따리학교 개설 안내문에서 다음과 같은 사람들은 오지 말라고 하였다.

첫째, 보따리학교가 끝나고도 집으로 돌아가지 않고 농주님(나의 누리터 별칭)을 아버지로 모시고 장계 우리집에 눌러앉아 살겠다는 사람. 둘째, 깜깜한 밤에 무시무시한 귀신 이야기를 듣다가 울어버릴 사람. 셋째, 뒷간 가려면 거리가 20m나 되는데 야밤에 뒷간 가기 무섭다고 옷에 오줌 쌀 사람. 넷째, 인터넷도 TV도 없는 곳이라고 투덜댈 사람.

이렇게 미리 공표를 해두면 보따리학생들은 지레 포기할 것은 포기하고 기대할 것은 기대하고서 학교에 온다. 기대할 것에 대해서도 나는 '길동무' 보따리학교 게시판에 장황하게 써 올렸다.

인생을 제대로 사는 일주일 공부

눈이 내린 지가 열흘이 지났지만 해발 600m나 되는 우리 동네에는 눈이 제법 쌓여 있다. 나는 눈싸움을 하자고 했고, 아궁이에 불을 때서 가마솥 물을 데워 아침에 세수를 하는 재미도 소개했다.

뒷간에 앉아 똥을 누면서 눈을 들면 전면이 유리로 된 문짝을 통해 덕유산 정상이 아스라이 보이는 사진도 올려 기대를 잔뜩 갖게 했다.

이런 것들이 과연 내 바람대로 보따리학생들의 기대를 모을지 아니면 실망의 이유가 될지는 알 수 없다. 그러나 나는 믿는 구석이 있다. 4년여에 걸쳐 열 번 남짓 보따리학교를 해본 경험으로는 보따리학교 학생과 그 부모들은 이런 생활과 체험을 동경하고 있다는 믿음이다.

이 정도로 이야기를 하면 이른바 '보따리학교'의 정체성이 살짝 엿보일 것이다. 교육이념이니 건학정신이니 거창하게 얘기 안 해도 보따리학교에 믿고 애를 보낼 만한지 판단은 서리라 본다. 그래도 보따리학교의 정신과 역사적 배경을 좀 더 얘기해보고자 한다.

일주일 동안의 보따리학교에는 회비가 전혀 없다. 먹을 것과 입을 것, 신을 것, 마실 것, 잘 것, 놀 것, 즐길 것 등 일주일 동안 살아가는데 필요한 일체의 것을 다 챙겨 와야 한다. 곡성 보따리학교에서는 내일이 곡성 장날이라 장 구경하자고 용돈을 좀 가져오라고 안내를 했고, 산청 보따리학교는 봤더니 그냥 알아서 하라고 했다. 이른바 '지맘대로 하세요'식이다.

이 대목에서 재미있는 현상들이 나타난다. 대부분의 부모들은 어디서 3박 4일 캠프를 한다면 1일 3식에 2인 침대방, 시간대별 일정표에 참가비 10만 원, 용돈 5만 원, 몇 시에 어디어디서 무슨 관광버스를 타라고 이렇게 안내장이 와야 편하고 마음이 놓이는데

2장 내 삶의 주인이 되는 살림 이야기

보따리학교처럼 해놓으면 대략 난감해진다고 한다.

그냥 알아서 하라고 하니, 며칠 살자면 무엇 무엇이 필요한지 부모들은 갑자기 어리둥절해진다. 솥단지를 가져가야 되나? 물은? 쌀도 반 되 정도 가져가고, 반찬도 가지가지 챙겨? 비누는? 수건도 가져가? 침낭도 가져오라니 한데 잠을 자나? 그래도 며칠 애를 돌보자면 가스니 음료니 과일이니 솔찮게 들 텐데 봉투에 몇 만 원 넣어 보내? 회비는 절대 안 받는다고 하고 성금을 내려면 '길동무' 공동체에 내라고 했으니 얼마 정도 내면 적당할까? 5만 원? 아냐 먹을 것 잘 것 다 가져 가는데 뭐 3만 원 정도 내? 등등.

삶이 이렇게 복잡다단하고 눈치 보이고, 자신이 생겼다가 없어졌다가 오락가락 할 수가 없다. 3~4일 사는 문제가 간단하지가 않다. 한편으로는 신바람도 난다. 신바람이 나다 못해 인생이 신묘해진다. 3박 4일의 보따리학교를 놓고 부모나 아이는 이미 커다란 인생공부, 관계공부를 시작하는 것이다.

전에 속초에서 온 아이는 배낭에 오징어만 가득 담아 와서 최고의 인기를 누렸다. 보성에서 농협에 다니시는 분은 아이를 통해 20키로 쌀을 한 포대 보냈다. 다 삶을 제대로 아시는 분들이다.

내 경험으로 제일 인생을 모르는 부모는 따로 있다. 배낭에다가 피난민 보따리처럼 반찬통만 십수 개에 쌀에다가 보리니 콩이니 현미니 바리바리 싸서 넣고 그것도 모자라 박카스 병에다가 들기름 하나 보내고 사과 네 개, 귤 열 개 등등을 싸 보내는 분이다. 아이가 어디 동굴 속에 혼자 살러 가는 것도 아닌데 이렇게 싸 보내

아름다운 후퇴

는 부모들은 아이보다 먼저 보따리학교에 입학해야 할 사람이다. 이런 사람도 한두 번 보따리학교에 아이를 보내다 보면 점점 통이 커진다. 김치만 한 통 담아서 보내기도 하는 것이다.

아이들은 음식을 나눠 먹으면서 풍부해지는 삶을 체험한다. 남을 통해 자기가 존재한다는 것을 배우는 과정인 것이다. '길동무'에서 보따리학교 신청을 할 때는 절대 부모가 대신 할 수 없다. 아이가 직접 해야 접수가 된다. 초등학생도 아닌 여섯 살 아이가 신청을 한 적이 있다. '본이'라는 아이다. 지금은 아홉 살이 되어 가정학교를 하고 있는 아이다. 이 아이도 여섯 살 때부터 직접 신청서를 썼다. 맞춤법도 다 틀리고 띄어쓰기도 엉망이지만 두세 번 읽어보면 소릿말이 살아나면서 뜻을 알 수 있다.

아이보고 직접 신청을 하게 하는 데는 큰 뜻이 있다. 스스로 자기 동기를 가지게 하기 위함이다. 좋다고 하여 부모가 등 떠밀어 보내는 것하고 아이가 스스로 신청하는 것과는 하늘과 땅 차이다. 자기가 결정한 것이라야 자기가 책임지게 되고 스스로 흥미를 갖고 체험하게 되는 것이다.

아이가 직접 대중교통을 이용하여 찾아가는 학교

보따리학교의 또 하나의 관문이 있다. 어떠한 경우에도 아이를 부모가 데려다줘서는 안 된다. 아이가 직접 가야 한다. 아이가 직접 가야 하는 원칙 때문에 부모가 전화를 해 가는 차편과 동네 이름을 확인하기도 하지만 아이가 직접 전화를 하여 자세히 알아보기도 한다. 한번은 목포에서 오는 초등학교 4학년 아이가 차편을 물어 오기에 광주로 해서 전주로 오라고 했다. 전주에 오면 장계 가는 버스가 있고 장계 정류장에서 우리 마을 오는 버스가 하루 다섯 번 있으니 골라 타라고 일러줬다.

또 몇 해 전에는 경기도 일산에서 우리 집에 오는 초등학교 2학년 여자아이가 있었다. 전주역에 도착하는 시간보다 좀 이른 시각에 내가 트럭을 몰고 나갔다. 이때는 내가 완주군 소양에 살 때였다. 근 천 리 길을 혼자서 오는 아홉 살 여자애를 만나 모시게 되는 책임감과 대견함 등으로 설레면서 전주역에 갔다가 깜짝 놀랐다. 아뿔싸. 어떤 아주머니가 저만치서 여자애를 약속된 장소에 세워두고 역사 안으로 내빼는 것이었다.

차마 아이를 혼자 태워 보낼 수 없는 아이 엄마가 함께 기차를 타고 왔다가 보따리학교의 원칙을 어길 수는 없기에 내 눈에 들킬까봐 아이를 남겨두고 부랴부랴 되돌아가는 것이었다. 그 모습 또한 어찌 아름답지 않을 수 있으랴.

2011년 가을 보따리학교 때의 기억이 난다. 전주에서 초등학교 3학년에 다니는 아이가 학교에는 1주일간 가정학습계획서를 제출하고 보따리학교에 참가했다. 장계 우리 집에 와서 3일을 지내고 바로 강화도에 있는 대안중학교에서 열리는 생명축제로 집결하는 날이었다.

전주터미널에서 고속버스를 타고 서울로 가서 강화도로 들어가야 하는 날이었다. 장계에서 혼자 전주로 온 이 아이가 전주시내 어딘가에서 터미널에 있는 내게 손전화를 걸어왔다. 어디로 가냐고. 나는 터미널로 오라고 했다. 함께 갈 중학생 하나가 있어 같이 만나서 가게 해주려고 내가 터미널에 먼저 와 있었다. 이 아이에게 택시를 타고 고속터미널 대합실로 오라고 했던 것이다.

예매해둔 차 시간이 다 되어서 다시 전화가 왔다. 이 아이는 엉엉 울면서 전화를 했다. 택시를 잡아도 아무도 안 태워줘서 못 가고 있다는 것이었다. 큰 배낭에 침낭까지 둘러메고 꾀죄죄한 이 아이가 아무리 택시를 잡아도 차비를 받지 못할까 걱정이 되서인지 다들 그냥 휙 가버린다는 것이었다.

예매한 표를 30분 뒤로 바꿀 수밖에 없었다. 조난당한 사람을 구출하는 심정으로 나는 손전화를 두 손으로 감싸 쥐고 기지를 발휘해서 아이에게 또박또박 요령을 전했다. 근처에 세탁소가 있다고 하기에 세탁소 주인에게 택시를 잡아 태워 달라고 부탁하라고 했다. 아이는 그러마고 하면서 울음을 그쳤다. 그리고는 금세 생글거리며 터미널에 나타났다. 우리는 에베레스트 정상에라도 오른 듯이 다 함께 쾌재를 불렀다.

혼자서 가는 아이는 결코 세상에 혼자가 아님을 배우게 된다. 경주에서 열네 시간에 걸쳐 기차를 두 번 갈아타고, 또 버스를 타고 온 아이가 있었다. 초등학교 2학년 여자애였다. 기차에 같이 앉게 된 아주머니가 그 아이를 대신해 손전화로 내게 소식을 알려왔고, 그 아이가 대견하다며 용돈까지 주었다.

몇 천 원인 그 용돈은 돈 몇 천 원에 그치지 않는다. 그 아이에게 세상에 대한 두터운 믿음을 키워주는 자양분이 된다. 세상의 모든 타인은 잠재적 경쟁자이고 가해자일 수 있다는 가르침을 받고 자라는 아이보다 이런 아이의 미래는 몇 배나 더 밝다.

2003년 여름에는 경남 고성에서 60여 명이 모여 1주일간 보따리 학교가 열렸다. 고성의 어느 산골 마을에서 모였는데 오는 과정이 다들 별나서 사연이 구구절절 많았다. 으뜸은 다짜고짜 파출소에 들어가 행선지를 말하고 도움을 청했던 아이였다. 그 아이는 경찰 순찰차를 타고 행사장에 왱왱거리며 들어왔다.

옆 사람에게 쉽게 도움을 청할 수 있는 아이가 아무런 조건 없이 남을 도울 수도 있다. 기차에서 초등학교 2학년인 여자애가 혼자서 가는 목적지를 얘기하면서 내려야 할 기차역을 물어올 때 백이면 백, 모든 어른들은 따뜻하게 안내해줄 것이다. 세상이 아무리 각박해졌다고 해도 그런 것이 바로 우리가 사는 세상이다.

학사일정은 학생들이 정하고 먹는 문제부터 해결한다

보따리학교의 참 학교다운 모습은 앞으로 소개하는 학사일정에 있다. 학사일정이라고 하니 습관적으로 교과목은 무엇이고 이들이 어떻게 배치되는지 관심이 갈 것이다. 보따리학교는 학사일정이 없다는데 묘미가 있다. 이번에 하는 길동무 겨울보따리학교 네 곳 어디에도 3박 4일 동안 뭘 하겠다는 계획표가 없다. 생활할 수 있는

아름다운 후퇴

대략적인 환경조건이 소개되어 있을 뿐 전적으로 학사일정은 학교에 참가하는 학생들이 첫날 스스로 짠다.

학사일정 중 제일 중요한 필수과목이 하나 있다. 먹는 문제다. 첫날 모든 참가자들이 가져온 것을 다 펼쳐놓고 주절주절 소개를 한다. 그 다음에 필수과목 이수계획이 세워진다. 내일 아침밥은 누가 하고 설거지는 누가 하고 하나하나 짜는 것으로 학교운영 일정표가 만들어진다. 밥 하고 설거지 하는 이것을 아주 중요한 과목으로 여긴다.

밥은 생명이고 하늘이므로 밥에 대한 소중함을 첫날부터 익히는 것이 보따리학교의 정신이다. 보따리학교의 정신은 2002년에 남한 전역을 달구었던 '우리쌀 지키기 100인 100일 걷기운동'에 뿌리를 두고 있다. 115일 동안 걸어서 전국을 누비며 우리쌀을 지키고 생명을 지키고 평화를 나누자고 다짐했던 사람들이 '길동무'로 모인 것이고 보따리학교는 '보따리선생'이라 불리었던 해월 최시형선생의 가르침을 따르고 있다.

'길동무'에서는 모두가 평등하다. 어린 아이들을 우리는 '동몽접장'이라 부른다. 어른들이 회의를 할 때도 코흘리개 아이가 칭얼대면 회의를 멈추고 아이에게 집중한다. 말을 할 줄 아는 아이면 누구나 투표권을 행사한다.

1894년 갑오년 고부항쟁이 벌어질 때 사발통문을 돌려 동학군의 기포를 촉구할 때 서명을 했던 스무 명의 동학 접장 중 두 명이 10대 젊은이였다. 송국섭이라는 접장은 당시 열 네 살이었다. 이들을

2장 내 삶의 주인이 되는 살림 이야기

동몽접장이라 불렀고 백발이 성성한 해월선생은 꼭 이들에게 맞절을 했다고 한다.

미국이 민주주의가 앞서있네 어쩌네 하지만 여성들에게 투표권이 주어진 때가 1920년대였다. 흑인들은 1965년에 가서야 인간으로 취급되었다. 이 점을 생각하면 여성들도 접장이 되어 '부인접장'으로 불리었던 당시 우리 동학운동의 인내천 사상은 보따리학교가 그대로 이어받고자 하는 정신이다. '시천주 조화정 영세불망 만사지'를 외던 당시 농민들은 물론 세상 만물이 보따리학교의 스승이고 온 세상이 다 학교다. 학생이면서 선생이고 부모이면서 아이가 되는 것이 참된 학교이고 교육이다.

아름다운 후퇴

어울림과 하나됨의 건강법

3주 정도 함께 살던 사람이 떠나가게 되었다. 이 분이 처음 이곳에 올 때와는 크게 달라져 있었다. 얼굴이 밝아져서 환하게 펴졌고 무슨 일이든 앞장서서 적극적으로 했다. 씩씩한 목소리도 그의 첫인상과는 다른 모습이었다. 밥을 다 해놓고 밥 드시라 해야 느릿느릿 맥없이 숟가락을 들던 그가 변한 것이다.

척추측만증이 있어서 몸은 기울었고 얼굴은 근심으로 가득 차 어둡기가 세상 슬픔을 다 담은 듯 했다. 더구나 중풍 초기 증세가 왔다는데, 보기에도 몸 한쪽이 어줍은 듯했다. 50을 바라보는 나이에 폭삭 늙은 모습이었다.

3주 동안 어떻게 지냈기에 이렇게 달라졌을까 생각해본다. 그 사람의 생활을 돌이켜보면 가장 먼저 그냥 푹 쉰 게 떠오른다. 이곳

'지리산 밝은마을' 연수원에 온 첫날부터 몇날 며칠을 죽은 듯이 잠만 잤다. 자고 먹고 자고 먹고 했다. 가끔 부스스 일어나 주변을 어슬렁거리고 다시 잤다. 다른 사람들이 하고 있는 일이나 행사를 뒷짐 지고 구경했다.

아프면 병원부터 갈 것이 아니라 생활을 돌아봐야

자연 속으로 깊이깊이 들어간 것도 그 사람의 중요한 생활이었다. 우리가 권한 물수련을 열심히 했다. 하루 두 번을 30분씩 물속에 들어가 명상하는 것이었다. 물은 강하수, 황하수, 염철수, 태극수 등 여섯 기운으로 이루어지는데 기후에 따라서는 서리, 구름, 비, 우박, 번개 등 여덟 모양으로 바뀐다. 오행과 수리에 맞춰 물에 들어가면 작은 우주인 몸이 자연과 접속되면서 기운을 얻게 되는 게 물수련의 이치다. 이를 열심히 했고 삼림욕도 하라는 대로 했다. 지리산 삼림 속을 맨발, 맨몸으로 누볐다.

이 분에게 먹는 것을 중요하게 여기도록 했다. 단식을 며칠 해서 몸을 깨끗이 비우게 했고 그리고는 자연식을 했다. 우리 연수원에서 기르는 채소와 과일을 우리처럼 현미밥과 함께 많이도 아니고 조금 담아 꼭꼭 씹어서 감사히 먹게 했다. 이렇게 지내기를 여러 날 하다 보니 언젠가부터 이 분이 밥상 차릴 때 다가와서 숟가락을 죽 놓는가 싶더니 성큼성큼 설거지통 앞에 가 서기도 하는 것이었다.

몸이 아프다고 한다면 그것이 겉으로 드러나기 전부터 어딘가에 이상이 생긴 것이다. 불교이론을 빌어 살펴보자면 몸이 상하기 전에 마음이 먼저 상했다고 해야 할 것이다. 마음이 상한 것은 생활이 잘못되었다고 보면 된다.

보고, 듣고, 느끼고, 먹고, 싸고, 관계 맺고, 냄새 맡고 하는 것은 동물의 초보적인 인식단계이다. 이에 비해 생각이라는 것은 자아의식과 연결되어 있다. 불교에서 이를 의식意識, 말아식, 아뢰아식, 아마라식 단계로 구분하여 6식, 7식, 8식, 9식이라 한다. 이 부분이 상했는데도 한참 동안 교정이 되지 않으면 그때서야 몸에 이상이 나타나기 시작한다는 설명이다.

이쯤 이야기가 진행되면 무엇이 건강이고 무엇이 병인지 가닥을 잡은 셈이다. 그렇다면 시골 가서 살 때 가까이에 약국이나 병원이 없는 걸 대수롭지 않게 여길 수 있을 것이다. 생활을 바로 하고 마음을 바로 쓰면 병은 없다. 동서고금의 선생들이 하신 말씀이다.

겉으로 볼 때는 공기 좋고 물 좋은 시골에 가서 편하게 농사짓고 사는데 속을 많이 끓이고 몸이 아프다면 뭐가 잘못된 것일까. 건강해지기 위해서는 어떻게 해야 할까. 누구나 아는 얘기지만 다시 정리해본다.

몸 속으로 들어가는 것이 건강 좌우

잘 먹고 잘 사는 이야기나 생노병사의 비밀이라 하여 TV에서 인기리에 방영되는 내용들을 보면 하나같이 뭘 먹느냐를 중요시한

2장 내 삶의 주인이 되는 살림 이야기

다. 그렇다. 뭘 먹느냐가 건강과 직결된다. 그 사람이 어떤 사람이 냐는 것도 뭘 먹는지를 보면 알 수 있다. 결코 지나친 말이 아니다. 《잡식동물의 딜레마》를 집필한 마이클 폴란 같은 학자는 우리가 먹는 한 끼 밥은 고도의 정치행위라고까지 했다.

해월 최시형선생은 동학경전의 〈천지부모〉 편에서 '식일완만사지'食一碗萬事知라 하여 밥 한 그릇의 이치가 세상만사 이치와 닿아 있다고 했다.

나는 좋은 음식을 자연식, 전체식, 소식, 공동식, 느린식, 감사식, 자급식으로 보고 여기에 채식을 더한다. 정기적인 단식도 중요하게 생각한다. 뭐가 이리 복잡하냐 싶겠지만 한마디로 하면 시골에서 농사짓고 살면 된다는 말이다.

자연식은 있는 그대로의 가공하지 않은 음식을 말한다. 요리과정이 복잡할수록 좋은 음식에서 멀어진다. 모든 요리의 목적은 맛을 내고 더 많이 먹는 것에 있다. 그러다보니 부드럽고, 달고, 고소하게 만드는 것이 요리의 필사적인 목표가 된다. 고기를 놓고 보자. 생고기는 먹기가 쉽지 않다. 굽고 지지고 볶으면 동물성지방이 열을 받으면서 고소한 냄새를 풍긴다.

전체식은 잘라내고 떼어내지 말고 전체를 다 먹는 것이다. 겉잎과 뿌리, 줄기, 껍질 등을 버리지 말고 다 먹는 게 좋다는 것이다. 그래야 섬유질이 많다. 영양과 기운이 균형을 잡는다.

공동식은 혼자 먹지 않고 같이 먹자는 말이다. 혼자 먹으면 탈이 난다. 대형 경제비리나 정치비리들도 돈이나 권력을 자기가 더 먹

아름다운 후퇴

으려는 데서 비롯된 것이다.

고기를 안 먹는 것은 건강의 필수다. 채식만으로도 필요 영양소는 충분하다는 게 정설이다. 요즘 고기는 축산시설, 사료작물 재배와 유통, 동물학대의 문제, 고기의 질 등에서 도덕적이지도 않고 반환경적이며 반인륜적이라고까지 주장하는 사람들이 많다.

눈으로 보고 귀로 듣고 하는 것과 내보내는 말과 글, 생각, 눈빛도 그렇다. 생각의 내용과 방향은 건강에 크게 영향을 준다. 미워하고, 질투하고, 화내고, 원망하는 생각은 나쁜 생각이라고 할 수 있다. 좋은 생각이라 하면 용서하고, 수용하고, 양보하고, 자기를 낮추고, 만물을 사랑하는 것들이다. 그런 방향으로 생각이 늘 향하도록 하면 건강은 따 놓은 당상이라고 할 수 있다.

좋은 생각을 하면 재난과 사고도 안 당한다는 게 필자의 경험이고 신념이다. 최근에는 '긍정의 배신'이라 하여 긍정적 사고의 한계와 위험성까지 지적하는 책이 나오고 이를 주장하는 사람들이 있지만 잘못된 현실들마저도 긍정의 방식으로 접근하여 해결하는 데에 아무 문제가 없다고 본다.

어울림과 하나됨

시골에 가서 사는데 가장 힘든 것이 시골에 살고 있는 사람들과 잘 어울려 사는 것이라고 말하는 사람들이 많다. 텃세도 심하고 사고방식도 달라서 같이 어울리기가 여간 힘들지 않다는 것이다. 어

2장 내 삶의 주인이 되는 살림 이야기

울려 산다는 것은 사이좋게 산다는 말이다. 오래 전부터 그곳에서 살고 있는 사람들과 융화하지 못한 것이 시골을 떠나는 가장 큰 이유가 되고 있다.

흔히 농사가 생각대로 잘 안 된다든가 애들 교육문제가 안 풀린다든가 하는 것도 그 뿌리에는 시골사람들과 잘 어울리지 못하는 게 있다. 사람들 관계가 꼬이면 다른 일들도 잘 될 수가 없다. 동네 사람들과 잘 어울려 지내면 쌀이건 된장이건 푸성귀건 농기계건 많은 것들이 해결될 수 있다.

자기가 짓는 농작물과도 잘 어울려 지내야 한다. 이웃과 잘 어울리고, 농산물을 사 먹는 이용자와도 잘 어울리고, 행정관서와 잘 어울리면서 산다면 귀농을 후회하거나 다시 도시로 가는 일은 없을 것이다. 욕심을 내서 무리하게 농사를 크게 벌인다든가 동네사람들과 자신을 처음부터 다른 사람으로 구분 짓고 달리 행동하는 것은 잘 어울리는 모습이 아니다.

어울린다는 것은 각자가 고유한 자기 모습을 잘 지키면서 미워하지 않고 비난하지 않는 것이다. '그래 그래, 그렇지, 맞어' 이렇게 세상을 바라보면 잘 어울릴 수 있을 것이다.

하나됨은 말 그대로 하나가 된다는 것이다. '습관된 나'가 '본래의 나'에 일치되는 것이라고 하겠다. '습관된 나'를 자기 자신인 줄 알고 사는 경우가 많다. 그러다 보니 온갖 갈등과 번민이 생긴다. '습관된 나'는 자기를 속인다. 경우에 따라 딴짓도 한다. 욕망과 이익을 쫓는다. 그러니 쉽게 갈등과 분쟁에 휩싸인다. '습관된 나'를

아름다운 후퇴

'본래의 나'와 구분해서 볼 수 있으려면 먼저 '본래의 나'부터 알아야 된다.

나는 누구인지, 나는 어디서 왔는지, 나는 어디로 가서 무엇을 하는 것이 자신을 가장 잘 꽃 피울 수 있는지를 아는 일이다. 간단하지 않다. 말라식과 아뢰야식과 아마라식의 7, 8, 9식이 관장하는 영역이다. 오감의 구속에서 벗어나 여기까지 가 닿으려면 깊은 성찰과 명상이 필수다. 단순한 생활이 필수다. 백태만상이 하나에서 나왔다는 의식에 이르러야 온전한 건강이 온다.

그렇다. 이런 식으로 말할 수밖에 없다. 이 말 말고 어떻게 건강한 몸, 건강한 삶을 말할 수 있겠는가. 도사 같은 말이라고 여겨져서 비현실적이라고 생각한대도 어쩔 수 없다. 성자의 삶, 도사의 삶으로 가자고 말할 수밖에 없다.

시골 가서, 더구나 농사짓고 살면 이미 그 길에 접어들었다고 할 수 있다. 성자의 생활, 도사의 생활로 다가가기 좋은 조건이다. 도사와 성자가 '본래의 나'라고 보면 될 것이다.

가족과 이웃의 몸 건강은 내 손으로

밥으로 못 고치는 병은 없다는 말이 있다. 이 말은 일상이 곧 약이요 의사이며, 일상이 곧 독이고 병이라는 말이다.

몸에 이상이 왔다 하면 이미 오래 전부터 6, 7, 8, 9식이 다쳤다고 보면 된다. 그러니 처방도 그런 이치에서 나온다. 화공약으로 몸을

2장 내 삶의 주인이 되는 살림 이야기

다스릴 것이 아니라 하던 일을 멈추고 쉬어야 한다. 일상의 '습관된 나'를 버리고 하던 일을 멈춰야 한다. 3주 만에 딴 사람이 되어 돌아간 그 분이 그랬던 것처럼.

생활이 자연과 너무도 멀어졌다는 것이 건강을 상한 원인이라고 보면 틀림없다. 쑥뜸이나 부항, 침, 향 등은 건강을 유지하는 좋은 도구가 될 것이다. 행공을 꾸준히 하는 것도 몸 살림에 큰 도움이 될 것이다.

농사일을 하면서 할 수 있는 건강 챙기기로 내 경험을 몇 가지 소개하고 싶다.

먼저, 일하는 자세를 자주 바꾸는 게 좋다고 본다. 호미나 낫질도 왼손으로도 해보고 고추 따기, 상추 뜯기, 감자 캐기를 할 때도 앞뒤 발을 바꾸거나 손을 바꾸는 것이 아주 중요하다. 칫솔질, 똥 누고 똥 닦기 등도 마찬가지다. 능률이 안 오를 거라고 생각할 텐데 당연하다. 병은 능률, 속도, 욕심에서 오니까 치유는 그 반대방향인 것이다. 풀을 맬 때는 여러 요가자세를 취해 가면서 해봤는데 누워서 풀매기를 해보기도 했다.

농사일 속에서 챙기는 건강법에는 여럿이 함께 일하는 것도 좋다. 신명나게 일을 하자면 함께 일하는 것만큼 좋은 게 없다. 이런저런 요령을 찾아보면 방법이 있다. 일의 종류를 섞어 하는 것도 좋다. 그러면 저절로 다양한 자세를 취하게 된다. 한 가지 일을 줄곧 해야 할 때가 많지만 일의 순서를 조금 바꿔 봐도 일의 종류와 몸을 쓰는 자세가 달라진다.

아름다운 후퇴

노래를 부르면서 일을 해도 온 몸의 순환이 촉진되면서 몸을 상하지 않는다. 농작물과 대화를 해보라. 풀과 속살거리며 풀매기를 해보면 정말 새로운 경지가 열린다. 이런 농사법을 '선농'禪農이라 부른다. 농사의 결실에만 관심이 가면 가격이 안 맞는다든가 흉년이 들면 삶 자체가 실패하지만 농사 과정에서 생명과 우주가 하나되는 체험을 한다면 늘 충만하면서 건강도 절로 좋아질 것이다.

잘못된 습관과 생활을 중단하면 그 순간부터 몸은 기적적으로 스스로를 치유하기 시작한다. 해본 사람들은 그 놀라운 기억들을 많이 간직하고 있을 것이다. 자연치유법이다. 의술은 인술이어야 한다. 따뜻한 말 한마디, 고단한 삶에 대한 관심 하나 둘 줄 모르고 고장 난 기계처럼 환자를 대하는 현대 병의원의 관계자들은 의료자본의 희생자면서 가해자다.

좋은 옷, 좋은 집, 좋은 놀이, 좋은 자세 등도 거론할 수 있는 건강의 요소들이다. 여기서 '좋다'는 것은 자연 속에서 자연과 함께하는 것을 말한다. 옷이건, 집이건, 놀이건 모두 자연을 거역하지 않고 화학약품으로 가공되지 않은 것이어야 하는 것이다. 이 역시 시골에서 살면 도시에서 사는 것 보다 훨씬 쉽게 해 나갈 수 있다.

3주 만에 건강해져서 돌아가신 그 분을 모실 때 아무 계획도 없었다. 우리처럼 와서 살아 보라고 했을 뿐이다.

2장 내 삶의 주인이 되는 살림 이야기

놀이 중 최고는 일하는 놀이

돌이켜보면 농사짓고 살면서 안 해본 거 없이 다 해봤다. 개
집도 지어봤고 사람 사는 집도 지어봤다. 염색을 해서 옷도 지어
입었고 구들학교에 가서 구들 놓는 기술도 배웠다. 구들학교는 말
이 학교지 그냥 즐거운 여행이자 놀이였던 기억이다.

나이가 차고 때가 돼서 그랬을 수도 있지만 농사짓고 살면서야
비로소 비행기 타고 외국에도 나가게 되었다. 외국여행은 귀농 17
년 동안 중국 네 번, 인도 한 번, 일본, 독일, 필리핀은 각각 일주에
서 열흘 정도씩 다녀왔고, 인도는 오로빌공동체에 갔었다. 북유럽
5개국을 열흘 동안 돌아보았고 호주도 갔다 왔다.

특별히 기억에 남는 몇 가지가 있다. 겨울 농한기를 이용하여 석
달짜리 영화학교를 다녔는데 급기야는 내 작품이 상영되기에 이르

렀다. 지방지에도 크게 실리고 '영화감독(?)과의 대화'라는 자리도
마련되어서 4백여 명의 관객들 앞에 서기도 했다. 영화학교는 물론
공짜였다. 시골에 와서 살면서 대부분 공짜였다. 외국여행도 공짜
가 많았고 전주국제영화제도 세계소리축제도 공짜 표가 심심찮게
생겨서 매년 구경을 갔었다.

진짜 농부는 잘 놀 수 있는 사람

이럴 수 있었던 데는 비닐농사를 하지 않았기 때문이다. 비닐농
사는 자연도 망치지만 사람도 잡는 농사다. 농한기가 따로 없이 늘
농번기라고 할 수 있다. 밤과 낮도 없을 때가 많다. 요즘 토마토농
사 시설재배하는 사람들은 일주일에 세 번 정도 선별·포장 작업을
하느라 밤 12시까지 일을 한다. 규모가 2천 평 정도면 일꾼 서너 명
을 고용해서 한다.

그러나 겨울도, 비 오는 날도, 비닐농사를 안 하면 다 노는 날이
다. 17년 동안 한 번도 비닐농사를 하지 않아서 다른 농부들보다
상대적으로 여유가 있었다. 어느 해 겨울은 옆 동네 풍물패에 끼어
서 쇠와 장구를 쳤다. 공연은 못해봤지만 기본 가락을 익혔다. 어
느 겨울은 단소 강습을 나가기도 했고, 기타교실에 등록해 청음력
을 키우고 발성연습도 했다.

아쉽게도 전 과정을 마친 곳은 별로 없다. 여기 장수에 와서도
문인화 반을 다니면서 4군자도 그리고 전시회도 가곤 했지만 도중

2장 내 삶의 주인이 되는 살림 이야기

에 그만 두었다. 그냥 강박의식 없이 놀러가다시피 참여하다보니 과정을 끝내야 한다는 의지가 잘 작동되지 않았다. 그러다가 문득 생각이 나면 혼자서 먹을 꺼내 놓고 붓을 들곤 한다.

놀 수 있는 사람은 매여 있지 않아야 한다. 축산을 하는 사람은 아침저녁으로 꼭 그 시간에 짐승 먹이를 줘야 한다. 자기가 못하면 누군가를 대신하게 해야 한다. 앞에 예로 든 비닐농사도 마찬가지다. 겨울에 돈 들여 불을 때 가면서 짓는 농사인데 대충대충 할 수 없다.

사실, 일에 매여 밤낮 없이 일 년 내내 일하고 사나, 자연에 기대서 무리 않고 사나, 큰 차이 없다. 돈을 많이 버는 쪽으로 살면 쓰는 돈도 비례해서 커진다. 그때 쓰는 돈은 대개 자연을 훼손하고 사회 공공재를 망가뜨리는 쪽이다. 도리어 자연의 흐름에 맞춰 사는 게 건강도 지키고 마음도 지키고 자연도 지킨다.

계절과 절기와 날씨와 기후에 따르는 생활, 거기에 영향 받는 삶. 이게 놀이와 문화의 출발지점이다. 무릇 예술이라는 것은 삶의 승화이자 차원 변환이다. 일상이 굳건한 토대가 되어 그 위에서 다양한 형식으로 변주되는 것이 문화고 예술인 것이다.

농부의 달력은 다르다

대보름이나 한식, 단오, 백중 등 세시풍속이 다 그런 것이다. 계절 변화와 생활의 변곡점에서 몸과 농사일을 조절하는 행사다. 세

아름다운 후퇴

시풍속을 월령月令 또는 시령時令 등으로도 불렀던 데서 알 수 있듯이 태음력을 기준으로 우주운행의 주기성과 변환성을 같이 담아낸 세시풍속은 참 농부의 삶을 담고 있다.

노동과 분리되지 않은 놀이, 자연과 나뉘지 않은 노동, 완급이 조절되는 주기성과 변환성, 이보다 완벽한 무대가 어디 있겠는가. 농사짓는 사람의 터전이 바로 이렇다. 천리를 역행하지만 않는다면 농민이야말로 가장 예술적인 존재이다. 시인 박노해도 그렇게 말했다. 농부가 예술가라고. 온 누리를 무대로 매일 매일 작품을 만드는 예술가, 세상을 매일 디자인하고 쇄신하는 사람, 바로 농부다.

시골에 와서 살면서 그동안의 1주 단위의 생활이 슬그머니 장날 중심인 5일 단위로 바뀌었다. 일요일 개념이 없다. 국경일도 별 의미가 없다. 시골살이는 빨간 날이라고 공휴일일 수 없기 때문이다. 귀농해서 오늘이 무슨 요일인지를 알 수 없게 되어 버린 것이다. 귀농해서 요일 개념이 바뀌는 체험을 누구나 한다. 쉬는 날은 하늘이 그때그때 정해주고 스스로 삶의 강약을 조절하면서 정하는 것이지 기념일 중심이 아닌 셈이다.

얼마 전에 우리 고장에서 공청회가 열렸다. 산골마을로 쓰레기 공장이 들어온다고 하여 두 달 넘게 집회도 하고 차량 시위도 벌이는 중에 열린 공청회인데 낮 2시에 열렸다. 일기예보를 보고 잡은 날이다. 아니나 다를까 비가 부슬부슬 내렸다. 도시인들이 공휴일이나 주말에 촛불집회를 하는 것과 같다. 우리는 공휴일을 스스로 만들고 그날 사람들이 모여 공청회를 한 것이다.

실내집회를 할 때는 이왕이면 바쁜 농사철이니까 비 오는 날을 잡고, 길거리 시위를 할 때는 맑은 날을 잡는다. 날짜부터 잡아놓고 날씨가 어떨지 걱정하는 도시사람들과 다르다. 자연과 더불어 사는 삶이라는 것은 산 좋고 물 좋은 시골에 들어가 사는 장소 중심의 문제가 아니라 세상의 흐름과 생활의 흐름을 일치시키는 행위라 하겠다.

귀농해서 살려고 할 때 여러 가지 고려 사항 중 하나가 문화생활도 포함된다. 무대공연 중심의 문화를 생각하면 당연히 문화 혜택이 적은 곳이 시골이다. 영화관이 없는 시·군이 많고 뮤지컬이나 유명가수의 공연도 시골에는 없다. 그런데 사실 따지고 보면 도시에 살더라도 얼마나 영화관이나 연극공연장을 자주 찾으며 뮤지컬이나 유명세 있는 가수의 공연을 보는가? 실상은 그런 것이 중요하지 않다. 귀농해 살면 문화 혜택이 빈약하다고 생각하는 것은 문화에 대한 몰이해다.

지역축제와 마을행사

우리 마을에서 바닷가로 봄놀이를 다녀왔다. 아랫마을에서 봄놀이 가는 날에는 마침 면사무소 앞에서 주민잔치가 열리는 날이었다. 면사무소 앞 주민잔치에는 옆 면에서 응원 차 풍물패가 와서 사물놀이를 해주었다. 응원을 온 이유는 쓰레기공장 사업이 불허가 됐기 때문이다.

면민의 날, 군민의 날, 장애인의 날, 노인의 날, 지역축제 서너 가지, 마을계 정기총회, 지역문화원 행사, 사진이나 문학 동호회 행사 등등 운동장이나 저수지를 무대로 열리는 행사들이 1년에 열 손가락이 모자란다. 시골 어르신들은 장날이면 만 원짜리 한 장 들고 장에 간다. 이 마을 저 마을 사는 친구들 만나 순댓국에 소주 한 병 시켜 놓으면 하루가 저문다.

면민의 날이나 노인의 날은 면 단위로 열리는 행사인데 같은 날 열리지 않는다. 이른바 유권자 관리(?) 차원이 아닐까 하는데 군수님이 오셔서 축사를 해야 하기 때문이다. 군청 누리집에서 행사 날짜를 확인하고 면마다 돌면서 논 적도 있다. 수건 한 장은 기본이고 푸짐한 점심에 재수 좋으면 사은품 추첨에 당첨되기도 한다.

지역축제가 천편일률적이고 무대 중심의 연예인 공연도 많지만 실내행사는 드물다. 들판이나 산기슭에서 열린다. 판에 박은 품바 타령이나 한물 간 가수들이 등장해도 관객인 주민들이 아무데서나 덩실덩실 흥을 내서 육자배기 소리를 할 수 있는 조건이라 무대와는 별도의 무대가 마당에서 펼쳐지기도 한다. 전형적인 마당놀이 문화다.

요즘은 면 단위의 마을 풍물패 활동도 활발하다. 경연대회도 열린다. 곳곳에 큼직한 문화시설도 들어 서 있다. 주민자치센터는 갖가지 교양프로그램이 연중 진행되고 재주 있는 귀농자들이 강사로 출연한다. 삶 중심으로 형성되는 문화단위들이다. 생활과 밀착된 살아 있는 문화다.

봄에는 풍년 기원제, 가을에는 추수 감사제에 녹색당과 옛 민주노동당, 그리고 녹색평론 모임 등이 전통을 살리는 새로운 농촌문화를 일구기도 한다. 추렴하듯이 집에서 먹는 음식을 싸와서 모임 때 공동식사를 한다. 장구와 북, 쇠와 징이 기본으로 동원되고 누구나 소리 한 자락을 하는 모임들을 쉽게 볼 수 있다.

2010년에 돌아가신 강대인 선생은 농장에 갈 때는 쇠와 장구를 들고 갔다고 한다. 작물들도 신명을 돋우기 위해서다. 놀이가 일과 결합된 모습인 것이다. 이처럼 놀이 중 최고의 놀이는 '일하는 놀이'가 아닐까?

최근에는 '교육농장'이라 하여 교육청과 연대해서 학생들의 야외 학습장으로 농장이 활용된다. 다양한 생활체험을 자연 속에서 살아있는 공부거리로 삼는다. 일과 놀이와 공부가 하나가 되는 셈이다. 생활을 지속케 하는 노동 속에서 인류는 지혜를 발달시켰다. 현대문명은 본래의 생활노동에서 동떨어져 있지만 원래는 공부도 생활 속에서 진행되고 완성되었다. 그것을 복원하려는 사람들이 늘어 가면 좋겠다.

여름이면 도시로 나갔던 출향인들 중 고향 시골집으로 와서 부모도 뵙고 어릴 적 뛰놀던 계곡과 들판에서 더위를 식히는 사람들이 많다. 놀이가 몸도 망치고 삶도 왜곡시키는 도시의 저급한 문화가 옮겨 오는 기간이기도 하지만 농촌에서 겨우 명맥이 이어지는 살아있는 생활문화가 교류되는 기간이기도 하다. 농촌으로 삶의 거처를 옮겨오는 사람들에 의해 이런 교류가 더욱 촉진되길 빈다.

행복한 삶을 위한
마음공부 이야기

손빨래를 통해 배우는 삶의 역사

버르고 별러서 빨래를 했다. 요즘 세상에 빨래 한번 하는데 뭘 그렇게 버르고 별렀다는 건지 이해가 쉽지 않을 것이다. 이 글의 제목이 손빨래니까 그런가 보다 싶을 뿐이겠다. 빨래를 얼마나 해봤다고 갑자기 빨래, 그것도 손빨래 예찬론자가 되었냐고 하면 좀 쑥스러운 게 사실이다. 본격적으로 손빨래를 일삼아 한 것은 이제 두 달 남짓 된다는 사실을 먼저 고백한다.

손빨래를 하면서 되새겨보는 것은 거창하게도 내 삶의 발자취였다. 인생 복습이라고 해도 과언이 아니다. 인생 복습이라. 복습이 분명하면 우리의 살아 갈 내일이 더 밝지 않을까? 모두 손빨래를 하면서 터득한 사실이다. 손빨래를 하면서 나는 빨래통에서 인생살이의 건더기들을 주렁주렁 건져 올렸다. 지금 이 이야기들을 하려는 것이다.

인생이라는 것이 산속 깊은 절에 들어가 동안거울 한 철 스님들이 한 곳에 머물며 수도하는 일라도 해야만 삶을 되돌아볼 수 있는 게 아니다. 마당 수돗가에 퍼질러 앉아 빨래를 하면서도 이것이 가능하다면 누구나 해봄직한 일이 아닐까 싶다.

엊그제 내가 빨래를 하기 위해 제일 먼저 챙긴 것은 날씨였다. 다행히 기상청 누리집에서 예보한 대로 날씨가 푹했다. 꽁꽁 얼어붙던 날씨가 풀리기 시작하더니 봄날 같았다.

손끝에서 되살아나는 삶의 흔적들

참, 날씨 얘기가 나와서 하는 말인데 언젠가부터 우리는 날씨의 영향에서 벗어났다. 과학기술의 덕이라고 할 수 있다. 한겨울에도 아파트에 사는 사람들은 반소매를 입고, 한여름에도 도시인들은 넥타이를 매고 일을 한다. 어디 이뿐인가. 눈 내리는 겨울밤에 빨간 수박을 먹을 수 있고 딸기도 맛볼 수 있다.

날씨의 영향에서 벗어난 생활이 편리한 건 사실이다. 그런데 과연 좋은 일이냐 하면 그것은 다시 한 번 생각을 해봐야 한다. 자연과 멀어진 삶이기 때문이다. 현대사회의 질곡과 현대인의 병들은 모두 자연과 멀어진 삶의 방식에서 비롯되었다.

이런 얘기가 나오면 그 다음의 이야기 진행이 뻔해진다. 원시생활로 되돌아갈 수는 없지 않느냐면서 생활에 도입하는 과학기술의 적절성이 문제라는 식으로 얘기를 해버리면 아주 싱거워진다. 적절한 과학기술의 수준과 정도를 어찌 쉬 합의할 수 있으랴.

어쨌든 농사꾼이다 보니 하루 생활이 날씨에 절대적인 영향을 받으면서 살아가는 나는 빨래를 위해 날씨부터 골라야 했다는 것을 이해해주기 바란다.

마당 수돗가에 큰 고무함박을 두 개 갖다놓는 일부터 빨래 준비를 시작했다. 부엌 아궁이에 불을 피워 물을 데우는 것이 손빨래에선 빼놓을 수 없는 일이다. 빨랫물이 따뜻해야 때가 잘 빠진다. 가을에는 마당에 솥을 걸고 물을 데웠지만 겨울에는 불길을 방으로 들여야 해서 꼭 부엌 아궁이에서 물을 데운다.

집 뒤쪽에 있던 고무함박에는 눈이 담겨 있어 털어내야 했다. 재생비닐로 만든 빨간 고무함박은 생태적인 용기가 아니라는 점에서는 거부감이 없는 것은 아니지만 실용적인 면에서는 이보다 더 좋을 수가 없다. 어디 부딪쳐도 깨지지 않고 신축성이 좋아 빨랫감을 넣고 밟기에도 좋다.

과일이나 라면을 담았던 종이상자에서 빨랫감들을 꺼내 종류별로 분리를 했다. 때가 너무 절어서 도저히 더 덮고 잘 수 없던 이불한 채도 방에서 꺼내왔다. 겉옷을 한쪽으로 모았다. 겉옷도 평상복과 작업복은 따로 했다. 속옷들도 삶아야 할 것 몇 개는 가려 놓았다. 다음은 양말이었다.

이렇게 하면 분리작업을 다 했다고 생각할 것이다. 한 가지가 남았다. 장갑이다. 농사짓는 집에는 며칠만 안 빨면 장갑이 수북이

3장 행복한 삶을 위한 마음공부 이야기

쌓인다. 장갑도 고무장갑과 코팅장갑, 면장갑이 있고 흙이 묻은 정도가 다 달라서 이것들도 나누어놓았다.

내 익숙한 솜씨 덕에 빨랫감들이 서로 다투지 않고 빨래통에 들어갈 순서를 정한 셈이다. 이제는 말하지 않아도 누가 먼저 들어가야 하는지 지들이 안다. 속옷이 거쳐 간 빨래통에 양말이 들어가고, 그 다음에 겉옷이 들어간다. 맨 나중에 들어가는 흙 묻은 장갑들은 으레 그러려니 한다. 장갑은 자기가 마지막에 가장 더러운 물 속에 들어가지만 마음씨 공평한 주인이 결국은 자기까지 똑같이 깨끗하게 빨아줄 것이라는 걸 안다.

고무함박을 하나 더 가져왔다. 탈수기일명 짤순이도 설치하고 전기선을 빼왔다. 내가 손빨래에서 부득이 짤순이라는 전기제품을 사용하기로 한 데는 두 가지 이유가 있다. 하나는 내 손목이 상해서 빨래를 짤 수 없다는 것이고 또 다른 하나는 물을 절약하기 위해서다.

손목 보호대를 끼기도 하고 압박붕대를 감기도 했지만 상한 손목 인대는 낫지 않고 있다. 뜸도 놓고 부항도 붙였는데 별 효과가 없다. 손을 움직일 때마다 뜨끔거린다. 일손을 놓고 손을 쓰지 않아야 해결할 수 있는 문제다. 이번 겨울에 치료하지 못하고 농사철이 시작되면 내년 한 해 또 고생해야 할 것이다. 내 손으로는 빨래를 매 짤 수가 없어서 짤순이를 쓰기로 한 것이다. 빨래를 헹구는 데 드는 물은 짤순이를 쓰면 훨씬 줄어든다는 것이 내 손목이 다 나아도 짤순이를 계속 사용할 구실이다.

아름다운 후퇴

빨래를 하다가 아차 싶어 방에 들어가 꺼내온 것이 있다. 나랑 같이 사는 후배가 지난번에 빨래했던 것인데 때가 그대로여서 다시 해야 하는 것들이다.

빨래에 담긴 실타래 같은 내력들

삶아야 할 속옷과 면티셔츠는 깨끗이 빨아 맹물에 잘 헹궜다. 비누칠을 다시 한 속옷들을 양은솥에 넣어 삶기 시작했다. 이때 내 첫 경험이 떠올랐다. 빨래 삶던 첫 경험은 내 흰셔츠가 온통 잿빛으로 변했던 30년이 더 된 기억이다.

중학교 1학년 때니까 정확히 35년 전의 일인데도 아주 생생하다. 산골마을에서 초등학교를 마치고 읍내로 유학(!)을 갔던 나는 자취를 했다. 주말마다 집에 가서는 쌀자루와 반찬단지를 장작다발과 함께 리어카에 싣고 읍내로 내려왔던 내가 한번은 셔츠를 깨끗하게 빨답시고 솥에 넣고 끓인 것이다.

정성은 갸륵하고 그 시도는 벤처정신이 깃들어 있었으되 방법이 잘못되었다. 옷을 훌훌 벗어 다짜고짜 끓는 물에 넣어 삶았으니 옷이 희게 되기는커녕 땟국으로 천연염색을 한 꼴이었다. 셔츠가 잿빛으로 변해버렸다. 인체에서 채취한 절은 때를 염료로 삼아 천연염색을 감행했으니 발상 한번 참 기발했다.

이 때문에 어머니에게 구박을 당했는지 칭찬을 받았는지는 기억에 없다. 어머니를 만나면 물어봐야겠다. 늙으신 분들은 최근의 기

3장 행복한 삶을 위한 마음공부 이야기

억은 못해도 왕성했던 젊은 시절의 기억은 빈틈없다고 하니 이 일을 기억하고 계실지도 모르겠다.

언젠가 서울 사는 형님이 우리 집에 왔다가 빨랫줄에 널린 장갑들을 보고는 장갑장수 다 굶어죽겠다면서 몇 번이나 빨아 쓰냐고 물었다. 요즘은 막노동하는 사람들도 장갑은 물론 작업화나 작업복도 흙탕이 되면 버리고 새것을 사용한다고 했다. 그게 더 경제적이라는 것이 이유의 전부였다.

자기 것이 아니고 고용주가 지급하는 것이라는 것도 원인일 수 있다. 내가 아는 바도 그렇다. 내가 아는 막일하는 사람들도 절대 장갑을 빨아 쓰지 않는다. 빨고 말리고 할 겨를이 없다는 것이다. 나는 헌 나무에 박힌 못도 빼서 다시 쓴다. 못 한 근을 철물점에서 사면 백 수십 개가 넘는다. 단돈 2000원이면 산다. 그만큼의 헌 못을 빼서 쓰려면 하루 종일 걸릴 수도 있다. 그래도 지구자원이 고갈된다는 생각을 하면서 지금껏 그렇게 한다.

노조의 모든 조합원들이, 막노동을 하는 모든 노동자들이 회사에서 공짜로 지급받는 장갑과 작업화를 집에라도 가져가 빨아서 다시 쓰는 날 세상이 뒤바뀌지 않을까 생각해 본다. 그들이 그토록 바라는 '사람대접 받는 세상'이 되지 않을까 싶다. 세상 만물을 대접하는 사람이 정녕 대접 받는 사람이 되는 것이다.

빨래하면서 시린 손끝으로 전해져 오는 물의 감촉이 계절을 실감하게 했다. 지하수로 흘러 해발 550m의 이 높은 곳으로 솟구쳐 올라 온 물의 경로가 잠시 나를 땅속 여행길로 안내하기도 했다.

아름다운 후퇴

곧 입어야 할 속옷은 방에다 널었는데 유독 내 팬티 하나가 똥구멍 쪽에 얼룩이 져 있는 것이었다. 빨면서 물속에서는 눈에 띄지 않았는데 널다 보니 눈에 띈 것이다. 다시 빨아야 하는가 싶어 잘 살펴보니 그게 아니었다.

옷에 똥을 엄청 쌌던 일이 있는데 그때 똥물이 든 것이었다. 오해는 마시기 바란다. 내가 싼 것이 아니고 건너 동네에 사는 내 후배가 싼 것이다. 내 팬티에 어떻게 후배가 똥을 쌌냐면 사연이 아주 재미있다.

한날은 옆 마을에 놀러 갔다. 김장을 하는 날이라 도우러 갔다가 밤에 술판이 벌어졌다. 지나치게 술을 많이 마신 후배 하나가 술에 취해 집에도 못 돌아가고 그 집에서 자다가 똥을 싼 것이다.

새벽녘이었다. 질긴 남자 하나와 질긴 여자 하나가 남고 다 집으로 돌아간 새벽에 술을 거의 안 한 나랑 셋이서 차를 마시고 있던 때였다. 후배가 자는 방에서 야릇한 냄새가 나서 제일 정신이 맑은 내가 들어가 봤더니 아랫도리를 벗은 채 골아 떨어져 있었는데 똥을 싸서는 이불과 옷은 물론 벽과 몸에 다 칠을 해놓고 있었다. 전위예술가의 행위예술이었다.

이때부터 내가 취한 조치들은 아주 눈물겨운 것이었다. 후배의 몸을 다 닦아주고 옷가지는 물론 이불을 두 채나 화장실로 가져가 똥 덩어리들을 긁어낸 후 빨기 시작했다. 이때 내가 입었던 속옷을 다 벗어 후배를 입히고 나는 겉옷만 걸쳤다. 나는 10월이 되면서부터 내복을 입기 때문에 이 위급한 일에 대처하기가 유리했다.

3장 행복한 삶을 위한 마음공부 이야기

이때 빌려주었던 내 팬티와 내복, 티셔츠 등이 내게 돌아왔는데 그 후배의 후미진 똥구멍을 깨끗이 닦지 못했던 내 불찰로 내 팬티에 후배의 똥이 묻어났던 모양이다.

그 후배를 그날 새벽에 목욕탕에 데려가 함께 목욕을 하고 해장국집에 가서 아침을 사 먹였는데 그때도 그 녀석 입에서 나는 술 냄새가 내 코를 찔렀다. 이틀 후에 나를 찾아와 무릎을 꿇고 얼굴을 못 드는 후배와 약속을 했다. 한 달간 술을 끊자고 했다. 나도 동참하겠다고 하자 후배는 그러마고 했고 지금까지 술을 입에 대지 않고 있다. 그때의 풍경이 똥물 흔적이 남은 팬티를 널면서 되새겨졌다.

이렇게 손빨래하는데 시간이 얼마나 걸렸는지 궁금할 것이다. 하루 종일 걸렸다. 만약 이 빨랫감들을 세탁기에 넣었다면 두어 시간 안에 다 해치웠을 것이다. 세탁기를 사용한 사람이 절약한 시간에 비해 손빨래를 하면서 몇 곱절 흘려보낸 시간들이 나는 결코 아깝지 않다. 내 삶의 역사 한 대목을 돌아보는 시간이었기에 그렇다.

아름다운 후퇴

빨리 달리는 것만이 능사가 아니다

여러 해 전이다. 초등학교에 다니는 아들 새들이와 한참 동안 재미있게 얘기를 나눈 적이 있었다. 시간의 차용과 축적에 대한 얘기였다. '시간의 차용과 축적'이라고 써놓고 보니 그때 나눈 이야기가 상당히 차원 높은 주제처럼 보인다.

시간을 이야기할 때는 공간과 속도를 빼놓을 수 없다. 시간은 공간과 더불어 존재할 수 있으며 시간의 속도 문제는 철학과 물리학의 문제이기도 하다. 그리고 보면 아들이 꺼낸 시간에 대한 이야기는 아주 알맞은 때에 알맞은 장소에서 한 것이 된다. 차를 몰고 고향에 가는 중이었는데 날이 저물어 가고 있었기 때문이다.

3장 행복한 삶을 위한 마음공부 이야기

"시간을 당겨 쓸 수 없을까요?"

아이가 한 말은 이런 것이다. "아빠. 오늘 낮 시간을 조금만 더 늘이면 안돼요?" 컴퓨터도 없고 친구도 없는 아버지의 고향은 아이에게는 불편하고 답답한 곳이지 추억이나 향수가 있을 리 없다. 뒷간은 가기가 무섭고 모기떼는 극성인지라 털털대는 내 고물 트럭보다도 더 툴툴거리면서 말도 않고 자는 듯하고 있던 아이가 날이 어둑어둑해지자 문득 떠올린 생각이었나 보다.

아이는 내일 낮에 쓸 몇 시간을 빌려서 오늘 사용하면 어둡기 전에 시골에 도착할 것 아니냐고 설명을 덧붙였다. 그렇게 할 수만 있다면 명절에 고향 가는 사람들은 물론이고 영화를 보거나 책을 읽을 때 참 좋겠다는 것이다. 듣고 보니 발상이 재미있기도 하고 아들의 고양된 기분을 유지시켜야지 하는 속셈도 작용하여 장단을 맞춰가며 얘기를 이어나갔다. 서로 온갖 상상들을 동원해가며 시간이라는 소재를 가지고 신나게 놀았다.

물론 결론은 그것이 불가능할 뿐더러 그렇게 돼서도 안 된다는 것이었다. 당겨 쓰는 대부분의 시간들은 쾌락 쪽으로 몰릴 것이고, 시간을 사고파는 사람들도 생겨 가난한 사람들은 제 명까지 못 살고 부자는 오래 살 것 아니냐고 했다. 혼자에게만 해당되는 시간이면 모르지만 내 시간 조절이 다른 사람의 시간과 결부되어 있을 때는 합의도출을 위해 폭력을 사용하는 일까지 생기고 보면 생지옥이 따로 없을 것이라는 것이 이유였다. 주로 내가 한 지적들이다.

이야기의 어떤 대목에서 내가 "너는 시간을 연장하고 싶은 때가

아름다운 후퇴

주로 언제냐?"고 물었더니 곰곰이 생각하던 아이의 대답이 의외였다. "불을 끄고 뽀송뽀송한 이불을 덮고는 잠이 막 들락 말락 할 때"라고 하는 것이다. 엉뚱한 아이의 엉뚱하지 않은 소회였다.

아이의 살아있는 감성을 본 것도 반가우려니와 평온하게 잠이 드는 바로 그 순간이 떠오르면서 마음이 푸근해졌다. 그 아들에 그 아버지 아니랄까봐 이때부터는 내가 엉뚱한 생각들을 쏟아놓기 시작했다. 아들이 문제점을 지적하면 나는 처음의 구상을 고치고 또 고쳤다. 아까랑 비교하면 마치 역할극을 하면서 배역을 바꾼 것처럼 되어버렸다.

아무리 바빠도 모든 자동차는 길마다 정해져 있는 규정 속도 이상을 달릴 수 없었으면 좋겠다는 것이 내가 한 첫마디였다. 그러면 자동차 사고가 반으로 줄 것이라는 것이 내가 덧붙인 예측이었다. 아이가 불자동차나 경찰차는 어떡할 거냐고 해서 몇몇 자동차는 예외를 인정한다고 내가 양보했다.

연이어 나는 꿈같은 소리를 많이 했다. 최근 해외토픽을 보니 그때 내가 한 꿈같은 말이 실현된 것이 있다. 술 마시고 운전을 하려고 하면 자동차 시동이 안 걸리는 것이 그것이다. 자동차가 중앙선을 조금이라도 넘으면 날카로운 경고음이 울린다던가, 길거리에서 차를 세워놓고 삿대질하고 싸우면 자동차 타이어 바람이 저절로 빠져버리고, 어린애를 앞좌석에 태우면 자동차에서 비상벨이 울리는 등 내 상상이 종횡무진할 때 아이가 불쑥 한 말이 있다.

"차를 안 타면 되잖아요."

3장 행복한 삶을 위한 마음공부 이야기

자동차로 비롯되는 여러 불행들에 대한 유일한 처방을 어린 초등학생이 내놓는 순간이었다. 우리는 이렇게 행복한 분위기 속에서 고향에 거의 다다랐다.

시골길에서는 중앙선 안 밟기 '놀이'

이때 뜻밖의 중요한 발견을 했다. 한참 올라가 있던 내 자동차 속도계의 바늘이 정상으로 내려와 등속운동을 하고 있는 것을 본 것이다. 13년 된 고물트럭의 털털대는 소음도 들리지 않았고 장시간 운전의 피로도 전혀 없었다. 이미 어두워진 지방도로의 어둠도 못 느낀 채 우리는 '행복한 운전'을 하고 있었던 것이다.

자동차를 안 타면 해결되는 불행들이 많다. 운전을 하더라도 '행복하게' 운전하면 자동차 때문에 생기는 불행을 멀리 할 수 있다. 자의반 타의반 아버지 고향에 가게 된 것이 마뜩찮았던 아이 기분이 180도 달라진 것도 자동차 안에서 행복한 분위기가 만들어졌기 때문이다. 운전하면서 초조해하며 서두르거나 교통법규 위반을 거듭하면 내 인생도 위반을 하게 된다.

불행이 찾아오는 원리가 그렇다. 불행은 행복한 순간을 절대 침범하지 못한다. 불행은 불행을 키우는 속성이 있고 행복은 행복을 퍼뜨리는 성질을 갖고 있다. 행복은 '놀이'와 '재미'를 둥지 삼아 자란다. '의미'와 '보람'도 행복을 구성하는 중요한 양념이다. 운전하는 순간이 행복하면 운전으로 생기는 불행이 없을 거라는 내 운전체험에서 나온 믿음들이다.

그때, 아들의 이야기를 들은 후부터 안 타야 할 자동차를 타고 있다는 부채의식을 갖게 된 나는 바로바로 하나씩 운전습관을 고쳐나갔다. 꼭 '행복한 운전'을 목표로 삼았다고 할 수는 없다. 행복은 설정되는 어떤 목표가 아니기 때문이다. 그냥 그 순간에 깨어있고 만족하면 되는 것이다. 내일의 행복을 담보하는 조건은 오직 하나, 지금 있는 이곳에서 이 순간이 행복하면 되는 것이다.

시골 국도를 달릴 때도 나는 중앙선을 절대 넘지 않는다. 대부분의 운전자들은 백이면 백 다 시골길 중앙선은 무시한다. 휘어진 길에서는 속도를 줄이는 대신 반대 차선으로 넘어가는 것을 선택한다. 그러나 중앙선을 잘 지키면서 시골길 운전을 해보면 금새 알 수 있다. 그렇게 운전하는 것이 얼마나 재미있고 즐거운지를.

밋밋하게 운전하지 말고 백미러를 보면서 노란 중앙선과 자동차의 왼쪽 바퀴 간격을 한 자 정도 정확히 떼어서 운전해보라. 꼬불꼬불 산골길을 그렇게 가다보면 아주 옛날, 피시통신시절, 컴퓨터게임 중에 자동차운전을 하는 그 재미가 살아난다. 오락실에 돈 주고 하던 운전게임 말이다. 자동차 실기시험을 볼 때 차창 밖으로 고개를 내밀고 진땀 흘리던 에스코스 티코스 장면이 떠오르기라도 하면 입가에는 미소가 덩달아 번진다.

맞은편에서 중앙선을 넘어 달려오는 자동차를 만났을 때는 한껏 호기를 부릴 수도 있다. 놀란 상대가 부랴부랴 핸들을 꺾는 모습을 보고 손이라도 흔들어주면 흐뭇하다 못해 세상이라도 구한 자부심

을 맛보게 된다. 내 뒤에서 함부로 중앙선을 밟으면서 오던 자동차
가 어느 듯 나처럼 졸졸 줄을 맞춰 오기 시작하는 것이 보일 때도
있다.

앞서 가겠다는 차가 있으면 추월차선에서 깜박이를 켜서 먼저
보내주면 된다. 그렇다고 심하게 속도를 줄여야 하는 것도 아니다.
내 경험에 따르면 거의 속도 차이가 없다. 목적지에 도달하는 시간
차이도 별로 없다. 시골길 중앙선 위반은 습관의 문제이지 시간의
문제는 아니라는 게 내 주장이다.

중앙선 안 밟기는 우연한 기회에 하게 된 나만의 '운전놀이'다.
한때 내가 모시던 큰스님을 옆에 태우고 운전을 하면서 습관처럼
꼬불꼬불 산골길 중앙선을 마구 넘나들면서 운전을 하는데 반대편
에서 오는 사람 역시 나처럼 운전을 하고 온 것이다. 거의 한 자 남
짓 간격을 두고 차를 세워 충돌을 피했다. 양쪽 운전자는 가슴이
철렁했을 뿐만 아니라 하늘이 노래졌다. 사태를 잘 수습하고 다시
운전을 하는데 큰스님이 지긋이 하시는 말씀이 이랬다.

"휴강내 법명 자네야 마음다루기를 잘해서 놀란 가슴을 바로 진정
시키겠지만 아까 저 분이 사고 날 뻔했던 일 때문에 집에 가서 괜
히 애들 야단이라도 치고 싸움거리가 아닌데도 부부싸움이라도 하
면 어찌할꼬."

이 일이 있은 뒤 바로 나는 시골길 중앙선 안 밟기 운전놀이를
시작해서 지금껏 하고 있다.

신호등이 바뀌어 정지선에 차를 세워야 할 때는 한 치도 안 틀리

아름다운 후퇴

고 정지선에 차를 세우는 놀이를 한다. 그렇다 이건 '놀이'다. 내 트럭 앞 범퍼가 정지선에 자로 잰 듯이 놓였는지 차창 밖으로 고개를 내밀어 확인하고는 나 혼자 싱글벙글 하기도 한다.

때로는 내가 나에게 내기를 건다. 지는 사람이 아이스크림 사기 같은 내기다. 항상 남는 장사가 자기와 뭔가를 걸고 내기를 하는 놀이다. 이기건 지건 아이스크림을 얻어(!)먹을 수 있기 때문이다. 중앙선을 밟았는지, 정지선에 정확히 섰는지 내기를 해보라. 아이스크림보다 비싸고 더 큰 것을 내기에 걸수록 더 크게 남는 장사가 될 것이다.

깜깜한 밤에 홀로 빨간 신호등 지킬 때의 자부심

내가 사는 집으로 가려면 장계읍내에서 함양 안의 방향으로 가야 하는데 읍내를 벗어나는 지점에는 작은 농로를 두고 신호등이 설치되어 있다. 낮에도 오가는 차들이 없다보니 신호등이 무시되기 일쑨데 나는 밤에도 빨간 신호등 앞에서는 꼬박꼬박 차를 세운다. 대신 경찰서에 신호등을 점멸등으로 바꾸는 것이 차량 흐름에 좋겠다는 신고를 했다.

'저건 잘못 됐다, 불합리하다'면서 무시하고 그냥 지나가 버리면 그 불합리를 개선할 수 없기 때문에 고쳐질 때까지는 빨간 신호등 앞에서 차를 세우는 내 불편을 감수할 생각이다. 불편해야 고쳐지는 법이니까.

3장 행복한 삶을 위한 마음공부 이야기

생명을 위협하는 길 위의 불합리는 또 있다. 길거리 표어들이다. 그래서 도로공사와 교통안전공사에 여러 번 길거리 표어 제안을 했다. 길거리 표어를 제안하는 이 고상한 버릇도 우연한 기회에 생긴 것이다. 아주 고약한 표어를 보고서다.

10년도 더 된 일이다. 경북 구미 근처 기찻길 건널목 앞에서 본 표어인데 "당신도 언젠가는 건널목 사고의 주인공이 될 수 있다" 라는 것이다. 거의 저주에 가까운 협박이라고 생각했다. 이제는 사라진 표어 중에 "5분 먼저 가려다 50년 먼저 간다"는 것도 있다.

교육과 계도는 결코 협박과 공포를 기재로 해서는 가능하지 않다는 게 내 신념이다. 이런 원칙을 어찌 아이들 교육에만 적용하겠는가. 사람과 짐승, 나아가 구르는 돌멩이 하나라 해도 마찬가지다. 내가 제안한 표어들은 이런 것들이었다.

"좋습니다. 그렇게 계속 안전운전하시면 됩니다."

"물 흐르듯이 즐겁게 운전하세요."

"아름다운 금수강산. 속도를 줄인 만큼 더 많이 보입니다."

"운전이 행복하면 내 삶이 행복합니다."

내가 제안한 길거리 표어의 특징이 보일 것이다. 모두 긍정형으로 되어 있고 칭찬과 격려가 담겼다. 가령, '친구들하고 싸우지 마라'고 하는 것 보다 '친구들하고 사이좋게 지내라' 하는 것이 훨씬 효과적이라는 것이다.

칭찬과 긍정을 담은 길거리 표어는 운전자의 안전운전에 크게 보탬이 될 것이라 여겼는데 채택된 것은 별로 없다. 다만 길거리 표어들이 언젠가부터 순화되었다고 보는데 내 제안과 인과관계가 있는지는 알 수 없다.

요즘 많이 보이는 "운전습관, 당신의 인격입니다"도 운전습관 하나로 한 사람의 인격까지 거론한다는 것은 지나치다고 생각하여 "좋은 운전습관은 좋은 인생을 만듭니다"로 바꿔달라고 제안하기도 했다.

무엇이든지 시작이 힘들지 한번 시작하면 탄력이 붙는다. 거듭할수록 익숙해지고 익숙함은 또 친숙함으로 바뀐다. 나의 행복한 운전하기는 진화를 거듭하여 남을 간섭(?)하는 경지에 까지 이르렀다.

차창 밖으로 담배꽁초를 내던지는 차가 있으면 일부러 뒤따라가지는 않지만 신호등 앞에서 나란히 서게 되면 한마디 한다. 운전자가 인상이 고약하게 생겼으면 길이나 묻는 듯하고 넘겨버리고 좀 만만하다 싶으면 웃으면서 얘기한다.

"청소부 아저씨들이 새벽마다 목숨 걸고 저 꽁초를 쓸어야 할 텐데요"라고.

내 고까운 참견(!)에 80~90프로는 "아, 예. 죄송합니다"고 한다. 그리고 아주 드물게 아니꼽다는 듯이 흘깃 쳐다보고는 말없이 열었던 차창을 닫아버리는 사람이 있을 뿐이다. 남의 운전습관에 간섭(?)하는 내 고상한(!) 버릇도 우연한 기회에 생겼는데 지금껏 그 버릇을 못 버리고 있다.

아주 오래 전 인천에 살 때는 나도 담배를 피웠다. 그런데 담배

꽁초를 차창 밖으로 던졌다가 교통경찰에게 딱 걸려버렸다. 새파란 의경이 다가오기에 내뺄까 아니면 뭐라 변명할까 눈치를 보는데 그 새파란 의경이 나를 너무도 부끄럽게 만들었다.

"선생님. 선생님 자동차 밖은 온 세상이 다 재떨인가요?"라면서 꽁초를 나에게 공손히 건네는 것이었다. 이른바 사회운동을 한다는 내가 그 꼴을 당했으니 상상해보라. 얼굴이 홍당무가 되고 남지 않았겠는가. 남의 운전습관에 간섭하는 내 고상한 운전버릇 하나를 만들어 준 그 '새파란 의경'에게 감사한다.

언젠가 택시를 탔다가 성질 급한 그 기사가 빨간불이 막 들어왔는데도 두 번씩이나 무리하게 신호등을 넘어가기에 차를 세우고 항의를 했다. "빨리 가는 것도 좋지만 난 생명까지 걸 생각이 없다. 혼자 가라"고 했더니 운전사 말이 걸작이었다. "이쪽에 빨간불이 들어와도 옆쪽 차선에 파란불이 들어오려면 시간이 좀 걸린다"는 것이다. 그 사이에 자기는 교차로를 넘기 때문에 위험하지 않다는 논리였다. 그래서 내가 대뜸 빨간 신호등의 의미가 그런 것이냐고 되물었다.

신호등 빨간불의 의미가 옆쪽 차선에 파란불이 들어오려면 시간이 좀 걸리니 속도를 내서 어서 건너라는 말이냐고 쏘아붙였다. 안 되겠다 싶은지 기세가 꺾인 기사가 사과를 하기에 다시 그 택시를 탔고 안 주려던 요금도 주었다.

아름다운 후퇴

길 위의 '암세포'가 된 자동차

생각은 행동을 바꾸고 행동은 다시 역으로 생각을 더 깊이 있게 변화시킨다. 행동을 거치면서 생각은 더 다듬어지고 풍부해진다. 자동차보다 자전거가 건강과 환경에 훨씬 좋다는 정도의 소박한 내 자연주의적 사고를 뿌리부터 흔든 사건이 있었다.

2년여 전이다. 내가 구독하는 계간지《환경과 생명》특집에 자동차가 등장했는데 자동차는 사람과 사람의 소통을 가로막을 뿐 아니라 '길'을 없애고 '도로'를 만든 원흉이며 살인병기라는 것이었다. 이 글을 읽고는 처음에 좀 심하다 싶었는데 가만히 생각하니 맞는 말이었다. 살인병기라고 하면 중성자탄이나 핵폭탄만 생각하지만 이 지구상에 핵폭탄은 딱 두 번만 터졌다. 하지만 자동차가 사람을 죽이는 숫자는 갈수록 늘어나고 있다.

시골 살아도 이제는 다들 자동차가 있으니 마당까지 쑥 들어가 버린다. 집에 들며날며 이웃과 인사 나누는 것도 옛날 얘기다. 자동차가 이웃과의 소통을 가로막는다는 말이 틀리지 않은 것이다.

그 특집기사는 자동차가 땅을 차지하는 공간의 크기나 배타성을 두고 볼 때 지구의 암세포라고까지 몰아세웠다. 이 역시 좀 심하다 싶었는데 가만 생각하니 이것 역시 맞는 말이었다. 지구별의 암세포가 인간이라는 말을 어느 생태주의자로부터 들은 적이 있다. 이제는 인간이 만든 자동차에게 그 누명을 뒤집어씌우는 듯해서 나도 인간의 한 사람으로서 자동차에게 좀 미안한 생각이 들었을 뿐 틀린 말이 아니었다. 특집기사의 논리는 구구절절 옳았다. 우리가 습관적으로 용인하고 있는 것들 중에 자동차처럼 위험하고 골칫거리인 것이 더 있었나 하고 경악하는 계기가 되었다.

인간들의 뜨거운 환호를 받으며 등장했다가 퇴출당한 것들이 지구상에 어디 한둘이랴마는 자동차가 등장한 지 150년도 안 돼 인간으로부터 암세포라는 진단을 받다니 당황스러웠지만 수긍하지 않을 수가 없었다. 그 후로 자동차에 대한 내 시각이 확 바뀌었다.

동창회나 행사장 등 모임에 갔다가 시커먼 대형 승용차를 타고 온 친구가 있으면 "야. 너 아직도 대형차 타냐? 야만인처럼?"이라고 한마디 한다. 길거리에서도 혼자서 대형승용차를 부끄러운 줄도 모르고 몰고 다니는 사람들이 보이면 혀를 끌끌 찬다. 현대자동차 간부로 주로 해외시장을 담당하면서 세계 곳곳을 나다니는 친구에게는 "공해산업에서 어서 나오라"고도 했다. 현대자동차 노조, 또는 기아자동차, 대우자동차 노조 등이 성과급이다 파업이다 하여 언론에 오르내릴 때는 "여보게, 당신들은 지구에 암세포를 만들고 있다네"라고 한마디 해주고 싶기도 했다.

옛날 군사독재 시절에 우리가 최루탄 만드는 기업을 규탄하는 운동을 벌였듯이 자동차공장이 꼭 그렇지는 않지만 나는 그 비슷한 처지에 몰릴지도 모른다는 생각을 하고 있다. 좋은 계기를 만나면 행동과 생각은 동시에 몇 단계를 훌쩍 뛰어 진화한다.

아끼는 후배인 고 조문익씨가 자동차 사고로 숨지고 나서다. 내겐 큰 충격이었고 장례기간 내내 골똘히 생각하다 다다른 결론이 둘이었다. 그 중 하나가 아무 자동차나 탈 게 아니라 '유명한 자동차'를 타야겠다는 다짐이었다. 달리 말하자면 '이름 있는^{유명한} 자동차' 타기 운동을 벌이기로 작정 한 것이다.

누리터에 카페도 만들었고 언론매체에 글도 썼다. 특히 내가 홍보위원장으로 있던 '사단법인 생명평화결사'를 통해 시민운동으로 추진하고자 했다. '이름 있는 자동차'는 그랜저나 베엠베 같은 고급승용차를 말하는 게 아니다. 이름표를 단 차를 말한다. 자발적인 운전자 실명제 운동인 셈이다. 개인 차원에서 머물고 있던 나의 '행복한 운전'을 생명평화운동으로 발돋움시킨 것이다. 길 위의 자동차에서 벌어지는 모든 반생명 현상을 추방하자는 취지였다.

생명평화결사에서 여러 차례 회의를 거쳐 여섯 개의 자동차 붙임딱지를 만들었다. 생명평화결사 총회장에서 참석자들이 다들 두세 개씩 자동차에 붙였다. 지금도 내 트럭에 붙어 있고 항상 나를 길 위에서 생명평화를 실현하게 하는 표지다.

'이름 있는 자동차 운동'을 범시민운동으로 키워가고 싶었지만 여차저차 하여 그리 되지 못해 아쉽다. 자동차에 붙어 있는 글귀들은 대부분 광고물이거나 훈계조의 계도용 안내문이다. 생명평화결사에서 만든 표어에는 자동차를 몰고 길에 나설 때 항상 행복한 마음으로 운전하게 하는 자기 다짐들이 담겨 있다. 대전 어느 채식뷔페에 갔다가 이 딱지 표를 붙인 자동차를 발견하고는 얼마나 반가웠는지 모른다.

내 마음을 내 마음대로 하라

여느 때처럼 새벽 5시경에 일어났는데 전날 쓰지 못하고 잤던 생활일기를 쓰려고 노트북 컴퓨터를 켰다. 아직 주무시고 있는 어머니를 돌아보고는 문서작성 프로그램을 열기 전에 먼저 알송 프로그램을 열어 모차르트 곡을 여러 곡 불러왔다.

클래식 중에서도 모차르트와 바흐 음악이 머리를 맑게 하는데 좋다고 하여 가벼운 치매기운이 있는 어머니에게 모차르트 음악을 자주 들려 드리고 있다. 우연히 고른 첫 음악이 생동하는 기운이 꿈틀꿈틀 솟는 모차르트 피아노협주곡 20번 D단조 2악장이었다. 이 음악은 약동하는 기운이 선명하다. 새벽이라 더 그렇다.

선율에 몸과 마음을 얹어 놓으면 금새 선율을 타고 살랑대는 봄바람에 너울대는 빨래처럼 내 몸과 마음도 가볍게 일렁인다. 스스

아름다운 후퇴

로 탁월한 선곡에 만족하면서 흐뭇한 미소를 지어본다. 그러나 어머니 꿈속까지 가 닿기에는 노트북의 소리가 너무 작다.

디브이디 플레이어 5.1채널 앰프에 노트북의 출력단자를 연결하다가 나는 소스라치게 놀랐다. 라디오 수신기가 내장된 앰프에 전원을 넣자 케이비에스 에프엠이 나오는데 모차르트 곡이 아닌가. 내 노트북에서 나오는 20번 D단조 2악장 바로 그 곡이었다. 방송에서도 거의 비슷한 대목이 흘러나오고 있는 것이었다.

신기한 모차르트 음악의 동시 연주

설마 하는 마음에 노트북의 스피커 소리를 줄여봤다. 다시 라디오 방송 볼륨을 줄이고 노트북 볼륨을 올려봤다. 똑같은 연주였다. 어떻게 이런 일이 생겼을까? 어머니 영혼의 편안한 휴식을 위해 모차르트를 고른 나를 보고 있기라도 한 듯 에프엠 방송의 진행자가 꼭같이 모차르트를 골랐을까? 어떻게 바로 그 순간 내가 앰프에 전원을 넣었을까?

새벽 두 시경 어머니가 벌떡 일어나서는 왕할아버지가 오셨다며 어서 문을 열고 마당에 불을 켜라고 했다. 몸이 불편하신데도 마당에 나가겠다고 서둘렀다. 환상과 뒤섞인 일상이 또 어머니를 괴롭히는 순간이었다. 겨우 고집을 누그러뜨리고 잠에 드셨는데 정작 나는 제대로 잘 수가 없었다. 토막잠을 자면서 어떻게 하면 어머니의 영혼이 평안할 수 있을까 궁리 하다가 새벽을 맞았던 것이다.

3장 행복한 삶을 위한 마음공부 이야기

그래서였을까? 어쩌면 전날 내가 어머니에게 품었던 불손한 마음이 대가를 치르느라 새벽 토막잠을 자야 했고 이렇게 모차르트 음악이 양쪽으로 등장했는지도 모른다.

전날, 돌담을 쌓고 있는데 마루에서 팥을 가리고 계시던 어머니가 혀를 끌끌 차면서 혼자 중얼거리는 소리가 들렸다.

"에이고 쯧쯧. 저래가지고 무슨 담을 쌓는닥꼬! 반듯반듯하게 돌을 놔야지 어글어글 돌을 얹어 놓으면 다 무너지지 저기 견딜끼락꼬 쯧쯧."

날은 저물지, 군불 땔 시간, 밥할 시간은 이미 다 됐는데 하던 일은 끝나지 않고 올려놓는 돌덩이는 자꾸 건들거려 신경이 곤두 서 있는데 어머니의 잔소리가 들리자 나도 모르게 팩 쏘아 붙였다.

"어떻게 해야 반듯반듯하게 쌓을 수 있는지 어머니가 함 해보세요!"

물론 말을 하는 순간 후회했지만 다행히 귀를 잡수신 어머니가 듣지 못했는지 아무 말씀도 없이 하던 일을 계속하고 계셨다. 그렇지만 어머니가 들었건 못 들었건 그렇게 쏘아붙이는 내 기운이 어머니에게 가 닿았을 것은 자명한 이치다. 저녁밥을 먹으면서도 그랬고 잠자리에 들면서도 못내 기분이 찜찜했다.

어머니를 위한 모차르트 음악이 양쪽에서 흘러나오자 기분이 씻은 듯이 나아졌다. 환해진 내 기운이 어머니의 오늘 하루를 쾌청하게 할 것 같은 느낌도 들었다. 아주 확연했다. 마음이 편해지면서 보상을 치른 느낌이었다.

아름다운 후퇴

마음을 움직이게 하는 근원자리

이때 '마음이 편하다'라고 할 때의 마음은 기분에 해당된다. 그러나 '마음이 나쁜 사람이다'고 할 때의 마음은 성품이나 성질을 말하고, '마음을 알 수가 없다'고 할 때는 본심이나 의도를 말한다. '너한테 마음이 없다'고 할 때의 마음은 애정이나 관심 정도로 이해할 수 있다.

이처럼 마음은 감정이나 느낌, 기분이나 생각, 나아가서 정신과 영혼을 함께 일컫는다. 그러면 마음은 어디에서 일어나는가? 불편했던 내 마음이 풀어진 것은 모차르트 음악 때문인가?

내가 전날 어머니에게 팩 쏘아붙인 것도 곰곰이 생각해 보면 그날의 어머니에 대한 원망이 마음 밑바닥에 깔려 있었기 때문이다. 그날은 '동사섭' 문화센터가 건립되어 개원식을 하는 날이었다. 여기저기서 같이 가자고 연락이 왔다. 함양에서 하는 개원식이라 이곳 장계에서 엎어지면 코 닿을 곳이지만 대소변을 못 가리시는 어머니를 모시고 갈 수도 없고 해서 참석을 포기했다.

'동사섭'은 내 삶의 전환에 중요한 부위를 차지하는 영성훈련 프로그램이다. 1994년부터 지금까지 모두 일곱 번이나 수련을 했고 지금도 지역 수련모임에 참석하고 있다. 그만큼 각별한 인연이라 할 수 있다. 내가 의식하건 못하건 동사섭 개원식에 어머니 때문에 가지 못한다는 생각을 했을 수도 있다.

그러나 내가 어머니에게 쏘아붙인 이유가 꼭 그 때문일까 하는 생각도 든다. 그런 일을 다 예상하고 어머니를 모신 것이기 때문이다. 그러니 행사에 못 가서 마음이 상했다고만은 할 수 없다.

그러면 무엇 때문일까? 어머니랑 같이 산 지 보름이 넘으면서 슬슬 늘고 있는 어머니 참견과 잔소리에 짜증이 쌓여 있었기 때문일까? 과연 그것 때문일까? 그렇다면 내 마음이 상하게 된 원인은 오로지 어머니가 제공한 것인가?

이렇듯 마음이 상하게 된 뿌리 찾기는 꼬리에 꼬리를 물고 이어진다. 과연 사람의 마음이 꼬이게 되는 원인은 어떤 결과의 인과관계를 따져 파고들면 그 뿌리가 나타날까? 그렇다면 내 마음은 오직 외부 환경조건에 따라 움직이는 종속변수에 지나지 않는가? 불가에서는 마음이 환경에 좌우되는 것이 아니라 '일체유심조'라 하여 세상만사가 마음먹기에 달렸다고 하지 않았는가?

그렇다. 마음이 문제다. 세상일이 마음 한번 바꿔 먹으면 달라진다는 말이 있지만 사람은 때로 평생 동안 습관 하나도 바꾸지 못한다. 마음을 바꾼다는 게 쉬운 일이 아니다. 뻔히 알면서도 어쩌지 못하는 게 마음이다. 자기 마음이면서도 자기 마음대로 못하는 것이다.

내 마음이 편해지면 사람관계도 잘 풀리고 공부건 사업이건 다 잘 된다고 한다. 마음이 편해지는 방법도 많이 알려져 있다. 많은 성인들의 가르침이 차고 넘친다. 욕심을 버려라. 화를 내지 말라. 마음을 비워라. 항상 긍정적으로 생각하라. 정성을 다하고 간절히 구하라. 칭찬하고 격려해라. 이웃을 돌보고 대가를 바라지 말라….

아름다운 후퇴

지금 이 순간을 살아라

이런 원리를 안다는 것과 마음을 그렇게 쓰는 것은 전혀 다른 차원의 문제다. 그래서 마음은 늘 닦아야 하는 것이라고 하는지도 모른다. 마음을 닦는 것이 수련과 명상이다. 매일 아침 일어나면 세수하고 거울을 보고 얼굴을 가꾸듯이 늘 마음을 살피고 돌보는 일을 해야 한다는 것이다. 일주일 정도 목욕을 하지 않거나 며칠 얼굴을 안 씻으면 찜찜해서 견디지 못하면서도 마음은 평생 방치하는 경우가 많다.

내가 제대로 된 수련을 처음 한 것은 1992년께다. 난생 처음으로 나의 본 모습을 맞대면한 자리였다. 짧은 순간이었지만 명상과 수련의 궁극적인 목표인 갈등과 망상이 멈추고, 물질적 오랜 습이 멈추었다. 텅 빈 충일감이 있었다. 동학에서는 이를 성품자리라고 한다. 불가에서는 견성이라고도 하고 무념이라고도 한다. 순간에 깨어 있을 때 나타나는 현상이다.

이때의 충격은 엄청났다. 물질작용 중심으로 생각하고 정치체제와 사회구조 문제로 모든 세상사를 읽고 있던 내가 비물질의 엄청난 세계를 접하는 기회였다고 할 수 있다. 사회구조 문제와는 별개로 개인의 심성과 영성이 존재한다는 사실도 확인하는 계기였다. 꼭 1주일 동안 세상과 인연을 딱 끊고 경기도 화성에 있는 야마기시 공동체에 가서 '야마기시 특별연찬강습회'를 한 자리였다.

수련원을 나설 때 온 세상이 달라 보였다. 긴 시골길을 걸어 나오는데 보이는 모든 것, 들리는 모든 것이 새 세상이었다. 세상이 달라졌으니 나의 생활도 예전과 같을 수가 없었다. 수련기간은 1주일이었지만 사실 내 생을 온통 걸었던 일주일이었다.

지금 돌이켜보면, 《지금 이 순간을 살아라》를 쓴 독일 태생의 에크하르트 톨레의 경험과 견줄 만하다. 책에 보면 그는 우울증으로 청소년 시절에 몇 번 자살을 시도하기도 했는데 다시 자살을 생각하면서 '나는 더 이상 나 자신과 함께 살 수 없어'라고 중얼거렸다고 한다. 그는 그 순간 또 다른 '나'가 있다는 사실을 자각하고 가짜 '나'를 버리고 진짜 '나'를 보았다고 한다. 그 순간 새들의 지저귐과 밝은 햇살이 한 번도 겪지 못했던 신비함 그 자체였다는 내용이 나온다.

수운 최제우의 '용담유사'에도 보면 경주 멸적굴로 들어가 죽기를 각오하고 49일 기도를 시작할 때 계곡의 물소리와 나뭇잎을 흔드는 바람소리마저 어리석은 자신을 조롱하는 것 같았다는 대목이 나온다.

이같은 간절함이 우리를 마음의 근원자리에 가 닿게 하고 마음을 움직이게 하는지도 모른다. 사회운동만 해온 지독한 유물론자였던 내가 1주일 동안 화두를 들고 씨름을 해냈다는 것 자체가 기적이었다.

수련 기간에 위기가 여러 번 있었다. 뛰쳐나가는 사람이 실제 있었다. 수련원에서 맞은 여러 번의 내 정체성 위기는 나를 송두리째 흔들면서 비약적으로 내 의식을 심화시켰다. 큰 공안사건에 휘말린 채 안기부에 끌려가서 몸과 마음이 완전히 파괴되어 있던 내게

아름다운 후퇴

는 존재의 위기를 겪고 있었던 것이 오히려 마음공부에 집중하게 하는 원동력이었다.

집으로 돌아온 다음날 뒷산 약수터에 운동 삼아 약수를 뜨러 갔다. 길게 늘어진 통 수만큼의 인간들이 물통 곁을 지키고 있었다. 자리를 뜰 때도 동행한 가족을 불러 물통 곁에 세우곤 했다. 달라진 세상에서 달라진 나는 그들과 같을 수가 없었다.

내 물통을 제일 뒤에 갖다 두고 '나 없어도 잘 있거라'고 부탁을 하고 철봉에 매달리기도 하고 윗몸 일으키기 등 운동을 하고 돌아왔더니 내 물통만 동그마니 뒤에 처지고 다른 물통들은 다 앞으로 가 있었다. 내 뒤에 있던 물통들도 다 내 앞으로 나가 있었다.

"하하. 다른 물통들은 다 부지런히 앞으로 갔는데 내 물통은 제자리걸음만 하고 있네. 하하" 하고 웃었다. 그리고는 내 물통을 줄의 제일 뒤에 갖다 붙였다. 그러자 줄의 중간쯤에 통이 있는 한 사람이 나더러 물통 주인이냐며 묻더니 내 물통을 자기 앞에다 갖다 놓는 것이었다.

뒤로 밀려났던 내 물통이 아무도 상하게 하지 않고 스스로 제자리를 찾아간 것은 당시 탐독하고 있던 고엔카의 《단지 바라보기만 하라》는 책의 영향도 컸다. 이같은 일들이 많이 생겨났다. 아무리 힘겹고 어려운 문제에 부닥쳐도 고요한 상태로 바라보기만 할 수 있다면 더 이상 문제가 될 수 없었다.

'단지 바라볼 수 있는' 힘 기르기

그때부터 시작된 마음공부는 때로는 급격히, 때로는 느리게 나를 변화시켜갔다. 내 변화의 방향은 마음이 편하고 무슨 일이든 즐겁게 하는 쪽이었다. 누구하고든 관계를 잘 풀고 나를 감추지 않고 잘 드러내는 쪽이었다. 비록 나를 놓치고 격한 기분에 휩쓸리더라도 오래 가지 않았고 금방 산뜻하게 본심자리로 돌아왔다.

감정이 격해진 상태의 나를 바라볼 수 있으면 이미 그런 기분에서 벗어나기 시작했다고 보면 된다. 내게 맞는 기법을 개발한 것들도 많이 있다. 예컨대 마음이 중심을 잃었을 때는 이를 작은 소리로 내게 확인시켜 준다.

'희식아, 네가 지금 잔뜩 화가 나 있구나. 그래 화가 날만도 하지, 그치?'

'너 지금 우울하구나. 심란한 일이 있나보네?'

이를 요약하자면 순간에 살기, 판단-분별 이전에 머물기, 지금 여기서 행복하기, 내 뜻대로 창조하기 등등으로 표현할 수 있다.

문제는 순간에 깨어있는 것이 어렵다는 것이다. 이를 위해서는 자신의 상태를 깨닫는 것이 첫 관문이다. 화가 엄청 나 있는 자기를 발견하고서도 '나 지금 화를 더 오래 내야 돼. 지금 이대로 화가 없어지면 안 돼!'라고 고집부리는 사람은 없는 법이다. 화가 나 있다는 사실을 발견하지 못하고 화 그 자체에 휩쓸려 헤어나지 못하는 것이 보통의 경우다. 따라서 마음공부는 모든 현상을 '물끄러미 바라볼 수 있는 힘을 기르는 것'이고 그러한 자기를 '알아채는 것'

아름다운 후퇴

이라고 할 수 있다.

야마기시 수련원에서 '공분'과 '의분'의 정당성에 대한 연찬도 했다. '화가 없이는 해낼 수 없는 일이 있는가?'라는 주제로 연찬했다. 당연히 그런 일이란 없다는 결론에 이르렀다.

마음공부 초기의 내 과제는 분노나 미움 없이 세계를 개혁하는 것이었다. 변혁운동을 하면서 분노하고 공격하면 그 순간 내 속에 분노의 기운, 공격의 기운이 꽉 차면서 스스로 내상을 입는다는 사실을 잘 알고 있었기 때문이다. 그래서 내가 대표로 있던 단체가 엠티를 갈 때 명상적 엠티를 접목해봤다. 결과는 아주 성공적이었다. 격한 토론과 뒤풀이 술잔치에서는 맛볼 수 없는 깊은 공명을 불러 일으켰다.

그 후 1994년 말, 동사섭 프로그램을 처음 하고는 바로 머리를 깎고 먹물 옷을 입었다. 행자수련원에 들어갔고 수계까지 받았으니 당시만 해도 내 초발심이 대단했던 것은 사실이다. 그 후 지금까지 해온 수련은 참으로 다양하고 꾸준했다. 이것이 가능했던 것은 수련하는 동안 맛보는 깊은 환희심이라고 할 수 있다. 그것이 현실과는 동떨어진 채 단지 먼 미래를 밝혀줄 고행이기만 했다면 절대 해내지 못했을 것이다.

'인산 뜸' 수련까지 했다. 직구 뜸을 단전혈과 중완혈에 올려놓고 대여섯 장씩 뜨는 것이었다. 쑥을 전용 절구에 넣고 봉을 만들면 작은 달걀 크기만한 쑥 덩이가 생긴다. 한 장 타는데 근 5~6분 걸린다. 연탄불에 오징어 굽는 느낌이었다. 온몸이 오그라들었다. 뜨거운 불기운을 내 망상이 번식하는 곳으로 보냈다. 몸에 이상이 있는 곳에도 보냈다. 두 곳 혈 자리는 달의 분화구처럼 움푹 패었다.

300여 쪽에 이르는 《인산쑥뜸요법》이라는 책을 정독하고 쑥뜸에 대한 효과와 작용을 충분히 공감한 것이 섭씨 700도에 이르는 뜨거운 불덩이를 견디면서 쑥뜸 수련을 해내게 한 원동력이었다. 강력하기 짝이 없는 직구뜸 수련을 주변에 권했지만 선뜻 나서는 사람을 보지는 못했다.

세상살이를 통해서만 마음공부는 더 나아간다

또 한번은 5박 6일에 160만 원을 내고 아봐타 수련을 했다. 리뷰까지 했던 때는 7년쯤 전이다. 2006년 말에는 휴전선 근처 화악산 정상에 올라가 1주일간 동학 수련을 했다. 동학 수련은 지금까지 했던 수련하고 전혀 다른 주문 수련이었다. 만트라 요법이라고 이해하고 참석했는데 그 이상이었다. 유불선신을 통합한 동학의 정수를 봤다고나 할까.

단식 수련, 간화선 수련. 음양단식 수련, 야마기시 연찬학교, 지리산 정령치 계곡에 얼음을 깨고 들어가는 물 수련. 춤 명상, 애니어그램. 아난다마르가 수련, 엠비티아이, 각종 명상모임의 지역만남 등등 한 해에 꼭 한두 번씩은 열흘 가량 시간을 내서 마음공부를 해왔다. 큰 스승이 있다고 하면 시간을 내서 친견하기도 했다.

어떤 수련은 아기자기한 방편들을 내밀하게 익힐 수 있었고, 어떤 수련에서는 잔가지들 없이 의심의 덩어리를 뿌리째 뽑아내면서 일보 전진하는 순간을 맞기도 했다. 간화선 수련이 매우 인상적이 었던 것으로 기억된다. 캄캄한 동굴을 나흘간이나 헤매다가 닷새 되던 날 하얀 눈이 융단처럼 덮인 넓고 넓은 평원이 파도처럼 마구 물결치더니 나를 덮쳤다. 잔뜩 공포에 떨며 터널을 엄청 빠른 속도 로 달려가다가 눈이 멀 정도로 밝은 빛 무리 속으로 내가 흡수되기 도 했다.

그 닷새째 날은 새벽부터 격렬한 진동과 오열이 종일 계속되었 다. 무의식의 밑바닥까지 내 거짓된 삶과 물질 중심의 탐욕이 씻기 는 날이었다. 몸이 공중으로 튀어 올라 천정까지 가 닿았는데 법당 마룻바닥에 개구리 패대기쳐지듯이 나뒹굴어졌다.

아봐타 수련의 '내뜻대로 살기' 수련에서 겪었던 경이도 잊을 수 없다. 세상일이 내 뜻대로 다 될 뿐 아니라 '내 뜻' 자체가 항상 세 상사와 조화를 잘 이루는 데서 오는 경이를 상상해보라.

마음공부에서 격렬한 오열과 함께 신체적 변화를 겪게 마련이 다. 이것은 몸 기운이 맑아지는 초기 증세라 보면 된다. 집안 대청 소를 한 것에 비할 수 있겠다. 먼지도 나고 소음도 난다. 그게 오열 과 진동이다. 문제는 그 다음부터다. 그래서 마음공부 프로그램 참 석자들 사이에는 '약발기간'이라는 말이 유행한다. 어떤 마음공부 단체에서는 공공연히 이제 막 마음공부를 끝낸 최근 기수를 대선 배로 모신다. '약발'이 제일 센 사람이라는 뜻이다.

무슨 말인고 하니, 마음을 바로바로 알아채고 잘 다루는 것이 일상이어야 한다는 말이다. 붓다가 보리수나무 밑에서 수행을 통해 득도한 것도 그 이전에 평소의 생활 속에서 치열하게 공부한 마무리 단계였던 것으로 보면 된다. 가정생활, 사회생활을 하면서 매일매일 생생하게 겪는 생활상의 고비와 갈등이 우리 마음공부의 소재들이고 이 소재들이 마음의 격을 한 단계 높이는 발판이 된다는 사실을 잊어선 안 된다. 이것들은 결코 멀리 할 대상이 아니라 그 속에서 자신을 갈고 닦는 도장이라 보면 틀리지 않다.

마음공부의 다양한 방편들

사물의 이치를 깨닫고 정교한 지식체계를 구축해도 수련과 명상 없이는 성품자리에 들 수 없다고 한다. 그런 것 같다. 나에게 있어서 수련과 명상을 통해 도달하는 일상의 모습은 아주 단순해 보인다.

늘 '내가 어디서 뭘 하고 있는지 놓치지 않고 아는 것'이다. '내 마음이 지금 어떤 상태인지를 알아채는 것', 그것이 마음공부가 겨냥하는 지점이다. 어떤 사람은 몇 십 년이 지나서야 겨우 그때 그 일의 진면목을 알아챈다. 어떤 사람은 죽을 때까지도 욕망과 에고에 기초한 원한을 짊어지고 간다. 그래서 나는 마음공부를 달리 정의한다. 순간에 나를 알아채는 '힘 기르기'라고 정의한다.

한번은 어떤 시민단체 연수회에서 나를 불렀다. 전국에 있는 활동가들이 만나 수련회를 하는데 서로 마음을 나누는 자리를 마련해 달라며 저녁시간을 송두리째 내게 주었다. 그 시민단체를 잘 알기에 그 단체의 활동에 맞는 순서를 준비했다.

내가 누군지, 내가 무슨 짓을 하고 있는지 들여다보는 프로그램을 게임식으로 엮었다. 문방구에 가서 이것저것 소품들도 준비했다. 내가 익혀둔 몇 가지 마술도구도 챙겼다. 내가 강의 갈 때는 꼭 선물들과 마술도구 등을 챙긴다. 이것은 수강생들의 마음을 활짝 열게 하는데 중요한 도구다. 신나게 게임을 하다가 문득 자신의 내면을 발견해 가는 것이었는데 몇 사람이 눈물을 쏟아 분위기가 숙연해지기도 했다.

마음공부 프로그램들을 이렇게 말하면 오해의 소지가 있긴 할 텐데 그래도 보통사람들이 이해하기에는 가장 적절한 표현이 될 것이다. '자기의 본 모습을 깨닫고 생각의 방향을 돌려 관계를 잘 풀어가게 하는 것'이라고 말이다. 마음이란 내 마음인데도 내 마음대로 하지 못하므로 '내 마음의 사용설명서'를 익히는 것이라고 이해해도 될 것이다.

모든 일상사는 관계 속에서 진행되는 것이다. 대부분의 프로그램은 '관계 맺기와 풀기'를 주요 과제로 삼는다. 그 수단으로 흔히 '감사일기 쓰기'나 '칭찬하기', '무아명상 하기', '3분 웃기 명상' 등을 하기도 한다.

마음을 닦는 것에는 넓은 영역이 존재한다. 영역이 넓은 만큼 방편들도 참 많다. 소리와 색과 향과 꼴특수한 형태의 모양과 감촉 등이 다 마음을 닦아 가는데 크게 작용하는 소재들이다. 마음을 구성하는 요소 중에서 '생각'의 힘이 제일 크기 때문에 그 생각을 돌리게

3장 행복한 삶을 위한 마음공부 이야기

하는 보조장치들이라고 보면 된다.

소리를 통해 마음을 가다듬는 만트라에는 '옴마니반메훔'이라는 육자진언이 있다. 동학에서는 21자 주문이 있는데 동학농민군들이 외던 것이다. '지기금지 원위대강 시천주 조화정 영세불망 만사지'이다. 관세음보살만 외워도 병이 낫는다거나 주기도문만 외워도 평안이 온다는 것은 '소리'에서 비롯되는 여러 작용 때문이다. 교회에서 방성기도를 하면 은혜가 크다고 하는 것도 다 이 때문이다.

'내 마음의 사용설명서' 읽기

미국 항공우주국에서 근무하는 과학자 바바라 브레넌은 자신의 저서 《기적의 손치유》에서 놀라운 사례를 소개하고 있다. 온전한 상태의 나뭇잎의 오오라는 깊은 물빛 같은 푸른색이었는데 가위로 잎을 자르자 오오라가 붉은 핏빛으로 변했다는 것이다. 놀란 브레넌이 잎사귀 앞에 무릎을 꿇고 용서를 빌었더니 1~2분 후에 다시 본래의 파란색으로 돌아왔다는 실험결과다. 진정성이 담긴 소리는 우리의 기운을 변화시킨다는 게 정설이다.

기운, 영성, 혼이라고 말하면 갑자기 애매한 표정을 짓는 사람들이 있다. 검증되지 않은 주술적인 것으로 오해하는 사람들이다. 마음공부는 기운공부라고 해도 틀린 말이 아니다. 물리학에서 제 4의 물질이라고 부르는 플라즈마가 브레넌이 말하는 에테르Ether체나 아스트랄Astral체에 해당한다. 명상과 만트라를 통해 이 에테르체와 아스트랄체가 변하게 되고 마음과 몸이 바뀌는 것이다. 칭친과 격려, 그리고 자연재배 음식 등이 그런 작용을 한다.

전 세계적으로 큰 반향을 불러 모았던 에모토 마사루의《물은 답을 알고 있다》라는 책을 봤을 것이다. 깊은 산 맑은 약수는 정육각형의 아름다운 결정구조를 가지고 있다. 하지만 수돗물이나 생수의 경우 위생적으로나 과학적으로는 아무 불순물이 없어도 육면구조의 한쪽 귀퉁이가 깨져 있거나 징그럽게 일그러진 물 결정체를 볼 수 있다. 일그러진 물에 '사랑'이나 '감사', '이해' 등의 글자만 써 붙여도, 아니면 간단한 축원만 해도 신기하게도 물의 결정체가 정육면체로 바뀐다. 이 모든 것은 만트라, 또는 영부의 힘이라고 할 수 있다.

만트라 외에도 최근 유행하는 아로마요법이 있다. 향으로 마음의 평정을 얻는 명상법이다. 향뿐이랴. 색을 통한 마음치유도 있고 꼴모양도 있다. 미술치료기법도 사실은 꼴을 통해 마음을 읽고 마음을 치유한다. 우리의 전통 옷인 색동옷은 오방색을 기초로 한 음양오행원리를 구현한 색이다.

하늘을 뜻하는 흰색 옷을 즐겨 입은 것도 마찬가지 이치다. 농경민족으로 무논에 가서 일하는데 흰옷은 전혀 실용적이지 않을 수 있으나 하늘기운을 중요시하는 환족恒族에게 흰색은 하늘을 뜻할 뿐 아니라 진실과 순결을 나타내고 오행에서는 금金에 해당한다.

피라미드 파워라고 들어 봤을 것이다. 히란야라든가 얀트라 등은 물론 우리나라의 전통적인 부적도 여기에 해당한다.

3장 행복한 삶을 위한 마음공부 이야기

우리가 지나치게 물질위주의 삶에 빠져 있어서 그렇지 비물질 또는 극미물질플라즈마 세계에 대한 이해를 조금만 가지면 마음공부의 원리를 바로 이해할 수 있다. 그러면서 칭찬과 긍정, 용서와 양보, 선행이 삶에 있어 얼마나 중요한 요소인지 알 수 있다.

이들은 생각을 좋은 방향으로 바꾸는 힘이다. 좋은 방향이라 하면 영적 진보를 말한다. 영적 진보라 함은 수치심보다는 자긍심, 슬픔이나 두려움보다는 기쁨과 즐거움, 욕망보다는 이성, 미움보다는 사랑, 다툼과 경쟁보다는 공생, 갈등보다는 평화를 말한다. 결국 깨달음, 견성, 해탈, 본성자리로 들어가는 것을 말한다.

생각이 바뀌면 물질은 이미 변화를 시작했다. 플라세보효과 Placebo Effect라고 들어봤을 것이다. 《의식의 세계》를 쓴 미국 프린스턴대학 딘 라딘 박사가 한 재미있는 실험이 있다. 두통을 앓는 사람에게 저명한 의사가 비타민을 주고 새로 개발된 두통약이라고 했더니 나았다는 것이다. 성공률이 54%였다고 한다.

한 방에 있는 열 명의 사람이 있는데 아홉 명에게는 활력제인 암페타민을 먹이고 한 명에게는 수면제를 먹였는데 수면제를 먹은 사람은 전혀 잠들지 않고 다른 사람처럼 활기차게 지냈다. 또 다른 방에는 아홉 명에게 수면제를 먹이고 한 명에게 암페타민을 먹였는데 활력제인 암페타민을 먹은 한 명도 다른 사람처럼 잠에 빠져버렸다고 한다. 물질과 생각이 서로 상호작용하고 있음을 보여주는 실험인 것이다.

이처럼 마음공부에도 여러 방편들이 있고, 정성을 다해 노력하

아름다운 후퇴

면 자기의 근기에 딱 맞는 것을 만날 수 있다. 나아가 다양한 응용을 하는 경지에도 다다를 수 있다.

오로지 여기, 현재에 머물러라

살아있는 영성지도자 이현주 선생은 마음공부 단체가 난립하는 현상을 두고 "자본주의의 끝자락에서 펼치는 돈벌이 장사꾼들의 잔치"라고 혹평했다. 그런 면이 없지 않다. 장사속이 훤히 보이는 일들이 주변에서 많이 일어난다. 특히 마음수련 단체 중에는 사회의식은 수구보수적인 집단들도 적지 않다. 실명을 거론하기는 뭐하지만 수련프로그램을 여러 단계로 늘리고 늘려서 전 과정을 이수하려면 수백만 원을 갖다 바쳐야 하는 곳도 있다.

저렇게 산다면 일상생활은 어떻게 꾸려 가는지 아리송한 마음공부꾼들도 많다. 마음공부하러 다니는 게 일인 사람들이다. 일상은 따분하고 혼탁하니까 멀리하는 사람들 말이다. 자신의 에너지를 맑게 하면 세상사는 문제가 안 된다. 기운이 맑아지면 깨달음은 따라온다. 불이 켜지면 저절로 어둠이 물러가는 이치다. 부정 정서와 씨름할 필요가 없다. 밝고 환한 기운을 키워가고 믿음과 사랑과 기도와 선행을 멈추지 않고 계속해 나가면 뭔가를 볼 수 있다.

하지만 이 과정에서 자신의 영적 진보가 일어난다는 사실을 아는 사람은 별로 없다. 선행을 하고서 그 대가로 받는 물질적 보상이라는 것은 내 속에서 일어나는 영적 진보에 비할 바가 아니다.

행위 자체로써 이미 더할 수 없는 보상이 이루어지는 것이 사랑이고 긍정이고 공감이고 선행이고 동정이다.

삶은 다양한 체험의 공간일 뿐이고 세속적인 성공이냐 실패냐 하는 것은 큰 의미가 없다고 믿는 사람은 마음 알기와 마음 다스리기를 잘할 수 있는 사람이다. 단지 이 체험의 공간에서 그것이 세속적인 성공이든 세속적인 실패든 연연하지 않고 그를 통해 어떤 의식의 진보를 이루느냐가 중요할 뿐이라고 여기는 사람은 이미 성공한 사람이라고 할 수 있다.

어떤 수련단체에 전 재산을 넣고 들어갔다가 10여 년을 살다 나온 후배 한 사람이 이런 말을 했다. 다른 사람들은 나오면서 넣었던 재산을 달라고 하고 그 단체에서는 약속했던 대로 한 푼도 줄 수 없다고 분쟁이 났던 때였다. "빈 손 하나 달랑 들고 유유히 나올 수 있는 그 마음 하나를 가져 나올 수 있다는 것만큼 더 큰 재산이 어디 있는가"라고.

체험의 순간들을 얼마나 충실하고 진실하게 보내느냐, 그리고 그 결과로 얼마나 많은 중요한 자각과 각성을 이루느냐를 잊지 않는 것이 마음공부다. 분노, 미움, 회한 등 주로 부정적 감정에 휩싸이는 것은 백 프로 다 과거를 회상할 때나 미래에 대해 걱정할 때이다.

마음공부가 평화와 안정과 사랑을 내 속에서 이루는 것이라면, 또 그것을 사회화하는 것이라면, 오로지 현재에 머무르면 된다. 지금 이 순간을 사는 사람은 과거나 미래는 마음이 만들어낸 창조물

아름다운 후퇴

에 불과하다는 것을 안다. 마음공부에서 '히어 앤 나우'Here and Now
를 강조하는 것은 이 때문이다.

　이렇게 말하면 바로 반박이 뒤따를 법하다. '도사 같은 소리'라
고. 또 의문도 들 것이다. '도대체 정의와 불의는 없는가. 현실 속
에 엄연히 존재하는 빈곤과 차별과 폭력과 학대는 어떻게 해야 하
는가' 라고.

　그렇다. 무엇이 옳고 그른지를 식별할 능력도 없고 그럴 관심도
없는 설익은 마음공부꾼들이 양시론에 빠진다고 본다. 이것도 좋
고 저것도 좋고 구름 잡는 소리만 하는 사람을 보면 어이가 없을
수밖에 없다. 옳고 그름을 항상 명확히 하고 그것을 구별해낼 사회
적 식견을 연마하면서 이를 넘어서는 사람은 다르다. 행동은 차별
과 억압에 저항하고 약자를 돌보지만 마음은 항상 평화로운 것이
다. 마음공부꾼이 행동도 않고 관심도 없이 저 혼자 '멍하니 행복'
하다면 깨달은 사람은 치열한 현실공간에 자기를 놓고서도 한결같
은 사랑과 평화로 늘 충만하다.

　마음공부 진영에서도 명성 높은 지도자급 인사 중에 독선과 자
의식이 너무 강해 주변사람을 힘들게 하는 경우를 종종 본다. 선
문답 같은 말을 입에 올리면서 자기를 면책하고 남을 질책하는 도
구로 마음공부를 이용하는 사람도 없잖아 있다. 이런 모습을 보면
서도 그것을 반면교사 삼으면서 자신의 마음공부거리로 전환할 수
있는 사람이 진짜로 마음공부 하는 사람이다.

　데이비드 홉킨스의 《의식혁명》에 보면 재미있는 일화가 나온다.

3장 행복한 삶을 위한 마음공부 이야기

사람들의 의식수준을 1000까지 나누는데 이런 예를 든다.

화려한 부자 동네 앞에 혼자서 서성대는 허리가 굽고 남루한 옷차림을 한 늙은 사람이 하나 있다. 이 노인을 보고 어떤 생각을 하느냐다. 사람의 의식이란 이 세상에 일어나는 일들을 보고 어떻게 해석하는지, 또 어떻게 대응하는지의 수준이기 때문이다.

— '젊을 때 뭐하고 늙어 저렇게 되었나?' 라고 생각한다.
— 더럽고 구역질나서 얼른 피하고 싶어 한다.
— 노인이 저런 처지에 처하게 된 것은 뭔지 모르지만 그 사람이 잘못 산 것이다.
— 노인문제를 경제사회적 모순의 결과로 보고 연구의 대상으로 진지하게 고민한다.
— 노인에게 뭔가 도움을 주기 위해 다가간다.
— 노인을 우리들 자신의 다른 모습이라고 생각하고 동정심을 갖는다.
— 폭행을 하거나 곤란을 줄 것 같아 얼른 자리를 뜬다.
— 사람들이 노인을 돕지 않고 그냥 지나치는 것을 보고 회의를 느낀다.

과연 당신은 어느 쪽인가?

아름다운 후퇴

열일곱 살 스승

한 떼의 청소년들이 자연 속에서 농가생활을 하며 삶의 지혜를 배우기 위해 1주일간 우리 집에 왔다. 100일 동안 집을 나와서 공부하는 '100일 학교' 4기 학생들의 '생명살이 농부교실' 과목이다. 나무도 하고 밭에 남아 있는 고춧대며 야콘대를 모아 놓기도 한다. 도끼질, 톱질은 물론이고 빈 밭에서 옛날 시골아이들이 했던 그대로 깡통차기도 하고 자치기도 하며 논다. 제기차기도 한다. 국화차를 만드는 이웃집에 원정 가서는 국화차를 따주고 거하게 점심밥을 얻어먹고 오기도 했다. 뭐니 뭐니 해도 아궁이 불때기가 인기 종목이다. 콜록거리며 눈물바람으로 부엌 바닥에 고개를 쳐 박고 장작에 불 붙이는 놀이에 열중이다.

새벽에는 보이차와 볶은 곡식으로 하루를 시작한다. 이때 불경

중에서 매우 긴 금강경 전문을 독송한다. 짧은 겨울 해가 지고 저녁이 되면 식의주 생활과 관련된 영상물을 보고 소감을 나누거나 좋은 선생님을 모셔서 강의를 듣는다.

밥하기와 설거지는 기본이다. 방바닥을 걸레질 하는 자세와 요령도 익힌다. 신발을 팽개치듯이 벗어 던지는 버릇도 사라지고 엎어진 신발들도 점점 눈에 안 띈다.

'100일 학교' 학생들의 공부놀이

시대의 아픈 현장에서 맺힌 곡절들을 춤으로 풀어내는 명상춤의 대가 박일화 선생님을 모셨다. 학생들과 모닥불을 피워놓고 밤이 깊도록 춤을 추었다. 바람결을 느끼고 계곡 물소리를 몸으로 받아들여 온 몸으로 표현했다. 다들 오색 한지를 양손에 길게 늘어뜨리고 바람처럼 나부꼈다. 임창동의 피아노와 타악기의 합주 음악에 맞춰 '100일 학교' 학생들이 사물을 가져와서 함께 두드렸다.

"한 방울의 물에도 천지의 기운이 스며 있고 한 톨의 곡식에 만인의 정성이…"로 시작하는 밥 먹는 기도는 기도원 수사들의 게송偈頌과도 같아서 음식과 시골집을 청정하게 만든다. "… 이 음식을 먹고 맑고 밝은 사람으로 살겠습니다"로 마무리하는 밥 먹는 기도는 하면 할수록 밥 한 그릇의 이치를 깨치게 만든다.

하루는 저녁에 특별한 놀이를 했다. 원래 영화를 보기로 했는데 차를 마시며 이야기를 나누기로 한 자리였다.

아름다운 후퇴

'무엇 무엇해서 이러저러 하다'라고 하는 원인과 결과를 연결짓는 하루 생활 되짚어보기 놀이였다. 간단한 공식을 대입해서 사물의 인과관계를 들여다보는 것인데 사실은 자신을 알아채기 위한 마음공부였다. '이러저러 했다'가 아니고 '이러저러 하다'가 중요한 대목이다.

현재의 정서에 예리하게 깨어 있는 놀이인 것이다. 학생들은 사실과 사실을 이어놓기도 하지만 사실과 느낌을 원인과 결과로 맺어놓기도 했다. "이런 놀이가 처음이라 무슨 말을 해야 할지 잘 몰라서 좀 답답하다"고 말한 학생이 나타났다. 무척 반가웠다.

재치 있는 예문과 속마음 고백으로 방안에 웃음이 가득 찼다. 학생들이 재미있어 할 뿐 아니라 하루 전체를 입체적으로 잘 구성했다. 예문의 소재를 오늘 하루로 제한했기 때문이다.

이 놀이를 2단계, 3단계로 높여나갔다. 3단계에서는 '비록 무엇 무엇을 했음에도 불구하고 나는 이러저러 할 것이다'는 것이었다. 선한 기운으로 자기의 염려를 떨쳐내고 밝고 맑은 기분을 채워 나가는 마무리 놀이였다.

즉흥적으로 해본 놀이였지만 더할 수 없이 훌륭한 하루 생활 평가와 마무리 시간이었다. 오래토록 했던 동사섭 수련과 아바타 명상을 혼합한 것이었다.

우리 집 남매 대학 등록금은 0원

대학 등록금이 비싸서 야단이다. 한 학기에 500만 원 하는 곳도 있다고 하니 만약 집을 떠나 외지에서 공부하는 학생이라면 생활비에 책값까지 쳐서 1년에 2000만 원 든다는 이야기도 나올 법하다.

자식이 두 명, 세 명이 되면 이를 감당해야 하는 부모의 삶은 어떨까. 생각만으로도 아찔하다. 하지만 대학생 한 명에게 드는 1년 비용이 1000만 원이든 2000만 원이든 우리 집은 대학 등록금 걱정이 없다. 대학생이 없기 때문이다.

열아홉 살과 스물한 살인 아이가 있지만, 둘 다 대학교에 다니지 않는다. 현재로서는 대학에 진학할 계획도 없다.

긴 머리의 여학생들이 삭발까지 하면서 등록금을 내려야 한다고, 이명박 대통령의 '반값 등록금' 선거공약까지 들먹이고 있는데, 만약 대학 등록금이 지금의 반값이 된다 해도 우리 아이들은 대학에 가지 않을 것이다. 등록금이 비싸서 대학을 안 가는 게 아니다. 대학에 갈 필요를 느끼지 못해서 안 가는 것이다. 뜻하지 않는 획기적인 유인요소가 등장한다면 또 모를까 지금과 같은 상태의 대학은 큰 매력을 느끼지 못한다.

등록금 논란을 보면서 드는 의문이 있다. 한마디로 대학 교육의 값이 비싸다는 건데 그럼 좀 싸지면 괜찮다는 말인가. 품질은 별로인데 값만 비싼 게 요즘 대학이다. 등록금이 비싸다고 할 때는 반드시 뒤따라야 할 셈법은 바로 이것일 텐데 빠져 있다. 이런 얘기가 별로 왕성하지 않다. 물론 대학을 나와야 그래도 자기 밥벌이를

아름다운 후퇴

하고 사람 구실도 하지 않겠냐고, 대다수 사람이 그렇게 생각한다는 것도 알고 있다.

그러나 나는 이것이 미신이라고 믿는다. 집단 무의식으로 강고하게 자리 잡은 우리 사회의 미신. 한국 교육이 이뤄낸 가장 큰 성과라면 바로 이것이다. 이 미신을 만들고 전파한 것이다.

과연 우리 대학이 진리를 탐구하고 시대의 지성을 키우는 산실 역할을 하고 있냐고 물어보는 것 자체가 남세스럽다. 솔직히 지금의 대학은 취업 알선기관일 뿐이다. 교육도 시장에서 거래되는 상품으로 보고 사람을 자원이라고 공공연히 말하는 대학에 기대를 접은 지 오래다. 이는 비단 나만은 아닐 것이다.

국회 앞에서 수백 일 동안 천막농성을 벌이는 비정규교수들의 애환이 있다. 이 사실 하나만으로도 우리의 대학과 그 관계자들은 얼굴을 제대로 들 수 없어야 한다. 정부와 대학당국의 교육시장화 앞에서 무력해진 교수들. 겹치기 프로젝트를 중심으로 교수와 교수, 조교, 학생으로 이어지는 피라미드 먹이사슬. 넘쳐나는 논문의 이중게재와 표절들. 취업난의 피난처가 되는 대학원 진학. 이게 뭔가?

약한 이웃을 돌보고 세상 만물을 공경하며 자신의 인격적 소양을 드높이는 것을 배우고 익히는 곳이 지금의 대학이 아니라는 것은 그 누구도 부정하지 못할 것이다. 이런 상태에서는 전문 지식이 한순간에 흉기가 될 수 있다.

1000만 원이라는 거액을 내가며 지금의 대학을 가야 할 이유가

3장 행복한 삶을 위한 마음공부 이야기

있는지 진지하게 검토해봐야 한다. 대학에 가지 않는다고 해서 공부하지 않는다고 생각하면 오해다.

진짜 공부를 하는 곳은 대학 '밖에' 있다. 참되게 살면서 하는 밥벌이는 널려 있다. 세상에 널리 이로운 존재가 되어 살아가겠다는 마음 하나만 분명하면 된다. 그렇게 살아가는 데 필요한 지식이면 지식, 경험이면 경험, 대학이면 대학이 되어야 할 것이다.

대학이 없어도 살아가는 데 지장이 없다고 확신한다. 무슨 성자가 되겠다는 것이 아니다. 사실 인류 역사는 이래 왔다. 최근 반백 년 안팎에 와서 이 난리일 뿐이다.

두려움만 벗어나면 길은 많이 있다. 눈여겨보면 다 보인다. 내 주변에 이런 사람들이 정말 많다. 이런 사람들이 슬슬 뭉치는 모습도 보인다. 다들 잘하는 불매운동 있지 않은가? 대학도 불매운동을 하자. 한 발만 내디디면 그 다음은 쉽다.

세상의 모든 이가 스승이다

이렇게 말하는 사람을 본 적이 있다. 이 세상에서 사는 한 평생은 '지구별 여행' 중인 것에 불과하다고.

지구별 여행 중이라? 우주를 무대로 하는 존재들이 잠시 거쳐 가는 순간이 인간의 삶이라는 말인가? 내가 바로 그 주인공이고? 그것의 가부를 떠나 현실이라는 맹목성에 매이지 말고 삶에 대해 '단지 바라볼 수 있는 힘'을 가지라는 충고라고 생각한다.

아름다운 후퇴

여행객은 생소한 것도, 고생하는 것도 투덜대거나 마다하지 않는다. 도리어 신기해하면서 즐긴다. 절박한 현실을 늘 이렇게 놀이처럼 대할 수는 없을까? 성실하고 진지하되 놀이처럼 즐거워할 수 있다면 고통이나 번뇌도 여행지에서 겪는 특별한 경험처럼 흥미로울 것이다.

홈스쿨을 하는 열일곱 살과 열아홉 살의 소년 둘이 우리 집에 왔다. 생태적인 생명농업을 중심으로 닷새 동안 살다 갔는데 아주 재미있는 놀이를 하나 했다. 스승 삼기 놀이였다.

닷새 동안 같이 살면서 장계면민의 날 행사장에도 갔고 농협에 가서 모판 반납도 했다. 감자밭에 가서 호미로 풀도 맸고 논에 우렁이 넣는 일도 같이 했다. 그 중에 가장 재미있었던 것이 바로 스승 삼기 놀이였다.

모내기 하는 날 우리 집에서 한솥밥을 먹은 사람은 모두 아홉 명이었다. 겨우 일곱 마지기 논에 이앙기로 모를 내는데 많은 사람들이 모인 것이다. 서울서 두 사람, 함양, 수원, 전주에서 각각 한 사람씩 왔다. 두 소년과 나, 그리고 우리 아들, 이렇게 모인 아홉 사람은 저녁을 끝내고 찻상에 둘러앉았다. 보이차를 마시면서 놀이를 시작했다.

몇 사람은 돌아갔지만 십대 중반에서 오십 대 중반까지인 여러 층위의 사람들이 같이 할 수 있는 놀이를 고르다가 시작한 스승 삼기 놀이는 기대 이상의 감동과 재미를 주었다.

놀이방법은 아주 간단하다. 돌아가면서 아무나 한 사람을 스승

3장 행복한 삶을 위한 마음공부 이야기

으로 삼아서 평소에 품고 있는 의문과 고민을 지극한 존경과 믿음으로 여쭙는 것이었다. 스승이 된 사람은 정성을 다해서 해답을 주는 식이다.

오십 살인 아저씨가 물었다.

"자유라는 것은 내 하고 싶은 것을 하면서도 남에게 피해 주지 않는 것이라고 여기는데 그게 참 쉽지가 않습니다."

열일곱 살 소년 스승이 한참 쑥스러워하다가 대답했다.

"사람이 안 자유로울 때도 있는 거 아녀요? 자유로워야 한다고 너무 거기에 얽매이지 않으면 될 거 같은데요."

이 말을 듣고 오십 살 아저씨는 공손하게 합장을 해보였다.

열아홉인 내 아들이 스승이 되었다. 내 차례가 되어 무릎을 꿇고 앉아 질문을 했다.

"자식이 하고자 하는 것이 마음에 안 들 때가 있는데 그럴 때는 남의 자식이면 차분하게 객관적일 수 있으나 제 자식이라는 것 때문에 감정이 앞서기도 합니다. 어떻게 해야 하나요?"

낮에 논에서 같이 일하면서 있었던 아들과의 다툼이 부끄럽게 떠올라 하게 된 질문이었다.

아들 스승님이 잠시 생각을 고르더니 한참 만에 대답을 했다.

"자식도 같은 생각을 할 겁니다. 자기가 하고자 하는 일이 부모 마음에 안 들 수도 있다는 것을 알고도 차마 어렵게 입을 열었을 겁니다. 그래서 죄송했을 겁니다. 그 사실을 인정하기만 한다면 그 다음은 잘 될 것 같습니다."

아름다운 후퇴

이 대답을 하는 아들의 눈에 물기가 어렸다.

내가 궁리 끝에 이 놀이를 제안했던 것은 우리 아들도 홈스쿨을 하는지라 모든 이를 스승으로 여기고 세상 곳곳을 학교로 삼았으면 해서였는데 정작 이 놀이에 참여한 어른들이 더 좋아했다. 널리 전파할 만한 놀이라고 생각한다.

의심하지 말고 의문을 키워라!

내가 시간강사로 철학과목을 가르쳤던 한 고등학교에서 있었던 일이다. "의심하는 것과 의문을 갖는 것은 어떻게 다릅니까? 그것이 현실 속에서는 어떤 차이를 보입니까?"라고 질문하는 학생이 있었다.

철학하는 자세를 몇 가지 일러주면서 "모든 것에 의문을 품어라"는 말을 내가 했기 때문이다. 당시에 나는 상황을 판단하고 행동하기에 앞서 의문을 품는 시간을 충분히 갖도록 하라고 강조하고 있었는데 그 학생이 그런 질문을 해온 것이 무척 반가웠다.

"선생은 질문하는 학생이 가장 사랑스럽다"고 추켜세운 뒤 "선생이 강의에서 놓친 부분을 질문 형식으로 일깨워 주는 학생은 스승의 스승이라 할 수 있다"고 가벼운 농담도 했다.

그럼 내가 뭐라고 답변을 했을까? 내가 했던 답변은 잠시 뒤에 말씀드리겠다. 어머니 이야기를 하기 위해 소개한 일화이니까 그렇다.

3장 행복한 삶을 위한 마음공부 이야기

옷에 실수를 하신 어머니가 옷을 벗지 않으시려고 한다. 물이 엎질러져 묻은 것이라 곧 마른다면서 옷에 손을 못 대게 하고 따끈따끈한 아랫목에서 젖은 아랫도리를 이불로 감싸기만 한다. 이런 때에 어떻게 대응해야 하는지 나는 이제 제법 능숙하다.

"맞아요. 물이 묻었네요. 어쩌다 물이 묻었어요?"

"손 씻다가 그만 대야 물이 엎질러졌지 뭐야."

어머니가 손 씻는 대야는 한 턱 아래 놓여 있기 때문에 엎질러져도 어머니 옷이 젖지는 않지만 나는 모른 체 한다.

"추운 날씨에 물 묻은 옷을 그냥 입고 있으면 감기 들 텐데요?"

"그러니까 이불 쓰고 아랫목에 누울라 안 카나. 얼른 마르라고."

"물이 묻어 있으면 축축해서 근지러워요."

"안 간지러워 괜찮아."

"에이, 나중에 부스럼 생겨요. 젖은 옷 입고 있으면요."

"듣기 싫어! 너 할 일이나 하지 와 자꾸 귀찮게 해?"

이렇게 어머니가 역정을 내시면 내가 실수했다는 것을 뒤늦게 깨닫는다. 내가 비록 어머니 말씀대로 '오줌'이 아니고 '물'이라고 동의했지만 자꾸 집요하게 그걸 화제로 삼으면서 어머니가 옷을 벗게 하려는 의도를 드러내버린 것이 내 실수다. 이럴 때는 확실하게 후퇴를 하는 것이 최선이다. "네, 네"하면서.

내가 이 사태를 어떻게 반전시켰을까. 기술적으로야 몇 가지 요령으로 정리할 수 있다. 우선, 전혀 다른 쪽으로 화제를 돌리면서 어머니가 옷에 실수를 한 데서부터 시작된 자기방어본능을 해제하

아름다운 후퇴

고 긴장을 풀어드리는 것이다. 어머니가 좋아하시는 이야기나 물건이 있게 마련인데 그걸 동원한다.

그 다음에는 어머니가 옷에 실수했다는 사실 자체를 잊어버렸다고 여겨졌을 때 불쑥 거절할 틈도 없이 멋진 제안을 하나 하는 것이다. 할 수만 있다면 헐레벌떡 방으로 뛰어들면 더 좋다.

"어머니! 어머니! 어머니이~~~!"

"와 그라노? 와 캐?"

"이제 세탁기 돌릴 건데요. 어머니 옷도 같이 빨까요? 어머니, 어서요. 빨래할 때 같이 해요. 네?"

이렇게 하면 거의 백발백중이다. 어머니도 "빨래할 때 같이 해야지 옷 한 개 보고 세탁기 돌릴 수야 없지"하신다. 이렇게 해서 젖은 옷을 갈아입힐 수 있다. 아무리 치매를 앓으신다고 해도 어머니의 깊고 융숭한 잠재의식 속에는 오줌에 젖은 옷에서 벗어나고 싶은 의지가 있기 때문이다. 그것을 잘 활성화시키는 것이 돌봄의 지혜라 하겠다.

그런데 좀 더 곰곰이 생각해보면 이런 기술적인 요령이 다는 아니다. 어머니가 옷에 오줌을 실수했다는 사실을 진실이라고 확신하고 어서 옷을 벗겨서 빨아드려야 한다는 결정을 내리기까지의 그 짧은 시간 사이에는 엄청난 진리들이 생매장되어버린다는 사실이다. 의문은 없고 의심만 확고하다. 치매 어르신에 대한 기계적인 해석과 사무적인 대응이 상식과 효율의 이름으로 완고하게 자리잡고 있다. 어르신에 대한 존엄과 모심은 오간데 없고 요령과 기술

3장 행복한 삶을 위한 마음공부 이야기

이 정비공장 매뉴얼처럼 자리 잡는다.

　만약, 새 학기에도 어떤 학생이 내게 지난 학기 학생과 같은 질문을 한다면 나는 대답을 바꿀 생각이다. 의심은 상대를 믿지 않는 것이라는 대답 대신 의심의 본질은 진실을 포기하고 자신을 속박하는 것이라고 말하겠다. 의문을 키운다는 것은 자신을 다스리는 방편이 되며 존재의 근원에 가 닿는 지름길이라고 대답할 생각이다. 의문의 시간이 길어지더라도 사태에 신속하고 적절히 대응하는 것에는 아무 문제가 없을 것이다.

　실수한 어머니에 대해 신속하고 요령 있게 대응하면서도 깊은 의문을 거두어들이지 않는 그런 사람이고 싶다. 뭔가 깊은 뜻이 분명 있을 것이라는 믿음을 놓치지 않고 그것을 찾아 탐색을 멈추지 않고자 한다. 물에 젖은 옷을 그냥 입은 채 말리겠다는 것을 절대 어머니의 병증으로 보지 않고자 하는 내 나름의 인격 훈련법이다.

아름다운 후퇴

마음은 행동을 바꾸고
행동은 마음을 바꾼다

가끔씩 나를 오라는 곳들이 있다. 오라는 이유는 거의 똑같다. 어머니랑 사는 이야기를 들려 달라는 것이다. 쑥스럽기는 하지만 웬만하면 간다. 《똥꽃》과 《엄마하고 나하고》라는 내 책이 좀 알려지면서 생긴 일이다.

예전에 울산에 갔다가 받은 인상적인 질문이 하나 있다. 강연이 끝나고 질의응답 시간이었는데 한 분이 일어나 다음과 같이 질문했다.

"강사님처럼 치매 어머니를 존중하며 잘 대할 수 있는 힘을 어떻게 기를 수 있습니까?"

그동안 내가 들어 왔던 질문들의 대부분은 문제에 대한 분석이나 새로운 문제 발굴들이었다. 한결 같이 그쪽으로만 관심들을 보

3장 행복한 삶을 위한 마음공부 이야기

인다. 예를 들자면, 어머니가 어쩌다 하반신을 못 쓰는 장애를 갖게 되었느냐, 어머니를 왜 막내가 모시냐, 어머니랑 살다보면 짜증날 때가 있을 텐데 그럴 때는 어떻게 하느냐, 치매는 언제부터 왔느냐 등등.

어떤 사람들은 좀 더 예민한 것들을 묻기도 한다. 치매는 원래 그렇다는데 만약에 어머니가 사람들을 의심하고 공격적인 행동을 할 경우에 어떡하느냐, 형제들이 생활비는 보태주느냐, 부인이 불만이 많을 텐데 어떠냐 등등 뭔가를 의심하고 걱정하는 질문들이다.

사랑과 존중의 뿌리

그러나 이 분은 그렇지 않았다. 긍정적인 쪽으로 질문을 한 것이다. 이 분은 자기가 바라는 방향으로 관심을 집중하고 있었던 것이다. 그래야 한다. 문제가 있는 쪽을 바라보면서 그 문제를 피하기 위해 애쓰기보다는 참으로 자기가 바라는 쪽을 향해 꾸준히 관심과 노력을 집중해 나가야 한다.

나도 그렇게 잘 하지는 못한다. 이 글을 쓰면서도 제목을 '사랑과 존중의 뿌리'가 아니라 '분노와 공격의 뿌리'라고 먼저 떠올렸다. 이런 습속은 경험의 오랜 누적들이다. 자기 속의 불신과 원망을 남에게 투사하고 스스로를 죄책감에 빠지게 하는 어리석은 짓이다.

한순간이지만 글의 제목을 '분노와 공격의 뿌리'라고 생각했던 것은 최근에 있었던 일 때문일 것이다. 어머니가 일어나시더니 "이거 먹어도 돼요?"라고 했다. 어머니 좋아하시는 밤을 아궁이에 구워서 주무시는 머리맡에 두었는데 깨어나자마자 이걸 보고 하는 말씀이었다. 하나를 드시고 두 번째 밤을 집어 들면서 다시 "이거 하나 더 먹어도 돼요?"라고 했다.

어머니 말씀을 들으면서 가슴이 아팠다. 그런 내 심정을 아는지 모르는지 어머니는 "먹다가 목 막히면 물 좀 먹어야 안돼요?"라고 또 내게 존댓말을 했다.

그날 새벽만 해도 이러시지 않았다. 오줌이 잔뜩 묻은 바지와 속옷을 끝내 벗지 않으시고 움켜쥔 채 그냥 누워 계셨다. "따가워도 내가 따갑지 니가 뭔데 지랄이고?"라고 고함을 치셨다.

"구들막에 누워 있으믄 다 마른다."

"코꾸멍을 똥구녕에 대고 있으끼가? 냄새 나믄 코꾸멍 막아라."

그러시더니 한참을 불같이 화를 냈었다.

"와 저런 놈을 귀신들도 안 잡아 가는고 몰라."

갈아입을 옷을 꺼내놓았더니 "내 옷 아니다"면서 집어던지고 "어떤 걸뱅이가 입던 옷을 갖고 와서 나한테 입으라카노 안 입는다"고 하시기도 했다.

그날 새벽은 엄청 추웠다. 11월 중순이지만 고산지대라 영하 7도까지 내려갔다.

아침에는 뜨끈뜨끈한 고구마 국밥이 드시고 싶다고 해서 해드렸더니 "나락방아 찧어 가지고 어떤 놈 다 갖다 주고 만날 죽이냐"면서 밥상을 밀어서 간장그릇이 쏟아지기도 했다.

새벽과 아침에 있었던 일을 기억하고 있는 나는 금방 딴 사람이 되어 가지고 계속 내게 존칭을 쓰시는 어머니를 바라보며 가슴이 아팠다.

그런데 이런 내 감정에도 동의할 수 없다. 무엇이 어머니를 불잉걸 같은 분노로 휘감는지 궁금해하기보다 자식을 못 알아보고 존댓말을 하는 것을 가슴 아파하기보다 더 중요한 것은 어머니가 공격성을 멈추고 존댓말을 쓴다는 그 사실을 축하하고 감사하는 일이다.

지나간 다른 기억과 연결해서 슬퍼할 이유가 없다. 자식에게 존댓말 하는 것은 대부분의 엄마들이 아가들에게 하는 말투이기도 하다. 새삼스러울 게 없다.

한사코 오줌에 젖은 옷을 안 갈아입으려 한다는 개탄에 앞서, 자식도 못 알아본다는 걱정에 앞서, 긍정의 방향으로 내가 참으로 바라는 것을 말하고 행동하는 것이 옳다. 울산에서의 그 질문자처럼.

나는 그분께 이렇게 대답했다. 사랑은 사랑이 만들고 존중은 존중이 만든다고. 다른 길이 없다고 했다. 무슨 묘안이 따로 있지 않다. 어머니를 존중하고 사랑하는 가운데서 내게 저절로 마르지 않는 힘이 나오는 것이다.

무슨 일이든 오래 계속하면 지치게 되고 피로가 쌓이면 스트레스가 된다. 하지만 유독 사랑과 존중은 그렇지가 않다. 하면 할수록 고갈되지 않는 에너지를 무한정 공급하는 게 사랑이고 존중이다. 자신 속에 식량공장을 갖고 있는 식물들처럼 사랑과 존중은 자신을 끊임없이 재생산해낸다.

만약에 내가 힘들고 짜증난다면 내 속의 사랑과 존중의 결핍을 걱정해야지 환경과 상대를 원망할 일이 아니다. 무슨 종교적 훈화 같지만 이게 진실이다. 할 만큼 했다는 말은 성립하지 않는다. 사랑과 존중은 그 본성이 끝이 없는 것이기 때문이다. 만약에 내가 저장해둔 에너지가 엄청나게 많아서 어머니와 살면서 부딪히는 여러 문제들을 그냥 참고 견뎌 나가는 것이라면 그 에너지는 이미 다 소진되었을 것이다.

우리의 말과 행동이 자신이 원하지 않는 쪽으로 치닫는 경우가 많다. 정작 바라지도 않으면서 스스로를 그쪽으로 밀고 간다. 자신의 상처를 키우는 데 전념한다. 모든 지식과 경험을 동원해 한 편의 추리물을 완성해내기도 한다.

모든 일상에서 사랑과 존중의 징후를 포착하고 그 뿌리를 깊이 있게 연찬하는 태도야말로 진정 우리가 지지하고 본받아야 할 덕목이다. 사랑과 존중의 뿌리는 사랑과 존중, 바로 그 자신이다.

몸이 먼저인가 마음이 먼저인가

어머니를 모시고 산 지 5년째다. 어머니는 어느덧 아흔의 나이가 되셨다. 돌아보면 아득하고 내다봐도 역시 아득하다. 겨울 동안에는 요양원에 잠시 모셨다가 다시 집으로 모셨다. 단 한 번도 요양원 신세를 진 적이 없었는데 지난 겨울 이곳의 기온이 영하 20도를 오르내리다보니 계곡물마저 얼어붙어서 보따리를 싸서 피신한 셈이다.

어머니가 하루에 보이시는 변덕은 하늘과 땅을 오가는 수준이다. 매일 매일 그렇게 하시지만 나는 여전히 적응이 잘 안 된다. 어머니가 보이시는 모습 따라 내 심장도 처음인 듯 늘 요동을 친다. 어머니의 격랑이 심하면 심한 대로, 약하면 약한 대로 그대로 내게 전이되어 나타난다.

이런 내 모습이 안타까울 때가 있지만 그마저도 다행이라는 쪽으로 생각한다. 내가 늘 겪으면서도 무감해지지 않고 예민하게 반응하는 것은 나의 공부가 얕은 것일 수도 있고 타성에 물들지 않은 것일 수도 있다. 둘 다 일수도 있다.

뭔가에 익숙해진다는 것은 편리한 일이지만 타성에 젖을 가능성이 그만큼 높아진다는 것이다. 그렇게 되면 인간이 지닌 높은 신성성도 약화되는 것이다. 익숙해지되 섬세한 감성이 무뎌지지 않아야 사람을 한울답게 하는 초석이 될 것이다.

어머니랑 나는 서로 박자가 맞지 않을 때가 많다. 내가 한참 일할 때 어머니는 주무시거나 쉬시었다가 밤 9시쯤 되어 내가 잠이들 때, 왕성하게 활동(?)하실 때가 많다. 어머니의 활동(!)이 뭔지 아시는 분은 아실 것이다.

이렇게 엇박자가 될 때면 나는 달리 방법이 없다. 도망을 간다. 몸은 부서질 듯 아프고 부족한 잠 때문에 눈을 뜰 수가 없는데 방

174
아름다운 후퇴

법이 없기 때문이다. 그냥 이불 싸들고 마루로 나와서 잠을 청하거나 어머니가 잠잠해질 때까지 기다린다.

이때 몇 가지 중요한 사실을 발견하게 된다. 우선, 몸이 말을 듣지 않아 실수한 대소변을 맨 정신으로 생생하게 인지한다면 아마 모르긴 몰라도 우리 어머니는 그 수치와 자학으로 하루도 못 사실 것이다. 모르니까 얼마나 다행인가. 이걸 내가 발견한 것이다. 콜럼부스의 신대륙 발견에 버금가는 대발견이지 않은가?

두 번째는, 던지고 깨고 욕하는 어머니의 공격성이 없어지고 잠잠해지는 날이 어머니 임종이 가까워진 날이라는 점을 깨닫는다. 어떤 사태가 벌어져도 좋으니 나는 어머니가 돌아가시는 것이 싫다. 나랑 오래 오래 사실 수 있기를 바란다.

세 번째로 옷에 똥오줌 싸는 사람보다 똥오줌 묻은 옷을 빠는 사람이 더 행운이라는 점이다. 천만금을 준대도 안 바꾼다는 것이다. 어머니보다는 내가 훨씬 나은 처지라는 것을 발견한다.

네 번째는 우스개 같지만 저 같은 자식 낳고 기르신 사람이 다 우리 어머니라는 사실이다. 불효자를 둔 부모는 불효자를 키운 과업이 있다는 점을 부정할 수 없듯이, 내가 만에 하나 효자라고 한다면, 그 효자는 하늘에서 절로 떨어진 게 아니고 낳고 기른 우리 어머니의 공로가 아니겠냐는 것이다. 살아가면서 이런 발견을 할 수 있다는 것은 보통 큰 복이 아니다.

3장 행복한 삶을 위한 마음공부 이야기

모든 문제는 마음에서 나오고 마음에서 해결한다

원불교에서 발행하는 24면 주간지인 원불교신문사에서 인터뷰를 왔다. 기자 교무님이 물었다. 《똥꽃》과 《엄마하고 나하고》를 보면 짜증나고 화나는 이야기는 전혀 없는데 정말 그러냐고.

그렇지 않다고 말했다. 생각하고 말고 할 게 없는 쉬운 질문이니 내 답변도 신속하게 나왔다. 아마 몰래카메라가 설치되어 있다면 내가 화가 나고 힘들어서 씩씩대는 모습이 자주 찍혔을 거라고 대답했다.

그런 순간이 없을 수가 없다. 그러나 나는 그런 것을 중요하게 기억하지 않는다. 내가 중요하게 바라보고 새기는 것은 위에 적은 것들과 같다. 위에는 내가 발견한 네 가지를 적었지만 하루 종일 아예 공책을 펴놓고 적을라치면 끝이 없을 것이다.

내가 20여 년 전, 출가해서 공부할 때 있었던 일이다. 구하기도 쉽지 않은 누런 놋주전자 하나를 갖다 놓고 감사명상을 하루 종일 했다. 나중에는 놋주전자를 치우고 마음에 납덩이처럼 잠겨 있는 미운 사람, 증오의 대상을 상상으로 앞에 모시고 감사명상을 하루 종일 했다. 그러면서 그 내용을 공책에 빼곡하게 적었다.

단 한 줄도 적을 수 없던 사람도 점점 내부에서 묘한 힘이 솟아나면서 결국은 공책을 다 채운다. 우리는 감사할 게 없어서 감사 못하는 게 아니다. 그걸 발견해낼 힘을 갖지 못해서 못 적을 뿐이다.

순간적으로 화가 날 수 있다. 화가 나는 것 자체를 나무랄 일은 아니다. 그 화를 어떻게 바라보느냐, 어떻게 새길 수 있느냐가 다

아름다운 후퇴

시는 화가 안 나는 상황을 향해 한 걸음 다가가는 것이다.

원불교신문사의 교무님은 내 답변을 공책에 적더니 예상했던 대로 다음 질문을 또 했다.

어떻게 모시는 게 부모를 잘 모시는 것이냐. 어떻게 하면 당신처럼 그리 될 수 있느냐.

이런 질문은 참 대답이 곤란하다. 나에 대해 단정을 하고 하는 질문이라 질문을 수정하기도 그렇고, 그냥 질문에만 답하기도 좀 그렇다. 쑥스럽다.

사실 우리가 살아오면서 효와 사랑, 베풂, 나눔, 자비, 헌신 등에 대해서는 누구나 귀에 딱지가 앉도록 들어왔다. 선생님과 부모와 어른들이, 경전 속 성인들이 하신 말씀들이 다 일치하고 있다. 부모를 어떻게 모시는 게 잘 모시는 것이냐는 객관식 시험을 치른다면 백이면 백, 모두 다 백점을 맞을 것이다. 모르는 사람이 누가 있을까? 우리가 몰라서 못하는 게 뭐가 있을까? 그러니 내 대답이 굼뜨고 궁할 수밖에.

원래 우리 인간은 뭐든 다 알고 있는 존재다. 잠시 잊었을 뿐이다. 비구름이 잠시 태양을 가리고 있을 뿐, 밤이 되어 우리가 지구 그림자 속에 묻혔을 뿐, 태양은 늘 밝고 뜨겁게 타오르고 있는 법이듯이.

인간은 본래부터 무엇이든 다 알고, 다 할 수 있고, 다 했다고 한다. 나한테도 가끔 상담하러 오는 분들이 있다. 나는 그렇게 하라고 한다. 대개 답을 가지고 오기 때문이다. 답을 몰라서 고민하는 게 아니라 그 멋진 답을 놓고 헷갈려하는 건 자기 속의 먹구름, 즉 자기 속의 이기심과 욕심덩어리에 가려져 있기 때문이다.

효를 얘기하고 모심을 얘기할 때, 사랑을 얘기할 때, 용서와 관용을 얘기할 때, 늘 그게 누군가를 훈계하고 누군가를 탓하면서 자기를 그런 대상에서 면탈시키고자 하는 게 문제인 것이다.

경전을 줄줄 외우고 전문서적에 나와 있는 것을 조리 있게 잘 배치하면서 글과 말을 하는 사람들도 있다. 하지만 그것이 자신의 밥벌이 수단이거나 그것을 통해 세상을 가르치려고 하는 수준에 머물러 있기에 한계가 있다. 진심을 다해 자신에게 물어보면 답이 있다. '답이 없다'가 아니라 '용기가 없다'가 맞다. 답은 있는데 그 답대로 행할 용기나 에너지가 없는 것이다.

기자 교무님께 나는 이렇게 얘기했다.

생활환경을 먼저 얘기했다. 나이 드시고 기력을 잃으신 부모님이 자식들 눈치 안 보고 당신의 부끄러운 상황이 노출되지 않도록 생활환경을 잘 만들어드리는 것이 무엇보다 소중하다고 했다. 어떤 경우에도 부모님 스스로 존엄과 위신을 잃게 해서는 안 된다. 부모가 사리판단도 못하고 일의 앞뒤도 잊어버렸다고 해도 그건 별개의 문제다. 모시는 사람은 그런 것에 개의치 말고 최대한 생활환경과 주변 여건이 부모에게 충분하도록 해야 한다.

그 다음은 신체 조건과 정신·심리 조건에 맞게 할 수 있는 생산적인 역할을 드리는 것이다. 비록 시간이 걸리고 어떤 때는 일거리를 더 만들어놓는 한이 있더라도 할 수 있는 역할을 드리고 그것을

아름다운 후퇴

잘할 수 있도록 도와주는 것이다. 우리가 자식에게는 그런 식으로 잘한다. 자식을 기를 때 여기저기서 강좌도 듣고, 책도 보고, 자식의 나이에 따라 책과 애니메이션과 테이프, 디브이디를 사주면서 그렇게 잘한다.

코흘리개 자식한테도 존댓말 해가면서 키운다. 그렇게 하는 반의 반만 하면 된다. 부모의 능력과 의지에 맞게 역할을 할 수 있도록 배려하면 부모도 자식도 참 행복해질 것이다.

사람은 누구나 주체적인 삶을 추구한다. 자기 삶의 주인은 자기 자신이다. 이것은 북한 주체철학의 핵심 내용이기도 하다. 스스로 생각하고 스스로 판단해서 자신의 힘으로 그것을 이루어내는 사람은 그 결과에 대한 책임도 당당하게 지게 된다. 전남대 철학과 김상봉 교수님은 여기서 한 발 더 나아가 이것이 관계 속에서 이루어진다고 했다. 그가 주장하는 '서로 주체성'의 요지가 그렇다.

부모는 숨을 거두고 나서도 자식에게 할 수 있는 역할이 많다. 하물며 살아계신다면 엄청난 역할을 한다. 우리가 그걸 못 알아봐서 문제일 뿐이다.

우리 어머니를 예로 들어 보자면 뿔뿔이 흩어져 사는 형제들을 정기적으로 모이게 한다. 서로서로 연락도 자주 하게 한다. 명절이 즐겁고 생일이 반갑다. 다 어머니가 살아계신다는 바로 그 점 하나 때문에 이런 좋은 일들이 생기는 것이다.

이런 저런 사소한 다툼이 부모 때문에 생기기도 하지만 그건 말 그대로 사소한 것이다. 분명히 사소한 것으로 치부해야 한다.

3장 행복한 삶을 위한 마음공부 이야기

또 나는 공부하는 것이 중요하다고 했다. 교무 기자님께 드린 부모 잘 모시는 방법 말이다.

늙음과 병고에 대한 공부, 노인의 몸과 정서적 특징에 대한 이해, 장애가 있는 사람을 돌볼 때 필요한 기술들, 치매의 병리적 특징 등등. 공부해야 할 게 많다. 그런 공부가 진짜 공부다. 시험 치기 위한 공부가 경쟁적이고 이기적이라 한다면, 삶의 공부는 지혜가 되고 사랑이 된다. 요즘은 공부하기도 좋다. 다른 사람의 체험과 견해가 서점이나 인터넷에 널려 있다. 네이버 선생님, 구글 선생님, 야후 선생님이 계시다.

내가 어머니 모시기 전에 읽었던 책이나 다큐, 영화, 보고서들은 어머니랑 살면서 큰 도움이 되었다. 특히 요양병원과 노인전문시설을 다니면서 공부한 현장체험들도 큰 보탬이 되었다.

개 눈에는 똥만 보인다고 내가 그 무렵 읽었던 《효경》이나 《부모은중경》 같은 책들의 한 구절 한 구절은 모두 나를 나무라는 회초리였다. 집을 나설 때나 들어올 때 온다간다 말도 않고 부모를 뒷방에 두고 저네들만 분주하다는 구절들이나, 마누라나 첩과의 약속은 철통같이 지키면서 부모와의 약속은 돌아서면 잊는다는 말씀들이 가시처럼 심장을 찔렀다.

부모님을 잘 모신다는 것은 사실 아이를 잘 돌보는 것이나 이웃과 사이좋게 잘 지내는 것이나 똑같은 이치다. 이들은 서로 상충될 수가 없다. 결국은 다 자신 속의 한울님을 모시는 것이니까 그렇다. 한울 존재, 지극히 신령스런 존재로서 자기 자신을 재발견하는 것이니까 그렇다.

자식한테는 온갖 정성을 쏟으면서 부모와 갈등하는 사람은 자식을 잘 돌보는 게 아니다. 세상 모든 사람들에게는 친절하고 상냥하면서 자기 남편이나 아내에게만은 불친절하고 퉁명스럽다면 결코 다른 사람과의 친절도 오래 갈 수 없다. 자기 가족들한테는 잘한다는 사람이 이웃에게는 무관심하다면, 이 사람 역시 자기 가족에게 정말 잘하고 있다고 볼 수 없다.

만 가지 병이 있지만 원인은 한 가지라는 '만병일독설'이 있다. 여러 가지 요령과 지혜도 결국은 단 한 군데, 마음에서 나온다. 모든 문제들이 종국에는 마음에서 나오고 마음에서 해결한다.

수련하고 실천하고 수련하고 실천하라

어머니 모실 준비를 거의 끝내고 마지막 총점검을 하면서 나는 천도교 화악산수도원에 들어가 주문수련을 했다. 2006년 연말이다. 강령이 되면서 그 자리에서 경월당 선생님의 인도로 천도교에 입도했다. 이때의 인연들을 생각하면 참 신기할 따름이다. 동학혁명만 알고 천도교의 천자도 거들떠보지 않던 내가 오늘에 이른 걸 보면 신기할 뿐이다.

해월 최시형 선생님의 '천지부모'나 '대인접물', '내수도문'을 읽으면서 어머니를 모시는 교과서를 얻은 기분이었다. 모시는 사람과 모심을 받는 사람이 나누어지는 게 아니라 서로에게 서로의 존엄이 보장되고 고양되는 모심을 나는 '향아설위'와 '이천식천'에서 보게 된다. 누군가를 지극히 모신다는 것은 곧 자기 자신을 지극히 모시는 것과 같은 것이다. 그래야 제대로 된 모심이다. 나의 희생과 인내를 담보로 누군가의 행복이 만들어질 수 없다.

나의 행복은 나 아닌 누군가의 행복을 통해서만 온전할 수 있다. 네가 있음으로 해서 비로소 내가 존재한다. 이때의 '너'는 어떤 조건도 전제도 없이 '그냥 그대로의 너'인 것이다.

마찬가지로 누군가의 희생과 인내를 통해서 쌓는 내 이득과 행복은 허구다. 돈을 많이 번다는 것은 누군가의 몫을 가로챈 것이다. 가로채지는 않았다 하더라도 누군가가 돈을 벌 수 있는 기회를 내가 먼저 차지했다는 것이다. 돈 많이 벌어 베푸는 것보다 적게 벌고 다른 사람이 벌게 해줘야 한다. 동학 경전을 읽으며 나는 그동안 생각하고 지지해왔던 삶의 철학들을 확고하게 제 생활로 자리 잡게 하는 힘을 얻었다.

요는 마음을 먹으면 된다는 것이다. 부모 잘 모시겠다는 마음만 먹으면 잘 모시게 된다는 말이다. 마음을 먹으려면 수련을 해야 한다. 이 외에 다른 방법은 없다. 지식이나 복지용구나 효심이나 경제문제나 약이나 병원은 그 다음이다. 수련을 해서 마음을 먹으면 다 차례차례 해결된다.

그러나 수련만 해서는 안 된다. 이런 모순이 어디 있나? 아는 것과 행하는 것, 행하는 것과 그런 사람이 되는 것 사이에는 하늘과 땅만큼의 간극이 있기 때문이다. 수련을 하고 배운 대로, 익힌 대

아름다운 후퇴

로 꼭 그렇게 행해야 하는데 잘 안 된다. 그렇다면 어떻게 해야 하는가? 잘 안 되면 잘 안 되는 대로 또 하고 또 하고 또 하는 것이다. 하는 만큼 되는 것이다.

아이들이 밥그릇에서 밥 한 숟갈을 떠서 안 흘리고 입으로 옮기는데 태어나서 평균 4~5년 걸린다. 다들 그렇지 않은가? 반복이 천재를 낳는다. 수련하고 실천하고, 또 수련하고 실천하면 실천한 만큼 수련의 정도는 높아진다. 그러다보면 생활 자체가 수련이 된다. 실천은 수련의 자양분이며 동기이며 완성이다. 마찬가지로 수련은 실천의 원동력이며 방향타가 된다. 그렇기에 부모와 잘 살면 자식과도 잘 살 수 있다.

3장 행복한 삶을 위한 마음공부 이야기

지속가능한 후퇴를 위한
농업 이야기

개구리 사라지는 논에는 누가 오시나?

새벽 빗소리에 잠을 깼다. 밖에 나와 보니 봄비보다 더 반가운 수돗물 소리였다. 해발 600m 산간마을이라 한겨울에는 영하 20도까지 내려가다보니 마을 상수도는 겨울마다 꽝꽝 얼어붙는다. 얼음장을 깨고 계곡물을 길어다 밥도 해 먹고 빨래도 하다가 얼마나 반가운 수돗물 소리인가. 이곳의 진짜 봄소식은 수돗물 소리로 가늠된다.

후쿠시마의 원자력1~4호기가 폭발했다. 어느 신문사의 현지 특파원은 이번 대지진으로 사망자가 4만~5만 명에 달한다고 했다. 악몽의 봄소식이다. 레이첼 카슨은 '침묵의 봄'을 경고했지만 50년이 지난 지금은 비통과 아우성의 봄이다.

땅과 하늘은 갈라지고 화염과 매연이 자욱하다. 바다가 뒤집히니 어찌 물고기인들 온전하랴. 나는 새도 무더기로 떨어지고, 기는 짐승들은 수백만 마리가 생매장된다. 꿀벌은 자취를 감추니 꽃이 피어도 열매가 없다.

가이아의 몸부림

사람도 마찬가지다. 뭔가에 쫓기며 시뻘건 분노의 불길과 시커먼 무지의 매연에 휩싸여 있다. 바닷물을 끼얹고 격납용기를 눌러도 꺼지지 않고 터져 나오는 후쿠시마 원자로의 핵연료봉처럼 인간의 탐욕은 스스로를 미치거나 죽거나 하는 곳까지 몰아친다. 전쟁과 다툼은 끝이 안 보이고 남과 북은 미사일과 핵으로 서로를 위협하느라 여념이 없다.

그런데 2011년 봄날, 나는 뜻밖의 충격적인 소식과 함께 봄을 맞이했다. 일본에서 발생한 원자력 발전소 폭발 소식이었다. 이웃나라에서 원전 폭발로 전 세계가 공포에 휩싸이는데도 강원도 삼척에서는 원전 유치로 찬반 대립이 거칠다. 나라의 대통령은 원전을 수출하기 위한 외국 나들이로 바쁘다. 광우병이나 구제역 대책도 달라 보이지 않는다.

축산단체들은 축산농가 재입식을 위한 시설 지원, 사료비 지원, 융자금 지원, 자녀학자금 지원을 해달라고 야단이다. 공장식 밀집 축산을 그대로 둔 채 재입식 하는 것은 더 큰 재앙을 부를 것이다. 강화된 방역대책만으로 구제역에 대처하는 것은 설사하는 사람에

아름다운 후퇴

게 썩은 음식을 계속 주며 지사제만 처방하는 꼴이다.

그렇다면 생태축산이니 자연축산이니 하는 것이 답인가? 동물복지형 축산이라는 말도 등장한다. 축사를 널찍하게 짓고 목초지를 확보하는 것은 사료작물 재배에 빼앗긴 농지보다 더 많은 땅이 필요할지 모른다. 지구의 살갗을 벗기며 지구 대재앙의 불씨만 키우는 짓이다.

미생물 축산법도 마찬가지다. 병 안 걸리는 가축. 끔찍하다. 그보다는 똥 안 싸는 돼지를 개발하면 어떤가? 방귀 안 뀌는 소는 어떤가? 차라리 실험실에서 단백질 배양을 하는 것은?

농민을 위한다는 이익단체나 정치인이 내놓는 대책들은 달콤한 사탕이다. 지나친 육식문화와 공장식 축산을 비판하는 목소리를 되레 '축산무용론'을 퍼뜨리는 음모로 몰아친다. 정말 그런가? 그런 논리라면 전 국민적인 금연운동을 담배농가 죽이기 음모라고 몰아칠 건가.

지구 온난화가 전 지구적 재앙의 원인이고 지구 온난화의 주범이 축산이라는 것은 자명한 사실이다. 전 세계의 비행기, 자동차, 기차, 선박 등 온갖 이동수단들보다 더 많은 온실가스가 축산업에서 나온다고 유엔의 식량농업기구가 공식 발표했다.

'지속가능한 발전'Sustainable De velopment이라는 개념이 갖는 함정에 빠져서는 안 된다. 그런 것은 없다. 지엽적이고 일시적인 해법인 '지속가능한 발전'을 포기하고, '지속가능한 후퇴'Sustainable Regression를 선택해야 한다. 《가이아의 복수》의 저자 제임스 러브룩

4장 지속가능한 후퇴를 위한 농업 이야기

의 40년에 걸친 연구 결론이다.

화해해야 한다. 참회하고 개심해야 한다. 생매장당한 동물들은 인간에게 복수하지 않는다. 땅은 사람을 역습하지 않는다. 그냥 몸부림칠 뿐이다. 견딜 수 없어서 고통스러워 할 뿐이다. 그 몸부림과 고통의 신음이 지구 생태계를 뒤흔드는 것이고, 지진이고 화산폭발이고 쓰나미다. 떼로 죽고 한 구덩이에 파묻히는 것이 인간 차례가 되었을 뿐이다.

일본 제국주의의 침략 전쟁에 가장 많이 희생을 당했던 사람들이 모인 회원 100여 명의 작은 단체에서는 하루 만에 240만 원을 성금으로 내놓았다. 일본에 대한 도덕적 과시도 아니요, 감상적 동정심도 아니다. 우리 안에 있는 증오와 미움, 다툼과 폭력을 치유하는 성찰일 뿐이다.

이 땅 농부들이 한 해 희망을 심는 새봄의 들녘에서, 축사에서, 밥상에서 가이아의 노랫소리가 들리기를 고대한다.

땅의 동맥경화

밭 가장자리를 넓히고 허물어진 밭둑을 새로 쌓다가 형형색색의 눈부신 헝겊자락이 곡괭이 끝에 걸렸다. 순간적으로 귀한 보물이구나 싶었다. 시커먼 흙 속에 찬란한 천연색 물건이 살짝 드러났으니 예사롭지 않았던 것이다.

역사적인 연관은 없는 지역이지만 혹시 아는가. 수천 년 신비를

아름다운 후퇴

담은 고분이라도 발굴되는가 싶어 아주 조심스럽게 주위 흙을 손으로 긁어 들어갔다. 그런데 에고머니나, 이게 뭔가. 글씨체도 투박한 현수막이 아닌가. 행사 일자가 1990년대니 당시로서는 한껏 멋을 부린 총천연색 현수막이었다. 이것뿐이 아니었다. 현수막을 겨우 캐내자 그 뒤를 이어 주렁주렁 딸려 나오는 게 있었다. 캄캄하기 짝이 없는 비닐뭉치였다.

정말 캄캄했다. 며칠 동안은. 캐도 캐도 끝이 없었다. 아마도 비닐이 왕성하게 보급되기 시작하던 그때부터 수십 년을 계속 뭉쳐 넣었나보다. 땅속에 깊이 묻혔으니 싱싱하기가 막 사온 비닐처럼 보일 정도였다. 요즘 사용하는 비가림 하우스 비닐보다 훨씬 두꺼웠다. 몇 사람의 농부 손을 거쳐 여기까지 왔는지는 모르지만 하루라도 더 일찍 농작물을 출하하기 위해 비닐멀칭을 하고, 비닐하우스를 짓고는 다음 작물이 급해 아무렇게나 폐비닐 파묻기를 반복했던 것이다.

그러나 이렇게나 깊이 비닐을 묻을 농부는 없다. 그 정도의 정성이면 폐비닐 수거작업을 했을 것이다. 이것이 땅속에 더 깊숙이 묻히게 된 것은 뻔하다. 밭 가장자리 기슭과 밭둑 아래에 대충 눈 가리고 아웅 하는 식으로 쳐박아두었지만 점점 위쪽 밭의 배수층이 막히기 시작하고 밭둑이 무너져 내리면서 덮여 간 것이 분명하다.

흙이 숨을 못 쉬고 물도 안 빠지니 물을 잔뜩 실은 위쪽 흙이 장마 때마다 무너져 내려 덮인 것이다. 내가 이 밭을 살 당시에 주목나무 묘목을 키우고 있었던 것을 봐서는 곡식을 심기 위해 무너지는 밭둑을 고쳐 쌓기보다는 채소나 곡식재배는 포기하고 나무 장사를 시작했던 것으로 보인다. 농촌 땅들이 파괴되어 가는 수순이 그렇다.

문전옥답들이 농약과 제초제로 점점 사막화되어 땅심을 잃으면 더 많은 비료와 거름을 집어넣다가 그 다음에는 묘목을 심는다. 오미자나 오이, 참외, 단호박을 심기도 한다. 띄엄띄엄 구덩이를 파서 심으면 되니까 그렇다. 그 다음에는 과수원으로 만들고 또 그 다음에는 음식점이나 전원주택을 짓는다.

서로 안 통하는 사람끼리는 '아' 해도 '어'로 알아듣고 선의의 제안이 음모나 저의로 읽힌다. 대표적인 집단이 정치권으로 무슨 말이건 꼬투리를 잡고 꿍꿍이속을 파헤치느라 자기 속까지 뒤집힘 당하곤 한다. 그런데 땅이 안 통하면 어떻게 될까?

함부로 비닐을 쓰는 농사를 하다 보니 시골 여기저기에 봄이 되면 비닐 태우는 시커먼 연기가 고대시대 봉화처럼 솟구치는 광경을 심심찮게 본다. 비닐 연기는 염화수소 같은 치명적인 중금속을 공기 중에 쏟아낸다. 이것은 산성비를 만든다. 폐비닐을 태운 재를 새가 먹으면 오래지 않아 죽어버린다. 폐비닐 재가 흘러 물 속에 들어가면 물고기가 먹거나 아가미에 걸려서 고기들이 떼로 죽기도 한다.

무엇보다 가장 문제가 땅이 안 통하는 것이다. 땅이 동맥경화에 걸리는 것이다. 폐비닐을 이렇게 땅에 묻어버리면 그렇다. 그 땅은 바로 죽음이다. 공기와 물의 흐름이 차단되어 그곳의 수많은 벌레

아름다운 후퇴

들과 미생물들이 몰살한다. 다른 곳으로 이동도 못한다. 씨를 뿌려도 자라지 않고 집을 지어도 기반이 탄탄하지 않아 나중에 문제를 일으킨다. 비닐을 만드는 과정은 또 어떤가. 직업병에 걸려 간암 환자가 될 확률이 높다.

실정이 이러한대도 우리는 농약과 비료농사를 '녹색혁명'이라 부르고 비닐농사를 '백색혁명'이라 부르고 있다.

영농폐기물중 폐비닐은 kg당 50~130원 정도의 수거비를 지급하지만 그것 때문에 농사일 멈추고 비닐을 걷어서 수집장으로 싣고 가는 농심이 천심인 농부는 점점 찾기 힘들다. 아예 비닐 관련 모든 업체들, 예컨대 석유화학 회사나 비닐 유통업체, 비닐하우스 제작업체 등에 환경부담금을 몽땅 물리면 어떨까? 마트에서 맥주나 소주를 사면 아예 병 값을 덧붙였다가 공병을 반납하면 되돌려주듯이 농사용 비닐에 폐비닐 회수금을 엄청나게 덧붙여 팔았다가 폐비닐을 반납하면 그것을 되돌려주는 것은 어떨까?

며칠 동안 캐낸 땅속 비닐을 계곡물로 씻어 동네 하치장으로 옮기며 해본 생각들이다.

개구리 사라진 논에는 누가 오시나?

순망치한. 입술이 없으면 이가 시리다는 말이다. 서로 떨어질 수 없는 밀접한 관계라는 뜻이다. 당장 눈앞의 이익에 사로잡혀 이를 탐하다보면 보다 근본이 되는 소중한 것을 잃어버린다는 격언이기도 하다.

요즘의 들판을 보면 그렇다. 못자리가 점차 사라지고 있다. 이가 시릴 줄도 모르고 논에서 못자리라는 입술을 마구 걷어내고 있다.

세월의 무게를 견디지 못하고 바뀌어가는 게 어찌 사람 머리칼의 색깔뿐이랴. 못자리 풍경도 바뀌지 말란 법이 없다. 논에 물을 잡아서 싹을 틔운 볍씨를 뿌리고 아침저녁으로 애지중지 길렀던 못자리도 변하지 말란 법은 없다. 그러나 세월의 무게를 견디지 못하고 변하는 것이야 지극히 자연스런 현상이겠으나 못자리 풍경의 변화는 사람들의 돈벌이 결과에서 비롯되고 있다는 점에서 차원을 달리한다. 순망치한의 격언이 그대로 적용되고 있다는 점에서 위기의 한 징후이기도 하다.

농부의 성실한 노동과 정성어린 노력으로 가꾸던 못자리가 빠른 속도로 비닐집 속으로 사라져 간다. 볍씨는 땅에 뿌리를 박지 못하고 공중에서 물 비료를 먹고 자란다. 모유를 한 모금도 못 먹고 분유만 먹는 아이와 다를 바 없다. 45일은 걸려야 큰 모가 되어 모내기를 하던 것이 25일이나 30일이면 모내기를 할 정도로 자란다.

더구나 산업화한 전문 묘판상이 등장하면서 남의 못자리를 대행해주고 있다. 농협이 앞장서고 있다. 농촌마을의 수백, 수천 마지기 논 못자리가 농협의 대형 육묘장 속에서 만들어진다. 볍씨는 침종 때 농약부터 뒤집어쓴다. 발아실과 녹화장, 경화장을 거치면서 모심기를 할 때까지 흙도 논도 개구리알도 구경도 못한 채 모는 자란다.

실수로 못자리를 망친 사람이 급히 모를 신청하면 어떨 때는 생나락으로 꼭 20일 만에 모를 키워 내놓는다. 초속성재배다. 허약할 수밖에 없다. 그러니 농약을 칠 수 밖에 없다. 뜸묘나 잘록병 걱정에 리도밀입제나 다찌에이스분제를 뿌린다. 초대형 육묘장에 병이 돌았다 하면 영업을 망친다. 더 약을 친다. 직접 두 눈으로 보면 사람 키보다 훨씬 높은 바퀴 달린 육묘대가 가득 차 있는 풍경이 이건 완전히 공장이다. 모 키우는 공장이다.

우리의 논과 밭도 거의 다 공장식이다. 축산만 공장식이 아니다. 산업화, 현대화, 기계화는 모든 논밭을 공장식으로 만들 수밖에 없다. 그러니 정작 돈은 기계공업, 기름장사, 석유화학 회사가 번다. 농업농촌종합개발사업 114조원이 다 그들의 금고로 들어가고 농민은 부채만 쌓인다. 삼성경제연구소 사람이 농촌진흥청장이 되고 농식품부 차관도 된다.

이래서 뭘 얻었을까? 효율성과 돈과 편리를 얻었다. 그럼 뭘 잃었을까? 개구리를 잃었다. 개구리 하나만? 메뚜기, 뱀, 왜가리, 실지렁이, 미꾸라지, 거머리, 물벼룩, 밀잠자리, 맹꽁이, 다 잃었다.

4월 중순이면 참개구리들이 다랑논이나 둠벙, 또는 못자리를 하려고 물 잡아 놓은 논에 알을 낳았다. 3월 초에는 산개구리들이 개울가나 천수답에 알을 낳았다. 다랑논은 밭이나 과수원으로 바뀌어버렸고 못자리도 사라지니 이제는 알 놓을 데가 없다. 천신만고 끝에 알을 낳아도 살 곳이 없다. 천수답이 사라지고 개울가는 포클레인이 다 긁어내고 시멘트 블록을 쌓아버렸으니 산 개구리도 같은 신세다.

　개구리가 사라진 논에는 이화명나방이나 부처나비, 멸구가 제 세상을 만났다. 들에도 집에도 날것들이 더 많아져 방충망이 곳곳에 설치된다. 농약이 또 뿌려진다. 여름철 개구리 울음소리는 잠을 설치게 할 정도로 요란스러운데 농부에게 보내는 개구리의 갈채라고나 할까. 그때의 개구리 울음소리들이 몹시 그립다.

　논에 개구리가 있어야 한다면서 올챙이를 키우는 농부를 만나고 왔다. 농촌의 정취도 살리고 땅도 살리고 논 생물을 살려야 한다는 이 농부의 외침에 얼마나 많은 사람들의 호응이 있어야 농촌의 정취까지 되살아날까.

아름다운 후퇴

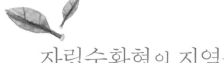

자립순환형의 지역농업 만들기

한때 삐삐와 시티폰이라는 게 있었다. 처음 삐삐가 등장했을 때 정식명칭은 '호출기'였지만 다들 소리 나는 대로 '삐삐'라고 불렀다. 일종의 애칭이었다. 나는 당시에 5.3 인천사태라는 시국사건으로 현상금이 걸린 수배자였지만 조직활동의 필요에 따라 거금 28만 원을 주고 모토로라 삐삐를 샀던 기억이 있다. 1986년에 28만 원이라면 정말 큰돈이다.

오래전에 휴대폰이, 이제는 스마트폰이 삐삐의 자리를 메워버렸다. 삐삐는 사양산업이 된 것이다. 시장은 늘 사양산업과 대안산업이 교차한다. 사양길로 접어드는 산업은 이를 일찍 감지하고 대응하는 것이 좋다.

이제까지는 기준이 시장의 반응이었다. 편리와 속도가 기준이 되었고, 시장을 좌우했다. 하지만 앞으로는 달라질 것이다. 도덕성과 생태환경성이 새로운 기준이 될 것이다. 반환경적, 반인간적 산업은 오래 갈 수 없다.

계륵이 된 축산업

자. 그렇다면 축산업은 어디에 해당될까? 대안산업일까 사양산업일까.

아직은 그 누구도 축산업을 감히 사양산업이라 부르지 않는다. 그런 말을 입에 올렸다가는 몰매 맞을 것이기 때문이다. 정치인이 그런 말을 했다가는 그날로 정치생명이 끝난다고 해도 틀리지 않다. 어디 정치인뿐이랴. 농민을 팔아 밥벌이하는 교수, 연구원, 관료, 농업관련연구소, 농민단체, 축산단체 등은 절대 이런 말 못한다. 안 한다.

현실은 그러하지만 과연 '가축'이 아닌 '축산'이 계속되어야 하는 산업인지 의문을 지울 수 없다. 날이 갈수록 의문은 더 커진다.

'고기 없는 월요일'의 대표 이현주 선생은 말한다. 구제역은 육식문화에 대한 경고라고. 국가특급재난사태라 할 구제역이 방역부실과 축산농민들의 무책임에서 비롯되었다고 판단하는 정부의 '가축질병 방역체계 개선 및 축산업 선진화방안'과 시각이 다르다. 살처분 보상금이 깎였느니, 허가시설 확보를 위한 지원금을 달라느니, 무허가 축사를 양성화하라느니 하면서 계속 요구조건을 내놓는 축산단체의 주장과는 더 거리가 멀다. 정부의 축산 선진화 대책이 고사 직전의 축산농가에 더 큰 짐을 지우고 있다는 시민단체들의 입바른 소리와도 궤를 달리한다.

이들은 구제역 재앙의 본질을 육식문화에 대한 경고로 받아들이지 않고 있다. 육식 자체를 손 봐야 할 문제라고 보지 않는 것이다. 그러나 어쩌랴? 진실은 곳곳에서 드러나고 있는 것을.

대학 구내식당에서 '고기 없는 월요일'이 속속 등장하고 있다. 아예 비육식 식단도 제공되기 시작했다. 여수시와 여수시교육청은 채식급식과 선택급식채식과 일반식을 둘 다 제공해 선택하도록 하는 것을 검토 중이다. 광주광역시교육청은 270개 초중고에 시민강사단을 구성해 학생들에게 환경과 먹을거리에 대해 가르칠 예정이라고 한다. 육식을 안 하는 쪽으로 식단을 구성하겠다는 것이다.

전주의 한 중학교는 혁신학교 특성화 교육 프로그램의 하나로 '고기 없는 월요일'을 채택했다. 고기 안 먹는 게 '혁신'이 되는 현실이 되었다. 더구나 2010년에 제정한 '식생활교육지원법'에 의거하여 식생활교육기관이 속속 지정되고 있다. 지금은 대학에 17곳, 공공기관 1곳, 민간에 3곳이지만 계속 늘 전망이다. 이 기관들은 생태환경, 성장호르몬, 유전자조작, 항생제, 푸드 마일리지식재료 이동거리, 생물다양성, 생명존중, 식량자급 등에 입각해 식생활을 개선하겠다는 입장이다.

유감스럽게도 우리나라 축산업은 여기서 지적하고 있는 모든 조항에 걸린다. 모든 조항을 거스르고 있는 것이다. 사료곡물 해외의

4장 지속가능한 후퇴를 위한 농업 이야기

존도가 97.4%니 푸드 마일리지와 식량자급에 걸리고, 사료곡물의 82%가 전량 수입하는 옥수수니 유전자조작에 걸리고, 동물학대가 일상화된 밀집축사다 보니 생명존중에 걸린다. 항생제, 생물다양성 훼손, 성장호르몬 등 안 걸리는 게 없다.

이현주 선생은 계속 말한다. 1kg의 쇠고기 생산과정의 온실가스 배출은 자동차가 249km를 달리며 내는 온실가스와 맞먹는다고. 생태환경에 치명적이라고. 인간이 배출하는 메탄가스 양의 37%, 암모니아 가스의 64%는 축산에서부터 비롯된다고.

지난 구제역 사태로 여러 사람들이 다치고 죽었으며 직간접 손실비용이 5조원에 이른다. 모두 다 세금이다. 공장식 밀집축산의 비경제성을 말해준다. 대부분의 생활습관병성인병도 육식이라는 혐의에서 자유롭지 못하다. 의사가 만성병 환자에게 하는 첫마디가 '고기 먹지 말라'이다.

가만히 따져보면 지금과 같은 축산은 농민들에게 고통만 준다. 정작 돈 버는 곳은 제약회사, 설비회사, 사료회사, 유통회사, 육식 관련 기관과 업체 등이다. 계륵이 되고 있는 축산. 철저한 생태축산만이 선진화 아닐까? 고민이 필요한 시기다.

자립·순환의 지역농업 만들기

그렇다면 농업·농촌에서는 어떻게 대처해야 할까? 다른 분야도 그렇지만 자연에 대한 인간의 지배를 더 강화하는 방식의 농사, 기상이변을 촉진하는 농법, 자연의 순환을 차단하는 시설들을 자제하거나 금해야 할 것이다. 날씨를 걱정하면서도 이런 날씨를 만들어내는 농사를 계속해야 하겠는가. 이러한 차원의 대책을 한마디로 말한다면 '자립형·지역순환 생태농업'이다. 순환농업의 기존 논의와 좀 다른 의견을 내고자 한다.

첫째가 개별농가 차원의 순환농업이다. 지역순환농업에 대해서는 많은 얘기가 있었지만 개별농가 차원에서 이루어지는 자립형 순환농사는 별로 얘기된 바가 없었다. 개별농가나 마을단위에서 자립순환농업이 된다는 것은 무엇을 말하는가. 자연조건이나 자원 규모에 맞게 농사짓는 걸 말한다. 가족농 인력에 맞춰 짓는 농사다. 무분별한 기계와 석유화학 농자재의 동원을 중단하는 농사다.

그 지역의 육류 소비정도, 논밭에 들어갈 퇴비의 양, 가족 단위의 노동력 규모 등이 중요한 고려사항이다. 얼마나 많이 팔릴까 보다, 얼마나 값비싸게 팔 수 있을까 보다 이런 조건이 먼저다. 소규모 농사를 권장한다는 것이다. 농기업이나 법인 위주의 농업정책을 거두고 소농 중심으로 바꿔야 한다는 것이다.

둘째는 자연생태계에 교란을 일으키지 않아야 한다는 점이다. 자연생태계를 파괴하는 농사가 몇 십 년 동안 줄기차게 진행되어 왔다. 해마다 태풍으로 피해가 큰 농장들을 둘러보면 산비탈을 깎아낸 과수원, 논 가운데에 지은 축사, 화학비료와 기계로만 농사짓던 곳이 가장 심하게 피해를 봤다.

셋째는 순환농업의 지역 범위를 정할 때 등고선과 같은 다중구

조가 좋다는 것이다. 위에서 말한 첫째 기준만 가지고는 해결할 수 없는 문제가 많다. 면 단위, 시·군 단위에서 해야 할 사업이 있을 것이고 광역단위에서 할 사업이 있을 것이다. 이를 위해 행정단위보다는 강을 중심으로 하는 수계권역이나 산을 중심으로 자립형 순환농업 지역을 설정할 수 있을 것이다. 대상품목과 계절과 기후에 따라 등고선은 달라질 것이다.

넷째는 자립의 대상을 지역의 문화나 교육, 물, 건축, 의료, 에너지, 의복, 전통, 풍습으로까지 확대하는 문제다. 지역정당, 지역학교도 활성화해야 한다.

다른 광역단체나 다른 나라와 물자를 교환해야 할 때는 예외적으로 접근해야 할 것이다. 미국에는 100마일 식당이라는 게 있다고 한다. 모든 식재료를 160km 이내에서 공급받는 식당이다. 전주에서 천안거리가 안 된다. 미국이 한국(남한)보다 100배나 땅덩어리가 큰 점을 생각하면 전주 옆 완주군에서 생산된 농산물이 서울까지 갔다가 다시 전주의 대형마트에 전시되는 현실은 오늘의 자연재해를 두고 절대 하늘을 원망할 수 없는 이유다.

성장과 개발, 소비, 풍요라는 미신 때문에 우리가 우리 무덤을 파고 있는 꼴이다. 이런 이상기후 촉진형 유통체제는 중단해야 한다. 음식에 거리이동 개념을 도입하여 농산물의 이동거리를 제한할 필요가 있다.

사실, 이런 식의 자립형 지역순환농업을 하자면 국가혁명 수준이다. 인구의 재배치, 도시의 축소, 기존 교육내용과 교육목표, 교

아름다운 후퇴

육시설의 폐기, 교통시스템의 전환, 무역의존형 경제체제 중단, 주택이나 땅 등의 공공재에 대한 재산권 제한, 식량문제, 국토이용문제, 전통민간의술 복원문제 등 모든 분야에서 전면적인 대수술이 필요하다. 우리가 바꿔야 할 삶의 방식은 이런 수준이 되어야 한다. 거듭되는 자연의 경고를 이런 수준에서 해석해야 한다고 보는 것이다.

이제는 성장정책을 멈추거나 지속가능한 후퇴를 추진할 사람을 정치지도자로 뽑아야 할 것이다. 특히 농업문제에 있어서는 더 그렇다. 내가 사는 곳에서도 선거 때만 되면 후보들이 모두 인구 두 배, 소득 두 배, 국가기관 유치를 외친다. 중앙정부를 향해 농업 피해에 대한 철저한 보상과 복구를 외친다. 정말 아직 멀었다는 생각이 든다.

공장농업에 맞서 소농으로 길 찾기

환경재단의 1층 소강당 '레이첼 카슨'에서 작은 공개 토론회가 열렸다. 모인 사람의 수도 57명에 불과할 만큼 적었지만 주제도 뭇 사람들의 관심을 끌기에는 적합하지 않았는지 언론사는 한 곳도 오지 않았다. 농업관련 토론회였다. 농업의 여러 주제 중에서도 '소농'이었다.

농촌진흥청에서 내세우는 것도 같은 소농이긴 하다. 그러나 강소농이다. 강소농은 네덜란드나 덴마크, 스위스처럼 잘 사는 작은 나라들이 강소국으로 불리는 데서 큰 인상을 받고 지은 이름일 것이다. 강소농은 강한 것에 중심이 가 있는 작지만 '강한' 농업이다. 위의 토론회와는 서로 반대 방향을 가리킨다.

소농은 농사의 규모만 일컫는 게 아니다. 새로운 개념의 대안농업을 지향한다. 규모도 규모지만 기계와 석유화학, 고투입과 고산출에 매달리면서 나라의 강토와 농심마저 파괴하는 공업화된 농업을 넘어서고자 하는 시도다.

권력은 이미 시장으로 넘어갔다고 했던 노무현 전 대통령의 자조 섞인 푸념처럼 우리의 농업은 기계공업의 포로가 된 지 오래다. 축산만 공장식이 아니라 채소와 곡식, 과일도 다 공장식이다. 넘지 않아야 할 선을 넘어버렸다. 토론회에 모인 사람들도 이 문제를 어떻게 풀어야 할지 고심하는 사람들이었다.

비닐도 쓰지 않고, 대형 농기계도 안 쓰고, 공장식 밀집축산을 하지 않는 가족형 소농으로 우리의 농업이 전환되려면 넘어야 할 산들이 많다. 그보다는 왜 그래야 하는지부터 성찰하는 것이 더 급한 일로 보인다.

전국귀농운동본부 이사이자 텃밭보급소 소장인 안철환 선생은 농기계나 퇴비는 물론 종자나 농자재까지 몽땅 사다 쓰며 대량의 쓰레기를 발생시키는 우리 농업이 과연 지속가능한지 삶의 근본을 생각하며 되물어야 한다고 했다. 온 들판에 비닐멀칭과 비닐하우스가 넘쳐나는 것은 우리 토양과 우리 기후에 맞지 않는 농사를 철을 거슬러 하기 때문이라고 지적했다. 이런 지적은 친환경유기농이라는 것에도 해당되는 말이다.

가족단위와 마을단위. 나아가 지역단위의 자급이 아니라, 오로지 팔아먹기 위한 돈벌이 농사는 결국 농민과 농업을 시장논리에 포박시킨다. 우리나라 농지의 심각한 질소과다 현상도 여기서 비롯되었다고 할 수 있다.

생산은 농기업이 맡고 유통과 종자는 초국적기업이 장악하면서 농촌에는 불임종자가 판을 친다. 채종한 종자를 심으면 괴상망측한 게 자라난다. 가임종자로 전환하는 자가육종과 토종종자의 보존이 시급하다.

토론자로 참석한 농업농민정책연구소 '녀름'의 장경호 부소장은 가족형 소농의 생산성 문제를 제기했다. 그러면서 근거리 먹을거리로컬푸드 운동, 제철꾸러미농산물CSA 운동, 학교무상급식, 생협 운동 등과 긴밀하게 결합되는 체제를 제시했다. 전통농업과 생태농업이 과거로의 복귀가 되지 않으려면 사회체제 전체가 함께 고민되어야 한다는 지적이었다.

만약에 말이다. 농업분야의 진취적인 연구자들이 지원되는 연구 프로젝트에만 의존하지 말고 독자적으로 이런 연구를 해보면 어떤 결과가 나올까? 돈벌이 목적의 화학·기계·석유·전자 농축산업으로 발생하는 지구적 차원의 농지파괴와 환경오염, 그리고 오염된 환경과 식품 때문에 발생하는 건강악화와 질병, 인성파괴 등을 다 기회비용으로 산입하여 조사해보면 어떤 결과가 나올까? 과연 수지가 맞는 농사일까?

4장 지속가능한 후퇴를 위한 농업 이야기

그렇게 해서 번 돈은 또 어떻게 쓰이는가. 대개 농자재 구입비로 많이 들어갈 것이고 그 다음은 제도화된 건강, 교육, 의료, 통신, 교통 시장에서 돈을 다 쓴다고 해도 과언이 아닐 것이다. 오늘날의 기계공업 농사는 농사짓는 동안에도 그렇지만 번 돈을 쓰는 과정에서도 화학·기계·석유·전자 업자들의 배만 불린다. 농민은 그들의 머슴이 되었고 역대 정부는 이를 방조 내지는 조장했다. 환경파괴와 인성파괴도 촉발된다.

지난 구제역 사태로 발생된 직접 피해액만도 3조 원에 이르고 간접비용까지 하면 갑절에 이른다고 하니 온전한 생태축산과 비교해 과연 어느 게 더 채산이 맞는 것인지 심각하게 연구할 필요가 있다.

'소농' 전략을 얘기하면 당장 제기되는 반론이 그래 가지고 어떻게 먹고 살 것이며, 자기 혼자 먹고 말 것이 아닌 담에야 어떻게 나라의 식량자급을 이룰 것이냐는 것이다. 그러나 현실의 지표는 그렇지 않다. 우리의 농업이 본격적으로 기계공업화 된 30여 년 전과 비교하면 식량 자급율은 3분의 1 이하로 곤두박질쳤다. 농지는 줄었으며 농가 빚은 늘었다. 농촌은 아예 텅 비었고 도시문제는 악화되었다.

많은 고심거리와 과제를 안겨준 이런 토론회가 나라 차원에서 농업정책뿐 아니라 인구, 환경, 교육, 밥상, 도시, 건강, 행복지수 차원에서 관심과 연구가 커졌으면 한다.

아름다운 후퇴

귀농·귀촌 교육에서 '지속가능한 후퇴'를 가르쳐야

한국농어민신문사와 MBC 아카데미 등이 열었던 귀농·귀촌페스티벌이 대성황을 이뤘다. 사흘간 진행된 농업관련 행사에 도시민이 2만 5000명이나 왔다는 것은 놀랍고도 고무적인 일이 아닐 수 없다. 못 사는 농촌을 돕자는 자선행사가 아니라 농촌으로 가서 살기 위한 정책과 방안을 찾아서 모인 사람들이라는 점에서 그렇다.

우리 농촌이 언제 요즘처럼 새로운 삶의 터전으로 각광 받은 적이 있었을까. 이는 각종 통계지표에서도 드러나고 있다. 연도별 귀농인 가구 수가 그렇고, 도시민 의식조사에서도 그렇게 나타나고 있다.

이를 반영하듯 각종 귀농·귀촌 교육프로그램들이 생겨나고 있고 수강생들도 많이 몰린다. 내가 속한 단체에서도 산하기관의 귀농학교 담당자 회의를 했는데 9개 기관에서 14기의 귀농교육을 했고 총 600여 명의 수료생을 배출한 것으로 집계됐다.

우리 농촌이 처한 현실뿐 아니라 현대문명의 위기 앞에서 귀농·귀촌 안내와 교육을 어떻게 진행해야 할지는 해당기관에 따라 많이 다를 것이다. 몇 가지 포함되었으면 하는 기초 과목이 있다.

먼저, 농촌현실과 농업의 역사에 대한 공부다. 요즘 아이들이 인터넷 기기의 달인인지는 모르나 정보사회학에 대해서는 알지도 못하고 관심도 없다. 우리가 어떤 사회에 살고 있으며 그 사회의 특징은 무엇이고, 사람 관계를 어떻게 재구성하게 하는지에 대한 정보사회학은 인터넷 기기 보급에 한참 뒤지고 있는 현실이다.

마찬가지의 논리다. 농촌에 가면 뭐가 좋고 뭘 하면 돈을 버는지 작물공부는 하지만, 지자체의 지원작목과 1억 원을 버는 농부의 성공사례는 듣지만, 정작 한국농업사와 농업·농촌·농민 현실에 대한 공부는 없다. 귀농·귀촌 페스티벌의 주최인 MBC아카데미에서 60명을 모집한 교육과정에도 이런 과목은 없다. 단 이틀 만에 정원이 찼다는 이 과정 어디에도 농민들의 피땀이 도시와 대기업으로 흡입되고 있는 기형적인 한국경제 시스템에 대한 공부는 없다.

둘째, 마을공동체 공부다. 농촌이 농촌이기 위한 힘은 공동체성에 있다. 고립된 섬처럼 존재하는 개인은 도시의 특성이다. 고성능 농기계와 첨단 통신기기로 무장하고 여전히 개별 개체로 존재하는 농촌의 삶은 우리가 지향할 바가 아니다. 1억 원을 벌기 위해서는 그렇게 될 수밖에 없다는 사실을 알아야 한다.

더불어 함께 살아가는 마을공동체가 우리가 가꾸어 나가야 하는 농업·농촌이다. 귀농교육기관의 강좌에서 우리의 전통농촌이 어떤 공동체적 삶을 살았는지 배울 수 있기를 바란다. 몇몇 지자체에서 의욕적으로 추진하는 마을만들기 사업과 이름도 명예도 없는 그 구성원들이 1억 소득을 올리는 농부보다 더 소중한 강사 대접을 받기를 바란다.

셋째, 지속가능한 후퇴를 가르쳐야 한다. 여유 있게 살면서 소득을 높이는 농촌생활은 양립 불가능하다. 소득을 높이는 것은 결코 여유 있는 삶과 동행할 수 없다는 사실, 또는 그러한 가치와 철학을 귀농교육기관에서 귀농을 꿈꾸는 도시민들이 접할 수 있어야

아름다운 후퇴

한다. 여유 있는 삶은 지속가능한 후퇴의 길을 찾아 나설 때 보장된다. 물질문명의 아찔한 유혹과 편리로부터 거리를 점점 둬 나가는 생활, 그런 귀농·귀촌을 가르쳤으면 하는 것이다. 석유화학 공업이 점령한 우리의 농업을 지양하고 후퇴하는 삶에서 진정한 여유를 찾는 지혜를 배울 수 있어야 한다. 120만 농가가 모두 1억 원의 소득을 올린다고 해보자. 그 순간 대한민국은 회복불능의 파괴 상태에 빠질 것이다.

한날은 아주 특이한 잔치가 이웃마을에서 열렸다. 20여 년 만에 처음으로 신생아가 생겨서 동네 사람들이 돼지 한 마리를 잡아 푸짐한 잔치판을 벌인 것이다. 그 마을만 신생아 구경한 지가 20여 년인가 했더니 그 마을이 속한 '리'를 통틀어 처음이라고 했다. 축하할 일이면서도 농촌이 어쩌다 이 지경이 되었는지 새삼 놀라운 마음을 금할 수가 없다.

통계청에서 발표한 '장래인구추계' 자료를 요모조모 뜯어보자니 재미있는 분석이 가능했다. 농촌지역 출산율이 생각보다 높다는 점이다. 여성이 한평생 낳을 것이라고 추산되는 아이 숫자인 합계출산율이 는다는 것은 농촌 인구 감소와 저출산 시대의 우려를 씻을 수 있는 기대를 갖게 만든다.

가장 주목할 부분은 농촌지역의 인구증가와 출산율 증가에 귀농인구가 절대적인 영향을 미쳤다는 것이다. 전북 진안군과 전남 강진군이 출산율 증가 전국 1, 2위를 차지했는데 이는 이 지역의 귀농인구가 전국에서 으뜸이라는 점과 일치한다. 서로 '귀농1번지'라고 번지수 다툼(?)을 벌일 정도다.

진안군의 경우 최근 몇 년간 계속 지역인구가 늘고 있다. 출산율도 2.41명으로 전국 평균의 두 배가 된다. 그렇다면 귀농인구 증가와 출산율 증가에는 어떤 상관관계가 있을까? 귀농인구에서 차지하는 젊은층의 비중이 커졌다는 것이다.

농식품부 자료에 따르면 최근 몇 년간 50대 귀농자와 40대 귀농자 비중이 각각 18.9%와 28.3%인데 비해 30대 귀농자가 무려 36.3%로 나타나고 있다. 이는 귀농 증가가 출산율 증가와 바로 연결되는 지점이라 하겠다. 귀농인구가 아무리 늘어도 가임여성이 없으면 출산율 증가는 나타나지 않을 것이기 때문이다.

이런 현상은 귀농운동본부의 최근 두 차례 행사에서도 두드러지게 나타났다. 완주군과 같이 1주일간 열었던 '청년 캠핑 농활' 행사에 50명 이상의 20~30대가 몰려왔다. 대전에서 1박 2일간 열렸던 '귀농, 자식농사 한마당' 행사에도 120여 명이 참석했다.

출산율 증가에는 적극적인 출산장려정책이 한몫한 것으로 보인다. 강진군의 경우 황주홍 군수가 선출된 이래 2009년에는 40년 만에 처음으로 군 인구가 8명 증가하더니 매년 더 큰 폭으로 증가하고 있다. 또 파격적인 출산장려정책 덕에 늦둥이를 두는 현상까지 나타나고 있다고 한다. 5년 납입 10년 보장의 신생아건강보험료와 양육비가 대표적인 지원책인데 첫째 아이를 낳으면 120만 원, 둘째와 셋째부터는 각각 240만 원과 420만이 지원된다고 하니 파격이라 아니할 수 없다.

아름다운 후퇴

강진군은 출산만 장려하는 것이 아니라 보육과 교육에도 신경을 쓰고 있다고 한다. 장학재단을 만들어 인재육성기금 200억 원을 조성해 학생 1인당 87만 1000원씩 지원되고 있다.

하지만 출산만 장려하고 보육과 육아, 나아가 교육비 문제와 취업 문제, 결혼부담 문제까지 연동되는 정책이 마련되지 않으면 출산율 증가는 특정지역의 일시적인 현상으로 머물 것이다. 젊은이들의 일자리를 농촌에 마련할 수 있다면 이보다 더 좋은 출산지원 정책이 없을 것이다. 지역 장학금으로 기껏 공부시켜 놓으니 다 자라서는 도시로 내빼는 현실도 극복할 수 있기 때문이다.

농촌인구 증가와 출산율 증가 정책에서 함정에 빠지지 말아야 하는 것은 '돈벌이 중심주의'다. 농촌의 가치를 갉아먹는 도시인 유인 정책들이 많다. 뉴타운 정책이 대표적이다. 시골의 산천을 까뭉개고 있다. 피 팔아 떡 사 먹는 꼴이다. 농촌의 가치, 농업의 존엄을 지키는 젊은층 일자리는 얼마든지 가능하다. 예술과 문화, 자연과 생태 분야의 일자리, 적당기술 분야의 일자리들 말이다.

탈핵시대, 농업에서도 에너지 전환을

핵 없는 세상을 위한 관심과 주장이 어느 때보다 높다. 탈핵과 농업을 중시하는 녹색당이 창당되고 '우리 아이들에게 핵 없는 세상을' 만들자는 행사에도 많은 사람들이 몰리고 있다.

이른바 탈핵운동은 단순히 핵발전소를 없애자는 것에 머무는 것

4장 지속가능한 후퇴를 위한 농업 이야기

이 아니다. 갈취의 대상이었던 자연을 인간과 순환하는 관계로 회복하자는 것이며 계속되는 지구생태계의 경고에 귀 기울이는 집단 성찰이다. 1인당 에너지 사용량이 미국 다음으로 세계 2위인 우리나라는 더더욱 이런 성찰이 필요한 때다. 물질문명이 다 그렇지만 에너지 사용은 우리에게 편리를 주면서 값비싼 대가를 요구하고 있다. 핵발전소는 그 상징인 것이다.

그렇다면 농업에서 쓰는 에너지는 과연 적절하며 안전한가. 아니, 요즘 널리 쓰이는 말로 지속가능할까? 전혀 그렇지 않다. 한국의 농업은 전 세계에서도 유래가 없을 정도의 고투입 농업이며 투입물의 대표선수는 바로 에너지다.

에너지 덕분에 단위 면적당 식량 생산량은 2.5배에서 3배까지 늘었지만 땅은 죽었고 음식물은 오염됐다. 에너지는 빛과 열, 그리고 일동력으로 나타난다. 이 에너지 덕분에 1헥타르 농지에 필요했던 인간노동 200시간은 단 1.6시간으로 줄었다. 대신 우리 농업은 중화학공업 의존형으로 완전히 바뀌었다. 문제는 이런 방식의 농업을 더는 계속할 수 없다는 것이다. 이런 방식의 농업은 자신의 수명 단축을 재촉할 뿐이다. 곧, 자해농업인 것이다.

탈핵 대안에너지 방문단의 일원으로 독일에 가서 집중적으로 살펴본 것도 이 문제였다. 우리의 농업에너지를 어떻게 전환할 것인가 하는 것이었다.

중부 독일의 빌레펠트 시청 구내식당에서 '친기후식품'을 장황하게 설명하는 관계자를 만났다. 풀어 쓰자면 '기후변화 대응 식품'

이라는 것이다. 지구온난화에 어떤 영향도 주지 않는 제철, 자연농산물이었다. 먼 거리 운송은 물론, 화석연료나 석유화학 농자재를 쓰지 않고 생산한 농산물이라니 자랑할 만도 하다. 대부분 시설하우스에서 나오는 우리의 유기농산물보다도 한발 앞선 식재료임에 틀림없다. 햇빛에너지 등 자연에너지로 농사를 지은 것이다.

지금 우리의 농촌은 농기계 의존, 화석연료 의존, 화학합성물 의존이 극심하다. 그렇다 보니 농업이 유지되면서 생겨나는 환경보전, 농촌경관 제공, 전통문화 계승 등의 경제 이외의 효과는 사라지고 있다. 농업의 다원적 가치가 감소하고 있는 것이다. 그 중심에 과다한 에너지가 있다는데 이론이 없다.

시설재배를 위해서 석유난방을 하다가 기름값이 치솟으니 상대적으로 싼 전기난방으로 갔다가 이제는 지열에 매달리고 있다. 시설비가 많이 드는 지열난방에는 많은 보조금이 뒤따르지만 지열도 초기 같지는 않다. 근 200m를 뚫고 뽑아 올리는 지하수를 이용하다 보니 지하수 오염 문제도 있다. 개방형과 폐쇄형 지열시스템이 등장했지만 지열도 무한정한 것은 아니다. 지하수가 다시 데워지는 데 시간은 점점 더 걸린다.

독일처럼 몇 년까지는 농업에너지를 전환한다는 시나리오를 짜고 이를 추진할 필요가 있다. 재생에너지 비율을 높이는 것도 중요하지만 에너지 사용량을 획기적으로 줄이는 것에 집중하지 않으면 재생에너지마저 한계에 다다를 것이다. 소규모 열병합 발전이나 축산분뇨를 이용한 바이오매스, 햇빛 등을 유력한 에너지원으로 검토해야 한다.

그러기 위해서는 재생에너지 발전차액 지원제도를 되살려야 한다. 지금의 발전비율할당제는 자연훼손을 초래하는 것도 문제지만 소규모 지역에너지 자급운동을 저해하기 때문이다. 이런 문제를 놓고 지혜를 모으는 다양한 공론의 장을 마련해야 할 것이다.

'핵전'이란 말은 핵발전소의 준말이다. 원자력발전소라 하여 '원전'이라 줄여 부르기도 한다. 이는 현실을 미화하는 것이다. 핵전쟁도 핵전이라 부르지만 핵전은 핵전쟁보다 더 무섭다. 전쟁과 달리 예고도 없이 대참사가 일어나며 평시에도 완만한 살상이 이뤄지기 때문이다.

새로운 시대 문명의 주역, 청년농부

농촌의 미래에 대한 고심이 깊다 보니 여러 방안들이 나오고 있다. 그중에는 청년농부 양성도 있다.

우리나라 농촌인구는 절대인구의 감소와 함께 노령화, 인구구성의 다원화, 여성화, 정책적 도시민유치 등의 현상들이 두루 나타나고 있다. 이런 마당에 청년농부 양성이라는 의제를 다음과 같이 새겨 보고자 한다.

첫째, 청년 개념을 젊은 나이로만 구분 짓지 말고 미래를 내다보는 새로운 시대문명으로 새기자. 생태와 환경, 지역과 두레정신이 그것이다. 자급과 순환, 전통 마을공동체와 유목주의 등의 정신을 새로운 시대를 여는 청년상으로 하여 이런 청년을 양성하자는 것이다.

오늘의 농촌에는 공장식 시설농업과 밀집축산도 모자라 식물공장이니 맞춤형 축산이니 하면서 천하의 근본인 농사를 크게 벗어나는 시도들이 횡행하고 있다. 이런 때일수록 미래를 준비하는 시대정신과 그 추진력을 청년에게서 찾자. 정치권의 청년세대 타령과 명확히 구분되는 새로운 시대문명으로서의 청년 말이다.

제도교육 밖에서 성장한 자유롭고 창의적인 대안교육 1세대들이 튼실한 청년으로 성장해 있는 것도 고무적이다. 그들의 시선은 이미 농촌과 생태와 공생공락 쪽으로 돌려져 있다. 이 청년들이 농촌을 새롭게 디자인하고 대를 이어갈 주역으로 자리 잡게 하자는 것이다. 전국귀농운동본부에서 진행한 귀농2세 청년모임에서 그 가능성을 볼 수 있다.

둘째, 농촌의 열린 가능성을 적극 개척해서 청년들이 둥지를 틀게 하는 것이다. 박노해 시인은 '청년나눔문화'에서 대학생들에게 노골적으로 농부가 되라고 한다. 예술가가 되라고 한다. 진정한 예술가는 생명을 일구는 농부여야 한다는 주장이다.

또 박원순 서울시장은 시장 되기 오래 전부터 농촌이야말로 청년들이 가볼 만한 미개척지라고 권유했다. 박원순 시장은 농촌에서 만들어낼 새로운 직업을 수십 가지나 열거했다. 몇 가지만 들어보자. 탄소배출권 거래중개인, 지역특산물 사업가, 마을도우미, 경관 농업가, 생태화장실 사업가, 자전거로 배달하는 친환경농산물

운송회사, 바다환경 미화원, 대안에너지 전문회사, B급 농산물 유통의 '못난이 가게' 등등 끝이 없다.

내 후배 한 사람은 '내고향 5일장 봐주기' 사업도 청년들이 해볼 만한 사업이라고 주장한다. 또 '시골 빈집을 고쳐서 임대업 하기'는 현재 진안에서 몇 년 전부터 진행하는 농가체험용 빈집 리모델링 사업을 응용하는 아이디어다. 농촌일손 은행은 어떤가? 도시민의 귀농지향성과 그 체험장으로 농촌일손 연결 전문회사가 얼마든지 있을 만하다.

우리 청년들이 대자연의 큰 품에서 배우고 즐기고 일하면서 이런 것들을 아주 잘하리라 본다. 일하는 건지, 노는 건지, 배우는 건지 도무지 구분할 수 없는 그런 온살이 삶은 농촌 말고 어디에서 가능하단 말인가.

몇 년 전부터 활성화되고 있는 농·어촌유학도 더 다양하게 더 많이 사회적 기업형태나 마을기업 형태로 만들어낼 수 있다. 청년들을 많이 흡수할 수 있고 더 나아가 청소년치유 농촌체험을 청년들에게 맡겨 보는 것도 좋겠다. 바로 아랫세대인 청소년들과 쉽게 말문을 트고 그들의 상처 난 가슴으로 들어가기에는 청년이 유리하다.

셋째, 청년농부운동협의회가 되었건, 전국귀농운동본부가 시도한 '청년귀농한마당'이 되었건 우리 사회의 뜻있는 단체와 개인들이 시스템을 갖추어서 정보통합과 연대교류, 교육과 친교, 실습과 체험의 장을 폭넓게 만들었으면 한다. 농촌의 새로운 시대문명을 지향하는 이런 자발적인 청년들의 움직임을 지지하고 그 힘을 북돋는 일을 어른들이 하자는 것이다.

주민자치 목욕탕에 담긴 철학

한날은 목욕탕에 갔다가 목욕비가 25%나 인상된 걸 알았다. 주인에게 언제부터 올랐냐고 물었더니 그날부터 올랐다는 것이다. 순간적으로 하루 일찍 올걸 하는 생각이 들었지만 부질없는 생각이라 접어버리고 주인 방문턱에 걸터앉아 이것저것 물어봤다.

전주 같은 큰 도시도 대중목욕탕들이 다 4천 원인데 조그만 면소재지에서 목욕비가 5천 원이나 하면 누가 목욕하러 오겠냐고 말을 걸었더니 기다렸다는 듯이 목욕탕 주인은 어려움을 호소했다.

시골 인구는 자꾸 줄어들지, 집집마다 욕실에 샤워시설이 있어 냉·온수가 펄펄 나오지, 늙은이들은 돈 아끼느라 목욕비 지출은 뒤로 밀어놓지, 여름이 되면 애들까지 냇가에서 멱 감고 목욕탕은 발길을 딱 끊지, 기름값은 오르기만 하지, 수건이나 비누는 왜 그리 자꾸 없어지는지 사다 놔도 끝이 없지….

"그렇다고 아무리 손님이 없는 날이라 해도 남탕 직원을 여탕까지 돌보라고 할 수는 없죠?"

내가 추임새를 넣었더니 장날 우연히 만난 불알친구라도 되는 듯이 목욕탕 주인은 인건비며 시설보수비며 끝도 없이 애로를 털어놓았다. 이리 경영난을 겪고 있으니 우리 군에 하나뿐인 목욕탕이 언제 없어질지 걱정이 되었다.

4장 지속가능한 후퇴를 위한 농업 이야기

농촌에 목욕탕이 중요하다고 생각하는 것은 여러 가지 이유가 있다. 도시에 있는 찜질방이나 사우나, 대중목욕탕과 달리 시골 목욕탕은 정말 매력적이다. 햇살이 욕조까지 비쳐들고 창문으로 파란 하늘과 구름이 둥둥 떠다니는 게 다 보인다. 공기는 깨끗하고 사람도 적으니 번잡하지도 않다. 무슨 무슨 방이라 하여 두더지굴 같은 과도한 에너지 시설도 없어서 마음마저 편하다.

그러나 이런 것은 개인 취향의 문제라 치자. 더 중요한 것이 있다. 시골 목욕탕은 이웃동네 사람들과의 친교의 자리가 되기도 할 뿐더러 노인들의 건강유지에 크게 기여하는 시설이라는 점이다.

돌아가신 흙 건축의 대가 정기용 선생은 10년도 더 전에 '무주군 프로젝트'를 추진했다. 자세한 이야기는 그 분의 저작인 《감응의 건축》에 잘 나온다. 나는 1996년 당시 무주군 안성면 진도리 마을회관을 지을 때 직접 현장에 가서 보았을 뿐 아니라 안성면 주민자치센터 목욕탕에도 여러 번 가보고 느꼈지만 주민 건강에 탁월한 시설이라는 것을 알게 되었다.

목욕탕 얘기만 하자면 당시에 무주군은 안성면, 설천면, 무풍면, 부남면 주민자치센터 안에 아담한 목욕탕을 만들었다. 내부시설 이래야 자그마한 냉온탕 하나씩과 원목으로 된 찜질방 하나가 전부다. 짝수 날은 남탕, 홀수 날은 여탕이 된다. 이러니 필자가 가는 우리 면에 있는 목욕탕보다 덩치가 반의 반도 안 되는 것이다. 목욕비는 노인과 젊은이에 차등을 둬서 1000원에서 2000원까지니 부담도 없다. 비누와 수건을 가져오게 하니 낭비도 덜고 운영비도

아름다운 후퇴

줄일 수 있다.

모두 다 주민자치위원회에서 자율적으로 결정하고 군에서 재정을 지원한다. 담당 직원의 말을 빌리면 무주군 읍내와 인접한 면에는 기존 민간목욕탕의 영업권을 보호하기 위해 주민자치목욕탕은 만들지 않는 배려까지 했다고 한다.

농촌의 시·군에서 경쟁하듯이 스파spa니 하는 알아먹지도 못할 으리으리한 시설을 지어서 외부인 끌어 모으기에 헛돈을 쓸 게 아니라 깨끗하고 실용적인 목욕탕을 하나씩 면 소재지에 지어서 청결한 몸과 피로회복, 이웃과의 교감을 높여 가면 어떨까. 버스도 주민의 이동권을 보장하기 위해 엄청난 재정을 행정에서 지원하지 않는가. 재난구조와 방지를 위해 119도 운영하지 않는가. 의료원은 물론 보건소와 지소를 시골 곳곳에 지어 운영하지 않는가. 목욕탕도 같은 논리로 접근할 수 있을 것이다.

여타의 건강증진 시설들과 통합해 반신욕법이나 냉온욕법, 지압이나 활공법 등의 자연의학에서 강조하는 건강법을 주민자치목욕탕에 적극 결합하면 지역민의 건강을 북돋우는 공간으로 거듭 날 수 있다. 주민자치의 좋은 도장이 되기도 할 것이다.

한미 에프티에이 – 농민 파업을 꿈꾼다

농촌은 전쟁터다. 한미 에프티에이를 국회에서 날치기 통과한 지가 엊그제인데 바로 한중 에프티에이 협상이 시작됐다. 이는 정

4장 지속가능한 후퇴를 위한 농업 이야기

부의 농민에 대한 선전포고이자 전 국민에 대한 선전포고다. 농업을 포기하고 대자본의 배만 불리는 것이기에 그렇다. 대자본의 성장이 서민의 삶의 질 향상과 동떨어져 있기에 더욱 그렇다. 농민을 대자본의 머슴으로 전락시키는 전략이다. 농민이 선택이 기로에서 있다.

이것이 왜 국민에 대한 위협이고 선전포고인가? 파산에 이른 축산농가들의 아우성만을 두고 하는 소리는 아니다. 대외 무역의존도가 90%대에 육박해 있는 현실이 모든 국민의 삶을 옥죄고 있다.

일반 가계에서도 살림이 어려워지면 먼저 줄이는 소비지출 순위가 있다. 외식과 자동차와 고급 가전제품 구입을 멈춘다. 생존을 위한 먹을거리와 건강과 잠자리를 마지막까지 남겨둔다. 우리나라의 주요 수출품목은 반도체와 석유화학제품, 자동차, 철강판, 그리고 무선통신기기 등이다. 세계경제가 어려워지면 먼저 영향을 받을 품목들이다. 아무리 배가 고파도 휴대폰과 자동차를 삶아 먹을 수는 없다. 한중 에프티에이는 이런 현실을 더욱 가속시킬 게 뻔하다. 식량자급도는 더욱 떨어지고 식량주권은 흔들릴 수밖에 없다.

쌀값과 배추값에, 구제역과 소값 폭락에 농민들은 고통스럽다. 그래서 매년 길거리에서는 농민들의 외침이 그치지 않고 있다. 언제까지 이래야 하는지 암담하다. 최근 금속노조 현대자동차지부에서는 한 조합원이 현장탄압에 항의해 분신하는 사건이 생기자 엔진공장을 세웠고 요구 조건 여섯 개를 모두 관철해냈다. 우리 농민들도 파업으로 맞설 수는 없을까? 노동자들이 노동력 제공을 거부하고 생산라인을 장악해버리듯이 농산물 생산을 멈추고 공급을 차단할 수는 없을까?

농산물과 공업제품은 근본에서 다르다. 임노동과 농민의 농사일도 분명 다르다. 그러나 농민현실을 근본에서 바꾸는 것이라면 농민파업도 못할 바는 아니다. 최소 몇 년 계획을 세운다면 감행할 수 있을 것이다.

현대자동차 노동자들이 자동차공장의 심장부인 엔진공장을 세웠듯이 특정 지역의 특정 생산단지를 중심으로 파업을 벌이는 목표를 세우고 전 농민이 합심하여 그곳의 농민을 지원하는 파업기금을 몇 년 동안 모을 수도 있다. 축산이건 쌀이건 특정 품목을 정해도 좋다. 농민과 농업을 사랑하는 국민의 지지를 모아내고 내핍생활을 각오하면 못할 바 없다.

오래 전 아르헨티나가 그랬듯이 채무 불이행 선언으로 농가부채 상환을 중단하고 빚 받으러 오면 혼쭐을 내서 쫓아버리는 자경단이라도 조직해서 말이다. 이건 혁명 상황이다. 이렇게 하지 않고서는 도무지 농업과 농민을 지킬 다른 방법이 떠오르지 않는다.

그러자면 먼저 해야 할 일이 있다. 지역의 농민공동체가 자급과 자립에 중점을 두고 그 지역의 생산자원에 대한 접근과 통제력을 확고하게 장악해야 할 것이다. 그래야 농민파업도 가능하다. 정치적인 방법으로 농민의 사회적·정치적 권력을 획득하는 노력도 기울여야 하고 대자본에 속박된 일상들도 걷어내야 할 것이다.

농민의 사회적 소임도 강화해야 한다. 뜻있는 변호사는 '민주사

4장 지속가능한 후퇴를 위한 농업 이야기

회를 위한 변호사 모임(민변)'을 만들었고 교수는 '4대강 반대 교수 모임'을 만들었다. 치과의사는 '건강사회를 위한 치과의사회(건치)'를 만들었다. '핵 없는 사회를 위한 의사 모임'도 결성된다고 한다. 교사는 '환경을 생각하는 교사 모임(환생교)'이라는 단체를 만들어 활동한다. 동학농민혁명의 후예인 우리 농민들도 역사적 소임을 맡아 나갈 수 있어야 농민현실을 근본에서 개조할 수 있을 것이고 농민 파업도 꿈꿀 수 있을 것이다.

고 김남주 시인의 〈낫〉이라는 시가 있다. '낫 놓고 ㄱ기역자도 모른다고/ 주인이 종을 깔보자/ 종이 주인의 모가지를 베어버리더라/ 바로 그 낫으로.'

나도 더는 종으로 살지 않겠다는 심정으로 농민파업을 꿈꾼다.

아름다운 후퇴

구제역은 육식과 밀집축산의 업보

얼마 전 구제역으로 온 나라가 난리였다. 대량 살육되는 소, 돼지의 마릿수가 날마다 늘어만 갔다. 발굽동물인 유제류는 살육되고, 그 마을 사람들은 꼼짝달싹 못하고 바깥나들이가 통제됐다. 전시와 다를 바 없었다. 이렇게 대량 살육된 소, 돼지가 45만 마리가 넘었다고 한다. 이 죄업을 어찌 할 것인가. 대량 살육과 방역에 드는 비용이 거의 1조 원에 육박했다. 참으로 끔찍하다.

왜 이런 일이 벌어지는지에 대해서 깊은 성찰이 필요하다. 이런 일이 벌어진 것은 최근의 일이다. 아무리 멀리 잡아도 40년이 안 된다. 40년 사이에 무슨 일이 있었기에 이런 비참과 살상이 일상화되었단 말인가. 모든 결과는 원인이 있게 마련이다.

모두 다 인간 때문이다. 인간의 끝 모를 탐욕과 식습관 때문이

4장 지속가능한 후퇴를 위한 농업 이야기

다. 하지만 아무도 이것을 거론하지 않는다. 이 문제가 해결되지 않으면 구제역은 더욱 창궐할 것이다. 구제역뿐인가. 조류독감이 그렇다. 닭과 오리를 대량 살육하는 조류독감도 계속 되풀이될 것이다.

일상화된 살육의 시대

첫째 이유는 인간들의 과다육식 때문이라는데 이견이 없다. 50여 년 전만 해도 우리나라 소는 30만 마리가 안 됐다. 지금은 340만 마리가 된다. 갓난애까지 포함해 인구 14명 당 소 한 마리다. 육식량은 50년 사이에 근 100배가 늘었다. 한 해 평균 우리나라 한 사람당 35kg의 고기를 먹어치우고 있다. 건강상의 육식 폐해를 더 이상 따질 생각은 없다. 이렇게 고기를 많이 먹어낸 후과는 사람의 문제에만 그치지 않는다. 지구환경문제를 야기하고 죄 없는 축생의 대량 살육으로 이어지고 있는 것이다.

이것은 자연히 두 번째 이유와 연결된다. 싸구려 고기를 생산하는 밀집축산에 그 원인이 있다. 이른바 공장형 축산이다. 대량생산을 위해 산업화된 축산은 유전적 다양성을 축소시켰고 무역규모까지 늘렸다. 대형슈퍼와 체인망이 촘촘히 늘어서서 값싼 고기를 내놓고 육식을 부추기고 있다. 돈벌이를 위해 소중한 가치들을 내팽개친 것이다.

'집짐승'은 사라지고 오로지 '축산'만 있다. 좁은 공간에 많은 짐승을 키우다 보니 병이 돌았다 하면 순식간에 전염이 된다. 옛날에는 구제역이 발생해도 가축과 사람의 이동이 덜하고 한 집에 한 마리가 있을 둥 말 둥 하다 보니 좀 앓다가 회복했다. 치사율도 1% 내외였다.

성장호르몬과 배합사료로 대표되는 단기간 고속사육이 짐승들의 내성을 떨어뜨려버린 게 세 번째 이유다. 삼계탕집 닭은 달걀에서 깨어난 지 단 27일 만에 출하된다. 돼지도 옛날 집돼지에 비해 4배나 짧은 기간에 자란다. 태어난 지 150일 만에 90kg에 도달하게 키워대니 그야말로 축사는 고기공장에 다름 아니다.

정치인들이 내세우는 대책은 TV에 나와서 쇠고기 먹는 행사뿐이다. 구제역이 수인성 질병이 아니니까 구제역이 아무리 심해도 사람이 쇠고기 먹는 것은 아무렇지 않다고 쇼를 한다. 구제역의 근본 문제를 흐려놓고 백성들의 건강을 오도하는 행위다.

동물복지라는 말이 등장한 지 오래다. 인권만이 아니라 동물권이라는 말도 오래 전부터 사용하고 있다. 동물들에 대한 인간들의 참회가 필요한 때다. 억울하게 죽어간 동물들의 영혼을 위로하고 천도제를 지내줘야 한다는 의견을 귀담아 들어야 한다. 그리하여 식습관과 인간 탐욕을 벗어나야 한다. 그것이 인간을 살리는 길로 통하기 때문이다.

공장축산을 매장하라

만약에 말이다. 그 옛날, 1855년에 프랭클린 피어스 미국 대통령으로부터 땅을 팔라는 제안을 받고 깜짝 놀란 스쿼미시족의 시애틀 북미원주민 추장이 그랬던 것처럼 구제역으로 살육당하는 소, 돼지를 대표해서 1970년대를 살았던 늙은 소 한 마리가 연설을 한다면 오늘의 구제역 사태를 두고 뭐라 한탄할까?

"전에 우리는 들판에서 풀을 뜯고 살았습니다. 논에서 쟁기를 끌었고 무거운 등짐을 장터로 옮겼습니다. 진실한 노동 끝에 한 통의 여물을 받았고, 짚 몇 단으로 일용할 양식을 삼아 고단한 하루를 넘겼습니다. 일 년에 몇 번 제사상이나 명절상에 귀한 음식으로 오르긴 했지만, 한 번도 식탐의 재료가 되어 사시사철 고깃집에 걸려 있지는 않았습니다.

그런데 이게 뭡니까? 달포 사이에 소, 돼지가 140만 마리나 죽임을 당해 언 땅에 파묻혔습니다. 일부는 생매장되기도 합니다. 날이면 날마다 소주에 곁들여 우리를 뜯어 먹던 이들이 포클레인 삽날로 우리를 짓뭉개고 있습니다. 사람들이 만들어놓은 재앙을 왜 죄 없는 우리 소, 돼지에게 뒤집어씌우는지 이해할 수가 없습니다.

좁은 쇠창살 속에 가두어놓고 평생을 사료만 먹이는 짓을 누가 했습니까? 90% 이상을 외국에서 사온 사료를 먹이면서 눈앞에 펼쳐진 7월의 무성한 풀밭에는 제초제를 뿌려대고 우

아름다운 후퇴

리는 단 한 입도 풀을 뜯지 못하게 한 게 누구입니까?

평생토록 단 한 번도 짝짓기를 못하게 하고는 강제 인공수정으로 새끼만 빼내가는 짓을 누가 했습니까? 구제역이 왜 번지는지 정녕 모르고 하는 짓들입니까? 대량살육과 생매장으로 과연 구제역을 막을 수 있다고 믿기나 하는지요? 예방 백신만 확보하면 이런 사태를 다시는 되풀이하지 않을 거라는 확신을 갖고나 있는지 되묻지 않을 수 없습니다.

자동차에 기름을 넣듯이 지금의 배합사료는 쇠고기 만드는 공장에 넣는 공업용 원료입니다. 우리는 원래 되새김 동물입니다. 위가 네 개인 우리는 되새김질을 해야 정상적인 순환작용, 소화작용을 합니다. 대부분 유전자조작GMO 옥수수를 갈아 만든 이따위 배합사료는 단백질 덩어리와 다름없습니다. 1:1로 균형을 이뤄야 할 오메가6 지방산이 오메가3보다 무려 66배나 많은 옥수수는 되새김질은커녕 목구멍을 넘기면서 흡수되어 버립니다. 우리의 몸은 망가지고 살만 찝니다.

막사 구석에 어지럽게 쌓여 있는 항생제들은 우리 몸뚱이를 지탱하는 의족이자 의수입니다. 우리들에게 먹이는 항생제 양은 호주의 37배나 되고 미국의 근 3배나 됩니다. 우리는 늘 약물중독 상태입니다. 도대체 누가 이런 만행을 저질렀습니까? 한 생명체가 다른 생명체를 이렇게 취급해도 되는지 묻지 않을 수 없습니다. 소 한 마리가 구제역에 걸리면 반경 얼마 안에는 전부 몰살당해야 하는 이 비참을 누가 조성했습니까?

자식같이 키웠는데 하루아침에 살처분 당했다고 통곡하는 축산농가에도 우리는 할 말이 있습니다. 정녕 자식을 이렇게 키웁니까? 영양제와 항생제로 자식을 키웁니까? 좁은 우리에 가두어놓고 경제성이 가장 좋은 출하시기를 자로 재듯이 가늠해가며 되팔아서 통장으로 들어오는 돈이 최대의 관심사가 아니었습니까? 우리를 자본재로 여기며 자본회전 속도에 관심을 더 두지 않았습니까?

우리가 축사에서 나오는 순간 바로 도살장으로 끌려가 컨베이어벨트 쇠갈고리에 걸려 빙글빙글 돌면서 바로 온몸이 갈기갈기 찢겨나가는 것을 그들은 알 겁니다. 때로는 목숨이 다 끊어지지 않은 채로 머리가 잘리고 사지가 조각납니다. 이런데도 자식처럼 키운다는 말이 나옵니까? 우리가 듣기에 거북합니다. 인간들이 야속하고 원망스럽다 못해 원혼이라도 살아 복수를 해야겠다는 생각도 합니다.

좁은 이 땅에 소만 340만 마리나 됩니다. 갓난애부터 노인병원 와상환자까지 다 합쳐서 14명당 한 마리입니다. 돼지는 1000만 마리나 됩니다. 세 끼 밥 먹고 살자고 이런다면 또 모르겠습니다. 돈을 향한 맹목적인 탐욕과 싸구려 고기로 식욕을 부추기는 이런 짓을 해야 합니까? 이러고도 만물의 영장이라고 내세우는 게 가당키나 하단 말인가요?

소, 돼지를 파묻는 데만 급급할 게 아니라 진정 파묻어야 할 것은 공장식 축산입니다. 돈벌이 목적의 산업형 축산입니다.

아름다운 후퇴

시급히 생매장해야 할 것은 과도한 육식문화입니다.

우리는 사람들의 건강에 보탬이 되고 싶지 건강을 망치는 원흉이 되고 싶지는 않습니다. 진정 한 식구처럼 살고 싶은 것은 우리들입니다. '축산물'이 아니라 '가축'이 되고 싶은 것입니다.

더 늦기 전에 유제류의 원혼을 위로하는 초혼제를 지내고 속죄하기를 호소합니다. 참된 속죄를 통해 스스로를 구원하시기를 간곡히 당부드립니다. 마지막 한 마리의 소가 구제역으로 쓰러지기 전에. 마지막 한 마리 돼지가 파묻히기 전에. 그때는 이미 늦습니다."

아직도 '구제 역'은 멀었나요?

《조선일보》에 어느 지자체장의 편지가 소개된 적이 있다. 구제역으로 그 지역 소, 돼지의 85%를 잃은 경기도 파주시장은 가장 먼저 축산업의 시설현대화를 주장했다. 축산허가제를 도입하여 축산전문화를 이루고, 농장 입구에 시시티브이CCTV를 설치해야 한다고도 했다.

살처분에 대해서도 획기적인 주장을 한다. 살처분 농가들이 가축을 파묻을 땅이 없어 애를 태우니 앞으로는 군부대나 야산 등 공유지에 가축들을 파묻게 해달라는 것이다.

조합원의 협동조합기능 강화보다는 금융업에 매달린다는 비판을 받고 있는 농협에서 만들어 내는《농민신문》의 기사도 대동소이하다.

이 신문은 축산관련 단체장의 말을 인용하며 일부 언론들이 가축전염병과 살처분에 대해 너무 감성적인 접근을 하고 있다고 개탄한다. 예로 드는 것이 구제역 청정국 지위를 유지해서 축산물 수출액 20억 원을 지키려다 구제역 보상비 1조 2천억 원을 날렸다는 식의 보도였다.

동물보호단체나 시민단체의 이벤트성 행사도 비난하면서 기사의 제목도 '언론들의 축산업 흔들기가 지나치다'고 썼다. 동물복지 이야기도 무척 귀에 거슬리나 보다. 언론이 자꾸 이런 감상적인 보도를 일삼으면 축산 포기론이 나올지도 모른다고 걱정하는 기사다. 구제역 사태를 바라보는 주류 언론과 정부당국, 축산업자들의 시선이 노골적으로 드러나는 보도들이다.

구제역 보도를 보노라면 일정한 흐름이 있다. 구제역 발생 초기에는 어디에서 구제역이 발생했다는 것과 소, 돼지 몇 마리를 살처분했다는 소식이 주를 이뤘고, 얼마 지나서부터는 살처분 현장의 비참과 종사자들의 애로를 다루었다.

살처분의 야만성과 동물생명권에 대해 관심을 가져야 한다는 것뿐만 아니라 사람들의 식탐과 돈벌이 축산을 문제 삼는 글은 내가 2010년 12월 27일《프레시안》에 쓴 칼럼이 처음인 듯하다. 이 칼럼에서 나는 공장식 밀집축산과 사람들의 과도한 육식문제를 구제역의 근본원인으로 제기했다.

아름다운 후퇴

2011년 들어 1월 10일자 《한겨레》에 쓴 칼럼에서는 축산농가들에 대해서도 문제를 제기했다. 호주보다 37배나 더 많은 항생제를 쓰고 있는 한국 축산농가는 동물학대 수준이라고 폭로(?)했다. 우리나라 축산은 사회공공재를 훼손해가면서 개인 돈벌이를 하고 있는 실정이다. 온실가스 발생이나 토양 오염, 지하수 고갈, 하천 오염 등등.

《한겨레》 칼럼을 쓸 때 나는 구제역은 물론 수인성전염병인 조류독감과 돼지독감신종플루까지 창궐하는 현실을 질주하는 기차로 비유하면 우리가 구제받아 내릴 '구제역'은 아직도 멀었다고 생각했다. 날은 저물고 마음은 다급한데 기차는 가다 서다를 반복하니 언제 '구제역'에 다다를까 까마득하게 느껴졌다.

그 무렵 녹색소비자연대전국연합회에서 개최한 토론회에 참석한 적이 있다. 당시 나는 동물복지 이야기를 하다가 '식물복지'라는 말을 제기했다. 취재 나온 어느 신문사의 기자가 '식물복지'라는 말이 이채로웠는지 몇 번에 걸쳐 그 개념을 물었다.

우리의 밥상에 오르는 고기들은 100% 공장과도 같은 사육환경에서 가혹행위와 약물중독으로 만들어진 고기들이다. 이러한 사실은 이제 공공연한 비밀이 되었다. 책들도 무수히 나왔다. 제목만 적어도 종이 한 장이 모자랄 것이다.

그런데 우리의 밥상에 오르는 채소들도 거의 다 '식물학대'의 산물이라는 사실에 대해서는 아직도 알지 못한다. 말 못하는 식물이라고 해서 비닐집 속에 가두어 키우면서 생산주기를 단축시키는 종을 만들어내서는 물비료 등 급속 성장제를 투여하여 키우는 채소들은 오직 온도와 영양과 물로만 키워지는 실정이다. 사시사철 하늘도 구름도 비도 눈도 구경 못하고 강제 재배되고 있다는 사실을 가볍게 볼 일은 아니다. 취재 나온 신문기자는 내 주장이 재미있었는지 부지런히 받아 적었다.

공장식 축산이 사람들의 건강을 망가뜨리고 환경오염과 동물생명권에 대한 침해로 비난받듯이 오래지 않아 우리의 돈벌이 농사에 대해서도 '식물학대' 논란이 불거질 것이다. 아니, 그래야 한다고 나는 주장했다. 식물학대 농법은 과도한 육식문화와도 관계가 있다. 때를 가리지 않고 고기를 먹어대니 채소도 많이 소비될 수밖에 없다.

최근에는 빌딩농장이니 식물공장이니 하면서 무슨 신대륙이라도 발견한 듯 호들갑을 떨고 있다. '옷고름 풀어 산 문전옥답 신작로로 다 들어가고 봇짐 싸서 정처 없는 떠돌이 신세'라는 구전 속요처럼 우리의 농지들은 공장과 도로, 골프장으로 다 들어가버리고 공장식 농사를 무슨 대안인 것처럼 농촌진흥청에서 기를 쓰고 추진하고 있다. 그 폐해가 축산업 못지않게 현실화되고 있다. 머지않아 당연히 '식물복지' 이야기도 등장하리라는 게 내 예측이다.

요즘은 대형마트에서 식품을 하나 사더라도 앞뒤로 한참을 살피면서 트랜스지방이 있는지 원산지가 어딘지, 무과당 식품인지 확인하는 게 교양 있는 구매자의 덕목처럼 되어 있다. 탄산음료를 끊는다든가 생협 식품만을 사 먹는다든가, 생태축산 고기만 골라 먹

아름다운 후퇴

는다든가 한다. 이들은 '구제 역'에 기차는 도착했는데 다수의 사람들이 내릴 생각도 않고 잠을 자거나 어두운 창밖을 보면서 내릴 때가 되었느니 안 되었느니 논쟁만 하고 있을 때, 짐 보따리를 챙기며 내릴 준비를 하는 사람들이다.

그러나 여기서 한 걸음 더 나아가야 한다. 고기를 딱! 끊는 것이다. 생태축산이니 공정무역이니 하는 것 역시 돈벌이와 식탐을 자극하는 경계 위에서 묘기를 부리는 재주꾼으로 전락할 가능성이 아주 높다. 답은 채식이다. 채식은 세상에 대한 사랑이다.

대구의료원의 황성수 박사는 오래전부터 완전 채식, 특히 현미식의 필요성을 강조하고 모든 생활습관성 질환 환자들을 그걸로 치료한다. 생활습관성 질환이라는 말도 그 분이 지어 냈다. 성인병이라는 말이 결국 식습관에서 비롯된 것이고 고기, 생선, 우유, 계란으로 대표되는 왜곡된 식습관을 현미식과 통곡식, 채식으로 완전 대체해야 한다고 주장한다.

현직 약사이신 김수현 선생도 밥상을 다시 차리자고 강조한다. 고기 등의 과단백, 고지방 식품들은 뼈 속의 칼슘을 다 빼내간다. 우유와 생선이 대표적이다. 우리의 상식을 뒤집는 주장이다.

매년 되풀이되는 구제역과 조류독감, 각종 괴질에서 벗어나는 길은 어딜까? '구제역'에서 과감하게 하차하는 용기와 지혜는 어디에 있을까?

언젠가 이런 날이 올 것을 기대한다. 담배갑에 쓰인 경고 문구처럼 "육식은 각종 생활습관병과 환경오염의 주범이며 사람들의 성질을 포악하게 만듭니다"라는 문구가 모든 정육점과 고기 포장지에 붙어 있기를 말이다.

'육식금지법'을 제정하여 마약이나 도살행위를 금하듯 육식도 금해야 할 것이다. 육식을 금하면 의료기관들이 들고 일어날지 모른다. 육식 덕에 돈벌이가 좋으니까 하는 말이다. 디젤자동차에 부과하는 환경부담금을 축산업자와 고기판매업자에게 물리고 사료용 곡물의 재배와 운송에도 중과세를 물려야 한다. 토양황폐화와 삼림파괴, 물 부족과 수질오염, 지구온난화와 생물다양성 파괴는 육식산업의 죄업이다.

더는 미룰 수 없다. 당장 '구제 역'에 내려야 할 때다.

우리의 밥상을 들여다보라

끌어당김의 법칙이라고 했던가. 론다 번이 쓴 유명한 책《시크릿》에서는 우리가 하는 생각은 파동이 같은 생각을 연이어 하면서 이를 현실에서 실현한다고 주장한다. 이런 현상을 생각폭풍이라고 말한 사람도 있다. 연말연시를 맞아 사단법인 밝은마을에서 하게 된 열하루 동안의 단식수련을 마치니 기다렸다는 듯이 내게 닥친 일들이 꼭 그렇다.

수련 중이던 스물다섯 명 중에서 나를 포함해 열 명 가량이 채식을 선언했다. 머릿속으로만 육식의 문제를 공감하고 있다가 식생활 바꾸기를 결의한 것이다. 영동에서 농사짓는 손 아무개 선생이 두 시간여에 걸쳐 채식 열강을 한 덕이다. 구제역이 창궐하고 있는 당시의 정황이 한 몫 한 것은 당연하다.

단식을 끝낸 뒤 《한겨레》와 《프레시안》에 칼럼을 썼고 그게 인연이 되어 어느 소비자단체의 구제역 토론회에 토론자로 참여했다. 보식을 하는 중에 마주한 수많은 밥상들에는 고기가 안 들어간 그릇을 찾기 힘들 정도였다. 김치에 섞인 고기들까지 두드러져 보인 것은 단식을 하고 채식을 작정한 때문이리라. 새해 상당기간은 구제역과 단식과 채식으로 연결되는 나날이었다.

군과 군, 시와 도의 경계를 넘는 길목마다 흰 방역복을 입은 공무원들이 하얀 생석회 가루를 차량에 뿜어대고 있는 모습을 하루에도 몇 번씩 봤다. 신문 귀퉁이에 조그마하게 오늘은 어디서 구제역 양성판정이 났다는 소식만 실리곤 하더니 방송이나 정당, 종교단체, 환경단체까지 나서서 토론회다 위령제다 하여 대책마련에 나섰다. 정말 위기인 모양이다.

하지만 여전히 방역대책이 부실하다느니 살처분이 비인도적이라느니 동물복지가 실현되어야 한다느니 하는 논의만 무성했다. 축산농가 보상과 재난지역 선포에 정치가들이 앞장섰다. 가축방역기관과 지자체의 역할을 강화한 가축전염병예방법 개정안이 국회를 통과하기도 했다.

그러나 정작 아무도 자신의 밥상을 들여다보지 않고 있다. 큰 사건이 일어날 때마다 되풀이되는 고상한 전통인 남 탓, 정부 탓이 미리 짜여진 일정표처럼 다시 연출됐다. 축산농가들은 날벼락 맞은 희생자다. 축산농가들을 위로하고 그들의 한탄과 절망에 공감하느라고 정부의 부실대응과 살처분 일변도의 방역차단책을 더 질타하면서도 정작 자기 자신이 당장 해야 할 책무들에 대해서는 다들 말하지 않았다.

"오늘은 뭘 드셨습니까? 오늘도 옥수수 많이 드셨습니까? 고기는 안 드셨다고요?"

요즘 내가 건네는 인사법이다. 우리의 밥상을 점검하지 않고서는 구제역이나 광우병, 조류독감을 막는 대책이란 모두 미봉책에 불과하다고 보기 때문이다. 옛날 옛적에 전국의 모든 교실에서는 도시락 검사를 했다. 혼식 장려라는 군사정권의 정책에 맞춰 교실마다 선생님이 회초리를 들고 밥에 섞인 보리쌀을 확인하곤 했다. 이제는 스스로 자신의 밥상을 검사할 때다.

왜 그러냐고? 동물들의 집단 살처분을 하나하나 역추적하다 보면 바로 우리가 차리는 밥상이 그 종착점이 되기 때문이다. 우리 밥상이 동물의 공장형 밀집사육을 부추겼고 밀집사육이 동물학대와 집단살육을 불렀다. 그렇게 형성된 밀집축산은 다시 우리의 밥상을 왜곡시켰다. 사람의 신체구조를 보거나 지구환경의 한계를 보더라도 지금의 산업형 공장축산의 육식은 인류 최대의 적이다.

달리 말하자면 우리의 밥상이 근 200만 소, 돼지 집단살육의 원흉이라는 거다. 우리가 하루 세 번 차리는 것은 생명의 밥상이 아니다. 죽음이고 살상이고 무덤이다. 참 끔찍한 말로 들리겠지만 엄연한 사실이다.

아름다운 후퇴

〈푸드 주식회사〉라는 영화에 직접 트랙터를 운전하며 등장한 캘리포니아대학 교수인 마이클 폴란이라는 작가는 자신의 저서 《잡식동물의 딜레마》에서 "한 끼 식사는 고도의 정치행위다"라고 말했다. 밥 한 그릇의 이치를 아는 것은 세상만사를 아는 것과 같다고 한 해월 선생의 말씀을 떠올리게 한다.

자연상태에서는 최소 5~6개월은 자라야 삼계탕이 되는 닭이 요즘은 부화한 지 27일 만에 삼계탕이 된다. 같은 무게의 생수보다도 양계장 닭값이 싸다면 이건 음식이 아니라 성장호르몬 덩어리이며 옥수수 뭉쳐 놓은 것에 불과하다. 요새 닭들은 앞가슴 살만 기형적으로 발달했다. 지방이 적고 단백질이 많아 살이 찌지 않는다는 이유로 사람들은 닭고기 하면 앞가슴 살을 찾기 때문이다.

마이클 폰란의 책에는 미국인 한 사람이 1년에 자그마치 1톤의 옥수수를 소비한다는 통계가 나온다. 닭, 양, 오리, 돼지, 소, 칠면조는 물론 심지어 양식장 연어와 장어까지 다 옥수수 덩어리라는 것이다. 육식어종인 연어가 옥수수를 먹고 속성으로 자라게 하기 위해 연어의 디엔에이DNA를 조작했다는 사실도 나온다. 옥수수만큼 생산성 높은 사료가 없기 때문이다. 식용유, 과자, 인공향료 등과 라면봉지도 옥수수로 만든다고 한다. 포장지의 코팅도 옥수수다. 현대식 건물 대부분의 건자재들, 예컨대 벽판과 이음재, 리놀륨, 유리섬유, 접착제 등도 다 옥수수다. 치약과 화장품, 일회용 기저귀, 배터리, 성냥도 옥수수를 넣어 만든다.

이렇다보니 옥수수는 끊임없이 다른 식물과 인위적인 가루받이를 하고 유전자를 조작해 단위면적 당 생산량이 1970년대에 비해 2.5배, 1920년대에 비해 7배나 늘었다. 말 그대로 유전자조작 옥수수가 지구를 습격했다고 할 수 있다. 그 결과 대부분의 산업형 동물개체들은 인간을 필두로 모두 다 옥수수를 어머니로 모시고 살고 있다. 한 사람이 1년에 옥수수를 1톤씩이나 먹는다는 사실이 비로소 수긍이 가는 대목이다. 덕분에 토지는 사막이 되고 가축은 축산물로 불리며 독이 되어 사람의 건강을 망치고 있다.

원래 소는 반추동물로 되새김질을 한다. 되새김질을 위해 소의 위는 산성인 사람과 달리 산성도pH가 중성이다. 그러나 섬유질이 없고 전분뿐인 옥수수를 먹는 소의 위에서는 발효작용이 일어나면서 엄청난 가스가 생기고 산중독이 된다. 이런 소는 숨을 헐떡이면서 침을 흘리고 설사와 궤양, 고창증鼓脹症 - 발효성 사료 섭취에 의하여 제1위에 생산된 가스로 급격히 제1위와 제2위가 팽창하여 소화기능장애를 일으키는 일종의 대사질병에 시달린다. 위벽이 허물어지고 간에 농양이 생기는 이 병에 걸리면 어떤 소든지 다섯 달 이상 생존하지 못한다.

그래서 나온 대책이 항생제를 상용하는 것이다. 아예 사료에 섞어서 소에게 먹인다. 타일로신이나 루멘진 같은 약물들이 그것이다. 호주보다 37배나 많은 항생제를 소에게 먹이고 있는 우리나라 축산농가의 실정은 축산업자들이 더 잘 안다. 늘 약물중독 상태라고 말한 《한겨레》 칼럼 덕분에 나는 몇 사람에게서 곤욕을 치르기도 했다. 하지만 그 말을 바꿀 생각은 없다.

얼마 전에 정부의 축산관련 부처에서 53종이나 되는 항생제를 25

아름다운 후퇴

종으로 줄였지만 문제는 여전하다. 구제역 사태에서 생계형이 아닌 거대 축산농가들을 일방적인 희생자들로 바라보는 것은 사태의 본질을 오도하는 것이다. 축산농가는 이중적 위치에 있다. 구제역의 피해자이면서도 건강한 식탁을 어지럽히는 존재가 바로 축산농가다.

'식맹'에서 벗어나라

예전에는 글을 모르는 문맹이 있었다면, 요즘은 '컴맹'이 있고 '넷맹'이 있다. 최근에는 모든 사람들이 '식맹'이 되어버렸다. 타락한(?) 식품들의 생산과 가공, 유통의 비밀을 모른 채 자발적으로 대자본의 밥이 되는 사람들을 일컫는 신조어다.

수백 마리 또는 수천 마리 동물을 키우는 사람들은 농부라기보다 축산자본가라고 봐야 한다. 자기가 먹을 것을 생산하기보다 팔기 위해 생산하는 것을 산업이라 한다. 그렇듯 대규모 축산농가는 축산자본가 또는 농기업가라고 불러도 무방하다.

구제역 방역의 초동대응이 부실했다느니 백신 예방이 늦었다느니 생매장이 끔찍하다느니 하면서도 고깃국을 먹고 있는 사람은 전형적인 '식맹'이다. 사람의 혀끝을 농락하는 싼 값의 고기를 만들어내느라고 벌어진 일들이기 때문이다.

몇 해 전부터 대형식당에는 색다른 안내판들이 나붙기 시작했다. 식재료의 원산지표시다. 특히 육류에 대한 원산지 표기가 의무

4장 지속가능한 후퇴를 위한 농업 이야기

화되면서 국산 고기를 앞다투어 광고하고 있다. 내가 보기에는 해병대 퇴역군인들의 모임인 해병전우회가 애국심을 북돋는다는 구실로 양담배 피우지 말고 국산담배 피우자고 차량에다 써 붙이고 다니는 행위와 같다. 공중파 TV에서는 명절을 맞아 한우를 많이 먹자는 캠페인을 벌인다. 사태의 본질을 왜곡하는 현상들이다.

사람에게 좋은 고기란 없다. 도리어 육식은 암페타민이나 모르핀 같은 마약류의 향정신성 의약품처럼 엄격히 금지하는 법률을 만들 필요가 있다. 건강 문제, 환경 문제, 동물학대 문제, 생명경시 풍조 등 모든 지구문명의 총체적 위기를 싸안고 있는 게 바로 육식이기 때문이다.

사람들의 식탐이 어느 지경까지 치달을지 식당에 걸린 차림표를 보면 끔찍할 정도다. 항정살이라고 하여 돼지의 목덜미 살만, 그것도 생고기로 내놓지를 않나, 간과 횡경막 사이에 있는 근육질의 갈매기살^{일명 안창고기}을 내놓기도 하고 돼지 한 마리 당 200그램밖에 안 나온다는 가브리살을 금싸라기 값으로 내놓기도 한다. 가브리살은 등심 왼쪽에 손바닥만하게 있는 등겹살이다. 그래서 이 고기를 황제살이라고 부른다. 동물의 몸 부위를 골라가며 떼어내 먹고 있는 사람들의 자멸적인 식탐은 자본의 부추김에 끝 모를 질주를 계속한다.

이런 생각을 해보자. 일부의 주장처럼 동물복지가 실현되어 넓은 축사에서 항생제 없이 자연식에 해당하는 조사료만 먹고 성장호르몬 주사도 맞지 않고 호의호식(?) 하면서 사는 것과 지금처럼

아름다운 후퇴

구제역으로 생매장 당하는 것이 동물들에게 근본적으로 무슨 차이가 있을까? 평균수명의 반의 반도 못 살고 죽기는 매한가지다.

소의 평균수명은 자연상태에서 15~20년이다. 겨우 30개월 살다 위생적인 최첨단 설비의 도살장에 끌려가 죽는 소는 사람으로 치면 한창 나이인 열예닐곱 때 죽는 것과 같다.

돼지는 더하다. 관리비용이나 사료비용 등을 따져보면 무게가 150근이나 180근이 될 때 경제성이 가장 좋다. 그래서 이때 판다. 돼지가 태어난 지 평균 200일 되는 때다. 돼지의 평균수명을 사람으로 따져보면 대여섯 살쯤 된다. 사정이 이렇다 보니 대단한 시혜를 베푸는 듯이 요란한 동물복지 논쟁도 끔찍한 참상에서 자유롭지 못하긴 매일반이다.

소나 돼지를 판다는 것은 도살장으로 보낸다는 말이다. 옛날처럼 소시장, 돼지시장이 닷새마다 열리는 장터에 파는 게 아니다. 무덤도 없는 도살장으로 가는 것이다. 언젠가부터 축산농가에서는 판다는 말도 안한다. 출하한다고 합니다. 상품을 시장에 내보낸다는 말이니 참 노골적이다.

소, 돼지라고도 안 부르고 공공연히 축산물이라고 부른다. 사료는 공장에서 구입하는 원자재 그 이상도 이하도 아니다. 원가개념의 한 부분에 불과하다. 공장에서 공산품 만들면서 원자재 구입하는 것이나 축산농가에서 사료를 사는 것이나 똑같은 개념이다.

생태축산으로 불리건 자연방목으로 불리건 이런 현실이 바뀌지 않을진대 동물복지라는 것이 무슨 의미가 있을까? 사람들이 자신

4장 지속가능한 후퇴를 위한 농업 이야기

의 밥상을 걱정해서 하는 소리일 뿐이다. 괜히 동물복지가 어떠네, 인간적인 살처분이 어떠네 하는 것보다 미안하다는 말 한마디가 먼저이어야 한다. 사과 한 마디 없이 가해자인 인간이 먼저 나서서 피해자의 복지와 생명권 운운하는 것은 순서가 아닐 수 있다.

어느 토론 자리에 갔다가 '보다 인간적인 살처분'이라는 말을 처음 들었을 때 참 웃기는 말이라고 여겼다. 과연 대량 살육을 당하는 동물들이 '인간적'이라는 표현에 한가닥 희망을 걸 것이라고 여기고 그런 말을 하는지 웃음이 나왔다. 처음부터 끝까지 인간의 입장에서 한 발자국도 못 넘는구나 싶었다.

당장 시급한 대책은 육식금지다. 축산금지다. 이것 말고 뭐가 있을까. 구제역 사태를 참으로 애통해한다면, 자식같이 키운 게 사실이라면, 죽어가는 가축들을 보면서 흘리는 농부의 눈물이 감상적인 자기 면책용이 아니라면, 망설일 이유가 없다.

TV의 다큐나 신문의 기획대담, 잡지의 특집을 통해 우리는 고기 1인분을 만들려면 사람 몇 명이 먹을 곡식을 생산하는 토지가 사료 재배용 농지로 들어가는지, 고기 1kg을 먹는다는 것은 유럽산 중형승용차를 타고 250km나 달릴 때 나오는 이산화탄소와 같은 양을 배출한다는 것을 이제는 다 알고 있다. 지구 온실가스 배출의 13.5%가 자동차나 선박, 비행기 등의 교통수단인데 비해 18%가 축산농장에서 발생한다는 유엔 식량농업기구의 발표도 다 들어서 아는 내용이다.

옥수수나 콩 같은 사료작물을 키우기 위해 열대 밀림이 하루에도 여의도 면적의 몇 배가 사라진다는 것도 알 것이고, 그 사료작물은 모두 유전자조작 식품이라는 것도 알고 있다. 과다한 육식이 각종 성인병을 부르는 원인이며, 우리가 즐기는 고기 때문에 강릉을 비롯한 동해안에 100년 만의 폭설이 내렸다는 것도 몇 단계 추론을 통해 도달할 수 있는 결론이다.

더 놀랄 만한 육식의 비밀이 있다. 전 세계 사람들이 엄청난 고기를 먹어대고 있지만 인류의 식탁에 오르는 축산물은 단 15종에 불과하다는 사실이다. 닭은 500종이 넘지만 육계와 산란계로 나눠지고 미국의 닭이나 호주의 닭이나 같은 종이다. 500종이 넘었던 닭의 종류는 거의 레그혼종Leghorn과 코니시종Cornish을 혼합한 육계종으로 단일화 되었다.

이렇게 대형 공장식 축산은 생물종을 단순화시키고 있으니 생태계가 몸살을 앓을 수밖에 없다. 이제 전 세계의 돼지는 단지 4종에 불과하다. 모든 나라의 돼지 농가가 경제성 있는 돼지, 돈 되는 돼지로 인공교배를 해서 키우기 때문이다.

육식과 축산을 금지하라

우리 식탁에 오르는 모든 고기들은 그것이 오리건, 돼지건, 소건, 닭이건, 칠면조건 모든 고기들은 총 15종에 불과하다는 것은 환경 대재앙의 불씨를 인간이 지폈다는 얘기다.

농부들이 8천 년 또는 1만 년에 걸쳐 기후와 토양에 맞는 다양한

4장 지속가능한 후퇴를 위한 농업 이야기

종들을 수천 종이나 자연 육종시켜왔다. 이를 몇 십 년 만에 단숨에 뒤집어엎고 단순화시켜 버린 결과다. 구제역은 이런 바탕 위에서 밀집축산과 무역에 힘입어 창궐한 것이다. 이른바 축산방법의 '혁신'이 주범이라고 할 수 있다.

그뿐이 아니다. 이제는 닭 가슴살이니 돼지의 항정살, 가브리살, 갈매기살 하면서 특정 부위의 고기를 골라 먹고 있다. 입맛의 쾌락을 쫓아 극단으로 치닫고 있는 것이다. 그러다 보니 첨단 유전자공학이 달려들어 개량종을 또 만들어낸다. 그 부위가 잘 발달한 종을 만들어내는 것이다. 끔찍한 일이다.

종의 다양성은 사라지고 전염병이 돌았다 하면 태풍처럼 온 국토를 휩쓴다. 이래도 육식금지와 축산금지가 과격하고 성급한 주장인가. 해양 오염과 지하수 오염, 생명 경시, 비만, 토양의 사막화, 이 모두가 축산 때문이고 육식이 가장 큰 원인이다. 그 때문에 제약회사나 병·의원의 매상이 올라가는 것도 공공연한 비밀이다.

초국적 종자회사와 종돈회사. 곡물 상인들이 세계시장을 쥐락펴락 하면서 떼돈을 벌고 그 돈으로 더러운 정치로비를 벌이며 더러운 법들을 만들고 있다는 것도 누구나 아는 사실이다. 미국의 축산업자들은 마피아조직과 연계되어 있다고 한다. 미국인들 한 사람이 1년에 96kg씩 고기를 먹어댈 수 있도록 정교한 장치들이 가동되는데 그 비용 중에는 마피아조직으로 흘러드는 돈이 있는 모양이다.

우리나라라도 크게 다르지 않을 것이다. 담배를 공공장소에서 피우지 못하게 하는데도 몇 십 년이 걸렸다. 서울시 의회에서는 버

아름다운 후퇴

스정거장 같은 공공장소에서 담배를 피우면 벌금 10만 원이 주어 지는 '간접흡연 피해방지 조례안'을 만들기도 했다. 흡연자와 비흡 연자가 TV에 나와서 열띤 토론을 벌이던 때가 엊그제 같다. 이렇 게 변했다.

오늘은 축산금지와 육식금지가 과격한 주장 같아 보일지 모른 다. 하지만 차분히 이치를 따져보면 어디 하나 틀린 말이 아니다. 논쟁 자체가 성립되지 않을 주제다. 다만, 한 덩어리가 되어 똘똘 뭉쳐 있는 육식산업 자본가들의 저항과 방해, 허위선전들이 난무 할 것이다. 일반인들의 입에 밴 고기 맛이 끈질기게 이 문제를 해 결하는데 방해요소가 될 것이다.

축산을 금지한다면, 축산농가들은 뭘 먹고 사느냐고 반문할 수 있다. 다른 일을 해야 할 것이다. 나라에서 그들이 전업할 수 있도 록 도와야 할 것이다. 그동안도 사실 축산농민들이 돈을 번 것은 아니다. 시설업자, 사료업자, 제약회사, 도살업자, 고기 판매상이 돈을 벌었다. 축산농가는 그들의 일꾼에 머물렀을 뿐이다.

축산은 금지하지만 가축을 키우는 것은 필요하다. 가축 기르기 가 산업화되어 오로지 돈벌이 사업이 되는 것을 축산금지의 대상 에 넣고 과수나 논농사, 밭농사와 순환고리가 될 가축 기르기는 허 용하는 것이다.

김대중 정부는 잘 대처했고 이명박 정부는 순 엉터리라고 하는 데 틀린 말은 아니다. 김성훈 전 농림부장관의 회고담에도 나오지 만 그 말이 맞다. 그러나 그 점만 부각되면 우리들의 잘못, 우리 생

4장 지속가능한 후퇴를 위한 농업 이야기

활인들이 다짐해야 할 생활의 개혁이 사라진다. 좋은 정부가 있으면 고통은 작아지겠지만 근본적인 처방은 아니다. 이제는 근본적인 처방을 이야기할 때다. 여러 소리 할 겨를이 없다. 육식금지다.

육류를 마약류보다 더 단속해야 한다. 마약보다 더 지구환경과 인간 건강에 치명적이라는 게 모든 면에서 속속 밝혀지고 있다. 우주의 생명 법정에 인간의 육식이 피고로 기소된다면 죄목이 엄청날 것이다.

젖소가 잘 자라서 몸무게 350kg 정도가 될 때 우량종과 교미시키거나 인공수정을 통해 임신하게 되면 280일의 임신기간을 거쳐 새끼를 낳고 약 305일간 우유가 나온다. 즉, 아무리 젖소라도 임신을 해야 젖이 나오는 것이다.

하지만 유전자조작으로 개량한 젖소는 늘 젖이 나온다. 농장의 젖소들이 그것이다. 그걸 우리가 먹는다. 이렇듯 지극히 비정상적인 음식이 우유다. 세상의 어떤 동물도 다 자란 뒤에까지 젖을 먹는 동물은 없다. 사람뿐이다. 젖은 어릴 때 먹는 것이다. 또한 자기를 낳은 어미의 젖을 먹어야 한다. 어릴 때는 물론 성인이 다 되어서도 다른 종의 젖을 먹는 사람은 이제라도 소 젖 먹는 것을 그만두어야 한다.

우유에 든 칼슘보다 우유를 먹음으로써 몸에서 빠져나가는 칼슘양이 훨씬 많다. 구제역으로 학교 급식우유가 모자란다고 수입하겠다고 한다. 결사적으로 막아야 한다. 학교 우유급식을 이 기회에 막아야 한다.

아름다운 후퇴

신토불이 축산

신토불이身土不二와 지산지소地産地消는 동물 사료에까지 적용해야 한다. 명절 때만 되면 한우를 먹자는 공익(?) 광고가 등장하고 정치인이나 지자체장이 나선다. 얄팍한 애국심에 기대어 외국과의 무역마찰이 생기면 이때다 하고 또 한우를 먹자고 한다. 진보정당들도 매한가지다. 얼마 전 롯데마트에서 통 큰 갈비니 뭐니 하는 야만적인 행사를 벌일 때 우리 축산농가를 앞세워 진보정당이 시위를 하기도 했다. 수입고기 먹지 말고 우리나라 축산농가를 보호하자고.

한우는 먹어도 되는가? 아니, 진정한 한우가 존재하는가? 한우 사료의 92%가 수입품이다. 어떤 지역은 99%를 외국 사료에 의존하고 있다. 우리 청소년들이 체격이 커지고 얼굴 모양도 서구형으로 길쭉해지고 턱도 좁아지는 것의 가장 큰 원인은 음식의 서구화 때문이다. 뭘 먹느냐가 그 개체의 존재를 결정한다. 동물이라고 다르지 않을 것이다.

그런데 외국산 먹이를 먹고 자란 소를 놓고 어찌 지산지소, 신토불이를 말할 수 있겠는가. 가축을 키운다면 축사는 물론 먹이까지 우리가 자급할 수 있는 만큼 키워야 할 것이다. 그래야 순환축산, 생태축산이 가능하다. 나는 이것을 신토불이 축산이라고 부른다. 자연축산이나 생태축산이 단순히 방사형 축산, 동물복지가 실현되는 축산을 일컫는다면 내가 주장하는 신토불이 축산은 포괄하는 범위와 정신이 많이 다르다.

4장 지속가능한 후퇴를 위한 농업 이야기

축사에서 나온 똥오줌을 바다에 갖다 버리지 않고 땅에 거름으로 쓸 수 있어야 한다. 지금은 대량사육을 하고 밀집사육을 하다 보니 사료와 항생제, 성장제가 범벅인 사료를 먹인다. 그 때문에 똥과 오줌을 밭에 그대로 넣을 수가 없다. 양이 너무도 많기도 하지만 항생제가 든 거름이라 밭에서도 썩지 않기 때문이다.

우리나라는 대안 축산이 쉽지 않아 보인다. 방목형 축산이 극히 제한적이다. 일 년 중 풀이 있는 시기가 짧기 때문이다. 게다가 땅값은 오죽 비싼가. 사람 살 공간도 모자라는데 비록 야산이라 해도 방목을 하기에는 제주도 외엔 없다.

이 얘기는 고기 좀 적게 먹으라는 지정학적 조건이라는 것이다. 티베트 등 유목민들이 일 년 내내 고기를 먹고 사는 것은 유목형이기 때문이다. 자연조건이 거기에 합당하기 때문이다. 그래서 고기를 많이 먹어도 성인병이 없다. 우리나라는 그렇지 않다.

짐승은 약물과 돈으로 키울게 아니라 시간과 정직한 노동으로 키워야 한다. 짐승이 갖고 있는 다양한 능력과 기능을 다 발휘하게 해줘야 한다. 무슨 말인고 하니, 그 동물의 살만, 그 동물의 가죽만, 그 동물의 뿔만, 그 동물의 젖만, 그 동물의 알만, 그 동물의 털만 뽑아내는 축산을 하지 말아야 한다는 것이다. 안 그러면 동물을 기계부속 다루듯 조립하고 조작하게 된다. 원하는 것을 뽑아내기 위해 온갖 생명학대를 저지른다.

최근에 TV에서 몇몇 축산농가를 보여주면서, 미생물제제가 어떠니 이엠EM 효소가 어떠니 하며 이를 사용한 축산농가는 동물전염병에 대한 저항력이 높아져 구제역에도 끄떡없었다고 한다. 이런 생물요법 축산도 위험하기는 매한가지다.

자연상태에서 동물의 저항력이 건강을 담보해야지 인위적인 미생물이 밀집축산을 버티게 하는 장치가 되는 것은 위험하다. 그뿐 아니라 인위적으로 산성도 3.3을 유지하는 축사가 과연 옳은가 하는 문제도 있다.

동물의 삶이 왜곡되면 사람의 삶도 왜곡된다. 동물의 생명이 단순히 인간의 먹잇감이 될 때 사람도 결국은 수단으로 전락하지 않을 수 없다.

육식하는 사람들이 지구를 먹어치우고 있다

최근 들어 소 값 폭락으로 축산농가의 고통이 크다. 비싼 사료값을 더는 감당할 수 없어 소를 굶기는 일까지 발생했다. 한여름 비바람에 고추가지 하나가 부러져도 가슴이 쓰린데 기르는 소에게 먹이를 제대로 줄 수 없는 처지의 농민 심정은 이에 비할 바가 아니다.

소를 일부러 굶겼다 해도 마찬가지다. 악에 바친 그 농민의 허탈과 분노의 크기가 짐작되지 않는가? 지금의 한국 농민 전체 정서를 대변한다고 해도 과언이 아니다. 한미 에프티에이 비준을 날치기 처리하더니 어느새 한중 에프티에이를 추진하고 있다. 농민에 대한 선전포고이자 전 국민에 대한 협박이다. 소를 죽게 한 것은 해당 농민이 아니라 이 정부다.

하지만 분분하기 짝이 없는 소 값 폭락에 대한 원인진단과 대책 마련은 하나 같이 빗나가 있다. 소 값 안정을 위해 당장 소 40만 마리를 북으로 보내자는 주장도 나왔다. 축산농가 뿐 아니라 굶주리는 북의 인민들을 생각하는 마음이야 알겠지만 그렇게 했다가는 북한 사람들 다 굶겨 죽일 거라는 반론에 부딪쳤다. 쇠고기 1인분은 곡식 14인분을 포기해야 하기 때문이다.

송아지 고기를 시판하고 처녀 암소 고기를 브랜드화 하자는 얘기도 나온다. 한마디로 육식 장려책이다. 고기를 더 많이 먹자는 것이다. 과연 그렇게 하면 소 값 파동이 사라질까. 오히려 그 반대다. 고기를 많이 먹으면 축산 파동은 더 큰 규모로 일어날 것이다. 뿐더러 그 파동의 주기는 더 짧아질 것이다. 지금까지 국민들의 1인당 고기 소비량은 매년 가파른 상승곡선을 그려왔다. 2011년 국민 1인당 고기 소비량은 38Kg을 넘었다고 한다. 소고기 역시 1인당 9Kg에 육박한다.

당장 암소를 선별 도축하자는 안이 정부기관에서 나왔다. 도살 자금 300억 원을 긴급 투입한단다. 농협은 10만 마리 암소 도축 계획을 발표했다. 2011년에는 구제역으로 14만 마리의 소를 생매장하더니 이제는 소 값 안정을 위해 10만 마리를 도살한다? 바로 이 부분이다. 구제역이 없는데도 구제역 때의 수준으로 소를 도살해야 한다면 도대체 문제가 어디에 있단 말인가. 뿌리부터 문제를 다시 봐야 하지 않겠는가.

아름다운 후퇴

2011년의 구제역 참상이나 2012년의 소 값 폭락 사태를 일으킨 근본 원인은 같다. 고기를 너무 많이 먹어서 그렇다. 소 값 폭락의 원인이 고기를 많이 먹어서라고 하면 황당해할지 모른다. 하지만 사실이 그렇다. 고기를 그만 먹어야 소 값 파동의 연례행사도 비로소 막을 내릴 것이다. 농민의 아픔도 사라질 것이다. 다른 어떤 대안도 미봉책이다. 이런 진단은 커다란 용기를 필요로 한다. 국민 1인당 소고기 소비량은 매년 증가했지만 소 값 파동을 막지 못해온 과거를 보면 알 수 있다.

이처럼 빗나간 대책들은 더 큰 화를 부를 게 뻔하다. 축산업의 재앙은 연례행사처럼 주기적으로 온 나라를 뒤흔들 것이다. 소 뿐 아니다. 돼지, 닭, 오리 등도 잠재된 재앙의 근원지다. 고기를 안 먹는 게 근본 대책이다. 축산과 육식문화를 넘어서지 못하면 축산 농가는 물론이고 농업, 농촌, 농민의 미래는 없다.

이를 극단적인 채식단체의 주장쯤으로 치부하면 안 된다. 지구 온난화로 농업, 농가 부담이 가중되는 중심에는 축산이 있다. 숲이 파괴되고 물이 오염되는 것, 각종 성인병, 수인성 전염병에는 역시 축산이 자리 잡고 있다. 그래서 인도의 마네카 간디는 "육식하는 사람들이 지구를 먹어 치우고 있다"고 말한다.

작금의 축산농가 고통은 그래서 정부 책임만이 아니다. 고기를 탐하는 모든 국민들의 책임이다. 돈벌이 축산에 나서는 농민 자신의 문제다. 기후변화부터 토지와 물의 남용과 오염, 인간 건강의 문제까지 축산이 관여되어 있다. 시골마다 내걸려 있는 주민들의

4장 지속가능한 후퇴를 위한 농업 이야기

축산관련 항의 현수막들은 축산이 지역갈등을 조장하는 현장들이다. 에너지 과다 낭비 역시 축산과 육식문화에 기인한다. 육식문화와 육식산업 전반을 놓고 볼 때 성인병 등 국민건강에 대한 위협도 간과할 수 없다.

2012년부터 축산 분뇨의 해양 투기가 전면 금지된다. 우리나라는 제대로 대책을 마련하지 않은 상태에서 해양오염 방지에 대한 국제협약, 이른바 로마의정서에 따른 방침을 수용해야 하는 처지다. 거스를 수 없다. 축산농가 지역에서 어떤 일들이 벌어질지 걱정이 크다.

자기가 키우던 소 돼지가 생매장되고 강제 도살되는 것을 바라보는 농민은 외상 후 스트레스 장애에 시달린다는 보고가 있다. 이 악순환의 단절을 위해 정부는 축산농가의 전업을 적극 모색하는 것이 필요하다. 부산의 신발공장과 대구의 섬유공장이 사라졌다. 떠오르는 산업이 있고, 지는 산업이 있는 법이다.

정부는 한발 앞서 축산농가의 전업에 대한 장기계획을 세워야 한다. 농업의 다원적 가치와는 정면으로 배치되는 축산에 대한 구조조정 작업에 들어가야 한다. 농민단체 역시 아픈 자기 성찰을 해야 한다. 동물학대 논란까지 일으키는 축산 관련 사건 사고들을 냉정하게 돌이켜봐야 할 것이다. 축산관련 협회 등 권력화되어 있는 농업의 부문단체들도 마찬가지다. 반복되는 고통을 끊기 위한 용기 있는 선택을 해야 한다.

2009년과 2010년에 각각 제정된 식생활교육지원법과 그 시행령

아름다운 후퇴

이 공포되어 학교급식네트워크나 한살림 등의 식생활교육기관들이 활발하게 움직이고 있다. 이들의 몫도 크다. 전 국민 식생활 개선 캠페인이 중요하기 때문이다.

땅으로 돌아가 삶의 서사를 복구하자

아랫동네 사는 한 젊은 농부는 사과농사를 해서 5천만 원의 판매고를 올렸다면서 한숨을 푹푹 쉬었다. 농약값에 기계값을 빼면 자기 인건비가 나오지 않는다고 했다. 농약값이 얼마나 들고 일손이 얼마나 들었기에 5천만 원이 모자랄까?

공사가 된 농사, 공장이 된 농장

농사를 지으면서 들어가는 비용은 농사를 지어 보지 않은 사람은 모른다. 요즘 농사는 특히 그렇다. 사과농사의 경우 2월부터 일이 시작된다. 눈이 채 녹기도 전에 전지작업을 시작한다. 사과 가지 하나하나를 쓰다듬듯이 하며 가지치기를 하는데 전문 인력의 하루 일당이 20만 원을 웃돈다. 사과나무를 파먹는 벌레를 잡기 위해 살충제를 쳐야 하고 가지 하나하나를 끈으로 묶는 작업을 한다. 가지가 햇볕을 잘 받아야 하므로 지줏대에 끈으로 일일이 매서 골고루 벌려준다.

꽃이 피고 열매가 맺히기 시작하면 카바릴수화제라는 적과제를 쳐 적당한 개수의 열매만 남기고 다 솎는다. 그래야 사과가 굵다. 반사필름을 깔아서 사과가 고루 붉어지게 만들어야 하고 추석이 이른 때는 불가피하게 지베렐린이라는 생장촉진제를 뿌려줘야 추석대목 출하가 가능하다. 거름을 주고 살균제, 착색제, 유화제를 뿌리는 것은 기본이다.

요즘 농사는 사람이 짓지 않는다. 기계가 짓는다. 과수농사뿐 아니다. 채소농사나 쌀농사도 마찬가지다. 오죽하면 휴대폰 농법이라는 게 등장했을까? 70대 할머니가 휴대폰 하나로 열 마지기 쌀농사를 짓는다. 못자리는 농협에 주문해서 묘판을 사 오고, 로터리는 물론 모심기도 기계를 부른다. 농약 치는 것도 대행업자에게 맡긴다. 요즘 콤바인은 아스팔트에 깔개를 깔고 탈곡한 나락을 좍 널어준다. 아니면 건조기를 거쳐 알피시RPC 미곡종합처리장에 차떼기로 나락을 넘기면 농사 끝이다.

기계가 농사를 짓는다는 말도 적절하지 않다. 석유가 짓는다고 해야 옳을 것이다. 농약이건 농기계건 기타의 농자재가 모두 석유다. 비닐로 대표되는 석유화학 제품이 농장과 농토를 뒤덮고 있다. 도시로 다 빠져나가버리고 주인 없이 텅 빈 집들이 을씨년스러운 농촌에 농약과 농기계와 석유화학농자재가 농촌 노동력을 대체했다. 그 결과는 어떨까?

농약회사, 농기계회사, 기름장사, 기계회사, 전자회사가 불황 없이 돈을 번다. 종자회사, 사료회사, 묘목회사가 돈을 번다. 흉년이어도 그들은 돈을 번다. 배추나 무 파동 때처럼 과잉생산이 되면 다음 작물을 넣기 위해 농민은 시커먼 가슴으로 논밭을 갈아 엎어버려야 하지만 그와 관계없이 그들은 돈을 번다. 이처럼 농업의 공업화는 심각한 수준이다.

지자체마다 1억 소득 농가가 5천 가구니 1만 가구니 하지만 빛 좋은 개살구다. 농가부채는 줄지 않는다. 2011년 7월부터 5인 이상의 모든 사업장에 5일제 근무가 확대 실시되었다. 일요일은커녕 국정공휴일도 없이 일하는 농민은 비닐하우스와 시설재배 덕분에 농한기도 없다. 가히 전 농민의 머슴화라고 할 수 있다. 기업들에게 속박된 농업, 농민의 현실이다.

공장이 되어버린 농토는 끔찍한 후과를 치르고 있다. 농지의 사막화다. 농약과 비료를 넣지 않으면 농사가 되지 않을 정도로 땅심을 잃었다. 종자회사는 이른바 다비성비료를 많이 요구하는 종자를 개발한다. 다수확의 미명아래 개발된 개량종자들은 내성과 생명력이 취약하다. 그러니 더 많은 농약에 의존한다. 그래서 종자회사가 농약도 만든다.

새로 개발된 종자는 그 종자에 맞는 농약도 함께 개발한다. 우리나라 농약 수는 800종이 넘는다. 제초제만도 250종이다. 땅도 죽지만 농심도 매마른다. 농약잔류 검사나 토양검사에서 검출 가능한 농약은 300종이 채 안 된다. 500여 종의 농약은 시료를 채취해도 검출되지 않는다. 고스란히 밥상을 오염시킨다. 농약은 농사짓는 사람은 물론 모든 사람의 몸속으로 스민다.

도시를 경작하자

흙살림 이태근 소장은 《농부로부터》라는 책에서 이렇게 말했다. 값 싼 관행농법으로 지은 농산물은 물, 공기, 토양, 지구 온난화 등 사회공공재를 파괴하여 모든 시민들에게 부담지우고 있다고. 결코 싼 게 아니라고.

사실 그렇다. 아토피나 기관지 질환, 발암율 증가나 성인병 등의 직간접 인과관계가 공업화된 농업에 있다. 나라에서는 물론 기업에서도 이런 연구에는 연구비를 지원하지 않는다. 그래서 전문가들이 연구를 하지 못해서 그렇지 관행농법을 전 지구적 차원에서 비용을 산출하면 유기농산물 가격보다 비싸면 비싸지 절대 싸지 않을 것이다.

이 대목에서 어쩌면 농업의 공업화는 농정관료와 의료자본의 협잡이 있는지도 모른다는 생각이 든다. 오염된 음식과 과도한 노동 때문에 스트레스로 지출되는 의료비는 엄청난 수준이다.

어디 그뿐인가. 대부분의 지자체 농업기술센터 종사자는 농기계 회사, 농약회사, 종자회사의 외판사원이라 해도 과언이 아니다. 최근 비등하고 있는 식물공장, 빌딩농업은 그 선두에 있다. 우리의 세금으로 월급을 받지만 농업관련 자본의 이익에 봉사하고 있다. 정부기관에서 하는 모든 농업교육은 농약과 농기계와 종자 소비를 촉진하는 방향이기 때문이다. 최근 상업화된 유기농 역시 마찬가지다.

이태근 소장의 주장에 토를 다는 사람이 있다. '쌈지농부'의 대표 천호균 선생이다. '관행농업'이 아니라 '화학농업', '농약농업'이라고.

이 두 사람의 대담을 기록한 《농부로부터》는 우리 농업의 현주소를 실감 나게 드러내준다. 사회주의 문학에 집단창작이라고 있다. 집단작업을 통해 개개 작가의 역량을 사회화, 집단화 하는 것이다. 이렇듯 관심분야가 같은 두 색다른 전문가가 주제를 넘나들면서 나누는 이야기는 한 사람의 전문가가 쓴 책과는 전혀 다른 질감을 지니고 있다. 읽는 이로 하여금 자신도 모르게 이야기판에 끼어들게 한다.

두 사람 다 핵심주제들을 대화로 풀면서 저절로 고양되는 분위기에 힘입어 기발한 착상과 촌철살인의 현실진단을 주고받는다.

특히 서울 인사동에 '쌈지길'을 만들었고 사회적기업 '쌈지농부', 생태문화공간 '논밭예술학교'를 운영하는 천호균 선생은 시청광장에 논을 만들자고 한다. 이제 우리는 성장이 아니라 성숙으로 가야 한다면서 도시에 텃밭을 만들어 소외계층에게 무상 분양하고 텃밭 치료프로그램을 만들자고 한다. 문화라는 영어말의 컬쳐Culture도

아름다운 후퇴

원래는 경작하다는 뜻인 컬터베이터Cultivate에서 유래한 것이라면서 농부야 말로 진정한 예술가이어야 하고 그 본래의 자리를 지킬 수 있게 해야 한다고 말한다.

몇 년 전부터 내가 일하고 있는 전국귀농운동본부에서는 '도시를 경작하자'는 표제를 걸고 도시농업을 전개하고 있다. 이태근 소장은 도시농업의 의미를 더 심도 있게 풀어 놓는다. 도시농업은 자기 밥상을 자기 손으로 차리는 차원을 넘어, 한 사람 한 사람이 생각의 텃밭 하나, 마음의 텃밭 하나씩을 갖는 것이라고 말한다. 그러면서 그는 자신의 손길로 생명체를 가꾸면서 생명의 존귀함을 새롭게 인식하고 인간 본성으로의 회귀를 도모할 수 있을 것이라고 한다.

독일의 의사 슈레버는 환자를 진찰하면서 처방을 이렇게 한다고 한다. "밝은 햇볕을 더 쬐시고 맑은 공기를 마시세요. 푸른 채소 농사를 지으세요"라고. 진정한 농부는 작물의 시간을 함께 살아내는 것이라면서 기다림의 시간을 단축시키려는 모든 시도는 재앙을 불러올 것이라고도 말한다.

내가 짧지 않은 기간 친분을 유지해 온 이태근 소장의 말에 신뢰가 가는 것은 그가 평생을 흙을 살리는 농사에 전력해온 것을 알기 때문이다. 흙이 살아야 농사가 살고 농민이 산다는 것을 일찌감치 터득한 그는 20여 년을 홀로 난관을 헤쳐온 시대의 사표師表다. 누가 무슨 말을 하는가도 중요하지만 그가 어떻게 살아 왔느냐가 그 말의 무게를 더해주는 법이다.

밥 한 공기 쌀값이 자판기 커피 값보다 싼 현실을 개탄하기에 앞서 도시를 농촌이 먹여 살리고 있다는 사실부터 잊지 말아야 한다는 《농부로부터》라는 책 이름은 천호균 선생이 만든 매장 이름이다. 흙살림의 유기농산물 전문매장이다. 이처럼 농민의 친구를 자처하는 도시인들이 많이 나오기를 염원한다.

정운현 선생님, '빌딩농장' 위험합니다

《오마이뉴스》에 여러 해 글을 써왔지만 처음으로 특정 기자를 향한 비판을 합니다. 정운현 선생님의 글을 거의 빼지 않고 읽어 왔는데 오늘 쓰신 장태평 농식품부장관과 산타놀이를 함께 하신 두 번째 글을 읽고 그냥 지나칠 수가 없었습니다. 농업문제와 관련하여 장태평 장관과 김재수 농업진흥청장을 대하는 정 선생의 태도는 차치하고 우선, '빌딩농장'에 대해서 몇 가지 문제를 제기하려는 것입니다.

얼마 전 에스비에스 스페셜에서 〈생명의 선택〉이라는 다큐를 방영했습니다. 3부로 엮인 이 다큐에는 아주 재미있는 실험결과 하나가 나옵니다. 제철에 노지재배한 채소와 비닐집에서 키운 채소를 여러 측면에서 분석한 실험결과입니다. 제철 채소가 철을 거른 비닐집 채소보다 미네랄과 미량원소가 월등히 많이 포함되어 있다는 것입니다.

이것이 빌딩농장을 반대하는 첫 번째 이유입니다. 살아있는 땅에서 제철에 키운 작물과 빌딩농장에서 키운 작물은 비교할 수가 없습니다. 땅 위에서 키웠지만 비닐집 채소가 이럴진대 빌딩에서 키운 작물이라면 서양식의 식품영양학적 분석은 어떨지 모르겠으나 '생명의 음식'은 아닙니다. 오늘 내가 먹는 것은 내 생명입니다. 내일의 나입니다. 우리가 먹는 음식은 활동에 필요한 영양분으로만 볼 수 없습니다.

저는 농사를 16년째 짓고 있습니다. 오이나 가지, 마늘을 상온에 오래 두게 되면 그냥 쪼글쪼글 마릅니다. 온전한 자연환경 속에서 지은 농산물이라서 그렇습니다. 비료 치고 농약 친 작물들은 냉장고에 두지 않으면 바로 다 썩어버립니다. '빌딩농법'은 물과 영양과 온도로만 짓는 농사입니다. 빛도 만들어 쬐입니다. 짧은 기간 안에 많이 수확하는 것이 최고의 목적인 농사입니다.

농산물 하나가 생명으로 완성되는 데는 영양과 수분과 온도가 전부는 아닙니다. '빌딩농장'에 쓰이고 나오는 물들은 전부 오염된 물들입니다. 제가 농사짓고 나오는 물들은 환경을 살리는 물들입니다. 농사는 이런 측면까지 관심을 넓혀야 합니다.

사람은 누구나 오염됐거나 부실한 음식은 거부하고 살아있는 밥상을 대할 권리가 있습니다. 기본 인권의 문제입니다. 자본에 빼앗긴 지 오래지만 이제는 살아있는 밥상을 되찾아야 합니다.

정 선생님은 친일청산문제에 큰 역할을 하고 계실뿐더러 '곧은 펜'으로 많은 사람들의 지지와 존경을 받고 계십니다. 그래서 제가 농업과 관련한 선생님의 글을 비판하는 것입니다.

농사는 산업이 아닙니다. 농사를 산업으로, 이윤창출의 수단으로 바라보는 데서 현대사회의 많은 문제가 생겨났습니다. 제가 두 번째 지적하는 문제입니다. '빌딩농장'은 철저히 농업을 산업으로 보고 있습니다. 생산량이 일반농사의 10배나 된다는 등의 주장이 그렇습니다.

토양유실방지라든가 홍수조절기능, 환경보전기능, 지하수정화기능, 생물종의 다양성보존, 사막화방지 등등 농업의 이른바 교역외적 기능을 보더라도 농업을 단순히 식량을 생산하는 기능으로만 보는 것은 짧은 생각입니다. 필요 식량의 양만 확보하면 된다는 발상이 '빌딩농장' 구상에 들어 있습니다. 농업의 직접 경제외적 역할을 모르거나 외면하는 것입니다.

최근에 '동물복지'에 대한 관심이 높아지고 무역장벽으로까지 등장했습니다. 축산을 '생명활동'으로 보지 않고 오직 이윤창출의 수단으로 보는 데서 동물에 대한 학대가 공공연히 이뤄지고 수인성질병이 등장했습니다. 정 선생님이 지지하는 '빌딩농장'은 불가피하게 '식물복지'의 문제를 제기하게 됩니다. 돈벌이가 주목적인 '빌딩농장'은 그리 될 수밖에 없습니다. 영양은 물론 밤과 낮을 조절하고 빛과 색을 동원하여 곡

아름다운 후퇴

식과 채소를 '사육'할 것입니다.

자연상태에서 자라는 채소를 우리는 야채라 합니다. 식탁에서 야채가 사라지면서 벌어지는 일들이 아주 심각합니다. 자세한 이야기는 생략합니다.

정 선생님이 언젠가 썼던 글에 일본의 사례가 나오는데 저도 일본에 가서 봤던 것입니다. 도쿄 도심 빌딩 지하에 있는 농원을 가봤고 빛과 색을 이용한 재배 실험도 봤습니다. 이건 식물, 아니 음식에 대한 고문입니다. 저는 크게 전율했던 것인데 정 선생님은 찬양하고 계시더군요.

동물복지와 식물복지라는 말을 가지고 시비 걸 사람은 없으리라 봅니다. 근대의 인권개념에서 한 걸음 더 나아가 동성애나 양심적 병역거부 또는 초상권이나 일조권 등을 현대 인민의 기본권으로 이해하듯이 동물복지와 식물복지를 거론하지 않고서는 인간의 기본적인 음식정의가 실현될 수 없는 문제기 때문입니다.

인간들이 동물과 식물을 학대하면서 빚어지는 재앙들이 각종 질병과 자연재해들입니다. 동물복지와 식물복지가 배부른 자들의 한가로운 담론이 아니라는 것입니다. 그 연관성에 깊이 눈 돌릴 때입니다.

아마도 여기까지의 제 주장을 듣고 '인류의 식량문제'를 제기하실지 모르겠군요. 세 번째 비판이 그것입니다. 정 선생님이 쓰신 몇 안 되는 농업관련 글들에는 인류의 식량문제가 저변

4장 지속가능한 후퇴를 위한 농업 이야기

에 깔려 있습니다. 시급히 해결해야 하는 범인류적 문제라는 점은 누구나 공감할 것입니다.

어떤 사회문제건 두 갈래의 대응이 필요하다고 봅니다. 식량 문제도 그렇습니다. 첫째는 당장 응급조치를 하는 것이고, 둘째는 원인을 파악하여 근본적인 해결점을 향해 나아가는 것입니다. '빌딩농업'은 둘 다 아니라는 것입니다.

식량문제의 원인을 살펴보면 됩니다. 농지가 부족한 것도, 생산량이 적은 것도 아닙니다. 인류의 먹을거리 문제는 이미 많은 대안들이 나와 있습니다. 카길 같은 곡물 다국적기업의 횡포에 맞서야하며, 몬산토같은 악질적인 종자회사 농간에서 자유로워져야 합니다.

알다시피 세계의 식량생산 양은 인류가 먹고도 남을 정도입니다. 사람의 건강을 해치고 괴질을 창궐케 하는 반생명적 공장식 축산을 금지하고, 농지의 조사료 재배를 줄이고, 절대농지 해제를 막아야 합니다. 산림을 훼손하지 말아야 하고 자연하천과 습지를 보존해야 합니다.

기상이변을 촉진해서 제대로 된 농사를 더욱 망치는 '빌딩농장'을 기상이변 등 농업위기에 대한 해법으로 제기하는 것은 자가당착입니다. '빌딩농장'은 자본의 음모라고 보면 됩니다. 농지를 파헤쳐 길을 만들고 공장이나 빌딩, 돈 되는 전원주택을 만들기 위한 속셈으로 보입니다. 지금 농촌에 뉴타운 바람이 거셉니다. 김대중, 노무현, 이명박 정부 농정의 일치된 모

아름다운 후퇴

습입니다. 정 선생님도 아마 오세훈 서울시장의 뉴타운 정책을 반대하실 겁니다. 용산참사가 웅변하고 있습니다. 한 지역을 통째로 말아먹는 뉴타운이 시골에 난립니다. '빌딩농장'이 이런 흐름을 조장한다면 뭐라고 하시겠는지요?

기업농이나 규모형 대농만을 살리고 대부분의 농민을 농업노동자로 전락시키려는 이명박 정부의 농업정책의 핵심이 바로 그것입니다. 장태평 장관과 김재수 청장은 그 첨병입니다. 전국농민회의 고심과 활동을 살펴보시면 바로 알 수 있는 문제기도 합니다.

정운현 선생님이 수십 년 생명농업을 실천하고 있는 정농회와 전국귀농운동본부의 활동에 조금만 관심을 가지신다면 '귀농'을 '취농就農'이라는 주장을 할 수 없을 것입니다. 전국환경농업연합회의 활동은 보셨는지요? 농식품부장관이나 농진청장에게 관심 갖기보다 이런 쪽에 귀 기울이시길 청합니다. 최근 화두가 되는 '윤리적 소비'와 '지산지소' 등의 관점에서도 두 분 높으신 분의 주장과 책자들은 반대쪽을 향하고 있습니다.

호주제 폐지에 적극적이었던 생물학자 최재천 선생은 환경운동연합 공동대표까지 했으면서 해외농지 개발에 나선 현대중공업을 극렬 찬양하고, 두바이 신화의 전도사를 자처합니다. 박원순 선생은 생태환경문제를 인문사회문제와 연결하지 못하는 것으로 보입니다. 몇 년 전에 우리 집을 방문했을 때 하

4장 지속가능한 후퇴를 위한 농업 이야기

롯밤 나눴던 대화에서 생태와 영성에 대해 그렇게 느꼈습니다. 역사, 인문, 사회, 국제, 언론 분야의 진보적인 지식인들이 생태문제, 영성문제에 대해서는 무지를 넘어 걸림돌이 되는 경우가 많습니다. 안타까운 일입니다.

새로운 세상을 향한
문명 이야기

오늘도 나는 '전환'을 꿈꾼다

사상 초유의 전국 규모 정전사태로 난리가 난 적이 있었다. 아무 예고도 없이 전기가 나가버리니 가장 혼란이 심해진 곳은 자동차로 붐비는 도로였다. 신호등이 먹통이니 그럴 수밖에는. 은행, 병원, 관공서, 공장도 서고 승강기 속에 갇힌 사람, 컴퓨터 자료가 날아간 사람, 인터넷으로 대학의 수시모집에 접수하다 중단된 사람 등등 모두가 충격이었다.

정작 놀라운 것은, 분통을 터뜨리는 시민들이었고 피해 보상 문제를 거론하는 언론이었다. 북한의 소행이라고 주장하는 어느 국회의원이었다. 그러고도 다음날 전기를 끄지 않고 여전히 엘리베이터를 타고 에어컨을 틀고 있는 인간들의 무감각과 무신경이다.

이런 위기를 당하고도 문제의 본질을 보지 못하니 놀랍지 않을

수 없다. 사고 자체보다도 사고로부터 아무 메시지도 접수하지 못
하고 엉뚱한 방향으로 시선과 목청을 돌리는 사람들이 더 놀라운
것이다. 책임자 사퇴나 보상 소송 따위를 할 때가 아니다. 그럴 겨
를이 없다.

왜 정전이 되는가?

정신 차려서 따져 물어야 할 때다. 사고 발생 며칠 전에는 국토
해양부 산하의 항공교통센터가 제대로 작동되지 않아 인천공항은
물론 김해공항, 김포공항의 모든 비행기의 이착륙이 지연되었다.
왜 이런 일이 일어나는 것일까?

정부당국에 분통을 터뜨리면 해결되는가? 피해 보상을 요구하며
시위를 하면 해결되는가? 그렇지 않다. 만약에 지하철 전원이 끊겨
한순간에 암흑천지로 변하면, 훈련 중인 공군 전투기가 오작동해
민가에 떨어지면, 인터넷이 멈추면, 은행전산망이 망가지면, 자동
차 내비게이션이 작동 불능에 빠지면, 스마트폰 전파 수신이 안 되
면 어떻게 될까? 인류가 어떻게 될까? 그때도 책임자 따지고 피해
보상을 요구할 텐가?

물질기술문명에 속박된 우리 삶은 이제 극한에 다다랐다. 과도
하게 기계문명에 의지하다보니 인간 본래의 능력과 감각은 전부
퇴화되어 버렸다. 노래방 기계가 없으면 노래 하나도 끝까지 부를
수 있는 게 없고, 휴대폰을 열지 않으면 친구 전화번호 하나 외우

는 게 없다. 노래 못 부르고, 전화번호 못 외우는 것은 차라리 큰 문제가 아니다. 물질^物 아니면 믿지를 않고 물질^物로 모든 것을 해결할 수 있다는 미신에 절어 있다. 그 덕분에 지구생태계는 결딴나 버렸다.

사람도 과로하면 몸살을 앓듯이 문명시스템도, 지구도 과부하가 걸리면 탈이 날 수 밖에 없다. 오늘의 대형사고들은 대개 그렇다고 보면 된다.

최근에 20만 원대에 판매되는 20kg짜리 쌀을 산 적이 있는가? 정부의 공매미다. 쌀이 남아돈다고 하던 때가 불과 얼마 전인데 쌀값이 들먹인다. 또 고추 값을 보면 김장 걱정이 앞선다. 왜 이럴까? 주곡의 대명사인 쌀값이 왜 이렇게 갑자기 들썩이고 양념의 대명사인 고추값이 왜 폭등했을까? 원인이야 간단하다. 작황이 나쁜 것이다. 그 이유는 날씨 탓이다. 자, 이렇게 진단하면 끝인가? 적어도 지혜로운 사람이라면 한 걸음 더 나아갈 필요가 있다. 왜 날씨가 엉망인가. 작황이 나빠진 원인은 그뿐인가 하고.

통계청에 따르면 2010년 고추 재배면적이 2009년의 4만 4584ha에서 4만 2574ha로 4.5% 줄었다고 한다. 재배면적 감소와 함께 병 발생 확산으로 고추 농사를 망친 농가가 많았다. 한국농촌경제연구원 농업관측센터에 따르면 최근 평균 수확량이 5.7~13.2% 감소했다고 한다. 2011년의 쌀 생산량도 418만 톤에 그쳐 2010년보다 4.5% 정도 줄었다고 한다. 31년 만에 최악의 수준이다. 그도 그럴 것이 논 면적이 2.1%나 감소했고 이상 기후로 단위면적 당 생산량도 2.8% 줄었기 때문이다.

이 순간 우리는 마지막 의문 하나를 풀어야 한다. 고추 생산량이 누산율 평균 약 16% 줄었는데 값은 3배나 뛰는가 하는 문제다. 쌀 생산량이 4.5% 주는데 미곡 당국이 벌써부터 과민하게 움직이는가 하는 문제다.

위기의 도미노 현상 때문이다. 심리적 불안의 도미노 현상 때문이다. 층층이 쌓아 올린 인간의 물질문명은 하나가 삐걱하면 모든 게 무너져내릴 수밖에 없다. 지자기^{지구 자기력} 교란이 일어나니 벌떼가 사라지고, 지피에스GPS 작동 이상으로 미사일과 폭격기가 엉뚱한 곳으로 날고, 초호화 타워팰리스는 한순간에 시멘트 무덤으로 변할 개연성이 그만큼 높다.

카자흐스탄의 밀농사가 흉작이면 바로 대한민국의 식품 값이 폭등하고 미국에서 유채 등의 바이오 디젤용 식물재배가 늘면 우리나라 쇠고기 값이 오른다. 불안하기 짝이 없는 '세계화' 현상이다.

과도한 첨단 전자기계문명에 대한 의존을 줄이고 흙에서 멀어진 삶을 되돌릴 때다. 몸을 땅바닥으로 낮출 때다. 우리의 문명은 이제 누가 뭐래도 자해문명이 되어 버렸다. 농사도 투기꾼이 넘실댄다. 도박하듯이 농사를 짓는다. 투기꾼과 도박꾼은 내일을 생각하지 않는다. 당장 이 순간의 이득만 쫓는다. 그래서 자해농업이다.

조만간 예기치 않은 곳에서 지구의 몸살이 계속될 것이다. 한국 땅도 예외가 아니다. 위기가 전하는 메시지를 제대로 접수하지 않는 이상 멈추지 않을 재앙들이 줄지어 터질 것이다. 정전 사태를

아름다운 후퇴

대기전력 감소나 발전소 점검으로 전기 생산량이 줄었기 때문이라 진단하고 전력당국과 정부기관을 질타하는 것으로 그냥 넘어간다면 우리는 치명적인 위기에 더 노출될 것이다.

모든 재앙은 예측이 빗나가는 데서 생기는 법이다. 모든 재앙은 안전대응 교범이 제대로 지켜지지 않은 데서 생기는 법이다. 그것 자체가 위기인 것이다. 잘 가다듬어서 앞으로 잘하겠다는 것 자체가 문제의 근본을 해결하지 않는다. 당장 질주하는 물질문명, 문명의 위기에서 하차해야 한다.

가뭄대책, 도시와 농촌이 따로 없다

잔뜩 흐린 날 해거름에 물 호스를 연결해서 들깨 모종을 옮겼지만 다음날 다 말라 죽었다. 발걸음마다 먼지만 풀풀 날린다. 콩도 그렇고 고추랑 채소잎사귀도 하얗게 말라 바스라진다.

하루 세 번이나 논에 물을 보러 다니던 동네 아저씨는 오늘부터 밤샘에 들어간다고 한다. 물꼬에 손대는 놈 있으면 가만두지 않겠다며 충혈된 눈을 비빈다. 아주 심각하다. 이미 이웃 간에 물싸움이 벌어지고 있다. 윗집에서 냇물을 끌어올려 축사에 물을 뿌리자 아랫집 논 주인이 올라와서 냇물을 함부로 끌어간다고 삿대질하는 실정이다.

곧 추수가 시작될 양파는 자라지 못해 밤송이만 하고 마늘통은 눈에 띄게 작다. 생육의 절정기에 다다른 감자도 더 이상 자라지

5장 새로운 세상을 향한 문명 이야기

못하고 있다.

가뭄은 곡식이 안 자라는 것에 그치지 않는다. 무더위가 같이 오다보니 산불이 빈번하고 병충해도 극심하다. 과수도 매한가지다. 이러다 문득 장마와 태풍이 몰려오면 올 농사는 이대로 주저앉는 게 아닌지 걱정이 태산이다.

도시민은 무관할까? 천만에다. 가뭄으로 농산물 가격이 급등하면 바로 도시서민들의 장바구니가 영향을 받는다. 가뭄은 농사짓는 농민만의 문제가 아니다. 가뭄이 계속될수록 날씨는 더 무더워질 것이고 그러면 냉방기 사용량도 급증한다. 바로 이것이다. 가뭄은 상상하기도 싫은 광범위한 정전사태를 몰고올 수도 있다. 도시나 농촌 할 것 없이 가뭄 극복에 나서야 할 이유다.

가뭄피해가 일어나는 한편에서는 물난리가 난 식이다. 지구 생태계 차원에서는 끊임없이 지구 전체의 균형을 맞추고자 하기 때문에 지구 한쪽에 가뭄이 길면 다른 쪽에서는 홍수가 나는 법이다. 겨울에 한파가 심하면 여름에는 혹서가 오기 마련이듯이. 더 이상 가뭄이 일시적인 현상이 아니라는 것이다.

가뭄 극복 노력은 두 갈래 방향이 있을 것이다. 우선은 긴급대응 문제다. 수리시설을 점검하고 양수기를 다 동원해서 당장 갈라지는 논에 물을 댈 수 있어야 한다. 농촌지역 지자체만이 아니고 중·대도시 지방정부도 나서야 한다. 양수기 보내기, 농촌 일손 돕기를 시혜 차원이 아니라 도시민의 식량창고를 지킨다는 생각으로 해야 할 것이다. 냉방기를 끄는 것도 중요한 가뭄 대책이다.

아름다운 후퇴

당장 수돗물 한 방울도 아껴야 논과 밭으로 흘러갈 물이 더 생겨 난다는 것을 잊지 않아야 한다. 대대적인 절수운동으로 물의 소중 함을 깨닫는 기회가 된다면 이 또한 큰 소득일 것이며 두 번째 대 응책으로 이어질 수 있다.

두 번째 가뭄 대책은 중·장기적인 기후변화 대응책이다. 가뭄이 나 폭우, 한파와 혹서는 이제 일상이라고 봐야 한다. 유럽에는 기 후변화 대응 식품탈석유 자연재배 농산물, 기후변화 대응 에너지 시스 템태양광과 풍력, 바이오매스 등, 기후변화 대응 도시 등등 '기후변화 대 응'이라는 말이 즐비하다.

이렇듯 가뭄도 지구차원의 기후변화 산물이라는 게 정설이다. 따라서 기후변화를 촉진하는 모든 개발성장 정책, 석유화학 농법, 에너지 시설 들을 과감히 줄이거나 없애지 않고서는 모든 대책은 언 발에 오줌 누는 꼴이 될 것이다.

논과 밭이 쩍쩍 갈라지는데 4대강의 물은 철철 넘치는 현실. 물 은 많지만 수위가 높아 아무짝에도 쓸 수 없는 물을 가두는데 30조 원을 퍼 붓는 토목공사가 기후변화를 촉진시켰다고 할 수 있다. 저 수지에 물이 차 본 적이 없는데도 농어촌공사가 저수지 둑을 더 높 인다고 자행한 자연파괴 역시 기후변화를 촉진한 원인임을 알아야 한다. 날씨와 기후에 무관하게 안정적으로 농산물을 공급하겠다고 시도하는 빌딩농업 역시 기후변화의 악역을 맡을 게 뻔하다.

기후변화 대응책이야말로 진정한 가뭄 극복의 길이다. 양수기로 퍼 올린다고 한정 없이 물이 나와 주는 것은 아니니까 하는 말이다. 하나 덧붙이자면, 작부체계의 변경도 필요한 대책이다. 여름이 길어지고 가뭄과 폭우가 반복되는 기후, 한파가 몰아치는 겨울. 이런 기후변화에 맞는 농작물로의 변화가 필요한 것이다.

계속되는 부음, '전환'이 싹튼다

얼마 전 한 분의 사망소식을 들었다. 다발성 암으로 숨을 놓으셨다. 한 달쯤 전에 쓰러지신 분인데 혈관이 터지고 아래위로 피를 쏟았다고 한다. 긴급 정밀진단에서 다발성 암으로 판정받은 지 한 달 만에 돌아가신 것이다. 이제 겨우 52세. 더 자세한 것은 모른다. 늘 잘 나간다는 소식만 간간이 들었을 뿐이다. 잘 나간다는 세월에 그는 온 몸에 암을 키워온 셈이다. 한 달이라는 기간은 그가 맺었던 세상 인연들에게 작별 인사를 제대로 하기에도 모자랐을 것이다. 내가 소개한 자연의술 하시는 분의 도움으로 절망적인 고비를 몇 번 넘기면서 생을 연장했지만 끝내 숨졌다.

그 전날에는 선배 한 분이 돌아가셨다. 췌장암을 앓은 지 1년. 시대의 험한 고비들을 잘도 헤쳐 나오셨고 옥고도 여러 번 치르셨던 그 선배. 많은 이의 존경을 한 몸에 받고 수련과 명상에 전념하며 후학들을 이끌던 분이셨다. 선배의 암 사망 소식은 충격이다 못해 삶에 대한 의문을 일으켰다. 암은 아무나 걸리지 않는다는데 왜? 왜 그 선배가 암인가? 그는 대학생 딸과 손을 잡고 여기저기 모임에 잘 다니는 자상한 아빠이기도 했다.

아름다운 후퇴

또 그 이틀 전. 동네 할머니가 돌아가셨다. 할머니도 아니다. 육십을 넘긴 지 오래지 않은 분이다. 아흔이 다 된 시어머니를 두고 먼저 가셨다. 지난 가을에 그 분이 남편과 사과농장에서 일하시던 모습이 눈에 선하다. 겨울 동안 앓으셨는데 손끝 발끝 신경이 말라들다가 운명하셨다. 장례식장에서 할아버지는 내 손을 잡고 자꾸 울었다. 소주 냄새를 진하게 풍기며 아내의 마지막 과정을 훌쩍이며 전해주셨다.

"나도 몰라. 병원에서도 모른대. 뭐 그런 병이 있는지 몰라."

평생 하시던 농사일이 무리였을까? 농약을 다루시다 몸에 누적됐을까? 한 동네에 사는 아들 며느리 손자 다 두고 어찌 눈을 감았을까? 나도 알 수가 없다.

또 보름 전쯤에는 내 조카사위가 죽었다. 나보다 한 살 적다. 위암으로 시작해서 간암, 췌장암, 식도암으로 번져 투병 3년 만에 명줄을 놓았다. 죽기 며칠 전에 그는 새까맣게 변한 얼굴로 내 손을 잡고 살아 갈 의지를 불태웠다. 그와 내 조카인 그의 아내, 그의 형제들은 내 격려에 힘입어 산소 공급기를 코에 매단 채 일산병원에서 멀리 문경까지 성당에 가서 교리문답을 끝내고 미리 앞당겨 세례를 받았다. 세례 받은 지 꼭 사흘 뒤에 운명했다. 그의 장인이자 내 매형은 한 달 반 전에 돌아가셨다. 당뇨와 심장병, 호흡곤란으로.

더 있다. 인천에 사는 오랜 후배 한 사람을 모시고 지리산 밝은 마을 연수원에 간 적이 있다. 그곳에 와 계시는 큰 선생님께 위암에서 비롯된 암이 척추로까지 번진 내 친구를 보이기 위해서였다. 문진을 하신 선생님은 많이 늦었다고 말씀하시면서 생약제를 좀 써보자고 하셨다. 항암치료를 열여덟 번인가를 받았다니 그 고통 속에 머리는 모두 빠져버리고 얼굴도 할아버지가 되어버린 후배다. 지리산 연수원에서 수련도 하며 자연 속에서 새로운 삶을 살아 보자고 작정한 그 후배는 바로 짐을 싸서 내려오기로 했다. 하지만 인천으로 올라가자마자 통증이 심해져서 다시 병원에 입원해야만 했다.

이게 무슨 일들인가? 연이어 닥치는 주변 분들의 암 사망소식과 발암 소식들이라니.

죽음을 바로 보는 자세는 삶을 되돌아보는 것이다. 죽음을 통해 우리는 온전한 삶을 배울 수 있다. 연이은 이웃들의 죽음은 내 삶을 바꾸라는 강한 신호로 읽힌다.

마당에 지펴놓은 화톳불로 뛰어드는 날 것들을 보면서 생각에 잠긴다. 하루를 사는 저들이 한 평생이나 80년을 사는 내 한 평생이 뭐가 다를까? 삶을 바꾸지 않는다면 말이다. 삶의 관성을 크게 전환할 의지를 갖지 않는다면 진정 산 생명이라 할 수 없지 않을까? 사람이 바르게 산다는 것은 뭐든지 이대로 계속되지 않고 바뀔 뿐더러 끝이 있다는 사실을 망각하지 않는 것이리다. 엄청난 변화를 감수할 각오를 다지고 그 힘을 키워 나가야 할 때다.

아름다운 후퇴

유기농의 길, 채식과 흙살림

일단 현대문명의 모든 질곡이 자연과 멀어진 데서 비롯되었다고 해놓고 얘기를 시작하자. 손발에 흙 한번 안 묻히고 하루를 보내는 현대인들은 도시민뿐 아니라 농민도 예외가 아니다. 크고 작은 농기계를 이용해서 농사를 짓다 보니 흙과 멀어질 수밖에 없다. 농사를 짓지만 흙과 가깝기는커녕 흙을 더 망가뜨리는 경우도 많다. 지구의 살갗인 흙을 파괴하는 사람은 스스로의 삶도 파괴된다. 《흙》의 저자 데이비드 몽고메리가 주는 교훈이다.

자, 이렇게 멀어진 자연과 인간의 틈새에는 무엇이 채워지고 있을까? 기계와 전자파가 있다. 원래 소재로 되돌이킬 수 없는 석유화학 발암물질들이 있다. 신속함과 편안함이 들어 있다. 모든 게 돈으로 표현되는 살벌한 계산식이 있다. 자연과 인간의 간극이 멀어질수록 이들이 득세한다. 이제는 도리어 역관계가 성립한다. 효율과 편리함과 돈벌이가 인간과 자연 사이를 이간질하며 간격을 더 벌리고 있다.

유기농, 자연농, 생태농 등으로 일컬어지는 농법에는 자연에 더 다가가고자 하는 농민의 염원이 서려 있다. 자연에 살짝 얹혀서 대자연에 감사하며 자연을 어지럽히지 않고 자연스레 하는 농사. 이러한 정신이 빠진 채 운위되는 유기농은 사기다. 농산물을 팔거나 직불금을 올리라고 주장할 때는 농업의 다원적 가치를 주장하고, 농사지을 때는 흙을 망가뜨리는 농부는 농부라 할 수도 없다.

여기에 하나를 덧붙인다면 채식이다.

유기농 정신, 자연농 정신과 육식은 맞지 않다. 자연을 가장 심각하게 파괴하는 것이 축산업이기 때문이다. 자동차, 배, 비행기, 심지어 오토바이나 경운기까지 포함하여 세상 모든 교통수단에서 뿜어져 나오는 것보다 더 많은 온실가스가 축산에서 나오기 때문이다. 온실가스가 기상이변의 첫째 원인이다. 그래서 농사를 망치는 제일의 원흉이 기상이변이라면 육식을 하는 농민은 자기 농사를 자기가 망치는 일을 하고 있다고 보면 된다.

여의도에서 한미 에프티에이 반대시위를 하고는 영등포 시장 주점에 와서 고깃국에 밥을 먹는 것은 이율배반이다. 소주잔을 곁에 놓고 삼겹살을 구워 먹는 것도 마찬가지다. 비싸서 사 먹기가 쉽지도 않지만 그 고기가 국산이라 해도 마찬가지다. 축산사료 자급률이 5% 내외이고 대부분의 수입선이 미국이다. 수입사료의 대부분을 차지하는 옥수수는 96.13%를 미국에서 수입한다.

외국 농산물 수입을 '결사적으로' 반대하면서 고기를 먹는다는 것은 이래서 자가당착이다. 이는 한 해 740만 톤의 옥수수를 수입하는 현실을 묵인하거나 촉진하는 일이다. 대두박이나 호밀, 유지 등을 합하면 1000만 톤이 넘는다. 우리나라 한 해 쌀 생산량이 420만 톤 정도인 걸 생각해보면 어마어마한 양이다. 문제는 그 수입농산물의 99% 이상이 유전자조작식품GMO이라는 사실이다.

이래도 육식을 해서는 안 된다는 주장을 채식주의자들의 수다쯤으로 생각할 것인가? 축산관련업에 환경부담금을 물리자는 주장을 축산 죽이기로 몰아붙일 것인가? 전국의 기업과 학교 등으로 퍼져

아름다운 후퇴

가고 있는 '고기 없는 월요일' 운동을 무시할 것인가?

생협들에서 판매하는 생태축산이라 일컫는 고기들도 마찬가지다. 먹지 않아야 한다. 조사료 중심으로 먹여 키우고 방목을 하는 축산마저도 만류하는 것은 그것이 엄청난 농지를 필요로 하고 식량생산을 저해하기 때문이다. 식량위기는 지구촌 곳곳에 폭동을 일으키고 있으며 우리나라도 위험상태다.

유기농을 단지 논과 밭, 과수원에 비료를 안 쓰고 농약을 안 뿌리는 것으로만 이해해서는 안 되는 이유가 바로 여기에 있다.

생명살이 농부교실

"농부가 가장 성스러운 직업 맞죠? 농부가 되어서 목수 남편을 맞아 살고 싶어요."

갓 스무 살 여성의 고백이다. 그녀는 우리 집에서 1주일 기간으로 진행하고 있는 '생명살이 농부교실'에 참여한 학생이다. 이 농부교실은 천도교 수운회관 앞마당에서 열린 '청년 100일 학교' 입학식이 끝나고 바로 시작된 100일 학교의 첫 번째 수업과목이기도 하다.

수운회관에서 열린 입학식 때는 수운신사님의 5대손인 최상은 선생님이 천도교 경전 20권을 선사하셨고 이를 경월당 선생님이 직접 전해 주셨다. 세상만물을 한울님으로 모시는 마음가짐은 농사짓는 농부의 가장 큰 덕목이다.

5장 새로운 세상을 향한 문명 이야기

'생명을 살리는 농부, 살아 있는 밥상'이라는 주제로 진행되는 이 농부교실에서 낮에는 정직한 노동으로 생명을 가꾸고, 밤에는 영상물을 보면서 참된 농부와 생명의 밥상에 대해 공부했다.

하루는 야마기시농법으로 양계를 하시는 분을 모시고 〈동물복지를 말한다〉라는 KBS 환경스페셜에서 방영했던 다큐를 보았다. 우리나라 사람들이 일 년에 1300만 마리의 돼지를 먹고 6억 2천만 마리의 닭을 먹는다고 한다. 고기를 이렇게 많이 먹다니 놀라지 않을 수 없다. 명절 때나 조상 제삿날에 겨우 고기 맛을 보던 때가 불과 3~40년 전인데 말이다.

그러나 음식점 메뉴판을 떠올려보면 바로 수긍이 갈 것이다. 삼겹살, 불고기, 육개장, 탕수육, 닭도리탕, 고기만두, 뼈다귀해장국, 설렁탕, 제육덮밥, 치킨, 닭불꼬치, 육회, 보양탕 등. 김치찌개에도 고기가 들어가 있다. 나물반찬에 소고기다시다를 치고 요리를 했다면 또 고기가 들어간 셈이다. 그 고기는 호주산 아니면 미국산일 것이다.

그런데 과연 몇 사람이나 알까? 소와 돼지, 그리고 닭이 얼마나 가혹한 학대에 시달리는지를. 이번에 본 다큐는 우리나라의 축산 현실을 적나라하게 고발한 것이었다.

닭은 부화가 되자마자 가장 먼저 수평아리만 추려내서 바로 분쇄기에 던져 넣는다. 그것을 사료로 사용한다. 남은 암평아리들도 기계 자동라인에 머리가 물려서 뺑뺑 돌아가면서 부리가 잘리고 호르몬 주사를 맞는다.

돼지는 더 끔찍하다. 새끼돼지의 꼬리를 잘라내고 그라인더로 이빨을 갈아내 버린다. 소염제 주사를 수의사도 아닌 축산업자가 일률적으로 놓는다. 0.3평의 감옥 같은 공간에서 평균수명의 10분의 1도 살지 못하다가 처음으로 바깥구경 하는 날이 도살장에 끌려가는 날이다.

다큐는 중요한 문제를 제기했다. 동물들이 극도의 학대와 고문에 시달리는 동안 코디졸이라는 스트레스 호르몬이 엄청 분비되는데 이것이 근육이나 뼈, 살 속에 고스란히 축적되어 사람의 입을 통해 흡수된다는 것이다.

농부교실의 학생들은 유기농 사과밭에도 가서 묘목을 묶는 일도 배웠다. 장수군 농업기술센터에서 사과 시험포 견학도 하고 감자도 심고 산에 가서 나무도 했다. 오늘날 무한대로 치닫는 과학기술에 반대하고 민중을 위한 적정기술 보급에 앞장서는 김성원 선생님의 로켓스토브도 제작해 눈이 온 날 아침에 마당에서 나무 한 다발로 가마솥에 물을 끓여 세수도 했다. 생명을 살리는 농부가 되겠다고 선언한 몇몇 학생들에게 천도교 경전이 큰 안내자가 되길 빈다.

전날 내 인생의 성적표, 황금 똥

내가 최초로 목격했던 사람의 임종은 할아버지였다. 겨우 여섯 살 어린 나이에 지켜본 할아버지의 임종은 고약한 똥냄새와 함께였다. 늘 어머니의 두 손엔 똥이 들려 있었다. 방에서 내오는 요강에 담긴 똥오줌은 그것이 거름자리에 온전히 파묻히기까지 온 집안에 냄새를 풍겼다.

할아버지의 옷도 그랬고 할아버지가 숨을 쉴 때도 그랬다. 방을 닦아낸 걸레는 다른 용도로 쓸 수 없었다. 할아버지가 숨을 놓게 되자 천천히 똥 냄새도 따라서 걷히기 시작했다. 숨을 잘 쉬어야 살아 있는 생명체이듯이 똥을 잘 눠야 건강체라는 이치를 깨우치기 훨씬 이전에 나는 실증적으로 이를 체험했던 것이다.

무릇 사람이란 채우는 것에 전념하며 살다가 어느 순간에 문득

아름다운 후퇴

비우는 것이 중요해지는 때를 만난다. 지갑을 채우고, 업적을 쌓아 목표치를 채우고, 배를 채우고, 머리를 지식으로 채우고, 이렇듯 채우고, 채우고 살다가 비우고 버려야 할 것을 심각하게 맞이하는 것이 바로 똥이다. 와병 중이거나 노년이 되어 만나는 똥이 그렇다는 것이다.

얼마 전에 유명을 달리 한 손아래 조카도 췌장암으로 건강했던 몸을 움직일 수조차 없게 되자 가장 먼저 스스로 똥을 비우는 일부터 고역이 되었다. 똥을 눠야 하는 장소까지 갈 수가 없었고 똥이 나오는 줄도 모르게 되었으며 그 똥을 남의 손을 빌려 뒤처리를 해야 했다.

똥을 제자리에서 제때 눈다는 것

잘 아는 한의사로부터 이런 얘기를 들은 적이 있다.

네 가지 건강의 지표가 있는데 첫째는 숨이라고 했다. 숨을 잘 쉬는 것이 건강의 바로미터이자 건강의 첫 걸음이라는 것이다. 숨은 고르게 쉬어야 하고 또한 가늘고 길게 쉬어야 한다고 했다. 숨을 가쁘고 불균등하게 쉴 때는 건강에 이상이 생겼다고 보면 된다는 것이다. 맥박으로 건강을 살피기도 하지만 맥박보다 먼저 숨에 이상이 온다는 것이다. 어린아이의 숨을 가만히 들여다보면 그 이치를 알 수 있다. 아주 고르게 숨을 쉰다. 나이 먹은 어른이 술이라도 먹고 자는 모습을 볼라치면 한참 숨이 끊겼다가 겨우 이어지곤 하는 것을 볼 수 있다. 바로 이를 두고 숨의 중요성을 말한 게 아닌가싶다.

두 번째는 잠이라고 했다. 잠을 깊게 자는 것, 낮이 아니라 밤에 자는 것, 꿈도 없이 깔끔하게 자는 것, 아무데서나 자는 게 아니라 자연소재로 지어진 생태적인 주거공간에서 자는 것이 건강의 중요한 지표라고 했다. 그러고 보면 발암물질 덩어리인 새집 증후군의 대명사 아파트는 살 곳이 아니다.

세 번째는 뭘까? 누구나 쉽게 연상할 수 있을 것이다. 바로 밥이라고 했다. 사람은 먹어야 산다. 밥과 관련된 옛말이 많다. 수염이 대자라도 먹어야 한다느니, 세 끼 굶으면 남의 담장 기웃거리지 않는 자 없다느니, 밥이 보약이라느니 하는 말들은 모두 다 먹어야 산다는 원리의 다른 표현들이다. 하지만 먹긴 먹되 잘 먹어야 한다. 요새는 뭘 먹어야 건강해지는지가 아니라 뭘 안 먹어야 건강을 지킬 수 있느냐고 할 정도로 음식의 오염이 심하다. 가공음식, 화학농법으로 지은 농산물, 요리과정이 복잡하고 양념이 지나친 음식 등은 피해야 한다. 때깔과 맛을 내기 위한 첨가물의 범람이 건강을 위협하고 있다. 먹긴 먹되 깨끗한 음식, 자연 그대로의 음식을 먹어야 한다는 말에 토를 달 사람은 없다.

그런데 그 한의사의 마지막 말이 의외였다.

네 번째 건강 지표가 뭘까 하고 되물으면서 나의 고개를 갸웃거리게 하더니 그 한의사는 똥이라고 했다. 똥을 잘 눠야 한다는 것이다. 굵고 된 똥. 냄새도 없고 색깔은 황금색 똥이라고 자세히 설

아름다운 후퇴

명해주었다. 숨을 잘 쉬고 밥도 잘 먹고 잠도 잘 자야 황금 똥을 눌 수 있다고 하니 어쩌면 네 가지 건강 지표 중에 똥이 으뜸이라 하겠다.

고기를 먹고 인스턴트식품을 즐기면 똥에서 악취가 난다고 한다. 색깔도 시커멓고 된 똥을 누기도 어렵다. 물똥 누기 십상이다.

언젠가 설사를 심하게 하면서 화장실 휴지를 있는 대로 다 썼던 적이 있다. 수북하게 쌓인 휴지더미를 보고 문득 떠오른 생각 하나가 있었다. 이 세상에 사람 말고 또 어떤 동물이 똥 싸고 나서 뒤를 닦을까? 아무리 생각해도 내가 아는 모든 동물들은 똥 누면서 똥을 똥구멍에 묻히지 않는다. 어릴 때 키우던 소나 돼지가 그랬고 지금도 키우고 있는 개나 닭이나 고양이도 그렇다.

누군가 이런 말을 한 것이 기억난다. 오늘 내가 눈 똥은 어제 내가 어떤 삶을 살았는지에 대한 성적표라고.

휴지를 쓴다는 것 외에도 음식과 관련해서 사람이라는 동물의 특이점은 더 있다. 배가 부른데도 계속 먹는 동물. 사람뿐이다. 사람 이외의 동물은 배가 부르면 더 이상 먹지 않는다. 과식이라는 게 없다. 어디 이뿐인가. 몸이 아프고 설사까지 나는데도 기운 차린답시고 먹어대는 동물도 사람뿐이다. 짐승을 키워본 사람은 안다. 몸에 상처를 입었거나 설사를 할 정도로 소화기관에 이상이 생기면 짐승들은 바로 식음을 전폐한다. 상한 음식을 먹지도 않지만 쥐약 먹은 쥐를 먹었거나 농약에 중독된 농산물을 먹었을 때도 동물은 그 순간 숟가락을 탁 놓는다. 아무것도 먹지 않는다. 몸의 탁기를 지우는 일을 똥부터 빼내는 것으로 시작한다.

사람은 아파도 먹고 설사를 해도 먹고 배가 불러도 먹는다. 고대 로마시대에는 귀족들이 소화제를 먹어가면서 계속 음식을 먹었다는 기록이 있다. 어떨 때는 맛난 음식을 계속 먹기 위해 옆에 토구 토해 놓는 통를 갖다 두고 게워내면서 음식을 먹었다고 한다. 이 모든 왜곡의 시발은 어디일까?

멀어져 간 똥이 밥되는 세상

누구는 말한다. 사람이 흙과 멀어지면서 모든 불건강과 사회적 병폐가 시작되었다고. 사람이 흙을 죽이기 시작하면서 사회병리 현상과 인간의 퇴화가 시작되었다고. 원래 인간은 그 시원을 찾아가 보면 병도 없고 괴로움도 없는 삶을 살았다고 한다. 그 근거는 지구 곳곳에 아직도 살아 있는 원주민들을 보면 안다. 내가 열흘 동안 방문하면서 관심 있게 공부했던 호주 원주민 역시 그랬다.

몇 년씩 병원에 입원해 생명연장기구에 매달려 수명을 이어가는 일이 없다. 누워서 벽에 똥칠해가며 사는 노년이라는 게 없다. 생생하게 잘 살다가 다 살았다고 여겨질 때 돗자리 하나 들고 멀리 사막으로 걸어 나가 구덩이를 파고 가부좌를 하고 앉아 한두 시간 내에 지구 여행을 마치고 이승을 떠난다는 기록이 있었다. 뭍 동물의 임종과 너무나도 닮았다. 동물들이 그렇지 않은가? 집에서 키우는 반려동물 말고 야생동물 말이다.

아름다운 후퇴

자연생태성을 유지한 생명체의 모든 임종이 그렇다. 인간처럼 임종이 지저분하지 않다. 자연성을 읽고 흙으로부터 멀어진 삶을 사는 현대인류만이 속된 말로 구질구질한 임종을 맞는다. 그 원인은 바로 자연과 멀어진 삶에서 찾아야 한다.

물질 중심의 소유와 탐욕의 삶을 다른 말로 표현하면 '똥이 밥 되는 순환의 삶이 파괴되었다'라고 할 수 있다.

순환의 한 고리가 끊어져버리고 통하지 않게 된 세상. 그것의 대명사는 밥이 똥 되는 세상의 단절이 아닐까? 반본귀진反本歸眞. 그렇다. 존재의 본래 그 자리로 잘 돌아가는 것이 세상의 진리다. 사람이건 동물이건 죽긴 하는데 썩어 흙이 되지 않고 죽었는데도 그냥 그대로 그 몸뚱이가 천 년 만 년 남아 있다면 끔찍하기 짝이 없다. 이 세상은 사람 시체와 동물 사체로 산을 이룰 것이다. 그렇다면 당연히 밥이 똥이 되고 똥이 다시 밥이 되는 이치가 실현되어야 할 것이다. 누구나 인정하듯이 똥은 밥에서 왔다. 그렇다면 그 똥이 자신의 처음 자리, 밥으로 가야 하는 것이다.

유감스럽게도 똥을 밥이 되는 소중한 자원으로 취급하지 않고 역겹고 기피해야 하는 쓰레기로 취급한다. 모아진 분뇨와 오폐수를 200해리 공해 상까지 싣고 나가 해양투기하고 있다고 한다. 오폐수종말처리장에 모아진 똥오줌은 침전물과 건더기를 분리하여 짜내고 열을 가해 말린 다음 항구로 싣고 나가 바지선에 실어 다시 바닷물과 뒤섞어서는 저 멀리 공해 상까지 옮겨 버리고 있다.

생태화장실 만들기 실습

기록에 따르면 갑오 동학농민전쟁 때 농민군들이 일본군과 결탁된 관군과 전쟁을 벌이면서도 똥 누러 집에 가야 한다고 하면 허락했다고 한다. 얼마나 똥이 밥이 되는 삶을 소중히 여겼는지 알 수 있다.

최근에 '100일 학교'라는 대안학교를 기획하면서 첫 번째 생활기술과목으로 생태화장실 짓기를 채택한 것도 이런 문제의식 때문이었다.

똥이 밥 되는 세상의 복원을 중요하게 생각하다 보면 과도한 도시화가 보이고 속도와 경쟁만 일삼는 일상이 보인다. 밥상을 대하는 사람들의 태도가 불경스럽기조차 하다는 인식에 이른다.

100일 학교의 실습과목으로 정한 생태화장실 짓기는 똥과 오줌을 분리하는 것에 화장실 내부장치의 핵심이 있다. 똥은 호기성박테리아가 있어 공기와의 접촉을 보장해야 한다. 반면에 오줌은 혐기성박테리아라 하여 공기 접촉을 싫어하는 박테리아가 있다. 그럼에도 불구하고 옛 재래식 뒷간은 똥오줌이 섞이고 비가 오면 지표수가 흘러들어 호기성박테리아도 혐기성 박테리아도 다 활성화되지 못해 악취와 구더기가 판을 쳤다.

생태화장실 짓기 과목을 공개로 진행하기로 하고 일반인도 참여토록 했더니 삽시간에 스무 분이나 신청을 해왔다. 노후를 농촌에서 보내려는 분도 있었고 젊었음에도 도시생활을 청산하고 자연 속에서 순리의 삶을 살고자 하는 분도 있었다. 자기가 살 집을 자기 손으로 지어보겠다는 분들 역시 이 강좌에 참여했다.

　다양한 참여자를 배려하여 가장 먼저 설계도를 그려보라고 했다. 연필 한 자루와 백지 한 장을 조별로 나눠주고 어떻게 화장실을 지어야 똥이 밥이 되는 화장실이 될 것인지 그리라고 했다. 그랬더니 가지가지의 도면이 나왔다. 화장실 설계도를 심의·평가하는 기준은 얼마나 똥오줌이 손실 없이 잘 분리되어 모아지는가, 또 그것이 자연발효되어 잘 삭게 할 것인가, 나중에 밭으로 옮기기 좋은 위치에서 보관하며 음식물 남은 것이나 풀, 낙엽 등과 섞어 둘 퇴비장으로 먼저 가게 할 것인가를 고려하는 것이었다.

　다섯 개 조별로 설계도를 발표하고 보완에 보완을 거듭해 한 개의 설계도를 만들었다. 최종 확정된 설계도와 가장 근사한 설계도를 그린 조에게는 선물도 줬다. 설계도는 건축 작업의 시금석이다.

　설계도를 가지고 시공할 때 주의할 것들이 많다. 수평과 수직을 정확히 잡는 법이라든가 기둥과 도리목의 중심이 측량의 기준점이 되어야 하는 등 한두 가지가 아니다. 주의가 깊지 않으면 잘라 놓은 목재를 버리기 일쑤다.

　자신의 공간 지각력을 높이는 공부가 개집이라도 직접 지어보는 것이다. 생태화장실 짓기 실습에 참여한 사람들은 이제 막 '내 똥은 내가 책임진다'는 결의를 다졌으되 그 결의가 머리에만 머물고 손과 발에까지 당도하지 않은 사람들이다. 오줌 한 번 누고는 17리터나 되는 물을 아무 생각 없이 흘려 내리던 사람들이 실습생의 대다수였다.

그 17리터의 물은 또 어떤 물인가. 침전과 여과, 소독과 방염을 거듭한 수돗물 아니던가? 무심코 편리만 추구하며 저지르는 반생태적 습성은 우리 생활 구석구석에 널리고 널렸다. 물 부족으로 전국의 모든 저수지 둑을 높이는 공사에 수천 억 원을 쓰고 있지만 이런 식으로 물을 그야말로 '물 쓰듯' 하다가는 감당하기 어려울 것이라는 게 내 판단이다.

유럽에는 일찍이 도시 아파트까지 수세식 화장실을 극복하고 생태화장실이 들어앉았다. 우리나라도 최근 몇 년 사이에 똥이 밥되는 세상의 이치를 생활 속에서 이뤄내고자 '도시농부학교'나 '도시텃밭' 운동이 활발하다. 어떤 회원들은 아파트 안의 수세식 화장실을 폐쇄하고 그 자리에, 또는 베란다를 고쳐 외부시선을 차단시키고는 똥통과 오줌통을 갖다 놓고 볼 일을 본다고 한다.

황금 똥 누기 운동본부

공동으로 운영하는 도시텃밭에 그렇게 한 주 동안 모은 똥통과 오줌통을 자동차 트렁크에 싣고 가면 톱밥이나 쌀겨 등을 한 자루씩 받는다고 한다. 이는 집에서 똥을 누고 나서 냄새가 나지 않도록 바로 덮을 수 있는 통기성이 좋은 재료들이다. 특히 쌀겨는 그 속에 호기성미생물들의 먹이가 풍부하게 있어서 똥 냄새가 안 나는 것은 물론 마치 메주 뜨는 냄새라고 할까 술 익는 냄새라고 할까 그 비슷한 토속적인 냄새를 풍기며 똥이 발효되는 것을 촉진한다. 오줌은 깔대기를 댄 페트병에 모아서 뚜껑을 잘 막아두면 여름철에는 1주일이면 냄새가 사라질 정도로 부숙이 진행된다. 집 안에 있는 화분에 주어도 될 정도다.

이런 예를 하나하나 귀담아 들은 실습생들은 못질 하나 톱질 한 번도 어쩌면 시대의 사명감까지 가진 듯 진지하게 했다. 지금껏 망치자루 한 번 잡지 않았다는 여성과 수평기를 가지고 수평을 재본 적이 없는 60대 대기업 정년퇴직자가 한데 어우러져 끝내 한 채의 화장실을 완성했다.

아니, 화장실을 완성했다기보다 자기 삶의 생태적 전환의 기초를 놓았다고 해야할 것이다. 실습이 다 끝나고 소감을 나누기 시간에 다들 이구동성으로 2박3일의 생태화장실 짓기 경험이 새로운 발견이라고 했다. 어떤 이가 그랬다. 자기 똥을 책임지는 사람이 되자고. 자기가 눈 똥이 확실하게 밭으로 가 채소가 되고 곡식이 되어 다시 밥상에 오르는 과정을 똑똑히 지켜보고 이를 확인하자고. 또 어떤 사람이 말했다. 황금 똥 누기 국민운동을 벌이자고. 그러면 건강보험공단의 고갈 난 재정도 튼튼해질 거라고.

이야기에 탄력이 붙자 여러 기발한 제안들이 쏟아졌다. 자기가 눈 똥을 카메라로 찍어서 서로서로 돌려보자는 수강생이 있었다. 색깔과 냄새와 묽기 정도를 늘 살펴보면서 전날의 자기 인생을 반성하자고. 참 좋은 아이디어였다. 자동차도 정기검사를 하러 가면 가장 먼저, 가장 집중적으로 검사하는 것이 배기가스다. 자동차는 기름이 타면서 동력을 얻고 나면 배기가스가 나오는데 이 배기가스는 자동차의 동력장치와 연료장치, 동력전달장치 등의 상태를 그대로 반영한다.

사람도 그렇다. 눈과 귀, 코, 피부로 들어간 정보들이 머릿속에서 가공되고 분리되고 재조합되는 과정을 거치듯이 똥도 입으로 들어간 음식물이 뱃속의 소화과정을 거쳐 배출되는 결과물인 것이다. 똥이야말로 오장육부의 유기적 작동 상태를 가장 잘 드러내준다고 할 수 있다.

생태화장실 꾸미기 시간에는 남자 화장실 표시를 '달린 놈'이라고 써 붙인 사람이 있는가 하면 화장실 안에다가 '당신이 그 안에서 사색에 잠기면 밖에서 기다리는 난 사색이 된다'고 써 붙인 사람도 있었다. '똥이 대접받는 곳. 똥이 제자리로 가서 제 역할을 하게 하는 곳. 비로소 사람 사는 세상'이라는 표어도 등장했다.

수강생 뿐 아니라 강사인 나도 생태화장실 하나 짓는데 그치지 않고 의식이 크게 확장되는 체험이었다.

아름다운 후퇴

손수건 한 장으로 시작하는 혁명

여러 해 전에 어머니를 모시고 대전에서 열린 아는 분의 자제 결혼식에 갔을 때의 일이다. 어머니의 말동무를 삼으려고 우리 집에서 몇 달째 공부하고 있던 학생 한 사람도 내 트럭에 태워 갔는데 정작 결혼식장에 가서 보니 아는 사람이 제법 많았다. 내 중심으로 생각하자면 어머니 말동무가 많이 오셨던 것이다.

내가 아는 분은 세속적으로 유명한 사람은 아니지만 생명평화운동을 오래 하셨고 사회복지사업도 고생고생하며 해오신 분이다. 그래서 정작 혼례를 올리는 신랑 신부는 모른다 해도 결혼식장에는 그 분 인연으로 그쪽 분야의 사람들이 많이 와 있었다.

결혼식이 끝나고 밥 먹는 시간이 되었다. 고급 채식뷔페에서 출장식단을 차렸는데 진풍경이 벌어졌다. 뷔페식이니 자기가 먹을 만큼만 덜어 와 먹으면 될 텐데 자기가 먹을 양도 모르는지 하나같이 음식을 남겼다. 남은 음식그릇에다 냅킨을 쑤셔 넣고 일어선 사람에다 쓰던 수저를 반쯤 남은 밥그릇에 꽂아 둔 사람, 무슨 속셈인지 남은 음식을 긁어모아 한 그릇에 잡탕을 만들어놓고 일어선 사람 등 각양각색이었다.

어머니의 휠체어를 밀고 좀 늦게 식탁으로 이동한 나는 남들이 남기고 일어서는 음식들을 빠른 동작으로 걷어 와서 종류별로 우리만의 식탁을 차렸다. 유기농 채식요리가 얼마나 정갈하고 맛있는지 아는 나는 그 음식들이 쓰레기통으로 들어가는 것을 마냥 보고 있을 수가 없었다. 이른바 '푸드 마일리지음식 이동거리' 운동도 하고 법륜스님이 시작한 빈 그릇 운동 서명에도 참여하면서 나는 음식을 남기면 이것이 이산화탄소를 만들고 결국 지구 온난화를 촉진하는 것을 알고 있었다.

당연히 어머니나 나는 손수건으로 입을 닦고 냅킨은 한 장도 쓰지 않았다. 먹다 남은 음식보다도 음식을 버리는 짓이 더 더럽다고 생각한 때문이다. 같이 간 학생은 처음에는 질겁을 했지만 내 설명을 듣고는 곧 마음을 돌려 먹고 걷어온 음식을 먹기 시작했다.

손수건으로 혁명을?

이산화탄소는 지구온난화의 대표적인 주범이다. 에너지를 쓸 때마다 이산화탄소는 생겨나는데 에어컨이나 전기히터만 에너지가

아름다운 후퇴

아니다. 밥 한 상에도 에너지가 듬뿍 들어 있다. 생산과정과 유통과정은 물론이고 조리과정에서도 에너지가 소모된다. 어디 이뿐인가. 음식물 쓰레기를 처분하는 데에 엄청난 에너지가 소비된다. 음식물 쓰레기는 분리수거가 잘 안 되는 경우 대부분 소각하는데 그 과정에서는 맹독 발암물질인 다이옥신이 나온다.

지구온난화가 얼마나 심각한지는 국제에너지기구IEA에서 나온 보고서가 웅변해주고 있다. 국제에너지기구에서는 지금 상태로 가면 딱 5년 뒤에는 인류의 안전을 보장하기 힘들 뿐 아니라 돌이킬 수 없는 지경이 된다는 연례 조사연구 결과를 내놓았다.

대기 중 이산화탄소 농도가 450ppm 미만이어야 인류의 생존이 가능한데 현재 대기 중 이산화탄소 농도는 390ppm에 달한다. 그러나 에너지기구는 대기 중 이산화탄소 농도가 2015년이면 위험 한계치인 450ppm의 90%에 달하고, 2017년에는 한계치에 도달할 것이라고 추산하고 있다. 이처럼 해마다 전 세계 이산화탄소 배출량은 사상 최고 수준을 기록하고 있다.

그런데 웬 손수건이냐고 반문하는 분이 계실지 모른다. 손수건으로 무슨 혁명을 한다는 것이냐고 말이다. 사정은 이렇다.

도시의 빌딩과 고속도로 휴게소에 가면 손 씻고 나서 말리는 열풍기가 있다. 일회용 손 휴지를 걸어둔 곳도 있다. 무심코 열풍기 밑에 손을 넣고 비벼가면서 말리는데 얼마의 에너지가 소모될까? 손 휴지 두세 장 뜯어 쓰는데 얼마의 나무가 잘려질까? 이런 생각을 해보면 왜 손수건 얘기를 꺼내는지 알 것이다.

모든 사람들이 손수건 한 장씩 가지고 다니면서 손을 닦는다면 절감할 수 있는 에너지와 살아남을 나무들이 만만찮을 것이다. 이와 관련해 재미있는 통계가 하나 있긴 하다. 어느 잡지사에서 행사를 하면서 기념품으로 손수건을 나눠줬는데 그때 나온 통계다.

우리나라 성인 인구 3500만 명이 하루 한 번 화장실에서 무심코 손 휴지나 열풍기를 쓴다고 가정하면 1039톤의 이산화탄소가 나오고 소나무 37만 그루가 필요한 양이라는 통계다. 돈으로 환산하면 2억 4500만 원이나 된다고 한다. 끔찍한 수치다.

에너지 중에 전기에너지는 가장 고약하다. 에너지는 원래 빛과 열과 일역학로 구성된다. 이들 에너지의 변환과 이동에는 손실이 생기는데 이를 열효율이라고 한다. 전기로 변환된 에너지는 이동과 보관이 용이해서 모든 에너지원은 전기로 일차 전환을 하고 있다. 화장실 열풍기는 그 전기를 가지고 열과 바람역학에너지으로 또 전환하기 때문에 원에너지에서의 손실열효율이 가장 취약하다.

손수건은 불결하지 않다

언젠가 내가 공동대표로 있는 한울연대 시천주생활위원회 회의에서 손수건 쓰기 회의를 한 적이 있다. 한 회원이 손수건은 비위생적일 것 같다고 했는데 그럴 수 있다. 젖은 손수건을 다시 접어서 호주머니에 넣으려면 왠지 께름칙한 게 사실이다. 이 문제는 손수건을 두세 개씩 가지고 다니면 해결할 수 있다. 아니면 팔목에다

아름다운 후퇴

장식용으로 두르고 있으면 금방 말라 버린다.

식사 뒤 입을 닦거나 코를 풀 때, 손과 얼굴을 씻고 닦을 때 사용하는 에너지와 나무를 생각한다면 이런 수고는 당연하지 않을까. 수고 없이 개선할 수 있는 생활은 없다. 불편함 없이 나아지는 지구환경 역시 없다. 일정한 불편함과 수고는 도리어 사람의 건강을 돕는다는 게 나의 생각이다. 지갑이나 카드를 챙겨서 외출하듯이 손수건도 필수 소지품으로 핸드백이나 가방, 겉옷 몇 군데에 미리 넣어두면 된다. 나는 그렇게 하고 있다.

모든 지구 재앙의 근원에는 딱 한 가지가 도사리고 있다. 편리다. 인간이 추구하는 편리는 끝이 없다. 인간이 애초에 갖고 있는 여러 능력까지 도태시켜가면서 편리를 쫓는다. 끝까지 부를 수 있는 노래가 하나도 없고 외는 전화번호도 몇 개 안 된다. 편리한 기계들 때문이다. 스마트폰과 내비게이션 덕분에 길 찾는 능력도 다 잃었다.

편리를 쫓는 게 지나치다 보니 지구 생태계까지 파괴하고 종래는 인간의 존립 자체를 위협하는 수준까지 왔다. 편리한 용품과 편리한 장치, 편리한 사고방식은 모든 소중한 가치들을 파괴하고 있다. 편리와 신속함을 위해 자본주의 시장은 매일 매일 이를 부추긴다. 손수건 사용은 비위생적이지도 불결하지도 않다. 도리어 고결한 생태생활이라 해야할 것이다.

나는 어쩌다 손수건을 못 챙겼을 때는 스스로를 나무라며 손수건을 또 산다. 여기저기 행사에 참여했다가 받은 손수건까지 합하면 10여 개의 손수건을 갖고 있다. 색상이나 도안, 글귀가 참 다양해서 어떤 것은 방 안에 치장용으로 걸어두기도 한다. 언젠가 선물로 받은 '대숲만다라'라는 손수건이 그것이다. 이것은 빨강과 보라와 파랑색으로 만다라가 그려져 있는데 굴레와 속박의 육신관념에서 벗어나는 에너지를 표현한 것이라 한다. 내 방문 위에 걸어두고 있다.

다른 손수건들도 하나하나가 재미있고 멋진 사연이 스며 있다. 등산 가서 구입한 지리산과 설악산의 등반 안내도가 그려진 손수건은 그 당시의 기억을 새록새록 떠오르게 한다. 로고와 함께 '위기의 지구, 당신이 희망입니다'라는 글귀가 새겨진 수선재라는 명상단체의 손수건은 홈페이지 주소까지 선명하게 찍혀 있다. 이럴 때는 손수건이 유용한 홍보 수단으로도 쓰이는 셈이다.

늘 몸에 지니는 필수품이자 지구온난화를 막는 지혜이기도 한 손수건을 이용한 홍보는 요즘 쓰이는 말로 '착한 홍보'가 아닐까. 즉시 쓰레기가 되는 천연색 홍보전단이나 방송과 신문매체들에 비해 손수건 홍보는 참 좋은 발상이다.

손수건은 손만 닦지 않는다

그러고 보면 손수건의 용도는 참 다양하다. 머리에 두르면 예쁜 단장이 되고, 추울 때는 목도리로도 쓰인다. 또 있다. 뜨거운 물 컵을 들 때도 요긴하게 쓰인다. 손수건으로 상징되는 눈물을 훔쳐낼 수도 있고, 재채기나 웃을 때 입 가리개로도 적격이다. 작별할 때 손수건을 꺼내 흔들어본 적이 있다. 우리 집에 오신 손님들이 떠나는 날 재미삼아 손수건을 높이 치켜들고 흔들었더니 다들 재미있어 했다. 이때는 정서적 공감대를 만드는 소품이다.

언젠가 필자는 급하게 화장실에 갔다가 밑닦개로 손수건을 쓴 적이 있다. 화장지가 당연히 걸려 있을 줄 알고 들어간 공중변소에 화장지는 없고 일은 이미 벌어졌으니 난감하기 짝이 없었다. 휴지통에라도 누군가 화장지를 함부로 쓰고 깨끗한 부위가 남은 게 있었으면 싶었는데 그날따라 싹 비워져 있었다. 덕분에 3천 원짜리 손수건으로 밑을 닦았으니 참 비싼 뒤처리였다. 그 손수건을 버렸냐고 묻는다면 대답을 하지 않겠다. 내 자존심이 걸린 문제니까.

장바구니 사용하기, 안 쓰는 전기제품 코드 뽑기, 점등식 멀티콘센트 쓰기, 물 컵과 수저 갖고 다니기 등 일회용제품이나 비닐제품 안 쓰기 생활이 교양 수준이 된 현실에서 손수건 쓰기가 곁들여진다면 시천주 생활의 폭이 그만큼 넓혀지는 것이라 할 것이다.

뜻있는 시민단체 행사장에 가면 휴대용 물컵과 손수건을 기념품으로 주기도 한다. 한울연대 1주년 기념행사 때도 휴대용 물컵을 회원들에게 나눠 주었다.

손수건으로 절약되는 에너지와 이산화탄소 감소보다 더 중요한 것이 있다. 우리 안에 진정한 하늘 모심과 생태 생활이 자리 잡을 수 있다는 사실이다. 대전의 결혼식장에 모인 많은 분들이 시민운동을 하는데도 접시에 묻은 양념과 국물들은 물론이려니와 온전한 음식도 거리낌 없이 버리는 것은 생각과 생활이 일치되지 못한 때문이다. 양념과 국물도 남겨서는 안 된다는 게 나의 생각이다. 감안해서 음식을 떠와야 할 것이다.

한울연대에서 '시천주侍天主 밥상운동'을 벌이고 있는데 일곱 가지의 실천사항 중에는 음식점에서 밥을 먹을 때 남은 반찬이 있는 이상 빈 반찬 그릇을 치켜들고 추가시키지 않는다는 조항도 있다. 그러면 둘 다 남아버리기 때문이다.

손수건은 손만 닦는 게 아니라 내 마음속에 하늘을 모시는 통로가 된다. 혁명이 별 것인가. 내 행위 하나가 지구와 그 속에 사는 모든 생명체를 살리고 제대로 하늘을 모시는 것이야말로 혁명의 첫 단추다. 혁명은 일상 매 순간에서 해보고 또 해보면서 생태생활을 습관으로 잡아가지 않으면 안 될 것이다. 바로 그 중심에 손수건을 두자.

아름다운 후퇴

해월, 경전속의 화석인가 어둔 밤길의 등불인가

성경의 10계명 중 첫째가 '나 외에 다른 신을 섬기지 말라'는 것이다. 열 개의 계율이 다 중요하겠으나 개념 없이 순서를 붙이지는 않았을 것이니 첫 번째 계율이 가장 중요하다고 해도 문제는 없을 것이다.

오늘날 한국의 십계명은?

그래서일까? 기독교 외에는 모두 사탄이고 마귀로 취급한다. 예수교를 믿지 않는 불신자는 다 지옥행이라고 공공연히 주장한다. 때로는 다른 종교의 성전에 잠입하여 상징물들을 때려 부수기도 하면서 자기 자신에게 적용하면 될 계율을 다른 사람들에게도 강요한다. 기독교 외의 다른 종교는 믿어서도 안 되지만 존재해서도 안 된다는 주장이다.

미국의 전 대통령 부시가 속해 있는 복음주의 계열 기독교인들이나 한국의 대다수 거대 종단 교회들이 이런 입장을 취한다. 이른바 성경을 문자주의로 해석하는 사람들이다. 이런 현상은 예수에 대한 무지와 종교적 타락에서 빚어진 비극일 뿐이다.

구약을 보면 '하나님의 백성'들이 식민통치에 신음하다 모세를 지도자로 하여 식민종주국 이집트를 탈출했지만 서너 달이면 갈 줄 알았는데 40년이나 '젖과 꿀이 흐르는 땅' 가나안에 들어가지 못하고 땡볕만 내리쬐는 사막에서 배회하는 내용이 나온다. 이렇다 보니 한마디로 개판이 되어버린 상황에서 나온 새로운 통치질서가 십계명이라고 할 수 있다.

사막에서의 천막생활 40년. 끔찍했을 것이다. 도둑질과 강도질, 강간과 간음, 이집트로 다시 도망가는 사람, 모세에 대한 불평불만과 난동, 천막마다 이상한 형상들을 갖다놓고 빌고 절하고…. 이런 상황을 추스르기 위해서는 '나 외에 다른 신을 섬기지 말라'는 엄명을 내리면서 내부질서를 다잡을 수밖에 없었을 것이다. 간음하지 말라, 도둑질하지 말라, 거짓말하지 말라는 초등학교 도덕책에 나오는 얘기 따위를 열 가지 계명에 넣어 통치질서 잡기를 시도하지 않을 수 없었을 것이다.

이런 상상을 해보면 재미있다. 구약에 나오는 '시내산'이 아니고 우리나라 이명박 대통령이 모세처럼 구름에 휩싸인 채 백두산 정

아름다운 후퇴

상에 올라가서 하나님이 주시는 열 가지 계명을 받아 온다면 어떤 내용일까 하고 말이다. 하나님이 계셔서 오늘 이 땅을 사는 한민족에게 열 가지 계명을 바위에 새겨 던져 주신다면 그 첫째는 뭘까?

거침없이 떠오르는 것이 있다. 부동산 투기하지 말라는 것이 아닐까 싶다. 부자의 타락과 서민의 고통은 부동산 투기에서 비롯되기 때문이다. 뉴타운이니 종합개발이니 하면서 한 지역을 통째로 덜어내는 방식의 요즘 도시개발은 멀쩡한 건물만을 들어내는 것이 아니다. 그곳에 사는 가난한 사람의 삶을 짓뭉개고 있다. 이를 보는 하나님도 가슴 아파하고 계실 것이다. 용산참사가 바로 이것 아니고 무엇이겠는가.

애들 인생 곯으니 과외시키지 말라는 말씀을 하실 지도 모르겠다. 새벽부터 자정까지 삶의 지혜나 세상을 밝히는 지식이 아닌 쓰레기 같은 정보 수준의 입시 내용들을 외느라고 시들어가는 우리의 자식들을 어찌 하나님인들 방치할 수 있겠는가.

남들 보기 창피하니 제발 남과 북이 서로 싸우지 말고 어서 통일하라는 것이 첫째 계명일 수도 있을 것이다. 남쪽 정부에서 화해와 협력을 깨는 짓 좀 그만하라고 하지 않을까 싶다.

시골이건 도시건, 서민이건 부자건 제발 공금 가지고 삥땅 쳐 먹지 말고 부자들은 세금 더 내라고 할 수도 있을 것이다.

이 하나님이 좌파 아니냐고 펄쩍 뛸 사람이 있을지 모르겠다. 하지만 오늘날 한국의 현실을 두고 볼 때 여전히 첫 계명을 '나 외에 다른 신을 섬기지 말라'고 하지는 않았을 것이다.

침과 코가 땅에 떨어지거든 닦아 없이 하라

북미 원주민'인디언'이라 부르는 것은 서방 침략자들이 아메리카 대륙에 상륙하여 그곳이 인도인 줄 착각하고 붙인 이름이므로 잘못된 것이다 **노래 중에 이런 대목이 있다.**

"… 대지의 여신이 오시고서 비로소 꽃이 피었네. 사랑과 평화가 찾아왔네. 다툼은 사라지고 서로서로 아끼며 돕기 시작했네…"

노래의 가사 말이 모두 땅에 대한 칭송이다. 세상의 축복은 땅의 축복이다. 하늘은 땅을 통해 자기 존재를 드러내시기 때문이다.

땅에다 침을 뱉지 말고 코도 흘리지 말라면 도대체 어디에다 코를 풀고 침을 뱉으란 말인가? 휴지를 쓰라고? 아니면 손수건을?

해월신사께서 아무데나 코를 풀지 말라 했고 가래침을 멀리 뱉지 말라 했다고 손수건이나 화장지를 챙기라는 말인 줄 안다면 오해다. 바로 뒤에 있는 구절을 읽어보면 보다 선명해진다. 땅은 천지부모님이라 하셨기 때문이다. 어찌 부모 얼굴에 대고 그리 할 수 있냐고 하셨던 것이다.

우리 마을에서는 해마다 여름이면 동네 대청소를 한다. 객지에 나간 자식들이나 외지 피서객들이 여름휴가차 방문하기도 해서지만 보건위생상 무성한 풀들을 자르고 음습하게 구석진 곳을 깨끗이 하기 위해서다.

한번은 풀 깎는 예취기만 매고 나갔다가 다시 집으로 돌아와 대형 쓰레기봉투를 가져갔다. 논두렁 밭두렁에 함부로 버린 농약병과 페트병, 비닐봉지, 플라스틱 용기들이 즐비했기 때문이다. 막걸

아름다운 후퇴

리병과 깨진 소주병도 길가 풀 속에 숨어 있었다. 우리나라 온 들판에 뿌려지는 그라목손이라는 제초제는 40년 전 미국이 베트남 침략전쟁에서 뿌린 고엽제보다 30배나 더한 독약이다. 크고 작은 이 독약 병을 일곱 개나 주웠다.

해월신사께서 오늘의 한국사회에 오셨다면 '내수도문'의 이 대목을 대폭 손질하지 않으실까? 침과 코가 땅에 떨어지면 닦아 없애라는 한가한 얘기를 할 겨를이 없을 것이다. 침과 코는 솔직히 그라목손에 비하면 애교로 봐줄 만하다. 부모 얼굴인 땅에다 독약을 들이붓고 있는데 어찌 침과 코에 비하랴.

그런데 해월신사께서 농약 쓰지 말라는 얘기를 과연 쉽게 할 수 있을까? 농약 친 농산물 사 먹지 말고 좀 비싸더라도 자연농 식품을 먹으라. 천지부모 얼굴에 침 뱉지 않고 독약 들이붓지 않고 농사짓는 땅과 자연을 살리는 자연농 농부들의 진실한 노동을 귀하게 여겨라. 이런 말을 쉽게 할 수 있을까? 그것이 바로 천지부모를 모시는 것이라고 강조하실 수 있을까?

천도교 신자 중에 농약회사를 운영하는 사람도 있고, 플라스틱 석유화학제품 장사하는 사람도 있고, 큰 유통회사를 하면서 대형매장에 현란한 조명과 색 전등으로 소비자를 현혹하면서 화학농산물을 파는 사람이 있다면 말이다.

성장호르몬, 방부제가 범벅인 축산업을 하면서 돈 많이 번 신도가 교당에 큰 건물도 지어 주고 하는데 과연 육식하지 말라고 할 것인가. 천도교 동덕들이 경전 속의 해월신사 법설과 현실 문제를 날카롭게 연결하는 안목을 가져야 할 때다.

그라목손 정도가 아니다. 멀쩡한 4대강을 난데없이 파헤쳐 많은 생물 개체 종을 살상하고 토목업자 배만 불리며 그와 결탁된 관료들의 뒷돈 거래나 보장하는, 그야말로 부모 얼굴을 흉기로 갈기갈기 찢어대고 있는데 침 뱉지 말라, 코 흘리지 말라는 말을 할 겨를이 어디 있겠는가.

해월신사는 "나무라도 생순을 꺾지 말라"고 하셨지만 현재 홍익대학교 재단에서 서울의 허파인 성미산 아름드리나무를 잘라내고 있는 이때, 산비탈에 천막을 치고 엔진 톱과 포클레인에 매달려 필사적으로 저항하는 마을주민과 시민운동가들이 듣기에는 한가로운 소리로 들릴 것이다.

환경문제 얘기가 나올 때마다 해월신사 법설을 들먹이며 으스대는 천도교 신자들이 있다. 경전 속 법설을 더 이상 박제된 화석처럼 대해서는 안 될 것이다.

어린 자식 치지 말고 울리지 말라

곽노현 서울시 교육감이 시내 모든 학교에서 학생체벌을 없애라는 지침을 내린 적이 있다. 초등학교 교사가 어린 초등학생을 마구잡이로 교실바닥에 쓰러뜨리고 두들겨 패는 동영상이 돌면서 케케묵은 체벌 효용성 논란에 종지부를 찍고자 한 엄명일 것이다.

아니나 다를까 어떤 학부모 단체와 교장들 일부가 들고 일어났다. 조중동으로 대표되는 보수언론도 한마디씩 거들었다. 교육적 목적의 순수한 체벌조차 불용하면 교육을 포기하라는 말이냐면서 반대하고 나선 것이다.

천도교의 뿌리인 동학에서는 부인접장과 더불어 동몽접장이 있었다. 10대들이 포-접으로 이어지는 동학조직 단위의 수장이 되어 활약한 것이다. 해월신사는 동몽접장들에게도 맞절을 하신 것으로 전해진다.

어린 자식을 치지 말라는 말은 멀쩡하게 말 잘 듣고 공부 잘하고 심부름 잘하는 아이들만 대상으로 삼은 말이 아니다. 허구 헌 날 컴퓨터만 껴안고 지내고 뺀들뺀들 말 안 듣고 옷은 찢어 입고 중고등학교만 가도 술 담배부터 하는 아이들도 포함하는 말이다.

어떤 경우에도 때리지 말라는 말이다. 폭력으로 문제를 해결하려 들지 말라는 말이다. 폭력은 그 속성상 더 큰 폭력을 낳는다. 폭력을 사용하면 감정이 상승되어 애초의 의도와 목적에서 한참 벗어나 엉뚱한 문제를 야기하기 일쑤다. 그래서 모든 문제는 대화와 토론으로 해결하라는 것이다. 폭력은 당하는 사람은 물론이려니와 행사하는 사람마저도 망가뜨리기 때문이다.

아이들을 치는 것이 어찌 회초리나 몽둥이, 주먹만을 말하겠는가. 어른들이 돈벌이 목적으로 만든 여러 유해업소들, 학교 주변의 불량식품들, 청소년을 대상으로 그들의 사치심이나 호기심을 유발하여 돈벌이 하는 장사치들, 대학서열화, 밤늦도록 불 밝히고 있는 사설학원들, 머리조차 스스로 판단하여 기르거나 자르지 못하게 하는 것들, 이 모두가 어린 자식들을 내리치는 것이 아니고 무엇이 겠는가?

　해월신사의 말씀을 듣고 '나는 우리 아이를 때리지 않는다'고 자 위할 문제가 아니다. 제도화된 폭력과 소비병, 부자병, 허세병, 이 모두가 아이들을 내리치는 몽둥이들이다. 제도교육 자체가 우리 아이들의 영혼을 갉아먹고 있다. 아이들을 치는 것이 거대한 시스 템으로 되어 있고 '대학은 나와야 제 밥벌이는 하지'라는 미신이 횡 행하고 있다. 온 민초들이 장사꾼이 되어 영혼까지 팔아먹는 지경 에 이르렀고, 자본주의의 상술은 거의 사기와 협잡수준에 가 있다.

　140년 전에 우리 천도교는 어린 아이들에 대한 남다른 사랑과 배 려를 했던 종교라고 내세울 일이 아니다. 어린이날을 제정한 소파 방정환이 3대 교조 의암 손병희 성사의 사위라고 들먹일 일도 아니 다. 오늘 우리는 현실의 교육문제에 어떤 태도를 취하는가, 교육적 논란들에 어떤 입장을 견지하느냐를 살필 일이다.

　천도교에 공동육아 어린이집이나 생태유아공동체 유치원 하나 없고, 대안학교 하나 없다는 것은 해월신사 가르침에 대한 게으름 이다. 나태함이다. 도리어 시민운동가들이 아이를 한울로 모시라 는 해월신사의 법설을 더 잘 이행하고 있다.

사람이 한울을 떠나 따로 있지 않다

해월신사께서는 "한울귀신, 하느님만 공경하고 사람을 공경하지 않으면 농사의 이치는 알되 씨를 뿌리지 않는 농부와 같다"고 하셨다. 이는 어리석은 풍속에 따라 귀신을 공경할 줄은 알되 사람은 천대하는 것과 같고, 죽은 부모의 혼은 떠받들면서 산 부모를 천대하는 것과 같다고 하신 것도 이를 두고 한 말씀일 것이다.

종교의 이름으로 저지르는 야만과 자연훼손은 그 규모가 거대하고 논리가 화려하다. 교육재단의 이름을 가면처럼 쓰기도 하고 숭고한 이념을 내걸기도 한다. 그래서 농부시인 서정홍은 도시에 있는 성전을 다 허물라고 소리친다.

어머니를 잠시 다른 형제에게 맡기고 연말에 용산참사 현장을 찾은 적이 있었다. 사전에 다섯 군데 카페 회원들이 연말을 맞아 공동으로 용산참사 현장을 방문해 유가족을 위로하고 문제해결을 당국에 촉구하기로 하고 한 달여 동안 모금도 했다.

크리스마스 날이었다. 오전부터 오후 늦게까지 여러 종교단체와 종교인, 시민들이 모여 함께 추모행사를 했다. 기독교, 불교, 천주교, 원불교 등.

유령이라도 나올 것 같은 불에 그슬리고 파괴된 남일당 건물과 불에 타 죽은 여섯 분의 영정이 비치된 추모천막. 어지러운 벽보들과 날선 구호들. 한울님은 결국 사람의 손과 발을 빌어 이 비참한 현장을 위로하고 깨끗이 정화할 수밖에 없을 터이니 누군가는 자신의 손과 발, 지갑을 내놓아야 하리라.

해월신사는 경천敬天, 경인敬人, 경물敬物, 이 삼경三敬 중 경인을 강조하셨다. 한울을 공경하는 경천이라 함도 결국 사람을 공경하는 경인에 의해 실제로서 그 효과가 드러나는 법이라고 하셨다. 베를 짜는 며느님도 한울님이고, 사람이 찾아오면 한울님이 오셨다고 하라 했으니 경인의 경지가 어디까지 다다라야 할지 짐작이 어려울 정도다. 경천과 경인만 가지고는 도덕의 최고경지에 이르지 못하고 온갖 물건을 공경함에 이르러야 천지기화의 덕에 합일될 수 있다는 게 해월신사의 말씀이다.

남한 사람들이 한 해 동안 버리는 음식물만도 10조 원이 넘는다는 통계가 나왔다. 몇 년 타지도 않은 자동차를 또 바꾸고 휴대폰은 몇 개월 단위로 신기종을 출시해 끊임없이 소비를 조장하는 행위들을 우리는 자본주의의 기술개발이라고 자축할 수 없다. 한정된 지구자원의 고갈행위로 규탄할 수 있어야 한다. 이처럼 오늘의 현실은 정신을 밝고 맑게 하여 경물敬物 의식을 견결히 할 때라 하겠다.

스스로를 되돌아보는 데 더 열중하라

이 대목에서 주의할 게 있다. 해월신사는 '대인접물' 편에서 '필은악양선必隱惡揚善'하라고 하셨다. 부자가 흥청망청 쓰고 이웃을 돌보지 않든, 부모가 아이를 치든 그들의 잘못을 덮어주고 잘하는 점을 더욱 북돋아주라고 하신 것이다. 상대의 단점이나 과실을 나를 내세우는 지렛대로 사용하는 것만큼 어리석음도 없을 것이다.

공자도 이와 비슷한 말을 했다. 즐기는 것이 최고라고 했다. 아

아름다운 후퇴

는 것은 좋아하는 것만 못하고 좋아하는 것은 즐기는 것만 못하다 知之者 不如好之者 好之者 不如樂之者라고 했다.

경천도 좋고 경인도 좋고 경물도 좋지만 이를 악물고 속으로 삭이고 참아가면서 하는 일이라면 헛일이라는 것이다. 무슨 일이든 흐뭇하고 유쾌하게 하는 것이 가장 좋다. 육체적으로 아무리 힘들고 마음고생이 큰일이라 해도 즐거운 마음을 놓치지 않아야 한다는 것이다. 다시 말해서 아무리 숭고한 일이고 거룩한 소임이라 해도 이것을 짜증내고 원망하면서 하면 다 도루묵이 된다는 것이다.

즐겁게 하는 일은 실수가 없고 위험이 없다. 즐겁게 하는 일에는 엔돌핀이 잘 돌아 목적한 것보다 더 훌륭하게 이뤄낸다. 이것은 칼융의 심리학에서도 권장하는 바다. 한 번 웃으면 백 가지 약재보다 더 치유력이 높기 때문에 웃음치료사라는 직종도 생겨났고 대체의학의 한 분야로 쾌의학快醫學도 등장했다.

성경에서 쉬지 말고 기도하라. 모든 일상사에 감사하라. 늘 기뻐하라고 가르치는 것도 같은 맥락이다.

해월신사는 시쳇말로 조선역사 최장의 도바리꾼이었다. 2대 교주가 되고 바로 국사범일제하에서라면 '사상범'이었고 요즘으로 따지면 '국가보안사범'으로 수배되고 관헌의 추격을 받았다. 개인적으로 필자도 시국사범으로 5년여의 수배생활을 했지만 해월신사는 이보다 7배나 더 긴 세월을 수배자로 사셨다.

지명수배가 되어 전신주마다 현상금이 걸린 수배전단이 나붙고 다방이나 카페에도 사진까지 내걸리고 보면 초긴장된 생활을 하게

5장 새로운 세상을 향한 문명 이야기

된다. 극도로 예민해지고 독기를 품게 된다.

해월신사는 악인에게는 선하게 대하는 것보다 나은 게 없다고 가르쳤고, 욕됨을 참고 용서하며 남을 향해 입바른 소리를 하기보다 도리어 스스로를 되돌아보는 데에 더 열중하라 했다. 지금 이런 글을 쓰는 것조차도 삼가라는 말씀이다.

이렇듯 해월신사는 여성, 어린이, 나무, 새, 자식, 부모, 땅을 망라하여 일관되게 순환성과 신령성, 유기체성, 상호의존성을 가르치셨다. 온 생명주의자다. 우주 존재적 안목으로 말씀하셨다. 그러면서도 개인 차원의 수도와 사회적 실천을 함께 강조하셨다. 허위의식과 관념성을 깨고 실생활에서 도를 구하라고 일깨우셨다. 천도교인의 하는 바에 따라 해월신사가 경전 속에 갇힌 화석이 될 수도 있다.

아름다운 후퇴

진정한 평화는
자급생활의 복원에서 온다

우리 집에서 촛불을 밝혔다. 2008년 7월 5일. 내가 두 번째 촛불집회에 참석하는 순간이다. 서울과 원주에서 우리 집에 감자 캐주러 온 네 분의 일꾼들과 함께 어머니까지 참석하여 촛불집회를 한 것이다. 6월 10일, 광화문 거리를 새벽까지 샅샅이 훑고 다닌 것이 첫 번째 참석이었다. 두 번째가 바로 7월 5일 우리 집에서다. '참석'이라기보다 '개최'가 되겠다.

두 달을 넘기고 있는 촛불집회에 대한 많은 분석과 칭송이 있다. 새로운 시위문화의 탄생이라고만 할 수 없는 어떤 변혁의 단초도 보인다. 가슴 벅찬 순간들은 매일매일 연출되고 있다.

촛불을 찬양하건 비난하건 똑같은 점이 하나 있다. 평소의 자기 생각과 주장에 촛불현상을 꿰어 맞추고 있다는 사실이다.

5장 새로운 세상을 향한 문명 이야기

김지하 선생의 글도 그렇다. 늘 후천개벽의 징후만 쫓고 있는 분이다. 월드컵 이후 나는 김지하 선생님을 두 번 만나 강의를 들었다. 같은 얘기다. 보수세력들의 좌익빨갱이 재방송과 다르지 않다. 촛불현상에서 자기 주장의 근거만 확대해서 본다는 점에서는 좌건 우건 같다. 어느 교수는 자신이 번역하고 저술한 《제국기계》와 《다중》 이론이 실현되고 있다고 주장한다. 집단지성과 다중지성이라는 말이 유행어가 되었다.

나는 촛불을 믿지 않는다

진보학자나 사회운동가는 프랑스의 68혁명을 빗대고 제2의 6.10 항쟁을 거론한다. 하지만 나는 지금의 촛불을 믿지 않는다. '웹2.0의 소통방식'이나 '네트워크로 엮인 독립개체의 등장', '거리 권력의 탄생'에도 나는 열광하지 않는다. 열광하기에는 이제 겨우 시작이라고 보기 때문이다.

노무현의 참여정부가 탄생되던 2002년. 단순한 정권교체가 아니라 '세력교체'라 하면서 열광을 했던 논객들이 여전히 지금의 촛불현상 분석과 이론화를 주도하고 있다.

나는 당시에 선거참관인으로 제한된 공간 안에 있어서 뉴스를 전혀 듣지 못하고 있다가 당선소식을 들었다. 다음날 "'인간 노무현'은 믿지만 '대통령 노무현'은 믿지 않는다"고 글을 썼던 적이 있다. 졸저 《아궁이 불에 감자를 구워먹다》에 실려 있다.

아름다운 후퇴

지금의 촛불을 믿지 않는 이유는 내가 집에서 촛불을 밝힌 것과 긴밀한 관계가 있다. 한 사회의 진정한 변화는 종국에는 자기 자신의 근원적인 변화가 뒤따라야 한다고 보기 때문이다. 또한 권력의 변화가 아니라 권력의 해체가 전제되어야 한다고 보기 때문이다. 지금까지의 촛불은 그렇지 않았다. 앞으로의 촛불에 더 관심을 갖는 이유다.

권력의 변화, 또는 권력 담당자의 교체가 아니라 권력의 해체라고 하는 것은 정치권력뿐 아니라 개인 속에 있는 모든 유형의 권력마저도 깡그리 해체되어야 한다는 것이다. 권력 그 자체의 속성으로부터 독립적일 수 있는 권력자는 없기 때문이다. '착한 권력'은 존재하지 않기 때문이다.

'대책회의' 주최로 열린 토론회에서 시민의 직접민주주의가 발현되었다면서 대의민주주의의 위기에 대한 대안이라고 촛불을 찬양하는 것을 보았다. 어느 시민단체 논객은 서울광장에 '시민권력'이 탄생했다며 정부권력과 별개의 권력이 서울에 공존하고 있다는 분석을 내놓기도 했다. 말장난처럼 들렸다.

권력의 개념을 거론할 필요는 없을 것이다. 촛불의 지도부라 하는 분들의 생각과 지향이 어딜 향하고 있는지 단적으로 볼 수 있는 대목이다. 또 다른 권력을 지향하고 있다.

우리는 역사상 등장한 시민권력의 행로를 떠올릴 필요가 있다. 동학혁명, 3.1만세운동, 4.19혁명, 광주민중항쟁, 6.10항쟁을 떠올려보면 된다. 멀리는 프랑스대혁명이나 중국의 5.4운동이나 이란의

호메이니혁명, 필리핀의 반마르코스혁명 등을 떠올려보면 된다.

새로운 권력을 탄생시키기도 했지만 근본적으로 달라진 것은 없었다. 생명의 관점, 생태의 관점, 사랑의 관점, 포용과 상생의 관점에서 보면 바뀐 권력은 이전 권력과 차이보다는 동질성이 더 크다.

권력의 지위에 오른 4.19와 6.10의 주역들이 어떻게 되었는지 보면 된다. 권력은 권력자의 자리에 오른 한 개인을 권력의 속성에 포박한다. 모든 유형의 권력으로부터 자유로운 위치에 계신 분들이야말로 진정한 혁명의 계승자라 할 수 있다.

큰 자유는 자기 생각과 주장에 묶이지 않는 것이다. 최고의 평등은 온 세상 만물이 하나라는 인식으로까지 나아가는 것이다. 이명박 정부가 쇠고기 정국에 대처하는 모습에서 우리는 '우리 자신'의 모습을 발견해낼 수 있어야 한다. 그것이 촛불의 희망이 되는 것이다.

지금의 촛불은 이명박 권력에 대한 저항과 비판을 주된 자기 동력으로 삼는다. 촛불을 든 사람들이 '저항폭력'의 이름으로, 또는 '대항폭력'의 이름으로 행사하는 거리에서의 말과 행동의 폭력성은 스스로를 권력자로 만들고 있다는 느낌까지 든다.

보수 기독교 광신도들이 온 세상을 '예수천국과 불신지옥'으로 양분하듯이 촛불들도 이명박으로 대표되는 상대편현 정부, 한나라당, 조중동, 극우단체들, 보수 종교인 등을 뜯어 고치고 물리쳐야 할 악의 세력으로 보고 있는 게 사실이다.

거침없는 조롱과 업신여김, 비아냥과 헐뜯기와 깎아내리기는 결

아름다운 후퇴

국 자기 자신 속에 그런 기운을 채워가는 과정이기 때문에 새로운 세상을 열어가는 주체가 되기에는 거리가 멀다.

한겨레와 경향신문, 오마이뉴스와 프레시안, 노컷뉴스, 미디어스, MBC 일부 내용들은 분명 기사가 한쪽으로 기울어 있다. 촛불에 대한 부추김과 확대재생산에 전념하고 있다. 다른 쪽으로 몰려 있는 조중동의 끔찍한 보도들은 더 말할 필요가 없다.

'저항을 넘어선 창조의 길'이 촛불의 방향

나는 '저항을 넘어선 창조의 길'이 촛불이 가야 할 방향이라고 본다. 이명박 정부를 향한 요구와 주장은 이제 됐다. 나 자신을 향한 요구와 주장을 펴 나가야 할 때라고 본다. 남과 주변 환경을 향한 요구와 저항은 마치 평화와 행복이 환경조건과 상대편의 행동 여부에 달려 있다는 식의 오해를 갖게 한다. 이런 생각을 가진 분들이 많다.

재협상이라는 요구조건이 이뤄졌느냐 와는 무관하게 촛불은 거리의 싸움에서는 이겼다. 그런데도 재협상과 정부책임자 처벌이나 구속자 석방, 또는 한반도 대운하 포기와 공공부문 민영화 금지 등에만 매달리는 것은 어리석은 일이다. 새로운 세상을 만들어가야 할 촛불은 이런 것에 시간과 정력을 계속해서 쏟을 겨를이 없다.

소를 음식으로만 보는 시선을 거두고 생명을 가진 가축으로 봐야 하며, 내 밥상에 오르는 반反 생명적 음식들을 하나씩 제거해야 하고, 이명박 식의 신자유주의적 사고와 생활을 청산하기 위한 자기 혁신의 프로그램을 만들어야 할 때다. 이것이 근본적인 혁명의 길이다. 잔인한 역사의 반복을 단절하는 길이다.

자가용 버리기, 대형차를 경차로 바꾸기, 재생에너지 쓰기는 기본이다. 농촌 살리기와 유기농^{자연농} 식품 먹기, 초중고 정식 교과 목에 명상과 수련을 포함시키기, 음식 안 남기기 등을 선언하고 실천하는 촛불을 켜야 한다.

채식하기, 귀농하기, 더울 때는 땀 흘리고 추울 때는 떨며 살기, 포용하고 사랑하기, 어떤 조건에서도 늘 평화롭기, 이런 것이 이 시대 최고의 진보일 것이다. 비판과 저항, 상대를 이기기 위한 투쟁은 큰 세상으로 나아가기 위한 한시적인 수단에 불과하다는 사실을 잊어서는 안 된다.

농민들이 주관하는 촛불집회가 열린다고 한다. 땅과 물과 공기를 오염시키는 화학농법을 하면서 도시적 소비생활을 하는 농민들이 많다. 도시민들의 타락한 입맛을 쫓아 끊임없이 스스로가 파괴될 때까지 파괴적인 농사를 하는 사람들이 많다.

미국의 미친 소 대신 기회는 이때다 하고는 한우 판촉에 열을 올리는 지자체가 많다. 우리 동네만 해도 지자체 지원 속에 계속 짓고 있는 한우 축사들을 보고 있자면 이것은 가축들이 사는 집이 아니고 쇠고기 공장에 불과하다는 걸 깨닫게 된다.

논 한 가운데에 덜렁 세워지는 축사의 한우들은 사료만 먹고 자란다. 평생을 갇혀 살고 파란 풀을 단 한입도 먹지 못하고 일생을

아름다운 후퇴

마친다. 고기생산 공장인 셈이다. 촛불이 결과적으로 이런 우리 현실을 온존시키는 쪽으로 가서는 안 된다.

농민들이 치켜드는 가장 강력한 촛불은 지금까지의 반생명적 농사를 중단하고 생명의 농사를 짓겠다고 선언하는 것이다. 교사들이 치켜드는 가장 강력한 촛불은 어떤 경우에도 어떤 종류의 폭력도 학생들에게 사용하지 않겠다고 선언을 하는 것이며 어떤 경우에도 부정적인 언사로 사물을 설명하지 않겠다고 다짐하는 것이다.

노동자들이 치켜드는 가장 강력한 촛불은 공장에서 지급 받은 면장갑을 한번 쓰고 버리는 것이 아니라 다시 빨아 사용하는 것이다. 파업은 이러한 큰 세상으로 가는 과도기적 수단에 불과하다는 것을 분명히 아는 것이다. 시민들은 자기 집에서 촛불을 켜고서 아버지는 식구들에게 권위적 군림을 포기하겠다고 촛불 앞에서 약속하는 것이다.

그리고는 일주일에 한 번 정도씩 이런 촛불들이 광장에 모여 함께 촛불을 켜고 촛불다짐 발표대회를 여는 것이다. 직장단위, 가족단위, 정당단위, 기타의 모임단위로 각자의 촛불실천을 발표하고 서로 격려하고 지지하는 것이다. 때때로 정치적 요구를 내세우는 촛불집회도 열고 주장을 하면 더 좋다. 공동체의 요구를 집약하는 자리가 될 것이다.

촛불들의 새로운 실천 제안도 할 수 있다. 이명박 정부의 성공적인 국정운영을 진심으로 비는 기도회를 제안할 수 있고, 북한의 굶주리는 동포를 위한 보름 동안 성미 모으기 운동도 제안할 수 있다. 이런 창조의 촛불이 되어야 한다. 내가 말하고자 하는 '창조'의 핵심은 '개인적 대각성의 사회화와 사회변혁의 일상생활화'다.

비판과 저항을 출발점으로 민초들은 일어난다. 비판과 저항을 동력으로 삼아 나아가려면 끊임없이 '적'을 필요로 한다. 오늘 비판적 지성이라 할 수 있는 손아무개 선생은 '촛불은 아직 승리하지 못했다'면서 계속 촛불집회를 하자고 주장하고 있다. 요구가 하나도 받아들여지지 않았다고 하면서.

여기서 말하는 '승리'가 이명박의 신자유주의적 지향과 뭐가 다를까? '승리'가 목표가 되면 패배의 순간을 준비하는 짓과 다를 바 없다. 어떻게 우리가 멍청하게 패배의 삶을 위해 헌신한단 말인가? 창조의 촛불이 필요한 이유다.

자급자족이 우리의 진보

구제역 문제를 다루는 어느 토론 자리에서 내가 '식물복지' 얘기를 했다. '동물복지'는 점점 익숙해져 가지만 '식물복지'는 아직 생소하다. 더 나아가 정치권에서 거론되는 복지논쟁에 대해서도 색다른 주장을 했다. 무상급식 논쟁에서 촉발된 포괄적 복지냐 선별적 복지냐 하는 논쟁을 비판하면서 무상급식 반대를 주장했다. 반값 등록금 논쟁에 대해서도 나는 등록금 반액세일이 아니라 대학 불매운동을 주장했다. 대학 거부다. 급식 거부, 대학 거부라니 약간 생뚱맞다고 생각할 수 있다.

아름다운 후퇴

불량음식 갖다 놓고 값을 흥정하는 것은 잘못된 것이기 때문이다. 물려야 한다. 지금의 대학교육은 반값이 아니라 공짜라 해도 거부해야 할 상황이라는 게 내 판단이다. 그래서 우리 집 남매는 둘 다 대학을 가지 않기로 했고 나름대로 잘 살고 있다.

내가 병·의원을 찾지 않는 것은 비싸서가 아니라 사람을 더 망가뜨리기 때문이다. 또한 약을 먹지 않는 것은 그것이 독이기 때문이다.

나는 학교급식을 반대한다. 식재료가 유기농이라 해도 마찬가지로 반대한다. 무상의료도 반대하지, 무상교육도 반대하지, 거기에 무상급식까지 반대하니 도대체 어쩌란 말이냐고 반문할 수 있다.

자급자족이 내 주장이다. 다른 길이 없다고 보는 것이다. 자급이 없는 자립은 없다. 자급이 없는 환경운동과 생태운동은 모래성이다. 자급의 자리를 꿰차고 앉은 시장상품들을 쓰레기통으로 내다버리지 않으면 우리의 미래는 없다고 본다.

참다운 평화는 자급에서 시작된다. 민족의 식량자급만이 자급문제의 대상일 수 없다. 우리의 모든 생활부문에서 획기적인 자급이 시도되어야 한다. 인간의 자급능력을 철저히 박탈하고 있는 사회시스템에 저항해야 한다. 거대한 자본의 음모이기 때문이다.

내가 주장하는 자급운동에 딱 한 가지만 덧붙이자면 '호혜의 연대'다. 원시생활로 돌아가자는 것이냐고 반문할 사람이 있을까봐 한마디 덧붙인 것이다.

이렇게 상상해보면 된다. 건강보험공단의 재원이 다 거덜나서

적자라고 한다. 의료기관의 과잉진료, 부당청구가 원인이다. 보험 가입자의 지나친 의료기관 의존이 그 원인이다. 툭하면 약국 가고 병원 간다. 이런 판국에 보험수가를 올려야 한다는 주장은 언 발에 오줌 누자는 격이다.

무상의료, 즉 의료비를 공짜로 하면 보험가입자의 의료기관 의존도는 폭발적으로 증가할 것이다. 병·의원과 약국의 과잉진료, 과잉처방, 부당청구 역시 악화될 것이다. 자기 몸은 자기 자신이 돌봐야 한다. 이게 내 주장이다. 이 방법 외에 다른 대안은 있을 수 없다.

건강보험공단에서는 아픈 사람을 병원으로 흡입하지만 말고 집에서 스스로 치료할 수 있도록 지원해야 한다. 복지기관과 요양원 등에서는 입소자들이 조금만 이상이 있어도 무조건 병원과 약국으로 사람을 밀어 넣는다. 그래야 면책이 되지 수천 년 역사를 지닌 전통 섭생을 적용하다가는 문책 당한다.

사람은 누구나 자기 자신의 몸은 물론이고 가족의 건강을 돌볼 수 있는 지혜와 능력을 가지고 있다. 이러한 능력을 누가 퇴화시키고, 누가 빼앗았을까? 애기가 머리에 조금만 열이 나도 바들바들 떨면서 119를 부르고 온 식구 들깨워서 병원으로 가는 행태는 누가 만들었을까? 먹는 것이나 배우는 것이나 건강 돌보기나 이런 것들이 언제까지 남의 손을 빌려 돈으로 해결하는 방식의 삶을 계속할 수 있을까?

교육은 특히 일정한 자급률을 유지해야 할 대상이다. 개별 가정

아름다운 후퇴

만으로 충분하지 않다면 공동체 내에서 일정한 교육자급률을 확보해야 한다. 밥상머리 공부라 하지 않는가? 부모의 삶 속에서 배우고 익히는 자식들이 많아져야 한다. 생활 속에서 배우고 사랑과 헌신으로 가르쳐야 한다.

지금처럼 자급도가 영인 교육은 교육이 아니다. 내가 미국말로 '제로'라고 말하지 않고 '영'이라고 하니 얼른 못 알아듣는 사람이 있는 것 같다. 우리 교육과 말글이 얼마나 망가졌는지 단적으로 보여주는 현상이다. 말과 글의 자급은 더 중요하다.

학교급식 문제도 다들 집에서 도시락 싸가지고 가는 생활이 복원되는 게 진정한 대책이다. 밥은 곧 하늘이다. 생명의 원천이기도 하다. 기계에 원료를 주입하는 것처럼 몸에 영양을 주입하는, 그런 집단급식은 하지 않는 게 좋다. 밥 한 그릇보다 더 소중한 것이 뭐가 있단 말인가? 밥 한 그릇이 밥상에 오르는 이치를 깨우치는 것보다 더 귀한 공부가 어디 있겠는가?

중·고등학생쯤 되는 나이라면 자기 도시락을 자기가 싸가야 한다. 사지 멀쩡하겠다, 덩치는 황소처럼 컸겠다, 제 부모보다도 더 멀쩡한 허우대를 가지고 자기 먹을 밥 한 상 차리지 못하게 하는 교육은 다 헛것이라는 것이다.

세수도 하는 둥 마는 둥 엄마가 차려놓은 신새벽 밥상 앞에 앉아 졸면서 입에 밥을 퍼 넣게 하는 그런 교육제도, 그런 학교는 거부되어야 한다. 그런데서 배우는 지식은 열이면 열, 경쟁하고 남을 누르고 더 가지는 요령을 익히는 것들이다. 쓸데없는 것들이다. 이런 수렁에 빠지면 헤어날 수가 없다.

카이스트라는 지식공장에서 사육되면서 석 달 만에 네 명의 젊음들이 스스로 목숨을 끊는 사태를 보면서도 대학 불매운동을 하지 않고 반값 등록금 운운 하는 것은 본질을 외면하는 것이다.

장거리 나들이를 할 때 버스가 쉬는 휴게소에서 나는 그 어떤 음식도 입에 대지 않는다. 어쩌다 도시락을 싸 가지 못해서 배에서 꼬르륵 소리가 진동을 해도 안 사 먹는다. 비싸서가 아니라 그걸 나는 음식이라고 보지 않기 때문이다. 고열량 화학합성물 덩어리로 여기기 때문이다. 반값 아니라 공짜라도 먹지 않을 것이다.

방사능비는 우리가 내리게 한 것이다

내 얘기가 아주 극단적인 주장으로 들릴 수도 있겠다. 보통 까탈스런 사람이 아닐 거라고 여겨진다면 좀 더 얘기를 하겠다.

나는 우리나라를 송두리째 뒤흔든 구제역 사태나 방사능비에서 얻어야 하는 교훈이 있다면 바로 이것이라고 여긴다. 상한 음식을 먹었다면 몸이 견디다 못해 설사가 나고 토하기도 한다. 똑같은 현상이 우리가 겪는 지구생태계의 여러 이변들이고, 생물개체들의 반란이다. 방사능비는 우리들이 무분별하게 외식을 즐기고 육식의 식탐에서 벗어나지 못하기 때문에 내리는 것이다.

우리가 끊임없이 불필요한 것들을 만들고 정신을 홀라당 빼놓는 소비라는 마약에 중독되었기 때문에 방사능비가 내린다. 우리나라

아름다운 후퇴

어느 대재벌 회장님 집은 한 달 전기료를 평균 900만 원이나 된다고 한다12,827kWh. 그 아들놈은 월평균 2472만 원34,101kWh이나 낸다고 한다. 이들이 방사능비를 내리게 했다. 일본의 후쿠시마 핵발전소의 사고 때문이라고 생각하는 것은 짧은 생각이다.

우산을 챙길 때마다 방사능비를 두려워하고 정부를 비판하면서도 정작 자기 집 전기꽂이를 빼지 않고 있는 사람은 교훈을 제대로 얻었다고 할 수 없다. 손수건 한 장 안 가지고 다니면서 휴게소 화장실에서 열풍기에 손을 말리고 있는 사람도 마찬가지다. 핵발전소의 전기만 취하고 방사능비는 피하겠다는 것은 성립할 수 없는 모순이다.

우리의 삶을 뿌리에서부터 바꾸어야 할 때다. 세상은 그걸 촉구하고 있다. 다양한 재난의 형태로 인간들에게 호소하고 있다.

자각된 개인의 자유로운 연대체가 새로운 대안이라고 뜻있는 분들은 입을 모으고 있다. 무슨 체제나 시스템, 국가권력의 교체로 새 세상을 열 수 없다. 개인의 전면적 자각과 이것의 집단화. 바로 이것이다. 지금은 이것이 무척 쉬운 세상이다. 정치권력도 이것에 복무해야 할 것이다. 개인과 단체들도 이 일을 가장 중요하게 생각해야 할 때다.

해일은 흔히 지진 때문에 일어난다고 한다. 그 지진은 왜 일어날까? 지구생명체의 자기정화 과정에서 일어나는 것이다. 이대로는 더 이상 버틸 수 없으니까 뒤집어서 털어버리는 것이다. 상한 음식을 잘못 먹고 토하는 인간과 같다. 과음을 하고 며칠 드러누워 끙

5장 새로운 세상을 향한 문명 이야기

끙대는 것과 같다. 지구자체가 지구 크기만한 커다란 생명체이기 때문이다.

축산농가들의 재입식이 시작됐다. 방역체계만 강화하고 축산농가 허가제만 도입하고는 재입식을 추진한다. 구제역과 조류독감으로 1천만 마리의 소, 돼지, 닭, 오리가 목숨을 바쳐가며 한국인들에게 교훈을 주고자 했는데 이런 식이다. 이래서는 안 된다.

더 큰 재앙이 올 것이다. 그 재앙은 곧 구제역으로 다시 올 수도 있고, 꼭 구제역으로 오지 않을 수도 있다. 엄청난 방역약품과 동물학대의 후과는 가뭄과 홍수와 화재로 나타날 수 있다. 식량난과 전쟁과 괴질로 나타날 수 있다. 세상만물은 그물망처럼 엮여 있고 서로서로 작용하기 때문이다. 밀집축산은 지구온난화를 촉진시켜 실제 기상이변의 주범이기도 하다.

이미 우리사회에서도 인면수심의 묻지마 살인, 존속살인이 늘고, 자살율이 급등하고 있다. 불특정 다수를 향한 증오의 폭력도 어느새 사회문제가 되고 있다. 가해자는 피해자 못지 않게 영혼이 상처를 받는다. 가해자와 피해자는 동일인이기 때문이다. 동물학대, 식물학대가 일상화된 생활 속에서 인간은 엄청난 파괴를 경험할 것이다.

어떤 사람들은 정말 이러다가 지구 종말이 오는 게 아니냐고 걱정한다. 지구 종말이 이미 왔는데도 언제까지 그렇게 물을 건가? 방사능비가 내리고 벌이 다 사라져서 인공수분을 해야 하고, 개구리가 사라진 들녘에서 이화명나방이 창궐하는 이런 일이 지구 종

아름다운 후퇴

말 그 자체가 아니고 무엇인가?

　스스로의 운명을 단축시키는 방향으로 자기 발전을 도모하는 것만큼 큰 모순은 없다. 그보다 어리석은 짓이 없다. 오늘날 우리가 누리는 물질문명은 바로 그런 모순 속에 있다. 우리 인간의 신성한 직관과 예지를 퇴화시키고 맹목적인 파괴로 편리를 구하는 게 가능한 것은 값싼 화석연료가 있어서다. 흙과 물과 공기를 손상시키는 토대 위에 구축된 것이다. 이제 그것이 끝났다. 따라서 모든 문명도 끝이 난다. 종말론자라서 하는 말이 아니다.

　최근에 도시농업이 관심사로 떠오르고 있다. 지혜로운 사람들의 선택이다. 내일 지구의 종말이 온다 해도 씨앗을 뿌리리라. 무수한 생명을 죽이고 살아온 내 삶을 되돌아보며 이제는 소중한 생명체 하나 가꾸어 보리라. 재산과 외모의 관리에 쏟던 정성을 내 고귀한 영성과 맑은 정신에 쏟아 보리라. 이렇게 다짐하는 사람들의 선택이라고 생각한다.

　도시농업은 단지 내 밥상 위에 신선한 푸성귀 한 접시 올려보겠다는 차원을 넘어서는 혁명사업이다. 지진과 핵 방사능에 대한 진실한 대안이다. 왜 이렇게까지 과잉해석하는지 의아한 분들도 있겠지만 이게 바로 내가 생각하는 '구원'이다. 구름기둥 타고 하늘로 올라가는 게 구원이 아니라 자기 삶의 뿌리를 바꾸는 것이 구원이고 혁명이다.

지구의 종말이 아니라 인간의 종말

우리는 수많은 지구 재난 보고를 듣는다. 급박하게 타전되고 있는 그 많은 보고들을 하루도 거르지 않고 듣는다. 책에서, TV에서, 신문에서, 급기야는 완고한 행정관료들의 입을 통해서도 듣는다.

롤랜드 에머리히 감독의 〈투모로우〉는 가공할 만한 재앙이 당장 지구촌에서 벌어질 수 있다는 뜻으로 영화의 제목도 '내일'이라고 정했을 것이다. 미국의 대통령 후보였던 엘 고어가 출연하여 만든 지구온난화를 경고하는 영화 〈불편한 진실〉이 아카데미 다큐멘터리 상을 받고, 엘 고어가 노벨평화상까지 받았다. 이제는 지구가 직면한 환경재앙이 소수 환경운동가들이 내는 경고음에 그치지 않고 있다. 일반대중에게도 자기 삶과 직결된 광범위한 관심사가 되

아름다운 후퇴

고 있음을 알 수 있다.

길거리 상업적인 광고판에까지 환경재난의 경고문이 걸리는 걸 보면 바야흐로 환경재앙이 모든 사람들의 관심사일 뿐 아니라 많은 이들의 밥벌이가 되고 있음도 확인할 수 있다. 밥벌이가 되는 것은 아주 중요한 대목이다. 현대사회에서 밥벌이가 되지 않는 공익은 존재할 수 없으니까.

생명운동의 등장

언젠가부터 환경운동과 나란히 생태운동이 등장하더니 평화운동을 넘어 생명운동이란 말이 등장했다. 생명운동. 이름에서부터 절박함이 배어 있다. 이대로 가다가는 지구의 종말이 온다는 지적이 다양한 근거들을 제시하면서 점점 주장의 신빙성을 더해가고 있다.

어떤 이는 말한다. 지구의 종말이 아니라 인간의 종말에 불과하다고. 인간들, 특히 현대인들로부터 급습을 당해 위기에 몰린 지구가 드디어 인간을 털어내기 위한 반격을 시작했다고도.

자, 여기까지의 논리는 식상할 정도로 우리의 귀와 눈에 익숙하다. 익숙한 것에는 겁내지 않는 심리가 있다. 그러다 보니 위기는 더 강조된다. 위기가 과장되었다는 반론이 안 나올 수 없다.《침묵의 봄》을 썼던 레이첼 카슨씨는 물론 엘 고어는 소송을 당했다. 〈불편한 진실〉에 과학적 오류가 있다는 판결이 2007년 영국법원에서 내려졌다. 〈불편한 진실〉이 불편한 처지에 몰렸다. 엘 고어의 정치적 야심과 저의를 들먹이는 사람들도 있었다.

환경생태학자나 생물학자들이 먼저 제기하기 시작한 지구위기의 과학적 논거들이 또 다른 과학의 이름으로 반격을 당한 것이다. 이 다툼의 틈새에서 또 많은 사람들이 밥벌이를 할 것이다.

에드워드 윌슨이 쓴 《생명의 편지》라는 책이 있다. 2007년 10월에 한국에서도 출간됐다. 당시 한국에서는 대통령 자리를 놓고 각 정당과 대통령 후보들이 하루에도 몇 건씩의 정책과 성명서를 발표했다. 하지만 아무도 이 책에서 안타깝게 제기하는 문제들을 말하지 않았다. 일자리 창출과 경제성장, 비정규직 해결과 한미에프티에이 반대는 쟁점이 되지만 인간들이 지금 당장 지구생명권지구생물권에 가하는 공격을 멈춰야 하는 문제는 전혀 쟁점이 되지 않았다. 이러한 현실은 2012년 대통령선거라고 해서 달라지지 않을 것이다.

인구증가를 멈추어야 하고 경제는 마이너스 성장으로 되돌려야 하며 일자리를 만들기보다 일자리를 공평하게 나누는 것이 훨씬 급하다. 금세기 중반에 90억 명으로 늘어나는 지구인들은 불가피하게 환경재난 속에서 집단 폐사한다. 지구인들이 현재의 하루 평균 소비량을 골고루 잘 나누는 것이 무엇보다도 시급하다. 《생명의 편지》가 담고 있는 요지다.

환경재앙의 중심에는 사람이 있다. 지구에서 벌어지는 기상이변을 축으로 하는 환경재앙의 진원지는 바로 인간임을 모든 선언과

아름다운 후퇴

협약, 보고서에서 지적하고 있다. 현생인류가 등장한 지 5만 년이 채 안 되는데 수십 억 년의 고참 생명체들을 멸종시키고 있는 것이다. 그것도 최단시간 안에.

그런데도 한국의 대통령이 되겠다는 사람들은 당장 금세기 말이면 지구생물권 종의 반이 멸종된다는 《생명의 편지》 내용과는 동떨어진 한가한 주장들만 하고 있다. 한국의 국민들은 한가한 주장들을 놓고 네가 옳으니 내가 옳으니 하며 열을 내고 있다. 모두 한가한 사람들이다.

평생을 생물학자로 살아온 저자 에드워드 윌슨이 개신교 목사에게 편지 형식의 책을 쓰게 된 이유는 뭘까? 왜 정치가도 아니고 환경운동가도 아닌 종교인에게 말을 걸었을까? 엄정한 논거들에 의해 입증되고 있는 환경위기를 하나님 말씀 한마디로 간단히 무시하고 있는 기독교라는 종교가 환경 불감증의 가장 큰 집단이라고 여겼는지도 모른다. 물질법칙과 물리운동을 연구하는 자연과학이 초감각의 영역을 관장하는 종교와 손잡을 수 있어야 지구환경위기를 넘길 수 있다고 봤을 수도 있다.

과학 만능론자들은 과학이 이 모든 것을 해결할 것이라고 주장한다. 하지만 에드워드 윌슨은 이것을 '세속적인 이데올로기'라고 비판한다. 같은 맥락에서 종교이데올로기도 넘어서야 한다고 주장한다. 이것이 생물학자 윌슨이 개신교 목사를 향해 편지글을 쓰게 된 동기일 것이다.

윌슨이 제시하는 생물종의 위기 상황은 아주 구체적이다. 아메

5장 새로운 세상을 향한 문명 이야기

리카 대륙 남과 북을 두루 다니며 조사하고 연구한 그는 모든 생물 종들을 아우르는 수치들을 가지고 위기를 진단한다. 포유류와 양서류, 조류와 어류 등은 물론이고 열대식물과 온대식물의 개체수가 어떤 속도로 감소되고 있는지 공식까지 내보이고 있다. 삼림과 바다와 자생종과 담수지역에서 일어나는 깜짝 놀랄 만한 지표들을 굳이 소개할 필요는 없을 것이다. 생물종의 급감 소식과 통계는 여기저기 늘려 있으니까.

생명을 위한 연대

《생명의 편지》는 몇 가지 새로운 영역에 대한 의견을 내 놓고 있다. 최근 수억 년 지구역사에 일어났던 다섯 번 혹은 일곱 번의 대재앙들은 운석 충돌이라는 우주의 공격, 지구외부 요인의 작용인데 비해 이번에 벌어지고 있는 여섯 번째 혹은 여덟 번째 재앙은 사람들에 의해 인위적으로 만들어지고 있으며 치명적이고 완벽한 것이라는 지적이다. 지금 지구의 입장에서 보면 거대충돌의 운석이 바로 인간이라는 것이다.

인간을 포함해서 지구 자체를 먹여 살리는 것은 미생물과 곤충과 무척추동물과 식물 등인데 인간이 아무 죄도 없는 이들을 말살함으로써 스스로의 명운을 끝장내고 있다는 지적도 한다.

사실 인간들이 하는 자연에 대한 가해 행위는 최소한의 생존을 위해서 하는 짓도 아니고 끝없는 욕망과 경쟁을 위해 하는 짓들이

아름다운 후퇴

다. 지구표면의 2.3%밖에 안 되는 34개의 열섬Hot Spot 지역에 꽃식물의 50%와 포유류의 72%, 조류의 86%, 양서류의 92%로 살고 있다고 한다. 이런 결과는 인간들의 무분별한 동식물 서식지 파괴로부터 시작된 것이다. 남획과 오염, 침입종의 확산과 남벌, 온실가스 배출 등으로 이마저도 위기상황으로 치닫고 있다.

　그래서 윌슨은 말한다. 종교인이 넓은 의미에서 자기와 같은 인도주의자이므로 지구생성 역사관의 차이나 인도주의적 실천의 차이가 있음에도 지구와 지구인의 안녕을 바라는 공통점에 주목하여 '창조물을 구하자'고 말한다. "우리의 형이상학적 차이는 우리의 삶과 행위에 거의 영향을 주지 않는다"며 과학자와 종교인의 연대를 호소하고 있다.

　또한 그는 자연주의자를 육성하고 시민과학자를 양성해야 한다고 주장한다. 아이들은 본성적으로 대자연본능과 일치한다면서 어떻게 생물학을 가르쳐야 하는지도 안내하고 있다. 대자연 속에서 이루어지는 종의 소멸과 생성의 균형이 깨진 지는 오래고 현재는 100배의 속도로 종의 감소가 이루어지고 있다는 연구결과도 내놓는다. 이 수치는 연쇄작용을 일으켜 천 배, 만 배가 되는 것은 시간문제라는 것이다.

　윌슨은 《생명의 편지》에 앞서서 《통섭》이라는 학문간 경계를 넘자는 책을 낸 적이 있다. 통섭은 학계에 새로운 용어로 떠올라서 연구가 활발하다. 개신교 목사에게 편지를 쓸 수 있었던 것도 자연과학과 인문과학은 물론 사회과학까지 아우르는 저자의 학문세계와 무관하지 않아 보인다.

　〈투모로우〉나 〈불편한 진실〉 영화를 보고 관객들이 영상과 사운드의 재미에 빠지기보다는 자신의 생활을 바꾸기 바란다. 마찬가지로 《생명의 편지》에 담긴 노학자의 진정어린 우려가 종교인들뿐 아니라 정치가들의 설교와 연설을 바꿀 수 있었으면 한다.

일본과 독일
견문기

일본의 도시농업,
도시를 갈아엎고 농사를 짓자

2006년 8월 26일에서 30일까지 일본으로 닷새 동안 '도시농업' 연수를 다녀왔다. 국회의원이나 지방의원들이 시민들의 세금으로 해외연수를 갔다 오면 관광여행이었니 골프를 쳤니 하면서 뒷말들이 신문방송에 오르내리곤 하는데 우리도 농림부 지원으로 가는 연수라서 뒷말이 생기면 어쩌나 하고 약간 긴장이 되었다. 일종의 국비장학생(?)인데 국위선양(!)은 못할망정 만취객담만 하고 와서는 안 되겠다고 나름대로 다짐을 하고 갔다.

안내원 선생까지 포함해서 스물세 명이 함께 갔는데 사람들마다 느낌과 배움이 다를 것이다. 제 눈에 안경이라고 내가 본 것은 평소에 마음에 담고 있던 것이었을 테고, 내가 배운 것은 내가 못내 궁금하던 것이었을 게다. 따라서 이 기록이 사실과 꼭 맞는 얘기는 아닐 테니 이 점을 잊지 말기 바란다.

연수 기간이 짧았던 탓도 있겠지만 오전과 오후, 때로는 저녁까지 이어지는 일과가 너무 빡빡하게 짜여 힘들다는 소리가 절로 나왔다. 더구나 주최단체인 '사단법인 전국귀농운동본부'의 실무책임자는 매일매일 소감문과 제안서를 써내도록 해서 더더욱 벅찬 날들이었다.

그러나 막상 우리나라로 돌아와서 보니 더 자세히 알아보고 한 자라도 더 꼼꼼하게 기록하지 못한 것이 아쉽기만 했다. 그나마 소감문과 일지를 쓴 것이 큰 도움이 되었다.

가는 곳마다 보는 족족 자료들을 챙길 때는 '이건 대도시의 열섬현상주변보다 기온이 높은 도시 지역으로 자동차 매연이나 공장 굴뚝, 에어컨 가스 등 도시화에 따른 대량의 에너지 소비로 열이 모여 있는 것이 그 원인이다. 도시 지역의 등온선을 그리면 그 모양이 바다에 떠 있는 섬처럼 보이기 때문에 생긴 말이다. 해가 진 뒤에도 대기의 온도가 떨어지지 않는 열대야 현상이 나타나기도 한다에 참고가 되겠구나', '이건 경남 함양군에 대규모 스키장과 골프장이 들어서는 문제와 연관이 있는 자료구나' 싶었다. 또 '이걸 우리 농촌에 적용할 때는 이렇게 바꿔야겠다'는 등 떠오르는 생각들이 참 많았는데 정작 기록해두지 않은 것은 돌아와서 자료를 들추어봐도 기억이 오락가락했다. 방문 장소와 만난 사람들이 뒤섞여 떠오르기도 했다.

아름다운 후퇴

각양각색의 안성맞춤 농기구들

일본에서 우리 연수단 일행이 다닌 곳은 나가노 현과 도쿄 도, 가나가와 현이었다. 우리나라 강원도와 같은 산골에 갔는데 그곳이 나가노 현의 이이야마 시였다. 눈이 한번 오면 어떤 데는 10m가 쌓인다고 했다. 이곳 원주민들이 개발업체의 농간도 없이 어떻게 하여 도시와 연계하고 자연환경을 보존하면서도 소득을 올려 잘 살 수 있는지를 보는 기회가 주어졌다.

대도시에서는 도시민들이 도시 곳곳에 마련된 농장에서 농사짓는 것을 볼 수 있었다. 도쿄 도에서는 평당 1천만 원대에 이른다는 땅에 빌딩을 짓는 대신 고추를 심고 토마토를 심는 것이었다. 무시무시하게 과격한(?) 사람들이었다. 일본 도시행정의 과격성이 한껏 부러웠다.

일본에 도착한 우리가 제일 먼저 간 곳은 농기구 전문매장이었다. 일정을 참 잘 잡았다는 것을 나중에 깨닫게 되었다. 농부들이 실제 사용하는 농기구들을 살펴보면 참 많은 것을 알 수 있다. 주로 무슨 농사를 짓는지는 물론이고 농법까지 엿볼 수 있으며 농업이 어느 정도 대접을 받고 있는지도 알 수 있다. 농업을 지원하는 기계공업이나 유통 등도 어렴풋이나마 짐작이 가능하다.

얼치기 해외연수 초보자들이 쏟아내는 첫 이야기는 자기나라 흉보기이다. 나도 당연히 이 대열에서 빠질 수 없었다. 일본에는 낫이 왜 그리 종류가 많던지 우리나라 철물점에서 한숨만 쉬다 어쩔 수 없이 3~4천 원 주고 건네받던 낫들과 비교가 되는 것이었다.

크기도 갖가지였는데 이는 쓰임새가 다 다른 것이었다. 낫자루의 손잡이도 오랜 노동에서 비롯된 지혜가 서려 있었다. 낫의 재질도 다양해서 가격도 여러 층이었다. 내가 사 온 것은 2만 원이 넘는 것인데 집에 와서 써보니 정말 기가 막히는 낫이었다. 가벼우면서도 담금질이 아주 적절히 잘 되었다. 담금질이 지나치면 낫의 날이 톡톡 이빨이 빠지는 법이고 너무 무르면 날이 잘 무뎌진다. 이 낫은 아주 적절한 수준이었다.

우리나라도 이런 낫을 만들 수는 있겠지만 사는 사람이 적다 보니 아예 안 만드는 것 같다. 장사 논리는 그럴 수밖에 없을 것이다.

낫 이외의 농기구나 농자재들을 보면서도 농민들의 처지에 따른 선택의 폭이 참 넓다는 생각을 했다. 갈퀴를 예로 봐도 그랬다. 갈퀴의 폭이나 길이가 여러 가지였다. 농사 부산물을 걷어낼 때와 배추밭을 곱게 고를 때 쓰는 갈퀴가 각각 달랐다. 완전한 역삼각형 모양의 스테인리스 괭이가 있었는데 한 친구가 얼른 샀다. 다 따낸 고추 두둑을 경운기로 갈지 않고 괭이로 타서 배추 심기에 안성맞춤인 농기구였던 것이다.

이런 것을 일본 사회의 '소수자에 대한 배려의 수준'이라고 봐도 될지 모르겠지만 도쿄 신쥬쿠 거리에서 휴대폰 가격표를 보면서 다시 소수자에 대한 배려를 떠올렸다. 휴대폰이 우리 돈으로 2만 5천 원짜리가 있는 것이었다. 안내원 선생 얘기로는 아주 잘 터진다고 한다. 기능은 걸고 받는 것뿐이라고 했다.

엠피쓰리 기능이다 백만 화소대 카메라폰이다 하여 수십만 원짜리 제품만 있는 우리나라 휴대폰 시장과 비교가 되었다. 집 전화처럼 다른 기능은 전혀 없어도 걸기만 하고 받기만 하는 휴대폰이 있으면 좋을 텐데 우리나라는 안 만든다. 비싼 휴대폰 시장만 형성되었고 이용자도 분위기에 휩쓸려 꼭 필요한 기능이 아닌데도 새로운 기능이 있는 휴대폰으로 교체를 거듭한다.

이 농기구 전문점의 또 다른 특징은 농민들의 농사생활에 필요한 모든 것이 있다는 점이다. 농사용 전기기구와 농사용 작업복, 작업화, 종자, 스프링클러는 물론이고 물 호스에 끼워 쓰는 장치들까지 진열되어 있었다. 플라스틱 용기들도 있었으니 우리나라 같으면 그릇점, 전열기구상, 철물점, 농약사, 종묘사, 의류가게, 신발가게 등을 가야 하는 것을 한곳에서 다 구할 수 있었다. 물론 다 농사용이다.

역시 주된 기구들은 모두 도시인들이 작은 정원에서 남새를 가꾸고 화단을 다듬을 때 쓰는 도구들이었다. 베란다 바닥에 깔 수 있는 고운 자갈과 모래도 있었고 마당 텃밭 가장자리를 단장하는 데 쓰이는 조형물도 아기자기한 게 많았다.

호미나 괭이는 중간에 구멍이 나 있거나 높이가 낮아서 풀을 맬 때 흙이 술술 빠져나가게 되어 있었다. 땅을 득득 긁기에 힘이 덜 들게 만든 것이다. 텃밭에서 뽑은 잡초나 낙엽들을 넣어 거름을 만들 수 있는 통이 있었는데 부피만 크지 않았으면 하나 사오고 싶었다.

요시다 타로吉田太郎 선생과의 만남

내가 '도시농업'이라는 말을 처음 들었을 때가 2004년 무렵이다. 그때의 첫 느낌은 몸에 전기가 온 것처럼 번쩍했다. 여러 생각들이 섬광처럼 스쳤다. 잿빛 죽음의 아스팔트를 뜯어내고 그 자리에 파란 새싹들이 자라는 풍경은 지하방에 드는 한줄기 빛과도 같은 것이었다. 숨통이 트이는 기분이었다. 아파트 지을 때 녹지공간이나 주차공간을 의무화하듯이 텃밭공간을 법으로 의무화하는 것을 상상해보았고, 아파트 안에 테니스장 대신 논이 있어 개구리가 울고 벼가 익어가는 모습도 상상해보던 중이어서 더 그렇다.

논에 물을 대기 위해 아파트 옥상에는 빗물을 모으는 탱크가 설치되고 상하수도 물을 정화하는 기준이 더 엄격해지는 상상은 그것만으로도 참 흐뭇했다. 책상물림으로만 맺어지던 관계가 비로소 밥상물림 관계로 진보하는구나 싶었다.

남이 만든 것들로만 밥상에 올리던 도시인들이 직접 자기 손으로 밥상의 한 귀퉁이를 채운다는 것은 대단한 역사의 진보라고 믿는다. 건강, 의식, 교육, 땅, 물, 공기, 아이들이 살아나는 것이니까 더 그렇다.

이때 만났던 책이 있다. 바로 요시다 타로 선생이 쓴 책이다. 《생태도시 아바나의 탄생》이라는 책인데 쿠바의 수도 아바나의 도시농업 이야기다. 내가 어느 신년 단식모임에 갔더니 거기에 참석하셨던 한명숙 총리의 남편인 성공회대 박성준 교수가 우리나라에서 이 책이 100만 권만 읽히면 혁명이 일어난다면서 그토록 칭찬을 아

아름다운 후퇴

끼지 않았던 책이다.

바로 이 책의 저자인 요시다 타로 선생을 만났다. 마침 이 책을 번역한 귀농운동본부 도시농업위원회 위원인 안철환 선생이 연수단의 한 사람으로 같이 갔기 때문에 두 사람은 특별히 반가워했다. 1961년 생으로 일본 츠쿠바대학 자연학부를 졸업한 요시다 선생은 나가노 현 농정부에서 농업정책팀 주임기획원으로 일하고 있었다. 강의 때 체 게바라 티셔츠를 입은 모습이 참 자유분방해 보였다.

요시다 선생은 강의를 두 시간 정도 했고 질문과 답변이 한 시간 가량 더 이어졌다. 강의내용도 내용이지만 질문에 답변하는 모습이 참 믿음직스러웠다. 무슨 말인고 하니 답변이 신중하고 정교했다는 것이다. 잘난 체 하거나 얼버무리지 않고 유기농업의 내용과 그 역사에 대해 아주 미세한 부분까지도 그의 연구 범위에 포함되어 있다는 것을 확인할 수 있는 성실한 답변이었다. 그는 화학비료와 농약의 힘으로 등장한 이른바 '녹색혁명'의 부정적인 면에 대해 설명을 했다.

프랜시스 무어가 "지구에는 식량이 넘치지만 굶는 사람 또한 넘친다"면서 그 이유를 정치 군사적 측면에서 분석한 논리를 소개하면서 석유 없으면 농사를 못 짓는 하이테크 농업은 지속가능한 농업이 아니라고 했다. 그러면서 남미의 쿠바가 수많은 댐을 부수고 트랙터를 포기하면서 일구어낸 도시농업의 모델을 소개했다.

'아이에게는 자연을, 노인에게는 일을'이라는 선전구호가 바로 도시농업이라고 했다. 그는 일본의 유명한 애니메이션 영화감독

미야자키 하야오宮崎駿가 도시처녀와 농촌총각의 애틋한 사랑이야기를 작품으로 만들자 농촌과 도시농업에 대한 관심이 엄청나게 커졌다고 소개했다. 지금 미야자키는 '나쯔꼬노사께夏子の酒'라는 영화를 만들고 있다고 하는데 술도 술 나름이라서 유기농사로 지은 쌀로 만들어야 진짜 술이라는 게 이 영화의 중심 주제라 한다.

우리나라 영화가 민족문제나 여성주의, 인권문제, 동성애까지 소재를 넓혀 다루고 있지만 농업문제를 다루기에는 얼마나 더 시간이 걸릴까 혼자 셈을 해봤다. 의식 있는 연예인들이 효순이 미선이 추모 촛불집회나 한미 에프티에이FTA 반대집회에는 등장해도 아직 생태농업을 강조하거나 농사를 직접 짓는 연예인은 없는 것 같다. 그런데 도쿄 도청사에 갔더니 타렌토라는 미모의 여배우가 도시농업에 대한 농사강연을 하는 전단이 있었다.

안내원 선생 얘기로는 이 여배우를 모르면 간첩이라 할 정도로 인기가 높은 배우라고 한다. 그런데 도시농업을 몇 년째 해오면서 도시농업 전파에 큰 역할을 하고 있다는 것이다. 수입이라도 해오고 싶은 여배우였다.

요시다 선생은 곤충농법의 성공 사례를 쿠바 이야기할 때 소개했다. 한 연수생이 파리를 인공적으로 만들어 퍼뜨리면 생태계 교란 위험은 없냐고 물었다. 요시다 선생은 그런 점들이 쿠바의 젊은 연구자들이 여전히 고민하는 지점이라고 했다.

무농약과 천적만으로 지속가능하고 안전한 농사가 보장되는지가 연구대상이라고 했다. 이런 생물농법의 성과는 절대 해당지역

346
아름다운 후퇴

밖으로 옮겨갈 수 없고 그 생물은 그 지역에서만 사용한다는 게 쿠바 유기농업의 철칙이라고 했다. 생명을 다루는 농법은 그만큼 신중하고 조심스럽다는 것이다. 미생물농법도 마찬가지다.

요시다 선생은 일본의 치산치쇼우地産地消 운동을 소개했는데 우리나라의 신토불이身土不二 정신과 같은 것으로 이해했다. 그 지역 농산물을 그 지역에서 소비하자는 운동인데 자연조건과 인문사회조건을 생각할 때 그렇게 하는 것이 자연스럽고 경제적이라는 것이다.

우리나라에서도 학교급식조례가 제정되어 있는 지자체에서 이같은 지산지소의 정신을 반영하고 있다. 지역의 농산물로 그 지역의 학교급식을 하는데 이런 취지에서 벗어난 현상이 하나 있다.

지방정부예산으로 지원하는 농산물 유통에서 우체국 택배는 이와는 정반대다. 타지역 택배는 요금할인 혜택이 있어도 지역 내 택배는 요금할인 혜택이 없다는 것이다. 즉, 전라북도 어느 농산물유통회사가 전라북도 누군가에게 쌀을 팔 때는 택배요금이 더 비싸다는 것이다. 아주 노골적으로 다른 도에 팔아 돈 벌어 들이라는 것이다. 참 어이없는 정책이다. 자기 지자체는 돈을 벌지 모르지만 지구 차원에서 보면 탄소발자국도 늘고 생태파괴도 더 심할 것이다.

요시다 선생과는 야마시다 사과농원에 같이 갔는데 그곳 농부들하고 친구처럼 어울리는 것을 봤다. 야마시다 사과농원 연수가 끝나고도 요시다 선생은 그냥 그 농장에 남겠다고 하여 우리들만 떠

보론 일본과 독일 견문기

나오게 되었다. 공무원이 지역농민과 밀착하여 농업정책을 추진하는 농정이 보기 좋았다.

체재형 시민농원에서 사는 사람들

3일째 되는 날 우리는 17년 된 일본 그린투어리즘의 발상지 모리노이에 코테지에서 하룻밤을 자고 키지마다이라木島平촌의 전형적인 유기농 단지에 견학을 갔다. 그리고는 바로 체재형 시민농원으로 갔다. 모리노이에 코테지의 체험도 인상적이었고, 키지마다이라 촌은 거대한 유기농산단지여서 여러 종합시설들이 다 마련되어 있는 중요한 곳이었지만, 체재형 시민농원 이야기로 넘어가고자 한다.

체재형 시민농원이라고 해서 처음에는 얼른 감이 잡히지 않았다. 설명을 듣고 현지에 가서 보니 참 좋은 발상임을 알 수 있었다.

도시인들이 시골 전원생활을 동경하며 살지만 도시생활은 사탕과도 같은 편리함을 제공하기 때문에 뜻을 이루기가 쉽지는 않은 게 현실이다. 주말농장을 시도해본 사람들의 경우 초봄에는 굳은 각오로 시작해서 농장에 가서는 이웃들과 삼겹살도 구워 먹고 술도 한 잔 하면서 밭일에 재미를 붙인다. 하지만 날이 점점 더워지고 집안에 일이 생겨 한두 주 빠지다 보면 바로 풀이 우거져서 농사를 망치곤 했다는 얘기를 들을 수 있다.

일본의 체재형 시민농원은 이런 점들을 고려해서 아예 1년 단위로 실험적인 농사꾼이 되어 보는 계획으로 설계된 농원이다. 마츠모토 시의 농업국 주사인 하라 씨의 설명에 의하면 이 체재형 시민농원을 '그라인 가르텐'이라 부른다고 했다. 자그마한 정원이란 뜻이다. 우리는 '록카오카 그라인 가루텐'과 '방주산 그라인 가루텐'에 갔는데 우리나라 수목원의 방갈로 같이 생겼다.

금요일에서 월요일까지 머무르면서 2월에서 11월까지 이용하는데 연간 이용료는 20만 엔에서 25만 엔이었다. 마츠모토 시에서는 조례를 제정해 운영을 뒷받침하고 있는데 시가 운영주체였다. 정원에는 작은 텃밭도 딸려 있었는데 여러 작물들이 아기자기하게 자라고 있었다.

하라 주사의 설명에 의하면 상주하는 분들도 있는데 이 분들은 정년퇴임한 사람들이 많고 이들에게는 '시골친척 되어주기'라는 제도를 알선해 체재형 농장주인들이 시골친척이 되어, 도시인들이 친척집 찾아오듯이 와서 머물다 갈 수 있게 한다는 것이다.

가을에는 도시인들을 많이 불러서 농산물 전시회도 하도 문화행사도 하는데 이곳에서 재배한 농산물을 팔수는 없다고 한다. 왜냐하면 그 지역 전업농민들의 농산물 판매를 방해하지 않기 위해서라고 한다. 따라서 그라인 가루텐을 방문하는 도시인들은 체재형 농장주들의 농산물은 살 수 없고 그 주변지역 농민들의 농산물을 사는 것이다.

이런 시스템은 키지마다이라 촌에서도 확인할 수 있었다. 지역개발의 주요원칙은 그 지역 원주민의 생활향상이었다. 사기업이

보론 일본과 독일 견문기

개발하는 일이 없고 지방정부가 주체가 되어 개발하는데 원주민들의 삶의 질 향상과 더불어 환경과의 조화, 농촌소득 증대, 지역역사와 문화의 보존, 그리고 발전이라고 강조하던 기억이 난다. 우리나라의 개발과는 사뭇 다른 양상이다.

도시농업의 이런 정신은 실제 대도시 도시농장에 가보면서 더 확실해졌다.

도쿄 도 마쯔다 시의 시민농원

도쿄 도 마쓰다 시의 시민농원은 도시농업의 전형이라 할 수 있다. 도심 한 가운데 농장을 조성해 시민들에게 농사를 지을 수 있게 한 것이다. 아홉 평 또는 열두 평 규모를 한 구획으로 하는데 대개 한 농장에 작은 것은 40구획이었고 큰 것은 70구획이 넘기도 했다. 마쯔다 시에만 농장이 여섯 개나 있었다.

시민농원에 도착했을 때 첫 느낌은 숨통이 확 트이는 것이었다. 도심 가운데 온갖 채소와 과일, 그리고 곡식들이 익어가는 모습은 도시의 허파와도 같았다. 농기구 보관소와 세면장, 자전거 거치대도 있었다. 우리가 갔던 곳은 59개 구획으로 구성된 주우세이忠生 시민농원이었다.

전국귀농운동본부의 도시농업위원회 위원과 여기서 운영하는 도시농부학교 출신들이 대부분인 연수단원들은 마치 꿈에 그리던 낙원에 온 듯 희희낙락하며 농장을 둘러보았다.

"야야 이리와 봐. 고추가 왜 이리 뒤집어졌지?"

"어라? 뭐 이런 고추가 다 있어. 발딱 일어섰네?"

"이거이 머냐믄 발딱 고추라는 거여"

"발딱 고추?"

"비아그라 고추 아냐?"

"이거 먹으면 사람 고추도 이렇게 돼?"

"종자 좀 받아가자. 한국에 가면 장사 좀 되겠다."

고추가 요상하게도 일제히 위로 솟구쳐 있는 모양을 보고 신기한 듯 저마다 한마디씩 했다. 고추들이 매달려 있는 것이 아니라 하늘로 솟구쳐 있었다. 어떤 연수생은 팔을 걷어 부치고 잡초 제거 본능이 꿈틀댄다며 풀을 매기 시작했다. 스스로 '한일친선 민간 멸초 교류단'이라고 이름도 붙였다. 농사꾼들이 집 떠나 오랜만에 제대로 된 농장에 들어오니 그야말로 본능이 살아난 때문이다. 이때 한 사람이 풀 매는 사람을 극구 말렸다.

"아까 그랬잖아. 자른다고. 풀 매버리면 못 자르잖아."

마쯔다 시의 쿠에가야熊谷 주사가 이 농장으로 오면서 한 말을 이 사람이 옮긴 것이다. 농장을 임대받은 사람들 중에 경계선을 넘어서 작물을 심는 사람들이나 잡초만 무성하고 제대로 가꾸지 않는 사람들, 또는 몇 달째 월 이용료가 밀린 사람들을 다 잘라버린다고 했기 때문이다. 그러니 풀을 매면 자를 구실이 없어지는 것이다. 대기자가 아주 많아서 자르고 다른 사람으로 순환해야 하는 고충이 있을 정도로 도시농업이 활발하다는 얘기가 되겠다.

쿠에가야 씨는 마쯔다 시의 농업진흥과 주사인데 도시농업을 하는 시민들이 말썽(?)을 피워 골치 아파 죽겠다며 내내 불평을 늘어놓았다. 대표적인 것이 '땅콩아줌마'였다. 시민농원에서 불하받은 구획에 모두 땅콩을 심었던 어떤 아줌마가 땅콩을 수확해서는 규정을 위반하고는 땅콩 한 자루를 시민농원 담당 공무원들 책상에 놓아두고 가는 바람에 그 사람의 집을 찾아가서 되돌려주느라 골치 아팠다는 얘기다. 공무원은 어떤 답례품도 받지 않아야 되기 때문이라고 하는데 분명 자랑하기 위한 엄살 같았다.

쿠에가야 씨는 도시농장 참여시민들이 농장에 와 농사지으면서 떠들면 민원이 들어오니까 시민농장 주변에 사는 주민들을 끌어내서 같이 떠들고 노는 전략을 펴서 이를 저지하느라 골치 아프다고 또 엄살을 부렸다.

쿠에가야 씨 얘기를 듣다보니 불평인지 신바람인지 분간이 안됐다. 시민농원이 워낙 경관이 좋고 조용하다 보니 택시 운전사들이 차를 받쳐두고 잠을 자기도 하고 부랑자들이 여기에 둥지를 틀고 밤에 서리에 나서기도 해 담당 공무원들이 불침번을 서기도 한다고 했다. 도시농원 주변의 주민들은 도시농원 참여자들이 농사 부산물이나 생활쓰레기들을 버리고 간다고 민원이 들어오고, 도시농원 참여자들은 집에서 자고 오면 농작물이 송두리채 사라진다고 민원을 제기한다면서 골치 아프다고 엄살을 피웠지만 풀을 매고 불침번을 서는 일이 싫지는 않은 기색이었다.

아름다운 후퇴

도시농업의 제도적 뒷받침

일본에는 1990년 6월에 '시민농원정비촉진법'이 만들어져 시민들에게 레크리에이션이나 요양공간, 휴게시설, 농지를 제공하는 법적 근거들이 마련되었다고 한다. 이창우 서울시정개발연구원 선임연구원의 발제문에 따르면 2005년 3월 현재 일본의 도시농원 수는 3001개소이고 구획 수는 15만 3727개소라고 한다.

도시농장마다 '농업환경규범'이 있는데 마쯔다 시의 규범을 보면 아주 재미있다. 연 사용료는 1만 8000엔으로 한다고 되어 있다. 열여섯 조항으로 구성된 이 규범에서 제일 눈길을 끄는 것은 절대 차를 몰고 농장에 와서는 안 된다는 것이다. 농약을 쓰거나 쓰레기를 함부로 버리면 도시농원의 이용자격을 박탈한다는 살벌한 조항도 있으나 무엇보다 자동차를 가져오면 즉시 이용자격을 박탈한다고 되어 있는 점이 인상적이다.

도시농업을 하는 사람의 정신상태가 어떠해야 하는지를 엄중히 각인시키는 조항이라고 하겠다. 우리 주말농장처럼 캠핑 가듯이 농작물을 대해서는 안 된다는 금칙선언이라 생각된다. 생태농사를 하는 사람이 길 위의 암세포인 자동차를 끌고서 호미 들고 농사지으러 간다는 것은 이만저만한 이율배반이 아닌 것이다.

도시농업의 의미는 도시민에게 휴식, 노동공간의 제공이 제일 크다. 원래 노동은 고역의 상징이 아니다. 노동과정은 자기 실현과정이다. 휴식과 놀이가 함께 어우러지는 종합문화예술이 태초의 노동이었다. 즉, 노동이 상품화되기 이전의 원초형태가 그렇다.

이밖에도 학생이나 어린이의 체험학습, 고령자의 보람찾기, 토양과 생태환경의 보존, 도시민의 정서안정과 평화도시 구축 등등의 의미가 있다. 도시 녹지환경을 확보하는 환경보전기능 외에도 도시에 재해가 발생했을 때 복구작업용 장비의 적치장으로도 쓰인다.

도시농업 과정에서 도시민들이 이웃 사이에 장벽을 허물고 지역 주민과 농장주인, 농민들과 도시주민들의 소통의 공간이 될 수 있다. 무엇보다도 농업의 소중함과 유기농산물의 이용도가 높아져서 도시민의 정서와 도시아이들의 환경교육의 기회로 활용될 수 있다는 점도 놓칠 수 없는 점이라 하겠다.

우리나라의 도농교류는 매우 단선적이다. 우리농산물이니 도시민이 많이 사먹어달라는 식이다. 1촌1사 운동을 벌이는 농협의 경우도 별로 신통치 않다. 이런 표피적인 행사 위주로는 지속적인 관계를 장담할 수 없다. 진정 어린 내면의 만남이 있어야 할 것이다. 쌍방의 요구와 필요가 충족되는 관계가 건강한 관계라 여겨진다. 어려운 농촌 도와달라는 식으로 접근하지 말자는 것이다.

키지마다이라 촌처럼 자연환경과 생태조건, 그리고 내려오는 풍습과 전통을 그대로 보존하여 이를 소중히 여기는 도시민들과 교류하는 것이다.

지리산 기슭 함양에서 4년째 김일복 선생이 하고 있는 '산골유학'이 떠올랐다. 마쯔모도 시의 체재형 농장을 우리 시골에 만들려면 전혀 어렵지 않아 보인다. 실버타운이니 실버전문병원이니 하는 꼬부랑 시설보다 노인평안구역을 시골의 한 골짜기에 만들 수도 있을 것이다. 이 마을에 입주하는 젊은 농군은 지자체나 중앙정부에서 지원해도 좋다. 이뿐이 아니다. 1960년대 농촌을 복원하여 당시의 마을을 만들어 그때의 농기구와 농법 그대로 살아가는 농촌을 만들 수도 있을 것이다. 자동차로 2~3시간 거리면 주탁 유치원이나 탁아소도 가능하다. 도심의 주탁 탁아소들은 완전히 아동수용소와 다름 아니다. 가습기에다 공기청정기에다 보일러와 에어컨을 교대로 틀어대고 있으니 말이다.

체재형농장과 주말농장을 적당히 조합하고 분기별로 농사축제도 열어 농촌마을과 아파트 등이 자매결연을 맺고 농산물만이 아니라 휴식과 여유도 나눌 수 있는 관계가 다각적으로 맺어지면 좋을 것이다.

핵 없는 세상으로 가는
독일의 탈핵 시나리오

공중파 방송 MBC에서 얼마 전 눈물시리즈를 방영한 적
이 있다. 북극의 눈물, 아마존의 눈물에 이어 남극의 눈물을 방송
했는데 전혀 다른 지구촌 세 지역이 흘리고 있는 눈물의 씨앗들은
모두 인간이 제공한 것으로 이야기하고 있다. 그것은 인간의 물질
문명과 끝 모를 탐욕이라는 게 세 편의 시리즈물을 본 많은 사람들
의 견해다.

이 방송을 본 시청자들 대부분이 일상에서는 크게 느낄 수 없는
지구차원의 환경위기를 봤을 것이다. 편리와 속도만을 추구하는
현대의 물질문명이 어디까지 가서야 멈추게 될지 위기의식을 느꼈
을 만도 하다.

이 위기의식은 한반도 전역은 물론 아시아 대륙과 동유럽을 휩

쓸고 있는 이상한파도 예사롭게 볼 수 없도록 하고 있다. 시베리아 어느 지역은 폭설로 1만 2천 개의 마을이 완전 고립되었다고도 하고, 일본에는 3m의 눈이 내렸다고도 한다. 극동지역의 야쿠티야 공화국은 영하 50도까지 기온이 떨어졌다는 소식도 나온다.

오늘도 우리 집에서 쏟아내는 핵 쓰레기

지구가 날로 뜨거워져서 걱정이 많은데 혹한이 계속되니 어리둥절할 수밖에 없다. 그 원인은 지구온난화의 역설이라는 것이다. 지구온난화가 겨울철 맹추위를 몰고 온다는 것이다. 즉, 극한의 상태에 몰린 지구가 자정작용의 일환으로 무더위와 맹추위를 동시에 연출한다는 것이다. 폭우와 장마가 지구촌 한쪽에서 일어나면 다른 한쪽은 가뭄과 폭설이 생기는 것도 전체적인 균형을 맞추기 위한 지구차원의 자정작용에 속한다. 사람도 한 끼 굶으면 그 다음 식사를 평소보다 많이 하게 되는 것과 이치가 서로 같다.

커다란 생명체로서의 지구가 견디다 못해 끝내 피고름을 쏟고 신음하며 몸부림치는 것인가 하는 생각이 든다. 자, 사다리타기 놀이하듯이 따져 올라가보자. 지구의 피고름. 피고름이 흐른다는 것은 악성종양이 있다는 얘기다. 지구의 악성종양이라면 무엇일까? 현재로서는 지구온난화라는 데에 이견이 없다. 그렇다면 지구온난화라는 악성종양을 가속시키는 가장 큰 원인은 무엇일까? 그것은 과다한 에너지사용이다.

에너지를 쓰는 과정에서 발생하는 지구온실가스가 태양에서 지구로 들어오는 열량을 가두어 버린다. 또 우주로 다시 내보내야 하는 열량을 못 나가게 하니 지구가 뜨거워질 수밖에 없다. 지구가 뜨거워지니 양 극지방의 얼음이 녹고 그 냉기류가 맹추위를 만들어내고 있다.

이쯤에서 생각할 수 있는 것은 세상이란 참 그저 되는 게 없고 공짜가 없다는 것이다. 이것은 저것의 원인이고 저것은 이것에 의지하여 존재한다는 인드라망의 법칙이 새삼스럽게 되새겨진다. 그것은 다음 이야기에서 극명하게 드러난다.

핵에너지가 그렇다. 지구온난화와는 무관하다고 주장하는 핵발전소 말이다. 이산화탄소 같은 온실가스를 배출하지 않기 때문에 핵에너지는 깨끗한 에너지라는 주장이 있고, 핵기술은 그 나라의 과학기술 수준을 가늠하는 기준이 되다시피 했다.

초기 설비투자비용이 많이 드는 것이 취약점이긴 해도 일단 지어놓기만 하면 화력이나 수력 같은 다른 발전소에 비해 값싼 에너지를 많이 만들어낸다는 핵발전소가 2011년 3월 일본 후쿠시마 핵발전소 폭발로 일대 위기를 맞고 있다. 그 이전에 있었던 체르노빌과 드리마일 핵발전소 사고가 잊혀갈 즈음에 터진 후쿠시마 사고는 세상에 공짜가 없다는 것을 새삼 일깨운다. 깨끗하고, 저렴하고, 안전하고, 무한정인 그런 에너지는 있을 수 없다는 것을 깨닫게 해주고 있다.

1970년대 새마을운동 때 거의 강압적으로 시골 지붕을 다 걷어내

아름다운 후퇴

고 슬레이트를 씌워 놓았다가 이제야 그것이 석면이라는 극독 발암물질 덩어리라 하여 수백만 원씩 들여 걷어내야 하는 딜레마에 빠진 것을 연상하면 된다. 핵발전소의 처지가 꼭 그렇다.

조작된 신화, 원자력

이런 비교가 있다. 화력발전소에서 100메가와트 발전을 하려면 15만 톤의 석유가 필요하지만 원자력발전소는 고작 3톤의 우라늄만 있으면 된다는 것이다. 15만 톤과 3톤. 엄청난 차이다. 양의 차이만이 아니다. 석유와 달리 우라늄은 이산화탄소를 만들지 않는다. 참으로 깨끗한 에너지가 아닐 수 없다.

그래서 핵에너지야말로 값싸고 안전한 에너지라는 주장이 여전하다. 하지만 이제는 그런 신화 같은 믿음은 걷혀가고 있다. 3톤의 정제 우라늄을 생산하기 위해서는 우라늄 광석 2천 톤이 필요하고 채굴 과정에서 석유 8만 톤의 에너지가 필요하다는 것이 알려졌다. 현재 우라늄 가격이 오르고 있는 것도 핵발전소 증가에 따라 우라늄 수요가 늘다보니 양질의 우라늄 광석 확보에 더 많은 비용이 들기 때문이다.

핵발전소의 더 큰 문제는 사회적 간접비용이 엄청나다는 것이다. 당장 후쿠시마 핵발전소 사고로 일본 사회가 짊어진 사회적 비용을 생각해보라. 인명피해를 비롯해 사회간접자본 피해가 약 203조~282조 원이 된다고 한다. 이것을 핵발전소 건설비용에 포함시키면 핵발전소가 결코 값싼 에너지가 아니라는 것이 금방 드러난다.

최근에 한국수력원자력이 삼척과 영덕을 새로운 핵발전소 부지로 선정했다. 원전이 유치되면 '발전소 주변지역 지원에 관한 법률'에 따라 4조 7천억 원이 지원된다. 삼척과 영덕의 한 해 예산이 2011년 기준으로 각각 3600억 원과 2800억 원이라고 한다. 과히 천문학적인 돈이 지원되는 것이다. 이것은 핵발전 비용이 아니란 말인가?

몇 년 전 극심한 사회갈등을 유발했던 부안 핵폐기장 유치 반대 사건을 봐도 된다. 이때의 사회갈등 비용을 돈으로 따지면 얼마나 될까? 끝내 경주로 방폐장시설이 갔지만 경주 지역에 그 대가로 3천억 원이라는 보상금을 준 것도 핵발전소 발전비용으로 쳐야 맞다.

경주에 방폐장을 짓기로 하기까지 소요된 기간이 꼬박 19년이다. 핵발전소 방사능 폐기물 처리장을 하나 짓는데 부지 선정에만 19년이 걸렸다고 하면 그 기간 동안에 우리 사회가 지출해야 했던 정신적, 경제적 비용이 얼마나 되었을지는 짐작하고도 남는다. 그러면 이 비용도 핵발전소 발전비용에 넣어야 마땅하지 않은가? 이래도 핵발전이 싸다고 할 것인가?

그런데 이것은 약과다. 겨우 경주에 방폐장을 짓기로 했지만 거기에 들어가는 돈이 눈덩이처럼 불어나고 있다. 원래 2009년 12월에 1단계 공사가 완공될 예정이었다. 이것이 다시 2010년 6월로 1차 연기가 됐다가 2012년 12월로 또 연기됐다. 이 과정에서 건설비

1조 5천억 원에 700억 원이 추가되었다. 그러나 이것마저 지킬 수 없게 됐다.

2012년 1월 13일에 한국방사성폐기물관리공단은 중대발표를 했다. 경주방폐장 1단계 공사 완공시기를 다시 18개월 연장하여 2014년 6월로 미뤘다. 비용이 추가발생하는 것은 당연하다. 300억 원에서 1천억 원이라고 한다.

사실, 이런 결과는 2005년 경주 방폐장이 확정될 당시에 예견된 일이라고 봐야 한다. 국민을 속이고 여론을 호도하기 위해 처음부터 시나리오를 짠 것이고 계속되는 공사기간 연장은 그 시나리오에 따른 것으로 보면 된다. 이유들을 보면 그렇다. 지하수와 해수, 암반 문제라는 것이 이유인데 그것은 방폐장 부지를 선정할 때 가장 먼저 살펴보고 판단하는 기초사항들이다.

방폐장 문제로 불거지고 있는 비용과 갈등이 이러한데 그 방폐장은 아쉽게도 중저준위 방사능 폐기물 처리장이라는 사실이다. 핵발전소에서 나오는 폐기물은 두 종류다. 작업복이나 작업공구, 휴지, 덧신 등 방사능 준위가 낮은 것들이 중저준위 방사능 폐기물이다. 그렇다면 고준위 폐기물도 있지 않겠는가? 당연하다. 핵발전 뒤에 남은 연료가 바로 고준위 방사능 폐기물이다. 그렇다면 고준위 방사능 폐기물이 더 위험할 텐데 이것들을 처분할 폐기장은 만들었는가? 전혀 아니다. 만들 엄두도 못 내고 그냥 쌓아 두고 있다.

2008년 현재 중저준위 방사성 폐기물 양은 경주지역 1단계 공사 완공 후 수용용량인 10만 드럼을 이미 초과하고 있다. 임시저장 중인 핵발전소 내 보관용량도 대부분 포화상태를 지났다. 핵연구소들도 마찬가지다. 핵폭탄을 안고 있는 셈이다. 이러다 보니 2011년 11월 민주당 변재일 의원이 입수해 공개한 교육과학기술부의 〈중저준위 방사선 폐기물 처분 관련자료〉는 충격 그 자체다.

서울시 공릉동 원자력연구원 옛 부지에 연구용 원자로 1,2호기를 해체하는 과정에서 발생한 방사성 폐기물 1297드럼은 고준위 핵폐기물이 포함된 채 10년 이상 도심에 방치되어 있다는 것이다. 대전도 마찬가지다. 어디 갖다 버릴 데가 없다보니 안전기준에 미달된 장소에 방치하고 있는 것이다. 그 양도 자그만치 2011년 11월 현재 1만 375드럼이라고 한다. 속된 말로 똥구멍이 막혔다고 볼 수 있다. 내보내지는 못하고 먹기만 하는 형국이라고나 할까?

참으로 한가한 한국, 거꾸로 가는 한국

앞으로 몇 년에 걸쳐 100만 명 이상의 사망자가 나올 것이라는 후쿠시마 핵발전소 폭발사건도 그랬지만 체르노빌 핵발전소도 사고 당시 반경 30km 이내 주민들을 모두 대피시켰다. 지금도 20km 이내는 접근 금지다.

그런데 우리나라는 어떨까? 핵발전소 반경 30km 이내에 사는 주민 수는 울진이 6만 명, 월성이 109만 명, 고리가 322만 명에 달한다. 이런 얘기를 하자면 끝이 없다.

포화 년도를 코앞에 둔 고준위 방사성폐기물인 사용 후 핵 연료

봉이 핵발전소마다 가득하다. 이것을 안전하게 처리할 수 있는 기술이 없기 때문에 커다란 물탱크에 넣어 7m 이상의 물로 채워 담가두고 있다. 일본 후쿠시마도 이 사용 후 핵연료 저장수조의 밑바닥에 지진으로 균열이 생겨 방사능이 유출되기 시작한 것이다. 우라늄으로 만든 핵연료는 한번 점화되면 핵분열을 시작하면 이론상으로 수백만 년 동안 끌 수가 없다.

20년 동안이나 폐쇄작업을 진행해서 겨우 2009년도에 해체와 정화를 완료했지만 여전히 모니터링과 시설운영을 위해 12명의 직원이 24시간 감시 근무하는 미국 캘리포니아의 란초세코 핵발전소는 해체비용만 5681억 원이 들었다. 해체 이후에도 연간 관리비용이 63억 원이 들고 있다. 핵발전소의 완전 폐쇄에는 보통 30년이나 40년이 걸리고 방사능이 제거되기까지는 100년을 잡고 있다. 이래도 핵발전을 값싼 전기라고 할 것인가?

이런 이유들 때문에 사실 다른 나라에서 핵발전소는 사양산업에 속한다. 전성기였던 1979년에 233기의 핵발전소가 만들어진 이후, 2008년에는 단 한 기도 건설되지 않았다. 반면에 2008년 이후 가동이 중지된 원전은 11기다. 2011년 대지진의 직격탄을 맞은 일본은 물론 원전강국인 독일도 최근 원전 완전폐기 시점을 2022년으로 못 박았다. 중국과 프랑스도 재검토에 들어갔다. 그런데 한국은 어떤가?

이명박 정부는 신규 핵발전소 부지 선정 발표를 2011년 12월 22일 감행했다. 공교롭게도 발표시기가 미묘하다. 크리스마스를 앞

보론 일본과 독일 견문기

둔 시점이고 거기다 김정일 국방위원장의 사망으로 뒤숭숭하던 시점에 발표했다. 이 계획대로라면 우리나라는 핵발전소 개수로는 세계 5위다. 하지만 핵발전소 상위 5개국의 밀집도를 따지면 한국이 단연 1위다. 핵발전소가 많기로 소문난 프랑스의 3배이고 대만의 근 두 배이다. 한국은 현재 건설 중인 것이 7기요, 신규 부지 영덕과 삼척에 6기가 들어선다. 후쿠시마 사태 이후 대부분의 나라들이 탈핵을 추진하는데 비해 우리 정부는 무모할 정도로 거꾸로 달려가고 있다.

《녹색평론》 전 주간이었던 변홍철 선생의 글을 보면 설계수명이 다한 고리원전1호기의 가동연장을 정부가 결정했다는 것을 알 수 있다. 2011년 국정감사에서조차 2030년까지 12기의 핵발전소 설계수명이 추가로 만료되는데도 구체적인 폐로 계획은 전혀 없다는 것을 확인할 수 있다.

우리 정부가 유독 왜 이럴까? 변홍철 선생의 주장을 더 들어보자. 핵발전소 1기당 건설비용은 약 4조 원이라 한다. 우리가 반드시 기억해야 할 것은 현재 핵발전소 사업에서 가장 중요한 건설사는 바로 이명박 대통령이 회장으로 있었던 현대건설이라는 사실이다. 여기에 삼성물산, 두산중공업, 대림산업, 대우건설 같은 재벌기업들이 컨소시엄으로 참여한다. 게다가 핵발전소는 건설하고 나면 사후정비 및 관리 등으로 장기간 이권을 챙길 수 있는 수익사업이다. 핵관련학과의 대학교수, 연구진, 관료, 언론, 해당 지자체 등에게 골고루 떡고물이 돌아간다.

아름다운 후퇴

소위 '핵마피아'들에게는 결코 양보할 수도, 포기할 수도 없는 황금시장인 것이다. 4대강 사업으로 온 산하를 결딴낸 것도 모자라, 정권 말기에 들어 이명박 정부가 이토록 무리한 역주행과 과속을 감행하는 까닭이 어디에 있는가를 우리가 알아야 한다고 변홍철 선생은 주장한다.

그러나 정부를 비난만 하기에는 우리들 집안 구석구석이 너무 구리다. 효율이 좋아져 전기료가 적게 든다고 해서 들여놓은 대형 냉장고가 있다. 어떤 집은 김치냉장고 포함하면 냉장고가 두세 개나 된다. 대형 화면의 TV에 식기세척기와 드럼세탁기 등도 집집마다 널려 있다. 겨울에도 집안에서는 반팔로 사는 사람들이 많다고 한다.

이것들이 끊임없이 방사성 폐기물을 만들고 있다는 사실을 알아채는 사람은 드물다. 모든 전기제품의 3분의 1은 핵발전소에서 나오는 전기를 쓴다. 그러니 집집마다 차곡차곡 핵폐기물을 쌓고 있다고 보면 된다. 경주 방폐장이 논란을 빚건, 서울과 대전의 도시 한가운데에 핵폐기물이 위험하게 방치되어 있건, 밀양에서 칠순 농민이 핵발전소 송전탑 때문에 목숨을 끊건, 여전히 콘센트에 플러그를 꽂고 있는 우리를 돌아보지 않을 수 없다.

독일은 국민들의 뜻에 따라 2022년까지 모든 핵발전소를 폐쇄하기로 했고, 2011년 6월에 핵발전소 재가동 여부를 묻는 투표에서 이탈리아 국민들은 90% 이상이 반대표를 던졌다. 하지만 대한민국은 계속 90% 가까운 국민들이 핵발전소가 필요하다고 응답하고

보론 일본과 독일 견문기

있다. 핵발전소의 안전성에 대해서도 50~60%가 신뢰를 보내고 있다. 정부의 핵정책 역주행이 왜 가능한지 알 만하다.

우리나라 국민 1인당 전기소비량을 고체 핵폐기물로 따졌을 때 연간 13g에 불과하다고 주장하는 핵 전문가를 본 적이 있다. 국민 한 사람이 1년간 2000kg 이나 되는 산업폐기물과 일반쓰레기를 만드는 사실에 비하면 새 발의 피라고 한다. 정말 그럴까?

히로시마 원자폭탄은 1kg의 우라늄이 터진 것인데 26만 명의 생명을 앗아갔다. 한 해에 우리나라는 690톤의 고준위 핵폐기물을 생산하고 있다. 690kg이 아니라 690톤이다. 한 사람이 13그램씩 만드는 것이 이런 결과치를 보여주고 있는 것이다.

그래서 궁금하다. 독일이 핵발전소를 완전히 해체해버리겠다고 선언하고 차근차근 추진하는 데는 어떤 과정과 결단이 있었던 것일까? 그게 가능하다고 믿게 된 배경은 뭘까?

독일의 크론스베르크 지역에 있는 난방이 필요 없는 태양열 주택과 단열 수조는 어떻게 작동하는 걸까? 빗물 한 방울도 그냥 흘려보내지 않고 모았다가 초등학교의 저수지를 채우고, 동식물을 기르고, 이것을 다시 허드렛물로 쓰기까지 그들이 감수한 불편과 실천은 어떻게 진행되었을까?

지역음식로컬푸드 운동 뿐 아니라 지역에너지로컬에너지 운동은 어떻게 전개되고 있을까? 독일의 환경수도라 일컬어지는 프라이부르크Freiburg 시의 에너지 자립은 어떤 시련을 겪으면서 완성되었으며 자동차 없이 자전거로 도시 전 지역을 손쉽게 나다닐 수 있게 한

아름다운 후퇴

교통정책은 어떻게 작동할까?

　우리나라 대관령의 풍력발전단지는 왜 전량 외국산인가? 전북 부안의 시민발전소와 유채밭 에너지운동은 성공하고 있는가? 조선 대학교의 그린빌리지는? 남원에 있는 대안에너지 교육기관인 '지리산초록 배움터'는? 2012년 2월 중순부터 열흘쯤 독일에 가서 두루 돌아보면서 공부하고자 하는 이유들이다.

탈핵은 '절약'과 '불편'과 같은 말

　촌놈이 도시에 첫발을 내딛을 때부터 늘 하는 버릇이 있다. '우리 동네는 아직도' 어쩌고저쩌고 하면서 모든 것을 자기가 사는 동네와 비교하면서 도시를 부러워한다. 부러워할 뿐만 아니라 도시의 모든 모습을 일단 최고의 가치, 최고의 발전으로 두고서 찬양한다. 그러다보니 애꿎은 시골 고향동네는 버림 받은 처지가 된다. 물론 1970년대 얘기다.

　필자가 처음 독일에 가서도 그랬다. 자꾸 한국과 비교하면서 소소한 것들마저도 다 독일을 표준으로 삼는 내 모습을 발견했다. 지금은 귀국한 지 며칠 지나는 시점이라 제법 냉정을 되찾았다. 그런 점을 감안해서 기록을 하려고 한다.

　아는 만큼 보인다는 말이 있듯이 예습을 해둬야 눈에 제대로 보일 것이라고 믿고 이것저것 책자도 많이 보고 다큐도 찾아서 봤다. 핵발전소와 에너지에 대해 공부를 하면 할수록 궁금한 게 눈 덩이처럼 커져갔다. 오죽하면 학원에서 자격증 시험을 대비하여 강의하는 화력발전소와 핵발전소의 기술 강의 동영상까지 봤으며 미국의 내셔널지오그래픽 채널에서 방영한 핵발전소 구조와 원리에 대한 홍보영상까지 봤을까.

물론, 우리나라에서 나온 일방적인 핵발전소 찬양 자료와 TV 방송물도 봤다. 그리고 나서 독일에 갔으니 웬만해서는 감동을 쉽게 안 하고 가려서 접수할 태세는 갖추었던 셈이다.

어쩔 수 없었다. 촌놈임을 부정할 수가 없었다. 중국, 일본, 동남아, 인도, 호주 등 제법 외국을 많이 가 봤고 더구나 북유럽 쪽으로 다섯 개 나라를 두루 다니며 그곳의 복지와 산업을 둘러보기까지 한 나였지만 위기에 처한 에너지 문제에 대한 독일의 대응은 단순히 탈핵이라는 과제를 넘어 서 있는 것으로 보여 놀라지 않을 수 없었다.

독일 베를린 공항에 도착 한 것은 2012년 2월 14일 늦은 저녁시간이었다. 2011년 6월에 있었던 독일 1차 견문단의 보고서 〈탈핵 르네상스를 맞은 독일을 가다〉를 다 읽었기 때문에 짐작은 하고 있었지만 베를린 시가지가 이렇게 어두울 줄은 몰랐다. 아무리 밤이지만 너무하다고 여겨졌는데 알고 보니 낮 시간대의 관공서도 식당도 호텔도 다 어두웠다.

밤길의 자동차는 가로등 불빛에 의지하여 가기보다 자기 헤드라이트로 가고 있었고, 사람들은 밤뿐 아니라 낮의 식당과 사무실에서도 동공을 바짝 키워 눈을 밝게 빛내야했다.

어느 동행자가 떠도는 얘기 하나를 소개했다. 북한 사람은 전기가 모자라니 선그라스는 낄망정 도수 안경은 안 쓰지만 남한 불빛은 너무 밝고 현란해서 죄다 도수 안경을 쓴다고. 밝은 불빛은 눈을 상하게 한다. 전기를 과도하게 쓰는 것은 지구온난화에 지대한 공헌을 하는 셈이기도 한데 우리나라 1인당 전기 소비량은 우리보다 산업이 훨씬 발달한 나라들을 가볍게 제치고 세계 2위다. 1위는 미국인데 뭐든 미국 꽁무니를 바짝 따라가려나 보다.

국민 총생산 대비 제조업 부문의 전기 소비량은 미국의 1.47배다. 일본의 2.22배, 영국의 2.23배다.

탈핵의 첫 번째 금언은 역시 '절약'이다. 핵발전소를 없애자고 하면 당장 그만큼의 전기를 내놔라는 식의 추궁을 받게 된다. 탈핵의 기본정신은 그런 것이 아니라는 게 독일 방문의 첫 교훈이다. 절약도 그냥 절약이 아니라 불편을 넉넉히 감수하는 절약이었다. 지혜가 번뜩이는 절약이었다.

지하철을 타고 이상한 현상을 발견했다. 문이 열리지 않는 것이었다. 단추를 눌러야 열렸다. 참 불편했다. 내릴 손님이 없는 출입구는 문을 열지 않아 따뜻한 내부 공기를 밖으로 내보내지 않는 것이었다. 타는 손님도 단추를 눌러야 문이 열렸다. 호텔의 승강기도 '닫음' 단추 자체가 없는 곳이 있었다. 곳곳이 불편했다. 인위적으로 여닫는 과정에서 전기 소비가 많기 때문이란다.

대안적인 대책에는 필연적으로 뒤따르는 게 바로 '불편'이다. 여전히 편리하고 그러면서도 대안이 되는 것은 없다. 식량과 건강문

제는 입맛이 길들여져 있는 육식을 그만두는 불편함이 있고, 교통
문제와 대기오염문제는 자가용을 버리고 대중교통을 이용하는 불
편이 있다. 다 그렇다.

　지하철 얘기를 하나 더 하려 한다. 개찰구와 집표대가 없었다.
다 트여 있었고 사람들이 그냥 마음대로 타고 내렸다. 지하철과 버
스가 연동되는데, 행선지에 따라 구역별로 표를 끊든, 한 달이나
일 년 단위의 기간별로 표를 끊든 마음대로 타고 내렸다. 이를 보
고 박원순 서울시장이 '시민 양심존중 지하철'이라고 불렀다는 얘
기를 들었다. 나는 다른 해석 하나를 덧붙였다. 시스템의 편의보다
시민 신상 정보권을 존중하는 국가체제라고 느낀 것이다.

　우리가 지하철 등 대중교통을 이용할 때 쓰는 교통카드나 신용
카드는 그 사람의 정보를 고스란히 기록한다. 언제 어디서 어디로
갔는지, 가는데 시간이 얼마나 걸렸는지를 다 파악해 저장한다. 사
건 사고가 생기면 경찰은 시시티브이CCTV를 꺼내들고 금세 범인
의 도주로를 알아낸다. 곳곳에 깔려 있는 이런 장치를 기뻐해야만
할 일은 아니다.

　태양전지로 불을 밝히는 엘이디LED 가로등이나 역시 태양전지
판을 세워 전기를 자체 공급하는 거리의 자동주차 시스템도 인상
적이었다. 우리처럼 전력거래소를 통한 중앙집중방식이 아니라 에
너지를 구역 또는 지역별로 자급하는 것이 눈에 띄었다. 위험요소
의 분산이다.

　건물마다 에너지등급표가 붙어 있었다. 건물의 단열기준을 무

아름다운 후퇴

척 강화했다고 한다. 3중창과 고효율 단열재가 필수다. 우리나라가 1990년에 비해 2010년은 에너지 사용이 4배나 늘었지만 독일은 2001년에 비해 2010년은 85% 수준으로 줄었다. 미국은 가입 자체를 거부한 도쿄의정서에 따라 2012년까지 1990년 대비 21%의 이산화탄소 감축의무를 이행해야 하는 독일은 이미 22%를 감소해 목표를 달성해버렸다.

열효율 강화와 무지막지한 절약. 이 과정에는 지혜도 필요하지만 필연적으로 불편이 따른다. 그 불편을 독일은 감수한다.

지붕 위에 태양전지판이 즐비했고, 가는 곳마다 풍력발전기가 우뚝 우뚝 서 있었다. 이른바 재생에너지들이다. 기름이나 석탄, 가스 등은 한 번 쓰고 나면 쓰레기만 잔뜩 남기고 다시 쓸 수 없지만 바람이나 물, 햇볕은 쓰고 또 쓸 수 있다. 물레방아를 돌리고 전기를 만든 물은 여전히 흐르고 흘러 대지를 적신다. 햇볕으로 온수를 만들고 전기를 만들어도 태양은 내일 다시 의연하게 떠오른다.

재생에너지를 사용하면서 전기나 더운물을 펑펑 쓸 수는 없다. 당장의 생산비는 화석연료보다 비싸기 때문이다. 초절약을 몸에 익힐 때만 재생에너지로 에너지 전환을 하는 의미가 있다.

후쿠시마의 충격 속에 탈핵으로 가는 세계

2012년 5월 4일 일본 홋카이도 도마리 핵발전소가 가동을 중단했다. 이로써 일본은 핵발전소 54기 모두 가동을 중단했다. 일본의 꺼진 핵발전소가 쉽게 켜질 것 같지는 않다. 후쿠시마 대참사 이후 차례차례 꺼지기 시작한 핵발전소들은 정기점검을 무사히 마쳤지만 단 한 기도 재가동되지 못하고 있기 때문이다.

점검을 마친 핵발전소가 재가동되기 위해서는 정부의 승인이 있어야 하지만 정부의 승인기준은 이미 유럽위원회보다 더 강화되어 있다. 2011년 5월에 간 나오토 일본 총리는 주변의 반발을 무릅쓰고 핵발전소 안전점검 기준을 강화시켰다.

정부의 승인이 나더라도 쉽지 않은 다음 관문이 기다리고 있다. 해당 지자체 단체장의 승인이다. 핵발전소 지역의 주민 여론을 무시할 수 없는 자치단체장이 재가동을 쉽게 승인하지는 못할 것이다. 중앙정부에서 임명하는 자리가 아닌 이상.

멈춰선 54기의 핵발전소 중 가장 먼저 가동이 중단되었던 17기는 이대로 폐로될 가능성이 높다. 쓰나미와 지진 위험도가 높은 지역으로 판정되었기 때문이다. 1만 6천명이 사망했고 앞으로도 100만 명이 이상이 죽어갈 것이라는 예측이 나오고 있는 후쿠시마 핵발전소 폭발에 대한 일본의 충격이 얼마나 큰지 가늠할 수 있다. 그도 그럴 것이 지금도 현지에는 1945년 히로시마 핵폭탄 투하 당시보다 45배나 많은 방사능이 검출되고 있기 때문이다.

후쿠시마의 충격은 일본만이 아니다. 탈핵을 선언하는 나라들이 줄을 잇고 가까운 중국도 핵발전소 추가 건설에 대한 재검토에 들어갔다. 한국의 대통령만 용감하다. 개의치 않고 원래 계획대로 핵발전소도 더 짓고 수출도 할 모양이다. 21기의 핵발전소를 그대로

아름다운 후퇴

팽팽 돌리고 있고 최근에 2기의 핵발전소를 추가로 시험가동하기 시작해서 총 23기가 돌아가고 있다. 5기는 계속 건설 중이다. 핵을 무서워하지 않는 대통령을 가진 백성들은 불안하다.

1986년도에 터진 체르노빌 사고 이후 탈핵 시나리오를 짜서 추진하는 독일을 보면 그렇다. 체르노빌은 독일의 지방 도시가 아니다. 후쿠시마와 한국의 거리만큼이나 되는 1300km 밖의 구소련 도시였다. 당시에 독일은 방사능 오염을 우려하여 모든 농작물을 갈아 엎었고 진열대의 모든 유제품을 폐기했다. 외국에서 들여오는 농산물은 방사능 검사를 철저히 했다. 핵발전소를 더 이상 짓지 않은 것은 물론이다. 독일 사람들이 유독 겁이 많아서일까? 이번에 독일에 갔지만 그런 것 같지는 않았다. 덩치로 보나 국력으로 보나.

그렇다면 핵발전소를 완전 폐기하기로 한 독일은 바보인가? 싸고 깨끗하고 안전하다는 핵발전소를 포기한 그들의 선택이 궁금했다. 체르노빌에 더 가까이 있는 폴란드나 벨기에보다도 더 신속하고 철저하게 탈핵으로 나아가게 된 배경은 뭘까?

독일의 탈핵 추진력은 어디서 나오나?

독일의 이런 모습은 유럽에서도 독보적이다. 체르노빌 사고 때 이미 독일은 탈핵이 공론화되었고 1999년에 사회민주당과 녹색당 연합정부가 구성되면서 신규 핵발전소 건설의 중단과 기존 핵발전소의 폐쇄를 결정했다. 2002년에는 2022년까지 모든 핵발전소를 폐

보론 일본과 독일 견문기

쇄하는 〈상업적 전력생산용 핵에너지이용의 단계적 폐지법〉을 제정했다. 진보 좌파정부가 탈핵을 주도했다.

보수 우파인 기독교민주동맹과 자유민주당이 연정을 꾸린 2008년에 이 모든 것이 뒷걸음질쳤다. 메르켈 정부는 탈핵 정책을 버리고, 2010년 말 노후 핵발전소 17기의 수명을 2021년까지, 나머지 핵발전소는 2036년까지 연장하는 결정을 내려버렸다.

이에 시민들은 대대적으로 저항했다. 25만여 명의 시민들이 베를린, 함부르크, 뮌헨, 쾰른 등 4개 거대도시에서 핵발전소 반대 시위를 벌였다. 이 시위는 100여 개 도시로 확대됐다. 보수 우파정부는 위기를 절감했다. 2011년 3월말 바덴-뷔르템베르크 주와 라인란트-팔츠 주 지방선거와 5월초 실시된 브레멘 주 지방선거에서 잇달아 참패했다. 독일 역사상 처음으로 녹색당이 주지사 선거에서 이겼다. 각성된 시민의식이 원동력이었다.

반 핵발전소 여론을 간파한 메르켈 총리는 신속하게 움직였다. 선거 참패 즉시 '안전한 에너지 공급 윤리위원회'를 구성했고 "2021년 핵발전소 완전 폐기"를 담은 이 윤리위원회 보고서에 따라 노후 또는 고장으로 멈춰선 핵발전소 7기와 크뤼멜Krümmel 핵발전소를 즉각 폐쇄 조치했다. 또한 2021년 말까지 핵발전소 6기를 추가로 폐쇄하고 2022년 말까지 마지막 3기를 영구 폐쇄하는 단계적 탈핵 계획을 확정지었다.

우리 일행이 방문한 독일환경보전연맹 분트BUND는 회원이 50만 명이라 했다. 유명한 국제환경단체인 그린피스Greenpeace 독일본

아름다운 후퇴

부에 가 봤더니 상근자만 200명이었다. 역시 회원이 57만 명이라고 했다. 3만 5천여 명으로 알려진 한국 최대의 환경단체인 환경운동연합과 큰 차이를 보인다.

이런 힘이 어디서 나올까? 영국도 프랑스도 독일처럼 핵발전소 위협을 심각하게 생각하지 않는 눈치다. 유독 독일만이 특별하다. 각성된 시민의식이 이런 정책을 만들게 했고 곡절이야 겪지만 끝끝내 추진시켜내는 힘이라고 한다면 어떻게 하여 독일 사람들이 이렇게 의식이 형성되게 된 것일까?

같이 간 교수님 한 분의 설명은 참 인상적이었다. 젊을 때 독일에서 공부를 하신 분이 들려주는 설명이라 수긍이 되었다.

나찌의 경험이 있는 독일은 역사와 세상에 대한 부채의식이 있어서 지구촌에 누가 되는 일은 극구 회피하려는 집단의지가 작용했을 거라는 것이다. 그렇다면 일본은 동북아시아에 대해서 뿐 아니라 2차 대전의 동맹국으로서 세계에 부채의식이 있어야 하지 않는가. 세계에 대한 부채의식의 발로라기보다는 일상생활에 대한 관심과 성실성을 꾸준히 사회화해온 결과가 아닐까 싶었다.

그렇다면 이러한 변화의 원동력은 무엇이었을까? 이번에 독일에 가면서 가장 관심을 가졌던 분야가 바로 이 부분이다. 그래서 관심을 집중한 것은 시민의 역할 즉, 시민단체의 활동과 정치영역에서의 정당 즉, 녹색당의 역할이었다.

독일에서 처음으로 탈핵을 들러싼 정치적 쟁론이 벌어지게 된 것은 녹색당의 역할이 크다. 우리와 달리 지방정치와 지방정당이 발달한 독일에서는 주민들의 의사가 왜곡되지 않고 의회 의석에 고스란히 반영되고 있다. 이것을 '독일식 정당명부제'라 한다.

녹색당이 1979년 전국적인 조직기반을 구축하고 1980년 연방차원에서 단일한 정당으로 결성되어 1983년에 급기야 5.3%의 지지를 받아 처음으로 연방의회에 진출한 것도 이런 제도의 영향이 크다. 1인 2표제로 한 표는 지역구 후보, 한 표는 정당에 투표하는 것은 우리와 같으나 표의 반영방식은 전혀 다르다.

1998년에 실시된 제14대 독일 총선에서 유권자의 6.7%의 지지를 얻은 녹색당은 669석의 연방의회 의석 중 47석을 차지했으니 의석 비율은 7%다. 우리나라 2012년 총선 때 10%의 지지를 받은 통합진보당이 총 300석 중 지역구 포함해 13석을 차지했을 뿐이다. 지난 3월 4일에 창당된 우리나라의 녹색당이 의회 진출에 실패한 것도 이런 제도 탓이 크다 하겠다.

6.7% 지지로 47석을 얻은 녹색당이 독일 탈핵 추진의 주역이 된 것은 놀랍다 못해 부러운 일이다. 당시 40.9% 지지로 298석을 차지한 사회민주당과 연립정부를 구성하게 되었는데 연정의 조건으로 녹색당은 핵발전 중단을 내걸었다. 그래서 두 당은 핵에너지 이용 중단과 핵재처리 금지를 합의하여 탈핵의 길로 접어들었다. 실로 드라마 같은 과정이었다.

특히 기억에 남는 것은 그린피스의 에너지 혁명 시나리오 담당 국장인 테스크 씨의 강의였다. 그가 우리나라 사람들이 만들어가야 할 우리의 향후 기후변화 에너지 대책 일정표를 보여준 것이다.

아름다운 후퇴

그가 한국을 방문해 자료를 수집하여 직접 설계하고 있었다. 우리나라 정부의 에너지 수급 계획을 놓고 비판적으로 검토한 것인데 2030년까지 탈핵을 완료하는 시나리오였다. 과연 이것이 현실성이 있는가와 에너지 수급의 구체적 책략을 다루고 있었다.

공동체마을 제그

80여 명이 사는 아담한 마을이라면 우리가 상상할 수 있는 모습은 30여 가구쯤 되는 작은 시골마을일 것이다. 시골마을은 맞는데 우리와 많이 달랐다. 베를린의 남서쪽 100km 지점에 있는 제그^{Zegg}는 야트막한 산기슭에 자리 잡고 있었다.

공공건물과 예술작품들이 동네에 잘 배치되어 있었는데 주민들이 각자의 특기와 취향을 드러낸 것들이었다. 이곳의 생활방식은 '남을 헐뜯지 않고 하고 싶은 것을 다 하면서 사는' 것이라고 한다. 초등학교 교과서에 나올 법한 얘기지만 누군가를 탓하지 않고 산다는 건 자신에 대한 깊은 통찰 없이는 불가능하다. 내가 하고 싶은 것을 다할 뿐인데 그것이 남의 하고 싶은 것을 북돋워주는 것이 되는 관계. 노자의 도덕경에 나옴직한 얘기다.

인도 남부의 타밀주에 있는 오로빌 공동체에도 가봤고, 야마기시 공동체에도 가봤지만, 이곳은 또 색다른 삶의 방식이 있었다. 에너지 자립에 대한 앞선 시스템이 그것이다.

그 작은 마을에 발전소가 있었다. 폐목을 이용한 온열기와 태양전지를 이용한 발전소. 건물마다 생태 지혜를 이용한 견고한 단열 보강 구조도 인상적이었다.

빗물 재활용 장치가 군데군데 있었다. 사실 장치라고까지 할 것도 없다. 지붕에서 흘러내리는 빗물을 물받이통에 모으는 것일 뿐이다. 청소나 빨래, 화장실 내릴 물 등을 최고급 1급 식수인 수돗물을 쓴다는 건 아무리 생각해도 멍청이 바보짓인데 그걸 우리는 여태 하고 있다.

자연 채광을 하는 지붕 하늘창이 여럿 있었다. 낮에는 방안이 훤하다. 내가 사는 집도 직사광선을 피하기 위해 북향으로 하늘창을 냈는데 이곳도 그렇게 해놓아서 반가웠다.

현대문명의 산적한 과제들, 예컨대 환경오염이나 식량문제, 에너지문제, 교육문제, 문화와 놀이, 전통, 건강 등은 개인이 아등바등해도 풀릴 수 없는 문제다. 자본주의 체제 아래서는 개인의 노동과 능력은 사기를 치거나 누군가를 착취하지 않는 한 모래사장에 물 새듯 여기저기로 찢겨져 새나간다.

개인소유에 대한 제한과 공유의 몫을 넉넉히 하는 것, 욕망에 대한 자발적인 조절과 통제, 개인의 삶을 집단이 보장하고 집단의 존속을 개인으로 떠받히는 공동체마을은 그래서 많은 사람들의 바람이 되고 있는 것이다.

제그에서는 연중 여러 프로그램과 축제가 있다. 외부인들의 줄지은 방문을 접수하고 안내하는 팀이 따로 운영된다. 더구나 우리 돈으로 한 달에 75만 원 정도면 가서 살아볼 수도 있다는 설명이다.

아름다운 후퇴

내방객 대상의 프로그램 운영과 임시 거주를 통해 상당한 경제력을 확보하는 것으로 보였다.

최근에도 제그의 누리집www.zegg.de에 들어가봤더니 한국에서 새로운 난방시스템을 알아보기 위해 찾아 왔다는 소식이 올라와 있었다. 구글에서 개발한 '크롬'이라는 브라우저를 쓰면 조악하긴 해도 독일어 사이트가 한글로 번역되어 서비스된다.

그곳의 안내자가 자랑삼아 하는 이야기로는 30여 년의 역사 동안 제그 마을 주변에 4개의 공동체 마을이 더 생겼다고 한다. 이처럼 자립하는 마을공동체가 독일의 탈핵 선언을 가능케 하진 않았을까.

호텔 사우나에 갔다가 깜짝 놀랐다. 안경을 벗으면 사물이 또렷하지 않은지라 처음에는 긴가 민가 싶었지만 그렇다고 얼굴을 갖다대고 살펴볼 수도 없는 상황이었다. 내 바로 옆에 여자가 대자로 누워 있었으니 말이다.

후다닥 뛰쳐나오면 스스로 국제시류에 서툴다는 것을 고백하는 것이기에 그냥 시치미 뚝 떼고 의연한 척 하는 수밖엔 없었다. 근데 이건 무슨 심리인고? 내 시선이 그쪽으로 전혀 가지 않았다는 사실을 누군가가 알아챘으면 하는 마음 말이다. 무슨 말인지 이해가 되시는가?

혼자 내린 결론은 이렇다.

아주 참신한 독일형 에너지 절약 지혜로구나. 손님 수가 뻔한 호텔 사우나에 기본 공간이라는 게 있는데 남녀 구별하여 시설을 하는 것은 에너지 낭비임에 분명하다. 남녀 음양의 조화를 이루면 열효율도 높아질 것이다. 우리도 본받아야 하지 않을까?

우리의 시골 목욕탕은 손님이 별로 없는데도 남탕 여탕을 다 돌린다. 내가 사는 곳뿐 아니라 가끔 옆 군의 목욕탕에 가 봐도 그렇다. 인구가 많았던 시절의 시설인 여러 개의 사우나실과 드넓은 냉온탕이 남탕과 여탕으로 나뉘어 있는 것을 보면서 무주군의 홀짝제 남녀교대형 목욕탕은 정말 환영할 만한 시설이라고 생각했다. 작고하신 정기용 건축가의 작품이다.

이런 것은 경제적 실리의 문제라기보다 문화의 문제, 관습의 문제일 것이다. 해수욕장은 남녀 구별이 없고 실내 수영장도 마찬가진데 유독 목욕탕과 사우나는 따로여야 한다는 건 재고의 여지는 있다. 물론 가볍게 하는 얘기다.

한 달 전기세 2천만 원의 부도덕함

독일의 남녀 혼용 사우나를 윤리의 문제로 접근할 수 없듯이 탈핵도 과학의 문제로만 접근해서는 안 된다는 주장을 들었다. 어느 탈핵 세미나에 가서 이런 주장을 들었는데 그 학자는 탈핵이야말로 가장 첨예한 정치의 문제일 뿐이라고 했다. 사실 프랑스의 원자로나 독일의 원자로가 다르지 않다. 한국의 핵발전소는 안전하고 독일의 핵발전소는 부실해서 독일이 탈핵으로 가는 것은 아니다. 가압수형이니 비등수형이니 하는 원자로나 경수로니 중수로니

아름다운 후퇴

하는 핵발전소의 안전도 차이는 크지 않다. 탈핵은 결국 정치의 문제, 시민의식의 문제로 봐야 할 것이다.

얼마 전에 충남 홍성군 작은 마을에 이상한 '경축' 현수막이 걸렸다. 경축이라 한 것을 보면 누군가의 자녀가 그렇고 그런 곳에 합격이 되었다든가 수십억 지원을 받는 농촌 권역형 종합개발사업에 선정이 되었다는 것이 십상이다. 그런데 이 현수막은 가당찮게도 '농부탄생'이었다. '누구나 시작할 수 있지만 아무나 이어갈 수 없는 세상에서 가장 고귀한 직업 농부'라는 글귀가 말해준다. 엄청난 발상의 전환이다.

으리으리한 호텔에서 경차 아니면 출입을 제한 당한다든가 재생에너지 사용 비율이 일정 이상이 아니면 과태료를 물린다든가, 경유차에 물리듯이 육식산업 전반에 상당액의 환경부담금을 물린다든가 하는 발상의 전환이 언제쯤 이 땅에 실현될까.

한 달 전기세가 2천만 원이 넘는다는 삼성의 이재용 씨나 월 전기세 전국 2위를 한 그 아비 이건희 씨의 900만 원은 단순한 문제가 아니다. 엄청난 이산화탄소를 내뿜어 뭇사람들에게 고통을 안겨주는 부도덕한 행위라는 인식이 사회 전반에 확산되는 것과 탈핵은 무관하지 않을 것이다. 우리나라 경차보다 더 작은 2인용 승용차를 거리에서 어렵지 않게 볼 수 있는 것도 독일의 탈핵 추진과 연결해서 생각해볼 만했다.

브레멘 시에 있는 어느 식당을 갔을 때의 일이다. 20여 평 넓이의 식당에 엄지손가락만한 고깔 전구 7개가 조명의 전부였다. 5촉짜리라 치면 35와트가 전부였다. 전구의 반사판을 황금색으로 접시안테나처럼 만들어 붙였는데 밥 먹는 분위기까지 그럴싸했다. 함부르크의 하픈시청에 갔을 때도 역시 이상한 엘리베이터를 타게 되었다. 출입구가 개방된 채 도르래처럼 한쪽은 올라가고 한쪽은 내려가는 엘리베이터였다. 내려가는 사람들의 몸무게가 중력을 받아 에너지를 절약하는 시설이었다.

관에서 하는 에너지 절감과 재생에너지 확대 노력도 인상적이었다. 하멜른이라는 인구 5만 명이 좀 넘는 작은 도시는 태양에너지 도시로 세계적으로 이름이 난 고장이다. 전 지역주민들의 지붕을 시뮬레이션 해서 웹으로 보여주고 있는데 집집마다 붉은색과 노란색으로 표시를 한 것은 태양광발전기 설치 적합도를 나타내는 것이었다.

관에서 제공하는 이런 기본 정보를 바탕으로 주민들은 상담을 통해 주택 에너지 리모델링을 시도하는 것이다. 어떤 주민은 자기네 커다란 지붕을 태양광업체에 임대해줘서 태양광발전으로 소득을 올리기도 한다.

한 번 쓰고 버리는 화석연료를 배격하고 두 번 세 번 사용이 가능한 재생에너지를 발굴하고 기술적인 성능향상을 위해 기울이는 노력이 보통이 아니었다. 의사결정과 추진을 주민과 같이 꾸린 분야별 위원회를 비롯해 지방기업체와 손잡고 추진하기도 한다.

재미있는 사실은 핵발전소를 폐쇄하면서 당장 얼마씩의 전기요금을 더 올리는 것에 대다수의 주민들이 투표를 통해 찬성했다는

아름다운 후퇴

것이다. 자기의 호주머니를 털어서라도 안전한 에너지, 대안의 에너지를 위해 부담을 감수하겠다는 시민들의 의지가 높음을 알 수 있다.

2011년 3월의 바덴-뷔르템베르크 주지사 선거에서는 50년 보수 집권당을 제치고 녹색당이 주지사를 배출한 데는 탈핵 쟁점 외에도 보수 집권당이 옛 역사를 허물고 최신식 새 역사를 지은 것에 반발한 민심이 표로 이어졌다는 분석이다. 생각하는 방향이 우리와는 많이 다르다는 것을 알 수 있다.

2012년 3월 천도교 한울연대가 대표자회의 단체로 가입되어 있는 '핵 없는 사회를 위한 공동행동'에서 핵발전소에 찬성하는 정치인 명단을 발표했다. 하지만 이들의 대부분은 4.11 총선에서 당선됐다. 독일은 공공연히 찬핵을 주장하는 정치인은 없다고 한다. 이미 탈핵은 상식에 속한다고나 할까. 우리 사회에서 공공건물 전구역을 금연지역으로 정하고 버스 정류장에서 담배를 피우면 벌금을 10만 원씩이나 물려도 토를 다는 사람이 없을 정도로 금연에 대한 공감대가 형성된 것과 비교할 만하다.

우리에게 탈핵은 무엇인가?

우리에게 탈핵은 무엇인가? 널리고 널린 게 한국사회의 긴급한 의제들이다. 정치, 교육, 농업, 군사까지 곳곳에서 커다란 파열음을 내면서 해결의 실마리를 찾기 위한 대립과 충돌이 벌어지고 있다. 그럼에도 유독 탈핵이 새로운 화두로 자리 잡는 추세다. 2011년

보론 일본과 독일 견문기

에는 4대강과 제주도 해군기지 건설문제가 주요 화두였다면 2012
년은 탈핵이 단연 선두다.

탈핵을 과제로 설정한 녹색당이 창당되는가 하면 고리 핵발전소
1호기의 수명연장에 반대하는 여론이 심상찮고 핵발전소에 대한
국민여론도 이전과 다르다. 후쿠시마 핵발전소 폭발 1주기인 2012
년 3월 11일을 맞아 탈핵 움직임은 더 달아오르는 느낌이다.

독일로 열흘간의 견문을 떠나기 전에 여러 책자와 다큐를 보았
고 토론회와 강연회를 다녔지만 탈핵이 왜 한미에프티에이와 한중
에프티에이를 제치고 가장 우선적인 우리의 과제가 되어야 하는지
는 뚜렷하지 않았다. 양변기 스위치를 누르기만 하면 깨끗해지는
수세식 화장실에서는 해양투기가 되면서 바다를 오염시키는 인간
의 배설물을 까맣게 잊듯이 집 안에서 첨단 전기전자 기기들 앞에
앉은 우리에게 안락함을 주는 전기가 3시간당 1시간은 핵발전소에
서 생산된 전기라는 사실을 알 길이 없다.

나 역시 탈핵은 한미에프티에이만큼 절실한 게 아니었다. 그만
큼 실체가 감춰져 있고 신화 같은 환상에 둘러싸여 있는 게 핵발전
소이지 않을까 싶다.

하나씩 핵발전소의 실체를 들여다보면서 생각하게 되는 것은 인
간이 다다른 위험한 경지를 재확인 하는 것이었다. '위험한 처지'
가 아니라 '경지'다. 열지 말아야 할 뚜껑을 열었다는 생각이 들기
때문이다. 흔히 우리는 황우석의 줄기세포 파동을 보면서 신의 영
역까지 인간의 호기심 내지는 탐욕이 다다랐다고 자책했던 적이

아름다운 후퇴

있다. 할 수 있는 것과 하지 말아야 할 것을 식별할 수 있어야 인간이다. 그것의 경계를 함부로 넘어버린 게 핵발전소이다.

핵은 그 영향력에서 국경이 없다. 핵은 몇 세대나 관통하면서 그 폐해를 미친다. 핵은 처리할 수 없는 쓰레기를 만들어 지구생태계에 크나큰 부담을 준다. 핵은 인간의 통제 하에 머물지 않는다. 인간 시설물이 그 원리나 운영에서 절대적인 완벽이 요구된다면 이것은 성립할 수 없는 조건을 전제로 하는 것이다. 비극이 내장되는 시설이다. 그게 바로 핵발전소다.

어떤 실수도, 어떤 오차도 있어서는 안 되고 어떤 환경조건도 예상치를 벗어나면 안 되는 게 핵발전소다. 그렇다면 버리는 게 낫다. 그 교훈이 일본의 후쿠시마와 구소련의 체르노빌과 미국의 쓰리마일에서 일어났던 것이다.

우리에게 탈핵은 무엇인지 다시 자문자답하자면 이렇다. 지구온난화를 포함한 현안의 가장 중심에 있는 과제라고. 끝 모를 인간의 탐욕과 질주가 핵발전소로 대변되고 있다고.

기껏 3~40년 가동하고 수명이 다 되어 폐쇄한 핵발전소도 몇 십 년을 매년 수십억의 돈을 들여 감시하고 관리해야 한다. 점점 비용이 줄긴 하겠지만 몇 백 년 계속된다. 핵쓰레기도 답이 없기는 매한가지다. 못난 조상들의 흥청망청 에너지 파티 덕분에 우리의 후손들이 대대로 이 부담을 떠안아야 한다. 아무리 가난하게 살아도 자식에게 빚더미를 물려주지 않는 게 조상의 도리가 아니겠는가.

안전성 문제를 짚다보면 자연히 핵발전소가 값싼 에너지가 아닌

보론 일본과 독일 견문기

것이 드러난다. 건설비용과 운영비를 비롯한 에너지원의 가격만 놓고 보면 핵발전소가 싸다고 볼 수 있다. 요즘 기름값이 왜 오르는가? 자원이 유한하고 점점 생산원가가 많이 들기 때문 아닌가? 우라늄도 마찬가지다. 사용 후 연료의 재처리를 위한 고속증식로 얘기가 있지만 현실성이 없는 것으로 판명되고 있다. 사회적 기회비용과 폐로 후 관리비용 등을 다 따져보면 화력발전소와 거의 비슷한 발전비용이 된다는 연구 결과가 있다. 지역발전에 기여한다는 것도 사실과 다르고 일자리 창출은 재생에너지 분야가 3배 이상 높다는 것으로 나타난다.

농업부문의 에너지 의존율은 대안을 생각하자면 참 막막하다. 우리 농업의 공업의존도가 높아질수록 에너지 의존형 농업이 되는 셈인데 그 비중은 날로 커왔다. 가장 주된 부분은 농기계와 시설재배다. 농업부문의 재생에너지 활용 논의가 활발하진 못하다. 방안도 여러 해결해야 할 과제를 안고 있는 실정이다. 지열과 바이오매스가 농업부문에서 대체할 대표적인 재생에너지로 언급되지만 비용이 많이 들고 비효율적이라는 한계를 안고 있다. 사실 재생에너지도 무한에너지가 아니라는 사실을 알아야 할 것이다. 재생에너지 역시 지구생태계에 부담을 주는 것은 사실이다.

독일의 빌레펠트 시를 방문했을 때 인상적인 식사를 했다. 시청 구내식당으로 안내를 받아 식사를 했는데 정장 차림을 한 관계자들이 여러 명이나 나와서 극진한 대접을 하는 것이었다. 식사도 모두 친기후음식이라고 자랑을 했다. 친환경음식이라는 말은 익숙하

아름다운 후퇴

지만 친기후음식은 낯설었다. 독일에 와서 반복해서 듣는 게 기후변화, 기후대응이라는 얘기였는데 친기후음식이란 이 지역의 노지에서 기른 제철 음식을 말하는 것이다.

다시 말해 이산화탄소를 발생시키지 않는 음식이라는 말이다. 먼 거리 운송이나 화석연료나 석유화학 농자재를 쓰지 않고 생산한 농산물이라는 것이니 자랑할 만도 하다. 대부분 시설하우스에서 나오는 우리의 유기농 음식보다 한발 앞선 식재료임에 틀림없다.

농업부문에서의 에너지는 재생에너지로의 변화도 중요하다. 하지만 그보다 과연 우리 농업이 에너지에 대한 의존이 너무 심하지 않은가를 성찰하는 것이 먼저가 아닐까.